やわらかアカデミズム
〈わかる〉シリーズ

よくわかる
アメリカ文化史

巽 孝之/宇沢美子
[編著]

ミネルヴァ書房

はじめに

本書は，どこからどう見るとどのようなアメリカ文化の「形」がみえるか，さらにはその特定の形からどのような「アメリカ」をめぐる「物語」を抽出できるか，といった方法論的な関心を起点として編まれたアメリカ文化史である。アメリカ文化をめぐる複数の「形」と「物語」を折り重ねていくことで，立体的かつ多面的なアメリカ文化図像の提示を目論んでいる。

グローバル時代到来とあって，世界でスタンダード化されてしまいがちなアメリカ文化ゆえに，その特異性を提示することが難しくなりつつある。しかし逆説的に響くだろうが，アメリカがアメリカでないものを吸収し変容することで文化を作り上げてきたのもまた真である。本書を編むにあたっては，アメリカをアメリカたらしめる「他」・「異」・「偽」なる要素に注視するアメリカ文化論となることを意識した。大西洋を横断し，太平洋も横断する人・物，情報の流れへの目配り，従来的な国家という政治地図上の境界線を超えるトランス・ナショナルな視点，特に日本で書かれるアメリカ文化史であるからこそ加味できる視点や切り口もできるかぎり取り入れるよう心がけた。

本書を手に取ってくださった読者の方には，とにかく好きなところから，自由に読んでいただきたい。各章には必ず具体的なイメージやテクストが用意されており，そうした具体的なものを手掛かりに，理解を進めることが無理なくできるだろう。興味が持てたら，各項目のおすすめ文献にも目を通してみよう。コラム欄には本文とどこかで交差・反映する，おもしろ小話を集めてみた。肩の力を抜いて，楽しく読みながら，アメリカ文化への関心を広げていってもらえるならば，編者として嬉しく思う。

あれも欲しい，これも読みたい，と最初からわがままな要求を積み上げたことを編者二人は理解している。そのわがままな要求に真摯に（かつ楽しく）取り組み，素敵に楽しい一冊を一緒に作ってくださった執筆者の方々に，この場を借りて深く感謝したい。皆様のおかげです。

末筆ながら，構想から本書の完成まで精緻な編集作業で支えてくださった，ミネルヴァ書房の河野菜穂さんに，心より御礼申し上げる。

2020年２月

巽　孝之・宇沢美子

もくじ

12 新しい女

第四部 20世紀 Twentieth Century America

13 移民と階級

14 モダニズムとハーレム・ルネサンス

15 ポップカルチャー

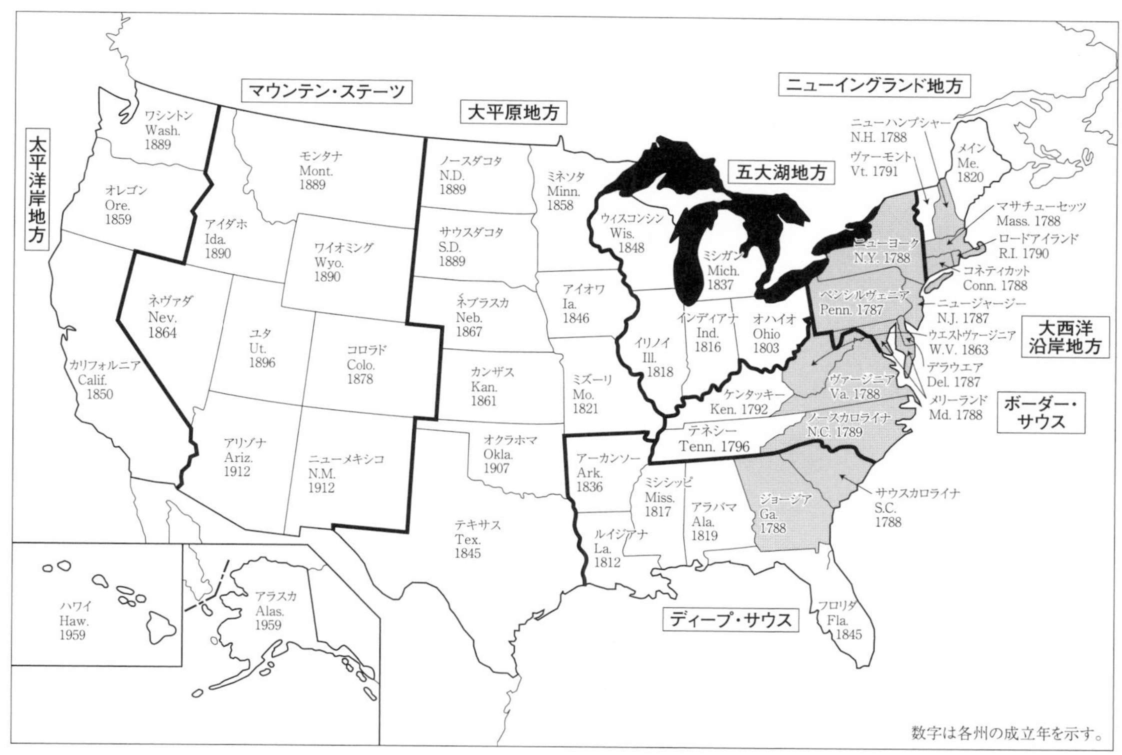

地図１　アメリカ全図と地域区分

（出所：笹田直人／堀真理子／外岡尚美編著（2002）『概説 アメリカ文化史』ミネルヴァ書房。）

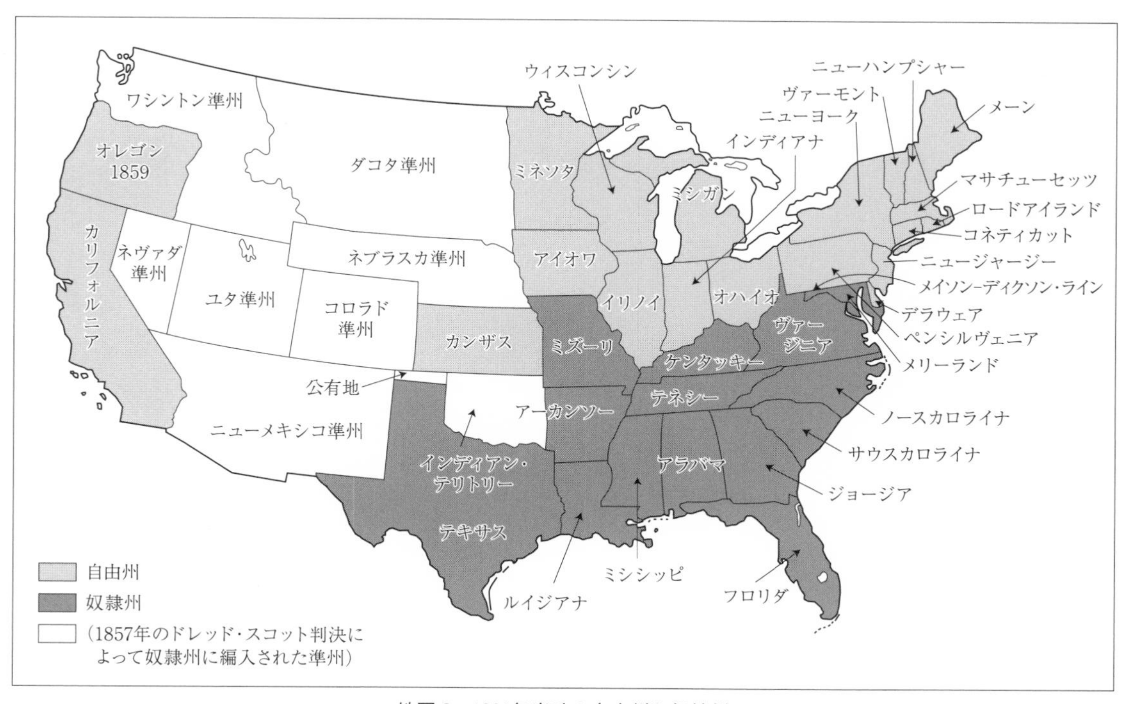

地図２　1861年当時の自由州と奴隷州

（出所：地図１に同じ。）

やわらかアカデミズム・〈わかる〉シリーズ

よくわかる
アメリカ文化史

序 アメリカ文化史の変容

1 グローバリズムを超えて

アメリカ文化は，現在の私たちの世界をあたりまえのように覆っている。

ピューリタニズムや民主主義，資本主義，新自由主義といったイデオロギーやシンクレア・ルイスからボブ・ディランまで十指を超えるノーベル賞級作家を輩出し，ミステリやSF，ホラーなど大衆小説でも市場を拡大してきた文学産業はもとより，マクドナルド・ハンバーガー，ケンタッキー・フライドチキン，スターバックス・コーヒーといった食品産業，野球からバスケットボール，フットボールに及ぶスポーツ産業，ジャズやロックンロールにヒップホップといった音楽産業，マルセル・デュシャンやアンディ・ウォーホル，アンドルー・ワイエスらに代表される芸術産業，ディズニーランド，ハリウッド映画やダンス，ブロードウェイ・ミュージカルなどショービジネスに代表されるエンタテインメント産業，トマス・エジソンの白熱電球からヴェルナー・フォン・ブラウンらが尽力した宇宙開発に及ぶ科学技術産業，それと関連してアップル・コンピュータやアマゾン・ドット・コム，キンドル，それにおびただしいソーシャル・ネットワークを編み出したインターネット産業に至るまで。かつて「20世紀はアメリカの世紀だった」と言われる，アメリカを中心に据えれば世界の相対的平和が保証されるという「パクス・アメリカーナ」が浸透したゆえんだ。

20世紀末に米ソ冷戦が終結して30年を経た21世紀現在，アメリカ文化はグローバリズムの波によってほとんど全地球を覆い尽くすほどに私たちの生活を支配し，もはや問い直す必要さえ感じないほどにあたりまえのものに，すなわち特に言われなければ気がつかないほど透明なものになっている。そこでたまたま平穏に暮らしている私たちは，たとえていえば，深海魚が水の存在を全く意識せずあたりまえと信じているのと同じような境遇なのかもしれない。だが，いまでもなお繰り返される核実験による環境汚染や工場排水による公害の果てに，肝心の水ですら安泰ではなくなり，知らず知らずのうちに魚介類にまで影響が及んでいる。問題は水どころか大気にも当てはまる。地球温暖化で世界の温度が摂氏三度上昇すれば，鳥類は繁殖地の20パーセントを失うという報告もなされた。それと同じことで，国家への忠誠心，愛国心という，ごくあたりまえの前提が暴走して軍国主義が多くの国家を覆い，20世紀には二度の不幸な世界大戦が戦われ，恐るべき核爆弾によって一応の終結をみながらも，その後遺症が物心両面において現代世界を覆っていることもまた，厳然たる事実なのだ。戦争に連なる大量虐殺がもたらした精神的外傷（トラウマ）がいつまた物理的現実の表面に噴き出しても不思議ではない。

ならば，1945年の第二次世界大戦終結から75年を経た現在，ふだんから「あたりまえ」と思っているアメリカ文化とその歴史について，今一度「よくわかる」かたちでおさらいしておくのも決して悪くはあるまい。

2 文化の第一印象

それにしても，「文化」とは，そもそも何か。

本書の執筆陣にはアメリカ文学研究に携わる方々が多いのだけれども，それは1920年代から半世紀ほどは「新批評（ニュー・クリティシズム）」を代表として文学のテクスト自体を相手にしてきた研究が，1980年代より「文化研究（カルチュラル・スタディーズ）」の名の下に，文学のテクストの成り立ちを社会や政治や経済など文化のコンテクストと重ね合わせる研究が大きな潮流を成してきたことに起因する。たしかに，文学作品のみを研究する姿勢がやや時代遅れで閉塞的な印象を与えるとしたら，そこに文化的脈絡を融合すれば一気に進歩的で外部にも開かれたような印象を与えるかもしれない。

じっさい，日本語としても「文化」はいささか時代の先を行くもの，進歩的で革新的なもの，そして広く役立つ何ともありがたいものであるかのように受け入れられてきた歴史がある。戦後から高度成長期にかけての時代，新しく有用性の高いテクノロジーの産物に対しては，やたら「文化」が付いて回った。文化鍋や文化包丁，文化住宅などはその典型だ。興味深いのは，それがアメリカ文学の翻訳にまで応用されたことである。ロバート・A. ハインラインの時間旅行 SF 小説の傑作『夏への扉』（1957年）といえば，ロバート・ゼメキス監督のハリウッド映画『バック・トゥー・ザ・フューチャー』三部作（1985-90年）にも影響を及ぼしたことで知られるが，同書で主人公が発明する掃除ロボット（Hired Girl）に対して翻訳者の福島正実は「文化女中器」なる名訳を施してみせた。原文の “hired girl” とは，本来は農場などで雑用をこなす家政婦を指すが，ここでは掃除ロボットのみならずそれを生産する会社名をも意味する。その人工知能搭載による高性能の働きぶりを見ると，21世紀現在ならばロボット掃除機ルンバそっくりなのが興味深い。昭和の後期にあって，「文化」とは「モダニティ」の別名，「文化的」とは「モダンな」と等価な形容詞だったのである。

そして現在，文学や哲学など人文学系の学問が古臭く役に立たないものと思われがちな一方，たとえば大学改革において「文学研究」を「国際文化学」「外国語文化研究」「異文化コミュニケーション研究」といった呼称に置き換えれば一気に役に立ちそうな印象を醸し出すのも，「文化」の一語がもつ魔術的効果と言ってよい。1980年代初頭，アメリカ文学研究の大御所・金関寿夫がドナルド・バーセルミやジョン・アーヴィング，ロイ・リクテンシュタインら全米の作家や芸術家をインタビューして回った『アメリカは語る』（講談社，1983年）でも，著者が自身を「文化スパイ」と定義していたのが思い出される。戦争を引き起こし国際関係へ強制的に影響を与える軍事力をハードパワー，あくまで文学や芸術を含む文化を中心に強制力抜きで国際的に人心を掌握していく経済力をソフトパワーと呼ぶが，たしかに1980年代初頭にはスパイしたくなるほどに魅惑的なソフトパワーがアメリカ文化に備わっていた。戦後アメリカがヴェトナム戦争からイラク戦争まで，どんなに大義なき不条理な戦争を繰り返したとしても，ミッキー・マウスとその仲間たちに代表されるディズニー・アニメのキャラクター群が体現する「アメリカの夢」を前にするとたちまち頬をほころばせてしまう向きは，決して少数派ではあるまい。

3 “Culture”の定義――文化か教養か

しかし，日本語で「文化」と訳される一語が，その大元である英語では“culture”であることを考えると，いささか印象が違ってくるはずだ。『オックスフォード英語大辞典』や『メリアム＝ウェブスター英語大辞典』など複数の辞典を典拠にその定義を集約すると，“culture”の第一義的な意味は「特定の国家や集団における習慣や信仰，芸術，生き方や社会構造」だが，その次に「人間の知的成果を明かす芸術その他の表現形式」が，三番目に「知的かつ美的訓練によって獲得される啓蒙や卓越した審美眼」が，そして補足的に「教育によって知的倫理的能力を発展させる行為」が来る。わが国では最初の二つを重視した場合の“culture”を「文化」，第三の意味に補足的な意味を掛け合わせた場合の“culture”を「教養」として訳し分けている。

だが，この区分は必ずしも容易ではない。1960年代にはアフリカ系やアジア系による公民権運動が人種的少数派文化（マイノリティ・カルチャー）を推進するとともに若者たちのセックス，ドラッグ，ロックンロールに代表される対抗文化（カウンター・カルチャー）が勃興し，それに伴い高等教育のカリキュラムも再編成され，人種や性差を考慮するべく学問分野が細分化されたけれども，1980年代には巻き返しが起こり，アラン・ブルームら保守派論客が，60年代ラディカリズムの弊害によりアメリカ人が共通して教育を施されるべき知識，すなわち共通の教養が失われてしまったと嘆く。その時に，ブルームが『アメリカン・マインドの終焉』（1987年）で変わり果てた学問の現状を「無秩序」（an anarchy）とみなし，「古典」（great books）への回帰を切望したのは，明らかに19世紀イギリスの批評家マシュー・アーノルドの『教養と無秩序』（*Culture and Anarchy*，1869）を念頭に置いていた証左である。

本論が目論むのはたった一つ，われわれが今日直面している難局を切り抜けるためには教養（Culture）こそ大きな助けになるだろうと推奨するこ

> とだ。というのも，教養こそは，**およそ人間が自らの関心領域においてこれまで思索し表現してきた世界最上のもの**を知ることにより，人間の全面的完成を追求するからである（アーノルド『教養と無秩序』）。（傍点引用者）

このアーノルドの文脈において，“culture”は「教養」と訳すほかない。しかし，よくよく読むと，教養が追求目的を達成するための手段として獲得すべき「およそ人間が自らの関心領域においてこれまで思索し表現してきた世界最上のもの」というのは「文化」としての“culture”そのものだ。アーノルドが英文学のみならずイギリス以外，それもケルトなど少数派文化に心を開き，「イギリス人の外にあるものを，公正無私な形で研究すること」を至上命題としていたとすれば，奇しくもその思想は百年後のアメリカにおいて人種や性差，階級を中心に戦われたリベラルな文化革命の先鞭を付けてしまったのだ。

1969年，ロックの祭典ウッドストックでアメリカ国歌「星条旗」を演奏するのにエレクトリック・ギターの音色を大胆に歪ませてみせたジミ・ヘンドリックスが黒人とチェロキー族インディアンの混血であり，1970年の死後半世紀を経たいまもなお世界最高のギタリストに選ばれている事実は，対抗文化の成果を物語る。そして1980年代には黒人学者ヘンリー・ルイス・ゲイツ・ジュニアがまさに旧来の文学的古典を問い直すべくニューヨーク公共図書館ションバーグ黒人文化センターに収められている黒人奴隷体験記の手稿をくまなく調査して黒人女性文学全集を編纂し，アーノルドをもじれば「およそアメリカ黒人が自らの関心領域でこれまで思索し主張してきた世界最上のもの」を公刊するに至った。そして2003年にはポップの帝王マイケル・ジャクソンの少年愛がスキャンダルを巻き起こした一方，ピューリタンの御本尊たるマサチューセッツ州が率先して同性婚を認めている。

それは従来，西欧白人家父長制的キリスト教文明が人間の文化とみなしてきた体系を，まずは人間の定義を根本から問い直し，全てのマイノリティに対して――全ての民族的少数派，全ての性的少数派，そして全ての階級的少数派に対して――広く深く開く時代の到来を意味する。アーノルドを戦略的に誤読したブルームらの巻き返しが意外にも短命に終わり，1990年代には1960年代ラディカリズムを復興する文化研究の嵐が吹き荒れたゆえんである。

4　見えなくとも存在するもの

もちろん，ことをアメリカ史に限れば，17世紀初頭にメイフラワー号が北米に到着して以降，北米を聖書で約束されたカナンの地と見るユートピア思想に基づいて「荒野への使命（エランド・イントゥ・ザ・ウィルダネス）」(Errand into the Wilderness）を全うしようとするピューリタン神権政治が発展し，18世紀には啓蒙主義思想の影響下，アメリカ独立宣言とともに世界初の民主主義の実験国家が成立し，さらに19世紀になると「明白な運命（マニフェスト・デスティニー）」(Manifest Destiny）という錦の御旗の下で「西漸運動」

(westering)，転じては領土拡大運動が始まり，南北戦争と米西戦争を経て，民主主義という大義名分を裏切るかのように帝国主義ゲームへ馳せ参じていくアメリカ合衆国像をスケッチできるだろう。戦後，アメリカ合衆国は世界の警察官としてふるまい，米ソ冷戦解消後にはアメリカニズムの別名としてのグローバリズムによって世界へ影響を及ぼし続けている。その例外主義的な超大国の覇権が21世紀初頭に起こった9・11同時多発テロによって根本的に問い直されるようになった。さてアメリカはこれからどこへ行くのか。

だが，アメリカ文化史は，未来のヴィジョンを紡ぎ出すためには，過去の歴史が織り紡いできた文化に立ち戻って再吟味するのが最善という信条を持つ領域である。

たとえばドナルド・トランプ大統領が批判されると決まり文句のように言い返す「魔女狩り」の背景には超自然現象や中世的黒魔術などは微塵もなく，むしろ17世紀ピューリタン共同体が培ってきた「外部／他者への恐怖感」(xenophobia) が介在し，それは330年以上も歳月を経たアメリカの無意識にまだ脈々と受け継がれていること。たとえばハリウッド映画黄金時代と言われる1939年に公開されたヴィクター・フレミング監督作品『風と共に去りぬ』とフランク・キャプラ監督作品『スミス都へ行く』が，片や南北戦争以後に負け戦で転落した南部貴族がいかに強くたくましくサバイバルして行ったかを示し，1930年代大不況に喘ぐアメリカ全体に生きる希望を与え，片や政治には疎い体育会系田舎者がひょんなことから議員に祭り上げられるも，やがて正義感に目覚め政界の闇を暴くことで，負け戦になろうが断じて諦めるべきではないというアメリカ的反骨精神に訴えたこと。そしてたとえば，わが国では往々にしてニクソン的，ブッシュ的，トランプ的なるものの象徴であるかのように誤解されがちな「反知性主義」(anti-intellectualism) は，実際にはピューリタン植民地時代以来，アメリカ的精神が体現してきた反権威主義の一側面に他ならず，それがなければ文豪ハーマン・メルヴィルの『白鯨』(1851年) もマーク・トウェインの『ハックルベリー・フィンの冒険』(1885年) も，カート・ヴォネガットの『猫のゆりかご』(1963年) も，はたまたトマス・ピンチョンの『重力の虹』(1973年) も存在し得なかったこと。

このようにアメリカ文化史はヴァイキングの10世紀における北米到達から数えれば一千年以上，クリストファー・コロンブスの新世界到達から数えれば五百年以上，アングロサクソンの北米植民から数えても四百年に及ぶフロンティア・スピリットの精神を脈々と培い，21世紀にまで引き継いでいる。その中には，いまではもう意義を失った文化もあれば，いまではそれこそ水のように大気のように目に見えないだけで抜本的にその影響を再評価すべき文化もある。

本書は，そんなアメリカ文化史の成り立ちを，できる限りわかりやすく物語る一冊である。

(巽　孝之)

おすすめ文献

Arnold, Matthew (1869), *Culture and Anarchy*, Blackmask Online.

Avila, Eric (2018), *American Cultural History: A Very Short Introduction*, Oxford UP.

舟川一彦 (2012)『英文科の教養と無秩序——人文的知性の過去・現在・(未来？)』英宝社。

巽孝之 (2018)『パラノイドの帝国——アメリカ文学精神史』大修館書店。

巽孝之編 (2008)『反知性の帝国——アメリカ・文学・精神史』南雲堂。

第一部

Early America

近代国家以前

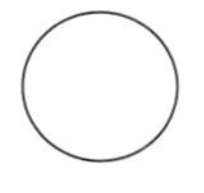

イントロダクション

今日我々がよく知る大陸が「アメリカ」という名称に決まったのは1507年のことである。実際にはそれより五百年以上も前の西暦986年，北欧ではスカンジナヴィア半島に棲息する海賊ヴァイキングたちが同地に漂着し「ヴィンランド」（Vinland）と名付けている。当時の北欧は人口爆発のため，移民可能な土地を探していたが，当時のヴァイキングは軍事力不足のため原住民を征服できず，それ以上の植民を諦めてしまう。そして大航海時代の1492年，イタリア人クリストファー・コロンブスがスペイン帝国の命により，今日のアメリカ大陸のうちに植民すべき新世界を見出す。ただし彼はそこをアジアと誤認した。

近代的な地理計測によってその地が島ではなく，巨大な南北大陸であることを確認したのは，もう一人のイタリア人アメリゴ・ヴェスプッチである。その結果，ドイツ人地図制作者マルティン・ヴァルトゼーミュラーは1507年に製作した世界地図に史上初めてこの新大陸を書き込み，ヴェスプッチに敬意を表し，そこに「アメリカ」という名称を与えるに至る。

やがて1620年にはメイフラワー号でイギリスから来た「巡礼の父祖たち（ピルグリム・ファーザーズ）」がピューリタン植民地を建設。教会を中枢としたその制度を神権政治（セオクラシー）と呼ぶ。

だが18世紀に入り啓蒙主義思想が浸透すると，神権政治とともにイギリスの圧政に象徴される君主政治を批判する風潮が生まれ，アメリカは宗主国からの独立を画策する。かくして1776年にトーマス・ジェファーソン起草の「独立宣言」が書かれ，独立戦争が終結した1788年のアメリカ合衆国憲法発効とともに，世界初の民主主義（デモクラシー）国家かつポスト植民地主義国家が成立する。その過程において，植民地時代には内部の敵であり悪魔であった先住民アメリカ・インディアンが，旧世界ヨーロッパを威嚇する新世界アメリカ独自の強みへと変容していく。

それはヨーロッパ列強による帝国主義との訣別を意味した。（巽　孝之）

1　アメリカとヨーロッパの邂逅

 侵略か植民か

1 先住民の土地

ロシア，スペイン，ポルトガル，フランス，オランダそしてイギリス各国が，経済的・宗教的な拡大を図って植民活動を展開する15世紀末以前，アメリカ大陸は先住民と総称されるものの実際は多様な人々が暮らす地であった。200以上の部族（tribe）がそれぞれ固有の政治体制や社会形態・言語文化を持ち，部族のあいだで同盟関係が結ばれることも対立し抗争が起きることもあった。◁1

2 ヨーロッパの入植，イギリスの植民地

アメリカ大陸を最初に探検したのは，10世紀頃のスカンジナヴィア人とされ，北米大陸北東岸に数年間入植地を築いたと伝えられている。そののちヨーロッパ各国による北米入植活動は，各国内の情勢や各国間の連盟あるいは対立の影響を受けながら，15世紀末以降目立って行われるようになる。

1492年，スペインのフェルナンド5世（Fernando V of Castile，1452-1516）とイサベル1世（Isabella I of Castile，1451-1504）の支援を受けてクリストファー・コロンブス（Christopher Columbus，1451-1506）が大西洋を横断し，西インド諸島に到達する。のち3回の遠征で，現在のハイチやドミニカ，キューバに入植地を築いた。1510-40年代にはカリブ諸島やメキシコを探検し，1565年に現在のフロリダにサン・オーガスティンを建設した。

17世紀には，フランスやオランダ，イギリスの入植活動が本格化する。1603年にアンリ4世（Henry IV，1553-1610）により派遣されたサミュエル・ド・シャンプラン（Samuel de Champlain，1570?-1635）はセント・ローレンス湾を探検し，5年後にケベックを建設した。以降フランスは，セント・ローレンス流域やミシシッピ流域へと領土を広げる。オランダは，オランダ東インド会社やオランダ西インド会社を中心として，1609年にハドソン川を探検，1629年にマンハッタン島に入植地ニューアムステルダムを建設し，各国移民を受け容れたニューアムステルダムは急速に発展していく。イギリスは，すでに1497年にはヘンリー7世（Henry VII，1457-1509）がジョン・キャボット（John Cabot，1450?-98）を派遣しニューファウンドランドを発見していたが，エリザベス1世（Elizabeth I，1533-1603）の時代まで積極的な探検は行われなかった。その北米探検はスペインとはげしく競合するなかで，1576年以降3回のマーティン・

▷1　Hine, Robert V. and Faragher, John Mack (2000), *The American West: A New Interpretive History*, Chapter One & Chapter Two, Yale University Press.

▷2　遠藤泰生「概説」『史料で読むアメリカ文化史1――植民地時代15世紀末-1770年代』東京大学出版会，2005年，27頁。

▷3　ヒューロン湖周辺に暮らし，イロコイ語族に属する。フランス入植以前に始まるイロコイ連邦との対立は，英仏の入植競争とともに深まる。1649年イロコイ連合による襲撃を経て離散，他部族と合流し，ワイアンドット族へ再編成。

▷4　ニューヨーク州周辺に暮らす5部族（カユーガ族，モホーク族，オナイダ族，オノンダガ族，セネカ族）の連合。18世紀には現在のノースカロライナ州にあたる地域から移住したタスカローラ族が加わり，現在6部族から成る。

フロウビシャー（Sir Martin Frobisher, 1535?-94）によるグリーンランド周辺の探検，1578年および83年のハンフリー・ギルバート（Sir Humphrey Gilbert, 1537?-83）の北米探検，1584年以降３回のウォルター・ローリー（Sir Walter Raleigh, 1552?-1618）によるロアノーク島入植が試みられた。オランダ独立戦争支援のため一時中断するが，1588年スペイン無敵艦隊を破ったイギリスは北米植民活動をさらに推し進め，1607年にはヴァージニアにジェイムズタウンを建設する。

ほぼ同時期に北米入植地を設立したものの，入植の目的や政治制度の違い，教育水準の差など「文化の総体」によって，イギリスの農園型入植地は，交易の拠点として建設されたフランスの入植地をしのぐ勢いで拡大する[◁2]。イギリスの領有地は，17世紀大西洋沿岸域において南北に拡がりながら，移動経路の開拓に伴い西側内陸にも延伸する。18世紀前半には河川経路に加えて陸上経路が発達し，のちにアメリカ合衆国として独立する13植民地が成立していく。

3 先住民と入植者

先住民たちとヨーロッパ各国の入植者たちとの関係は多面的であり，入植者たちの目的や形態の違いとともに，先住民の部族それぞれの事情が影響していた。たとえば毛皮交易を主としたフランスは，取引相手としてとくにヒューロン族[◁3]と友好的な関係を築いた一方で，農園型入植地を拡大したイギリスは土地の所有をめぐり先住民と武力衝突をくり返した。先住民との戦闘においては部族間の争いを利用し，ヒューロン族と対立するイロコイ連盟[◁4]と連帯することもあった。このとき，入植者と先住民は対等な立場で協議についたが，お互いが正確に相手の意図を把握していたかどうかは判断しがたい。言語と儀礼における違いはやはり大きかったのだ。たとえば1679年９月のオルバニーにおけるモホーク族[◁5]と交渉にあたったウィリアム・ケンダル（William Kendall, 1639?-86）の記録からは，多くの儀礼的手続きが行われたことがうかがわれるが，ケンダル側がそれらを正しく理解していたかは定かではない。モホーク族は，記録が示唆するとおり入植者を歓迎していたのか，それとも自らの支配下に組み込もうとしていたのか，現在研究が進んでいる[◁6]。

各時代や各国・各部族の状況により多様であったことを踏まえたうえで総体的に見れば，先住民と入植者の関係はきわめて不均衡なものであった。16世紀以降，先住民は入植者の持ち込んだ天然痘や麻疹・チフス，梅毒などにより人口を急激に減らし，部族ごと絶滅することも，部族再編成を余儀なくされることもあり，入植者たちがまだ所有者のない場所として「処女地」と形容したアメリカは，むしろ住まう者を亡くした「寡婦の地」であった[◁7]。また，入植者との戦闘は，疫病とならんで先住民人口を激減させる大きな要因であった。ヨーロッパの入植活動とは言い換えれば，先住民の暮らしていた北アメリカへの侵略でもあり，その社会に甚大な影響を及ぼしたのである。　（加藤有佳織）

▷5　カニエンケハカ族とも。オンタリオからニューヨーク州にかかる地域に暮らし，イロコイ語族に属する。イロコイ連盟として，ヒューロン族とは毛皮交易において競合。とくにオランダやイギリスとの関係を強めた。本書の3-1▷9（25頁）参照。

▷6　Richter, Daniel K. (2001), *Facing East from Indian Country: A Native History of Early America*, Harvard University Press, pp. 130-150. 協議記録は The Gilder Lehrman Institute of American History サイトで閲覧できる（https://www.gilderlehrman.org/collection/glc0310701881）。

▷7　Jennings, Francis (1975), *The Invasion of America: Indians, Colonialism, and the Cant of Conquest*, University of North Carolina Press, pp. 22-31.

おすすめ文献

遠藤泰生編（2005）『史料で読むアメリカ文化史１——植民地時代15世紀末-1770年代』東京大学出版会。

鷲尾友春（2013）『20のテーマで読み解くアメリカの歴史 1942～2010』ミネルヴァ書房。（とくに第２-３章）

ティレル，イアン＆セクストン，ジェイ編／藤本茂生ほか訳（2015/2018）『アメリカ「帝国」の中の反帝国主義——トランスナショナルな視点からの米国史』明石書店。（とくに第１-２章）

1　アメリカとヨーロッパの邂逅

2 宗教をめぐって

1 入植者たちの宗教

北アメリカにやってきたヨーロッパ入植者たちの宗教は多様であった。スペインやフランスはカトリック，オランダやイギリスはプロテスタント諸教派（オランダ改革派・ピューリタニズム・英国国教会・クエーカーなど）とともに大西洋をわたった。その際，宗教は入植活動における不可欠の支えとなった。たとえば，ニューイングランドにもたらされたピューリタニズムは，エリザベス朝期（1558-1603）にはじまる「自己・教会・社会の浄化」（purity）を求める信仰運動である[1]。その「浄化」という理想をかかげて大西洋をわたったマサチューセッツ湾植民地初代総督ウィンスロップ（John Winthrop，1588-1649）は，アルベラ号上で説教『キリスト教的慈愛の雛形』（1630年）を行ったとされる。ここで彼は，マタイ伝第５章[2]にもとづいて北アメリカの大地に「丘の上の町」という理想郷を幻視し，申命記第30章[3]においてイスラエルの民に語りかけるモーセに言及する[4]。ウィンスロップは，ここで自らが率いるピューリタンたちとモーセ率いるイスラエルの民を重ねあわせることで，自分たちの入植活動の歴史的重要性を演出してみせる。

入植者たちと先住民が出会ったとき，宗教はさまざまな役割を果たした。なぜなら北アメリカへの入植後，ピューリタンたちは数々の困難に直面したからだ。プリマス植民地では入植１年目の1620年の厳しい冬に半数の人々を失い，マサチューセッツ湾植民地では1637年に，ピークォット戦争[5]に突入した。1637年５月の「ミスティック砦の戦い」においては，ピークォット族の約600人が焼き討ちにあう。プリマス植民地総督ブラッドフォード（William Bradford，1590-1657）はこのピューリタンによる焼き討ちを，その残虐さを認めながらも「神への甘美な犠牲」と呼び[6]，戦争に従事したマサチューセッツ湾植民地軍のアンダーヒル（John Underhill，1597-1672）は自分の行いに倫理的な疑問を感じつつも最終的には神の言葉に「導きの光」を認めて焼き討ちを肯定した[7]。戦争を主導したコネティカット植民地軍のメイソン（John Mason，1600?-72）は，ピークォット族を「神が顔を背けるもの」とよんではばからなかった[8]。浄化の追究は入植活動の原動力であり聖書はその支えであったが，目の前に立ち塞がるものを「敵」とみなす典拠も与えていた。

▷1　Hall, David D. (1995), "Puritanism." Ed. Richard W. Fox and James T. Kloppenberg, *A Companion to American Thought*, Blackwell, pp. 559-561.

▷2　新約聖書におさめられた４つの福音書の１つ。全28章からなる。

▷3　旧約聖書におさめられたモーセ五書の１つ。全34章からなる。

▷4　Winthrop, John (1630), *A Model of Christian Charity*. Rpt. Ed. Nina Baym (2013), *The Norton Anthology of American Literature: Shorter Vol. 1, 8th Ed.*, Norton, pp. 91-102.

▷5　先住民ピークォット族と，ニューイングランド植民地軍との衝突（モヒガン族とナラガンセット族は植民地軍側につく）。1638年のハートフォード条約において，「ピークォット」の使用が禁じられる。

▷6　Bradford, William (1912), *History of Plymouth Plantation, 1620-1647, Vol. II*, Massachusetts Historical Society.

▷7　Underhill, John (1638). *Newes [sic] from America*. Rpt. Ed. Charles Orr (1897), *The Pequot War*, Helman-Taylor Company, pp. 47-92.

2 ジョン・エリオットの先住民宣教

しかしながら，ニューイングランドにおける全ての入植者たちが，先住民を神の敵とみなしていたわけではない。1640年代，ピューリタン聖職者のエリオット（John Eliot, 1604-90）とメイヒュー（Thomas Mayhew Jr., 1618-57）は先住民への宣教を開始する。とりわけ「インディアンへの使徒」（Apostle to the Indians）として有名なエリオットは，マサチューセッツ湾植民地において，旧約聖書にならい「祈りの町」を建設，先住民への宣教と改宗に精力的に従事した。イギリス領植民地で最初に出版された聖書は，エリオットによるアルゴンキン語訳であった。1674年までに，合計14の祈りの町が建設され，計1100人の先住民が居住したという[9]。そうした彼の先住民宣教を支えていたのは，16-17世紀のヨーロッパで広まっていた「先住民＝ユダヤ人説」であった。北アメリカの先住民は，旧約聖書にあらわれる行方のわからないユダヤの10の部族にあたるとみなす説により，先住民にたいする改宗の実現可能性と必要性が説得力をもって主張された。もちろん，エリオットの宣教方法は，先住民が受け継いできた生活様式の変容を求めるものであり，その点において白人中心主義の批判をさけられない。しかし，その先住民宣教は，聖書が必ずしも先住民を神の敵ではなく，むしろ改宗可能な「同朋」とみなす典拠となっていたことを教えてくれる。

3 敵か味方か？

17世紀のニューイングランドにおいて，宗教は，共同体における敵と味方の境界を定めるとき不可欠な役割を果たした。ピークォット戦争において先住民は「神の敵」でありその打倒が正当化された一方，宣教活動において先住民は「同朋」であり共同体への同化が試みられた。もちろん，前者の暴力を批判するのは容易だが，言語的にも文化的にも多くの共通項を持たない先住民の存在とその振る舞いは，ときに入植者たちにとって脅威として映っただろう。また，エリオットの祈りの町は，フィリップ王戦争[10]（1675-76年）以後，衰退を余儀なくされる。18世紀においてメイヒュー（Experience Mayhew, 1673-1758）やブレイナード（David Brainerd, 1718-47），エドワーズ（Jonathan Edwards, 1703-58）らが先住民宣教の伝統を継承していくが，1830年のインディアン移住法[11]とそれに伴う「涙の旅路[12]」（Trail of Tears），および19世紀における先住民と入植者たちによる衝突の歴史は暗い。それは先住民宣教の限界を示唆してやまない。しかしながら，それでもなお，先住民の言語を学び，語りかけ，その声に耳を傾けることをとおして，お互いの共通項を探り続けた入植者たちの軌跡は，決して忘れてはならない。

（小泉由美子）

▷8 Mason, John (1736), *A Brief History of the Pequot War*. Rpt. Ed. Charles Orr (1897), *The Pequot War*, Helman-Taylor Company, pp. 1-46.

▷9 岩井淳（2015）『ピューリタン革命の世界史』ミネルヴァ書房。

▷10 ワンパノアグ族の酋長メタコメット（別名メタコム，英語名フィリップ王）率いる先住民部族連合軍と，ニューイングランド植民地軍との戦い。1676年8月，メタコメットの戦死で終結。

▷11 第七代大統領アンドリュー・ジャクソン政権下，連邦議会で制定される。ミシシッピ川以東に住む先住民部族を対象に，ミシシッピ川以西の「インディアン・テリトリー」への移住を規定。

▷12 インディアン移住法および諸条約によって，先住民が経験したミシシッピ川以西への移動。約10万人が移住を余儀なくされ，道中約1万5000人が亡くなったという。チェロキー族の移住を指す場合が多い。

おすすめ文献

秋山健監修（1999）『アメリカの嘆き——米文学史の中のピューリタニズム』松柏社。

増井志津代（2006）『植民地時代アメリカの宗教思想——ピューリタニズムと大西洋世界』上智大学出版。

鎌田遵（2009）『ネイティブ・アメリカン——先住民社会の現在』岩波書店。

1　アメリカとヨーロッパの邂逅

3 植民地文化と性

1 入植者の性

初期入植者はほとんど男性であった。毛皮交易に主眼を置いたフランスの場合，交易拠点に一定期間滞在する交易人が，先住民女性を妻として迎えることや先住民の奴隷取引で先住民女性を購入することがあり，彼らのあいだには混血の先住民が多く生まれた[1]。それ以前のイギリスの場合，1587年のロアノーク探検隊[2]150名のなかに初めて女性が含まれていたとされる[3]。そして1607年ジェイムズタウン[4]の建設以降，女性入植者の数は少しずつ増え，男性のみであった第一回派遣ののち，家族で入植するケースや未婚女性の集団入植のケースもみられるようになった。入植地の男性は，当時１名分の渡航費に相当する煙草120ポンドで入植会社が斡旋した未婚女性を妻として迎えることができた[5]。

2 先住民の性

先住民のあいだにはチェロキー族[6]など母系制[7]（matriliny）の部族が多い一方で，父系制[8]（patriliny）の部族や中間的な部族も一定数存在し[9]，先住民の性別役割やジェンダー規範[10]を一括することはできない。ヨーロッパ入植時代には，性をめぐる制度や文化の違いにより生じた誤解や暴力は，しばしば先住民女性へ向けられた。たとえば18世紀スペインが入植を行っていたカリフォルニアでは，宣教師，兵士，ディエゲーニョ族[11]のあいだでそれぞれジェンダー規範が異なり，しばしば衝突や暴力が誘発された。兵士や入植者によるディエゲーニョ族女性の暴行が頻発し，やがて1775年にディエゲーニョ族は入植地を襲撃するにいたる。暴行や売春の常習化は，先住民女性がさらに先住民男性や部族社会全体における暴力にさらされることにもつながっていく[12]。

3 先住民女性としてのアメリカ

アメリカはやがて先住民女性の姿に象徴されるようになるが，それは入植者を歓迎する未踏の大地アメリカの暗喩であるだけでなく，入植者が先住民の社会的習わしや宗教的儀礼，奴隷制を利用あるいは誤用して，先住民女性を手に入れられることも少なからず含意していた[13]。たとえば18世紀，マンダン族[14]の町を「女性を目当てに訪れる」とした入植者の記録は，先住民女性が入植地の「呼び物のひとつ」とみなされていたことをうかがわせる[15]。

▷1　Hurtado, Albert L. (1997), "When Strangers Met: Sex and Gender on Three Frontiers," Elizabeth Jameson, & Susan Armitage, editors, *Writing the Range: Race, Class, and Culture in the Women's West*, (pp. 122-142), University of Oklahoma Press, p. 123.

▷2　ウォルター・ローリーは，1584・1585・1587年に探検隊を組織。1587年のジョン・ホワイト（John White, 1540?-93）探検隊による入植地は２年後に消失し，「失われた植民地」と呼ばれる。

▷3　ワインスタイン，アレン＆ルーベル，デイヴィッド／越智道雄訳（2010）『ビジュアル・ヒストリー　アメリカ――植民地時代から覇権国家の未来まで』東洋書林，37頁。

▷4　ジェイムズ１世の名を冠して建設された，北米におけるイングランド最初の永続的植民地。継続的な入植者派遣により，農園型入植地として安定。

▷5　煙草栽培・輸出により破綻を逃れたジェイムズタウンでは，煙草は事実上の通貨の役割を担っていた（ワインスタイン＆ルーベル（2010），33，37頁）。

▷6　イロコイ語族。1830年オクラホマ州東部へ強制移住。

▷7・▷8　母方／父方の出自や系統によって親族集

他方で，入植者男性と先住民女性の関係は事実よりもずっと美化され，アメリカ入植の神話を形成している。たとえばポカホンタス（Pocahontas もしくは Matoaka, 1595?-1617）の場合，ジェイムズタウン建設に携わったジョン・スミス（John Smith, 1580-1631）との逸話が有名で，ヴァージニアを治める父に処刑されるスミスを身を挺して守った彼女は，入植者男性を忍耐強く慕う先住民女性として類型化されている。しかし，実のところこの逸話の信憑性は低い。[16]

彼女は1613年入植者によって誘拐され，ジェイムズタウンで英語やイギリスの地理や歴史を学ぶ。翌年にはキリスト教に改宗しレベッカの名を受ける。そして煙草栽培を手がけたジョン・ロルフ（John Rolfe, 1585-1622）と結婚し，息子トマス（Thomas Rolfe, 1615-80）が生まれ，1616年には家族で訪英する。彼女は社交界に歓迎され，イングランド王ジェイムズ１世（James I, 1566-1625）とアン王妃（Anne of Denmark, 1574-1619）に謁見した。シモン・フォン・デ・パッセ（Simon van de Passe, 1595-1647）による肖像画（図１）は，謁見時の彼女を写しているとされ，クジャクの羽根や真珠，レースなど，高位にある女性のみに許されていた服飾品を身につけたポカホンタスが新世界の貴婦人として受け入れられたことが想像される。しかし９か月後，体調を崩した彼女は，グレイヴズエンドで亡くなる。

図１　ポカホンタス肖像

（出所：Sheridan, Stephanie "From the Collection: Pocahontas" Smithsonian Institution, National Portrait Gallery.）

図２　1776年１月26日付風刺画

（出所：Deloria (1998), p. 30.）

彼女自身がイギリス滞在をどのように考えていたか知る由はないが，彼女の渡英や滞在を手配した入植事業主ヴァージニア・カンパニーにとっては商業的利点の多いものであった。先住民は文明化可能であると証明する彼女を会社の「マスコット」として「銀のお盆に載せて」陳列することで，入植活動への興味を惹き，人材と資本を手に入れたのである。[17] スミスの創作においても史実においても，先住民女性のポカホンタスは，イギリスがアメリカ入植に邁進することを助ける象徴的役割を担っていたのであり，そのような配役には，ポカホンタスが「プリンセス」であったことが少なからず作用しているのだろう。

入植者に従順な未開の先住民女性というイメージの傍ら，入植者たちが独立を模索し始めると，先住民のプリンセスは別の意味合いを担うようになる（図２）。ポカホンタスがまとったイギリス貴婦人の衣装を脱ぎ，拳で立ち向かう彼女は，先住民の主権を侵犯しながら国家として独立しようとするアメリカを，皮肉にも表すのである。

（加藤有佳織）

団を決め，称号や財産の継承・相続は，母子関係・父子関係を基本に行われる。

▷９　Ford, Ramona (1997), "Native American Women: Changing Statuses, Changing Interpretations," Jameson & Armitage (1997), (pp. 42-68), p. 48.

▷10　性別をめぐる社会的標準。外見や内面についてあるべきかたちを表し，男性らしい／女性らしい生き方などを示す。ある時期のある社会・文化・共同体に特有で，普遍的ではない。

▷11　クメヤイ族とも。カリフォルニア州南部のユーマ語族。

▷12　Hurtado (1997), pp. 124-130.

▷13　Deloria, Philip J. (1998), *Playing Indian*, Yale University Press, p. 53.

▷14　ヌマカキ族とも。ミズーリ川流域のスー語族。

▷15　Hurtado (1997), p. 131.

▷16　Wernitzing, Dagmar (2007), *Europe's Indians, Indians in Europe: European Perceptions and Appropriations of Native American Cultures from Pocahontas to the Present*, University of America, p. 21.

▷17　Wernitzing (2007), p. 22.

おすすめ文献

ワインスタイン，アレン＆ルーベル，デイヴィッド／越智道雄訳（2010）『ビジュアルヒストリー　アメリカ――植民地時代から覇権国家の未来まで』東洋書林。

ギルバート，マーティン／池田智訳（2003）『アメリカ歴史地図』明石書店。

コラム 1

『ある産婆の日記』 ——性と医療する女

1881年にアメリカ赤十字社を設立したクララ・バートン（Clara Barton，1821-1912）の祖母マーサ・ムーア（Martha Moore Ballard，1735-1812）は助産師であった。マサチューセッツ州オックスフォードに生まれたマーサは，1754年にイフレイム・バラード（Ephraim Ballard，1725-1812）と結婚し，９人の子どもたちに恵まれるが，1767-70年にジフテリアにより３人を亡くす。1778年，新興のケネベック川沿いのハロウェルへ移り住んだ彼女は，助産師として女性たちを支え，医療者として医師とともに地域医療を担うことになる。助産師は通例，先輩助産師の見習いを経て独立するが，マーサは比較的早く独立する。その要因の一つがこの移住であった。[◁1] その技能と勤勉さは，1785年から亡くなる1812年まで欠かさなかった日記が物語る。彼女の日記は，1990年に歴史家ローレル・サッチャー・ウルリッヒ（Laurel Thatcher Ulrich，1938-）が整理・編集のうえ，綿密な註解を施して出版し（ピュリッツアー賞受賞），再評価がすすむ。このマーサの日記を概観してみよう。[◁2]

天候や訪問先，謝礼額の記録からは，昼夜問わず出産を助け，産前産後の女性たちをケアし，総じて814名を取り上げたことがわかる（p.197）。そのうち妊婦の死亡は５件，死産は14件，新生児の死亡は５件を数えるが，同時代の記録と比べると少ない（pp. 170-174）。腕のよい助産師であったことがうかがわれるが，日記には簡潔な言葉が並び，医学用語や直接的表現で出産を描写することはない。たとえば陣痛は“unwell”（具合わるし）や“illness”（気分すぐれず）と記され，後産の処置なども言及されない。この寡黙さは，当時広く共有されていた性や出産を詳述することへの忌避感や，彼女にとって助産術は書物経由で伝えるものではなかったことを示唆する（pp. 172-175）。

他方で，人体解剖に立ち合い，細かく記録している点は興味深い。解剖は17世紀から18世紀にかけてより一般的になり，しばしば助産師も同席し，助産術や治療に役立てるべく人体構造を観察していた。マーサの場合，日記の書かれた期間では４件の解剖に立ち合っており，たとえば1801年２月４日には，火傷で亡くなった男児の解剖に関し肺や消化器官などについて記している。19世紀になって医療・医学の専門化とともにジェンダーによる役割分業が加速し，女性たちが医療・医学の領域から排除されていくことを考えると，ハロウェルという共同体において出産と医療に携わったマーサの日記は，制度化される前の医療のありようを知る貴重な史料なのである（pp. 248-261）。

また，彼女の日記には家庭の様子や町の出来事も記され，他の同時代的資料とともに読み解くと，ハロウェルの社会・経済的状況が鮮やかに見えてくる。たとえば農業協会は亜麻の売却のみ記録するが，マーサはそれを布へ仕立てるとき親類・近隣の女性たちが協働したことを描く（pp. 28-29）。物や労働力を融通し合う彼女たちのネットワークが存在していた証である。

このように17-18世紀の医療やハロウェルを知る史料として興味深いのはもちろん，簡潔な言葉の蓄積から彼女がどのような人物であったか想像が広がるのも，マーサ・バラードの日記の魅力である。家族が寝静まる夜に一人ろうそくの灯りで記録をつけながら，彼女は何を想っていたのだろうか。　　　（加藤有佳織）

▷１　Ulrich, Laurel Thatcher (1990), *A Midwife's Tale: The Life of Martha Ballard, Based on Her Diary, 1785-1812,* Vintage Books, p. 12. 以降は文中カッコ内に示す。

▷２　原本はメイン州立図書館所蔵（請求番号 Ms B B189）。日記やその写し，関連資料はオンラインで閲覧できる（http://dohistory.org/diary/）。またウルリッヒ版に基づく歴史ドラマ *A Midwife's Tale*（Richard P. Rogers 監督・Blueberry Hill Productions 制作）も，マーサの仕事や生涯を描く優れた作品である。

コラム2

チャップブック
――識字率の向上

1786年，コネティカットの出版者ジョン・トランブル（John Trumbull, 1750?-1802）は，全24頁からなるチャップブック『ダニエル・ブーンの冒険』を刊行する。これは，ブーンの開拓物語とインディアン捕囚体験記をくみあわせたものだった。大衆印刷物である「チャップブック」は，19世紀以降だんだんすたれていく一方，18世紀アメリカにおいて一体どのような役割を果たしていたのだろうか。

「チャップブック」という言葉は，『オックスフォード英語辞典』によれば，1824年に初めて使われる。17-18世紀は，「ペニー・ヒストリー」「スモール・ブック」あるいは「チャップマンズ・ブック」と呼ばれ，行商人「チャップマン」はその安さを武器に売り歩く。大きさは，だいたい新書サイズ（約8.5cm×16cm），ほとんどがアンカット[1]，たいてい24頁（少なくて16頁，多くて32頁），おおかた木版画を伴う。17世紀中葉，ニューイングランドにおいてすでにイギリスから輸入され，18世紀をつうじて広まり，独立戦争後にはアメリカでも独自に作られるようになる[2]。フランクリン（Benjamin Franklin, 1706-90）によるかの有名な『富に至る道』（1757年）もチャップブックとして広まった[3]。

安さ・軽さ・視覚的面白さに基づくチャップブックの大衆的流行は，識字率の向上と相互補完的な関係をもっていたと考えられる。実際，1770年代ニューイングランドにおける識字率は高い（男性：90％以上，女性：60％以上）[4]。同時に，その多岐にわたる内容は[5]，チャップブックの流通がその高い識字率をゆえんとする幅広い読者層に支えられていたことを教えてくれる。

また，その「作者」はたいてい匿名だったものの，大衆読者層の需要にするどく反応した「出版者」の商魂は重要だ。アメリカにおけるチャップブックの特徴として「インディアン捕囚体験記」があげられる[6]。これはスミス（John Smith, 1580-1631）がポカホンタスとの出会いを語る『ヴァージニア，ニューイングランド，およびサマー諸島全史』（1624年）やローランドソン（Mary White Rowlandson, 1637?-1711）の『崇高にして慈悲深き神はその契約を守りたもう』（1682年）にはじまるアメリカ文学を代表する伝統的ジャンルの一つである。冒頭でふれた出版者ジョン・トランブルは，このインディアン捕囚体験記の人気に便乗した点において，「アメリカン・チャップブック」の作り手とよぶにふさわしい。また，彼は初代コネティカット州知事を務めたジョナサン・トランブル（Jonathan Trumbull, 1710-85），および独立戦争期を代表するもう二人のジョン・トランブル（画家 John Trumbull, 1756-1843，詩人 John Trumbull, 1750-1831）を輩出した名家トランブル家に属す，いわば当代一のインテリだった。チャップブックは，そののち新聞やダイムノヴェルにその人気の座を譲ってしまうけれども[7]，18世紀とりわけ独立戦争期においては，存在感を増す大衆読者と商魂たくましいインテリ出版者が互いに呼応しあいながらアメリカン・ナラティヴを生成させる実り豊かな土壌となっていた。（小泉由美子）

▷1　冊子の小口（綴じ以外の３辺）が裁断されていないものを指す。

▷2　Neuburg, Victor (1989), "Chapbooks in America." Ed. Cathy N. Davidson, *Reading in America*, Johns Hopkins University Press, pp. 81-113.

▷3　小林章夫（2007）『チャップ・ブックの世界』講談社（初版，1988）。

▷4　Gilmore, William J. (1982), *Elementary Literacy on the Eve of the Industrial Revolution*, American Antiquarian Society.

▷5　中世由来のロマンス，巨人・怪物・妖精の物語，歌・謎々・冗談・海賊や盗賊の逸話，占い・予言・天気予報，料理・家事読本，『ロビンソン・クルーソー』のダイジェスト版など。

▷6　Neuburg (1989), pp. 81-113.

▷7　山口ヨシ子（2013）『ダイムノヴェルのアメリカ』彩流社。

2　アメリカの魔女たち

 セーラムの魔女狩りとその背景

▷1　現在のマサチューセッツ州エセックス郡ダンバース。

1 発　端

1692年初頭から秋にかけてマサチューセッツ植民地セーラム村[◁1]を席巻した魔女狩りは，19名の絞首刑者，１名の拷問圧死者に加え，魔女の共犯として２匹の犬までが処刑されるという異常な事態を招いた。150名を超える逮捕者が，劣悪な環境のもと投獄され続け，うち少なくとも４名が獄中死を遂げた。なぜこのような不幸が突如セーラム村を襲ったのか。どうして短期間のうちに斯様な「不正義」が敢行されたのか。この悲劇には，不可避の必然というよりも，むしろ不幸な偶然の連鎖が複合的な要因として作用している。

本件は，第４代牧師としてサミュエル・パリス（Samuel Parris，1653-1720）を村に招致するとの提案が，1688年，村の有力者の一人ジョン・パトナムから発議されたことに端を発する。パリスは，ハーヴァードで教育を受けたのち，イギリス領バルバドスに渡り，そこで農園経営や商売に従事していたのだが，給与や諸条件を巡る交渉の末，翌1689年，これを承諾し，妻のエリザベス，６歳の娘ベティ，９歳の姪アビゲイル・ウィリアムズ，奴隷ティチューバらを連れて，着任する。1692年２月，ベティが奇病の症状を見せ始め，それが村の娘たちにも飛び火する。ヒステリー的発作，原因不明の痛みの訴えや発熱に対し，医師の診断がつかず，超自然的事由が示唆されると，悪魔の存在を当然のごとく信じていたピューリタン社会は，これを魔女の仕業であると結論づけた。

2 背景と遠因

少女たちの症状は，喘息や癲癇（てんかん）のそれにも似ており，またピューリタンの抑圧的衆人環視社会の中で，刷り込まれた罪の意識や思春期の心身の鬱屈から，ヒステリー的発症に至ったとも推測できる。内陸農村地セーラム村では，沿岸交易商業地セーラム町との経済格差が顕現化すると同時に，重商主義エリート層が台頭し始めていた。村はパトナム家とポーター家という二つの党派に分かれ，牧師招致を巡って対立。個人的な嫉妬や怨恨（えんこん）が盤踞（ばんきょ）していた当時の状況を，少女たちが敏感に察知していたとも考えられる。

そもそも1660年以降，マサチューセッツ植民地は，さまざまな社会不和に直面していた。天然痘の蔓延や害虫・旱魃による農作物の被害は，人々に信仰の衰えに対する神の怒りを意識させ，直近の辺境地域では，先住民との絶え間な

い抗争が続いていた。また1686年から89年にかけて，本国イギリスが特許状を無効化し，エドマンド・アンドロスを総督として送り込んだため，もともと自治植民地であったマサチューセッツは，政治的混乱を極めた。加えて1689年，コットン・マザー（Cotton Mather，1663-1728）がボストンの魔女騒動を記した『魔術と憑依に関する大いなる神の摂理』を出版[◁2]。本書はニューイングランドで広く読まれ，パリス牧師も所蔵していた。少女たちは，魔女狩りの前例を知る環境にあり，その症状は，マザーが説明するそれと酷似していた。

3 展開と結末

アフリカ系と先住民の混血であると言われている奴隷ティチューバが，真っ先に魔女と名指しされたのは，「自然」であった。彼女が子供たちの日常を慰めるために行っていたバルバドスの民間伝承のお話や占い遊びは，ピューリタンには異教徒の呪術としか映らず，人種的にも，階級的にも，宗教的にも「他者」であったティチューバは，外敵による攻撃の先鋒と見なされるスケープゴートにうってつけだったのだ。だが，程なく彼女は，虚偽の自白をし，かつ贖罪のために別の「魔女」を名指しすれば処刑を免れる法的処遇に気づく。「悪魔」に契約を強要されて，主人のパリス牧師にも相談できず，その場には，他にサラ・グッドとサラ・オズボーンを含む４人の「魔女」がいたと語る。その尤もらしい説明は，共同体の想定要請に合致していた。以降，この「告白と告発」形式による魔女狩りのスパイラルが，加速度的に展開していく。皮肉なことに，魔女容疑に際し，信徒としての正義を貫き，頑なに無実を主張し続けると，拷問され，有罪判決を招き，果ては処刑に至った。

当時の総督ウィリアム・フィップスは，副総督のウィリアム・ストウトンを主席判事とする特別高等刑事裁判所を組織した。任命された５名の判事のうち３名は，コットン・マザーと親しく，魔女狩り推進派であった。裁判においては，悪名高き「霊的証拠」「手かざしテスト」「魔女のしるし」[◁3]以外にも，伝聞や憶測が証拠として採択された。また被告には，弁護人を与えられず，上告する権限もなかったために，有罪を免れるのは極めて困難であった。当初は村の明白なる厄介者，すなわち物乞いや酒場経営の老女などが「魔女」として狩られたが，次第に，村の中で一目置かれる存在までもがその対象となる。ジョン・プロクターとその妻，ジャイルズ・コーリー，レベッカ・ナースが告発され，さらには第二代牧師をつとめ，魔女狩り時にはメイン植民地にいたジョージ・バロウズまでもが告発されるに至る。バロウズの処刑は大きな波紋を呼んだ。

ことここに及んで，魔女裁判に疑念を持つ者が，為政者側からもあらわれ始める。インクリース・マザーは，証拠の厳格化を呼びかけ，冤罪阻止を訴えた。霊魂証拠や手かざしテストが廃止されると，魔女狩りはあっけなく鎮静化していき，1693年，フィップスは，監獄に残る全ての容疑者を放免した。（白川恵子）

▷2　コットン・マザーの『魔術と憑依に関する大いなる神の摂理』（Mather, Cotton (1689), *Memorable Provinces, Relating to Witchcrafts and Possessions.*）は，1688年，ボストンのグッドウィン家の子供たちが奇怪な行動を示したのを契機に，同家の洗濯女に魔女の容疑がかけられ，処刑された事件について，マザーがしたためた書。

▷3　「霊的証拠」（spectral evidence）は，魔女容疑者の生霊に苦しめられているとの証言を証拠として認めたもの。「手かざしテスト」（touching test）によって，被告が苦しむ者に触れて苦痛がおさまると，魔女と同定された。「魔女のしるし」（witches' marks）とは，痣やいぼなどの突起物のことで，悪魔と契約した魔女の特徴と見なされた。

おすすめ文献

ハンセン，チャドウィック／飯田実訳（1991）『セイレムの魔術――17世紀ニューイングランドの魔女裁判』工作舎。

スターキー，マリオン・L.／市場泰男訳（1994）『少女たちの魔女狩り――マサチューセッツの冤罪事件』平凡社。

ボイヤー，ポール＆ニッセンボーム，スティーヴン／山本雅訳（2008）『呪われたセイレム――魔女呪術の社会的起源』溪水社。

2 魔女狩りとインディアン・コネクション

1 先住民抗争・インディアンという悪魔

セーラムの魔女狩りを引き起こしたとされる複合的要因のなかで，こんにちとみに顕著なのは，ネイティブ・アメリカンと植民者間との抗争の影響を積極的に見出そうとする動向であろう。この概念を導いた先鋒は，歴史学者メアリー・ベス・ノートンである。

魔女狩りがセーラム村のみの現象ではなく，セーラム町，アンドーバーを含む，エセックス郡全体にも，魔女の告発を受けたものが数多く存在することに気づいたノートンは，次のような疑問を抱いた。裁判での有罪判決やその後の処刑が，あまりに迅速に実施されたのはなぜか。少女や使用人といった社会の末端に位置する者たちが，どうして社会的地位のある共同体の有力者を告発しえたのか。しかもその中には聖職者までもが含まれているではないか。また，一般的に，告発者と被告発者は，互いに顔見知りであり，その居住距離も近しいのが通常であるが，本件では不思議なことに，見たことも会ったこともない，当時遠方にいた人物までもが告発されている。これらに鑑み，セーラムの魔女狩りは，セーラム村のみの狭小な地域にのみ注目しては理解できないとノートンは主張する。エセックス郡，およびメイン地域，ニューハンプシャー地域をも含む，北部ニューイングランド植民地全域を視野にいれ，しかも，当時同地域で起こっていた先住民との抗争に注目せねばならないと結論づけた。◁1

フィリップ王戦争◁2（または第一次インディアン戦争，1675-76年）はニューイングランド北東部および南部辺境地域を壊滅的に荒廃させ，やっとその疲弊から立ち直った10年あまり後に，ウィリアム王戦争◁3（または第二次インディアン戦争，1688-99年）が勃発。北米植民地支配をめぐる戦いに際し，フランスは先住民部族と結び，彼らにイギリス領を攻撃させたのである。セーラムの魔女狩りは，この最中に起こっている。とくにメイン地域にて先住民の襲撃を受け，親族を殺されたり，家屋・家財を失った者たちが，セーラム村を含むエセックス郡に逃れてやって来ていた。事実，パリス牧師の姪のアビゲイル・ウィリアムズがおじ一家に世話になっていたのは，この折の先住民抗争によって，家族を失ったからである。「悪魔的存在」であるインディアンの脅威は，当時のエッセクス郡の住民にとって，極めて現実的なものであったのだ。

▷1　Norton, Mary Beth (2002), *In the Devil's Snare: The Salem Witchcraft Crisis of 1692*, NY: Knopf.

▷2　ニューイングランドのイギリス人入植者とインディアン諸部族との間の戦争。フィリップ王とは，ワンパナグ族の族長であるメタカム。

▷3　北米におけるイギリス対フランスの植民地戦争。イギリス側はイロコイ連合とフランス側はアベナキ連合と，それぞれ同盟を結んで戦った。英王ウィリアム三世にちなんで，この名がついている。

2 バロウズ牧師の不運

魔女狩り当時セーラムに居住していなかったにもかかわらず，また聖職者という地位にありながら，ジョージ・バロウズが糾弾されたのは，何とも不可思議ではあるが，だからこそ本件解釈の要となる。実際，少女たちの発作症状とティチューバの自白から始まった魔女騒動は，バロウズの告発（1692年4月19日から20日）以降，セーラム村からエセックス郡全体へと広がり，辺境のメイン植民地におけるインディアン体験の恐怖へと連鎖していった。魔女に苦しめられていると叫ぶ少女達は，セーラムの事件以前に辺境地域でインディアン戦争に関わった者たちを魔女とみなし，告発する傾向にあったのである。◁4

バロウズは，ファルマス，カスコ湾地域での奉職の後，セーラム村の2代目牧師として1680年から83年にかけて在職。その後は，北東部のメイン植民地へと再び戻って行った。長きにわたるインディアンとの攻防戦において，エセックス郡のカスコ湾地域は，たびたび襲撃をうけている。とくに魔女狩り直前の3年間は立て続けに攻撃され，バロウズ自身，戦闘経験者であった。この際，被害者の一部が，後にセーラムに移り住んだのだが，彼らは戦いを指揮した者たちに対する疑念を抱き，また，激烈な戦いにもかかわらず，バロウズが無傷で生き残れたのは，インディアン，すなわち悪魔が手を引いていたからだと曲解する。牧師の類まれなる身体的な強靭さもまた，悪魔によって与えられたのだと解釈された。牧師に対し，具体的かつ生々しい糾弾証言をした女中マーシー・ルイスは，辺境での戦いから逃れてきた一人であった。

一貫して無罪を主張し続けたバロウズは，毅然とした姿勢を崩さず，処刑に際しても，魔女にはできないと考えらえていた神への祈りの言葉をよどみなく口にしたので，見物人たちは大いに動揺した。大衆暴動の可能性を抑止して，牧師の処刑を敢行したのは，コットン・マザーであった。

3 為政者側の転嫁論理

当時，信仰の衰えたニューイングランドに対し，神は，インディアン（可視化された敵）と悪魔（不可視の敵）という二つの災難を通して罰せられたとの考えが成立していた。セーラムの魔女狩りにおいて，告発者が魔女の容疑者を糾明し，悪魔を描写するときの形容は，先住民を表象する際のそれに近しく，また，人種的風貌がピューリタンと異なるインディアンは，比喩形象としても，悪魔と同義であった。為政者側は魔女／悪魔の存在を認識し，神から与えられた試練を甘受しつつも，悪魔駆逐の魔女狩りを遂行することにより，辺境の対インディアン抗争における失策をすり替えて，その責任を転嫁し，結果，多くの無実の人々を「魔女」として死に至らしめたのだった。◁5

（白川恵子）

▷4 Kences, James E. (2000), *Some Unexpected Relationships of Essex County Witchcraft to the Indian Wars of 1675 and 1687.* (July 1984) Essex Institute Historical Collections. Rept. in *The Salem Witch Trials Reader*. Ed. Frances Hill, NP: Da Capo, p. 282.

▷5 ▷1に同じ。

おすすめ文献

Norton, Mary Beth (2002), *In the Devil's Snare: The Salem Witchcraft Crisis of 1692*, NY: Knopf.

Hill, Frances, ed. (2000), *The Salem Witch Trials Reader*, NP: Da Capo.

Ray, Benjamin and The University of Virginia, "Salem Witch Trials: Documentary Archive and Transcription Project." 〈http://salem.lib.virginia.edu/home.html〉

2　アメリカの魔女たち

3　魔女狩りと文学表象

1　魔女の物語という豊穣

魔女狩りが拓く想像力は，多くの文学的豊穣をもたらしてきた。セーラムであると明白にわかるほど直裁に事件を描いた作品から，単に「魔女」の存在を物語の後景に忍ばせたロマンスに至るまで，史実に対する勘案や時代錯誤的改変の度合いは多岐にわたるけれども，その多くが，登場人物の造形に弱者の視点から体制転覆的精神の発露を読み込む意図が透けて見える。しかも以下に挙げる作品は，何らかの意味でピューリタンと先住民との関係を描いてもいる。

2　ジョン・ニール[1]『レイチェル・ダイアー』（1828年）

文学史上ほぼ黙殺されてきた本作は，ノートンに先んじて19世紀始めより魔女狩りと先住民との関連を提示した型破りな歴史改変物語である。人種的，宗教的不寛容を基盤とするニューイングランドの歴史を概観し，裁判の不当性と為政者側の欺瞞を暴く。魔女として処刑されたジョージ・バロウズは，作中，白人と先住民との混血という出自を与えられており，1660年に処刑された実在のクエーカー教徒メアリ・ダイアーの孫娘として設定された主人公のレイチェルとともに死刑判決を受ける。物語のサブプロットに，畸形（きけい）のレイチェルと美貌のメアリ・エリザベスのダイアー姉妹とバロウズとの間の恋愛感情を組み込みながら，魔女狩り旋風が吹き荒れる直前のメイン地方ファルマスにおける先住民との攻防の模様や，反律法主義者（アンチノミアン）[2]追放譚が合わせて導入される。本作には，「魔女」のみならず，クエーカー教徒[3]，アンチノミアンのハチンソン[4]といったニューイングランドの「異端者」が勢ぞろいで登場し，それら全てが先住民と極めて高い親和性を示しながら，体制批判を展開しているのである。

3　ナサニエル・ホーソーンのロマンス

ホーソーン[5]もまた，異端者迫害およびインディアン捕囚に深い関心を示した作家であった。『緋文字』（1850年）の「税関」にも描かれているように，1830年，ジョン・ウィンスロップとともに英国からマサチューセッツ湾植民地に到着し，セーラムに定住したウィリアム・ホーソーンはクエーカー教徒迫害で後世に名を残し，魔女裁判で判事を務めた二代目のジョンは，少なくとも絞首刑の執行に18回も立ち会った[6]。魔女狩りに関する先祖の宿怨（しゅくえん）を物語化した『七

▷1　John Neal, 1793-1876。

▷2　アンチノミアンは，「反律法主義者」以外に「道徳律不要論者」，「信仰至上主義者」と訳されることがある。

▷3　キリスト友会（the Society of Friends）信徒の俗称。17世紀半ば，イギリスでジョージ・フォックスにより創始された。本書の2-コラム①（22頁）を参照。

▷4　ただし物語内ではアンではなくエリザベスという名になっている。

▷5　Nathaniel Hawthorne, 1804-64。

▷6　八木敏雄（1992）「訳注」『緋文字』岩波書店，387頁。

破風の屋敷』（1851年）において，モールの呪いの後，歴代ピンチョンが血眼になって追い求めるメイン植民地の未開の荒野は，そもそも魔女狩り当時，抗争の最前線であり，先住民から入手した土地であった。魔女集会を幻想的に描く「若きグッドマン・ブラウン」は言うに及ばず，『緋文字』にも魔女ヒビンズ夫人が登場するし，チリングワースはインディアン捕囚からの帰還者である。

4 アーサー・ミラー『るつぼ』（1952年）

「厳しい試練」の意を有す本作は，1940年代末から50年代初頭にかけて席捲した赤狩り旋風時に発表された魔女狩りの戯曲化。プロクターとアビゲイルの不倫という史実にはない要素をプロット展開の推進力に据えているが，イデオロギーの背後に潜む個人の野心や思惑こそが魔女狩りの真相であるとの主張は，ミラー◁7自身，赤狩り容疑をかけられた経験者であるがゆえに説得力を持つ。ピューリタンにとっての荒野の意味を説明する啓蒙的ト書きや，アビゲイルが両親を先住民に殺されたと語る台詞など，歴史背景にも目配りがなされている。

5 マリーズ・コンデ『私はティチューバ』（仏語 1986年；英語 1992年）

ティチューバが一人称で語る魔女狩り体験記。「私は」というタイトルの鮮烈な自己主張は，告白と告発の劇的基盤を構築した中心人物であるにもかかわらず，歴史的記録からほぼ抹殺され，瑣末に扱われ続けた奴隷に，人生の物語を与えんとする作家の気概の表れである。ちなみにコンデ◁8はバルバドスの近島の仏領グアドループ出身。コンデのアナクロニズムは秀逸で，獄中でティチューバがホーソーンの女主人公ヘスター・プリンと出会い，過激なフェミニズム思想を鼓舞されたり，法廷証言戦略を伝授されるくだりは，被抑圧者・被害者側の抵抗精神を如実に示す。魔女狩りの後，監獄での諸費用支払いゆえにユダヤ人男性に売られ，彼と愛し合うようになるが，再度迫害を受けバルバドスに帰郷。最後は，奴隷反乱首謀者として処刑されるも，伝説の存在として尊敬され，島であまねく名を成すに至る。随所に新大陸での先住民迫害の歴史を盛り込みながら，魔女狩りを最末端の被害者の立場から抜本的に語り直す。

6 セリア・リーズ◁9『魔女の血を引く娘１・２』（2000年，2002年）

1659年，イギリスで魔女として処刑された女性を祖母に持つメアリは，迫害を逃れるため新大陸に渡る。素性を隠し，息を潜めるように生きる少女は，ピューリタン社会の生活実態を鋭く観察し，かの地で魔女狩りに飲み込まれていく危機を日記にしたため，それをキルトの中に縫込み隠す。このほど初期アメリカ史研究者によって偶然発見された彼女の日記の断片を編集提示するのが物語の枠組み構造なのだが，先住民少年と知り合いになったメアリが，ピューリタンの異端狩りから逃れた先は，彼らが悪魔の住処と恐れる荒野であった。（白川恵子）

▷7　Arthur Miller, 1915–2005。

▷8　Maryse Condé, 1937–。コンデ作品の他に，奴隷ティチューバを主人公にした児童文学作品に，アフリカ系アメリカ人作家アン・ペトリーによる『セーラム村のティチューバ』（1964年）がある。

▷9　Celia Rees, 1949–。リーズはイギリスの児童文学作家で，アメリカ史に造詣が深い。ほかに，セーラムの魔女狩りを描いた児童文学に，アン・リナルディの『慈愛からの決別』（1992年）がある。

おすすめ文献

ホーソーン，ナサニエル／八木敏夫訳（1992）『緋文字』岩波書店。

ホーソーン，ナサニエル／青山義孝訳（2017）『七破風の屋敷』デザインエッグ。

國重純二訳（1994-2015）『ナサニエル・ホーソーン短編全集 I-III』南雲堂。「若いグッドマン・ブラウン」はⅠ巻収録。

リーズ，セリア／亀井よし子訳（2002, 2003）『魔女の血を引く娘１・２』理論社。

コンデ，マリーズ／風呂本惇子・西井のぶ子訳（1998）『わたしはティチューバ――セイラムの黒人魔女』新水社。

ミラー，アーサー／倉橋健訳（2008）『るつぼ』ハヤカワ文庫。

コラム 1

ピューリタン共同体の生活倫理と修辞的言説

新大陸に渡ったピューリタンたちの日常は，プロテスタント宗教改革を主張したフランス生まれのスイスの神学者ジョン・カルヴァン（John Calvin（Jean Chauvin），1509-64）に因んで命名された改革派信仰体系であるカルヴァン主義という厳格な信条に貫かれていた。一般に，ドルト信仰基準と言われるその特徴は，「完全堕罪（だざい）」「無条件的選定」「限定贖罪」「不可抗的恩寵」「聖徒の堅忍」とされているが，魔女狩りを生み出した宗教的背景として，以下に示す共同体の実質的倫理概念や人々の卑近な生活実態を知るのは有益であるだろう。

- 全ての人間は，例外なく，本質的に悪である。
- 闇の王たる悪魔は，常に表層のすぐ下に隠れており，個人や共同体を蹂躙する用意ができている。
- この世における悪魔の最後の大いなる本拠地は，新大陸の荒野である。
- 想像力の行使，芸術，読書，ダンス，ユーモア，演劇など，人が感情を発露させるものは，悪魔の所業に等しい。
- 人の行動や行為からでは，その人の核心的本質は，決してわからない。
- 神は常に人間に対して怒りを覚えておられ，誰がいかなる行為をしたかについて，いつでも個人や共同体を罰する準備ができている。
- 共同体全体は，互いに罪を見つけ出し，それを列挙しなくてはならない。
- 共同体に属す大方の人々は，あたかも子供が指導者を必要とするがごとく，宗教的指導者によって導かれなくてはならない。◁1

ピューリタンが新世界に渡ったのは，自分たちが信奉する宗教の自由を保障するためであり，信条を少しでも異にするプロテスタントの別宗派に対しては，またピューリタンの聖職者に批判的見解を抱く者たちに対しては，徹底的に不寛容であった。とくに，神と個人との間の一切の制度的・儀式的介在を廃し，教会や牧師の権威を否定するクエーカー教徒は，マサチューセッツ植民地への出入りを禁じられ，これに背く場合にはメアリー・ダイアーのように処刑された。

救済は神の一方的な恩賜によって，選ばれた者にのみ与えられるから，ピューリタンにとって，原罪から赦され神の恩寵を得たと実感し，その回心体験を人前で語って正式な教会員と認められること，すなわち「見える聖徒」となることは極めて重要であった。だが回心体験そのものは個人の修辞的言質でしかなく，救済の実感は，私的感覚でしかないのだから，科学的・客観的な証明にはなり得ない。善行を積み，道徳的要請にかなった敬虔な生活をすれば救済されるとの考えは，本来，ピューリタンにとっては異端的発想であり，彼らは回心体験の重要性を十分理解していたが，同時に，律法や社会的決まりごとの遵守を奨励した説教を牧師が行っていたのもまた事実である。

1636年から38年にかけて起こった反律法主義論争（アンチノミアン・コントロヴァージ）において，アン・ハチンソンは，「業の契約」ではなく，「恩寵の契約」を重視すべしと主張した。すなわち救済は，信仰者の内における聖霊の御業の限りない豊かさによってなされるべきものであって，道徳律や善行といった人間の側からの実践的働きかけによってなされるのではないという概念である。ハチンソンは，結局，植民地を追放されたが，反律法主義論争にせよ，魔女狩りにせよ，マサチューセッツ植民地を揺るがす「異端」について考えるとき，ピューリタン社会が，実質上，物理的に証明不可能な修辞的言語や言説という何とも不確かな基盤に依拠していた事実に，改めて気付かされるのである。（白川恵子）

▷1　Johnson, Claudia Durst and Johnson, Vernon E. (1998), *Understanding The Crucible*, Greenwood, pp. 27-28.

コラム 2

魔女と映像作品

魔女狩りのテーマや魔女に対する心的不安の表象は，文学だけでなく，映像にもその幅を広げている。セーラム魔女狩りの史実に基づいて創作された作品や，文学からのアダプテーション，あるいはマサチューセッツ植民地を舞台としつつも，必ずしもセーラムと限定せず，時間と場所にやや広がりをもたせた映像表象，かつ，人為や個人の欲望から起こる魔女狩りではなく，より神秘的恐怖を煽るエンターテイメントに至るまで，多種多様である。さらに言えば，『ブレアウィッチ・プロジェクト』（1999年）のように，現代にも通底する不可視で不可解な現象に対する心的恐怖を描いた作品もある。魔法を使う姉妹や超能力兄弟が活躍するテレビドラマシリーズが，断続的に創作され続けている状況を見るにつけ，「魔女」の文化的利用価値は，常に高いと言えよう。もちろん，ヒストリー・チャンネルやPBSに代表されるように啓蒙的・教育的目的で製作された映像も多い。以下，いくつかの作品について記す。

フランク・ロイド監督の『セイルムの娘』（1937年）は，セーラムの史実に基づく冒険恋愛劇ではあるが，登場人物の造形や家族構成は，実際とはかなり異なる。男女ともに主人公は，全くの虚構である。母を魔女として処刑され，おばの蝋燭屋を手伝う美しい娘バーバラ・クラークは，ヴァージニア植民地からの逃亡者ロジャー・カバーマンと恋に落ちる。若い二人の恋心と正義感は，ピューリタン社会で物議を醸し，折からの魔女狩り騒動に巻き込まれていく。処刑寸前でバーバラがロジャーに救われるハッピーエンドは，30年代のハリウッド映画の予定調和の反映だろう。ハリウッドは，さらに娯楽性の高いファンタジー・ロマンティック・コメディ『奥様は魔女』（1942年）を製作。監督はフランス人のルネ・クレールで，のちのテレビドラマシリーズの原型と考えられている。

アーサー・ミラーの『るつぼ』は，これまでに2回映画化されている。仏映画界の重鎮レイモン・ルーロー監督，哲学者ジャン・ポール・サルトル脚色による『サレムの魔女』（1956年）とニコラス・ハイトナー監督の『クルーシブル』（1996年）で，後者はアーサー・ミラーが手ずから脚本を書いた。

物語素材の起源をセーラムの魔女狩りに取りながらも，魔女の末裔子孫によるドタバタ喜劇のファンタスティック・アドヴェンチャーやオカルト・ホラーに仕上げられた作品もある。ケニー・オルテガ監督の『ホーカス・ポーカス』（1993年）や，ロブ・ゾンビ監督の『ロード・オブ・セイラム』（2012年）は，娯楽の典型例であろう。

一方，現在知りうる限りの史実に沿って作成された映像作品もある。裁判の証言記録に基づき，告発された3姉妹のうちの生存者の視点から事件を描いたテレビシリーズ『サラの3ポンド金貨（ソブリンズ）』（1985年）や，同じくテレビ放映されたジョセフ・サージェント監督の『セーラムの魔女裁判』（2002年），（ちなみに，ヒストリー・チャンネルでも同じタイトルの映像が2005年にリリースされている）などがこれに相当する。

最近の話題作としては，セーラムの魔女狩りのおよそ二世代前，1630年のニューイングランドを舞台に，家長たる父親の宗教的信条の過激さゆえに共同体から追放された一家の狂気を描いたロバート・エガース監督の『ウィッチ』（2015年）がある。一家が荒野に隣接する土地で完全に孤独な生活を始めた直後に，5人の子供のうちの末の赤子が，突如，姿を消す。子守をしていた長女トマシンを魔女と疑う独善的な夫妻や，唯一の同年代者である姉に，心ならずも性的欲望を喚起させられる弟の視線，また虚実の境界が限りなく不鮮明な悪魔の声の響きなど，共同体どころか家族の個々人の心情にも，悪意が巣食うさまが暗示される。思春期の子供の性的目覚めの示唆を含み，心的ホラー要素満載の秀逸な作品である。　　（白川恵子）

3　18世紀イギリス植民地と独立戦争

ボストン茶会事件

1　ボストン茶会事件[1]の背景と概要

18世紀後半，フレンチ・インディアン戦争（1754-63年）などによる財政難に対応するため，イギリス政府は植民地からの税収入を増やすべく1764年砂糖法[2]や1765年印紙法[3]を相次いで制定した。植民地アメリカにおいては，高い関税による経済的負担への懸念が強まるとともに，本国議会に代表議員を持たないにもかかわらず税が課されるのは憲法理念に反するとして，不当な税負担への反対運動が起こり，1766年に両法は撤廃となる。しかしイギリスは翌年からタウンゼント諸法[4]を制定し，税収増加を図った。政治的指導者サミュエル・アダムズ（Samuel Adams，1722-1803）を主軸とする独立急進派の市民組織「自由の息子たち」（Sons of Liberty）を中心にイギリス製品不買運動や抗議活動が展開され，1768年９月に鎮静化を図るイギリスは軍部隊をボストンに配備した。アメリカ独立急進派とイギリスとの対立が深まるなか，1770年３月５日，本国議会ではタウンゼント諸法の部分的撤廃が提案され，ボストンでは抗議暴動を制圧しようとしたイギリス軍が市民５名を射殺する。このボストン虐殺を契機に独立への機運はいよいよ高まる。

そして1773年12月16日夜半，ボストン茶会事件が起きる。1773年茶法により茶の専売権がイギリス東インド会社に与えられたことに抗議する入植者たちが，ボストン停泊中の船に侵入し，同社所有の茶箱を湾へと投げ捨てた（図１）。「自由の息子」のメンバー含め数百名が参加したと言われ，その多くが逮捕を避けるために身元を明らかにしていなかったが，現在では百余名の氏名が明らかになっている[5]。

図１　ボストン茶会事件

（出所：Cooper, W.D., *History of North America,* (London, 1789) Prints and Photographs Division, Library of Congress, LC-USZC4-538.）

事件を受けて翌年，イギリスはおよそ１万5000ポンドの損害弁済を求めてボストン港を封鎖するとともに，行政や司法などにおける王政支配強化のための条例を制定した。

▷１　The Boston Tea Party という語にはいくつかの意味が重なる。イギリス的な喫茶を揶揄して，紅茶を海に投げ込んだことを「お茶会」と見立てているとともに，1773年茶法による課税に反対活動する「集団」という意味も含まれる。

▷２　植民地から輸入される糖蜜やコーヒーなどへの関税を定め，密輸入の取り締まりを強めた。前身の1733年糖蜜法と比べると税率は下げられた一方で，徴収は厳格化した。

▷３　植民地における印刷物すべて（出版物や証明書類，広告や暦，卒業証書）にイギリス印紙の貼付を義務付けた。経済的負担に加え，言論・出版の自由を制限し得ると懸念された。

▷４　植民地規制のための一連の法令。チャールズ・タウンゼント（Charles Townshend，1725-67）の名を取る。植民地議会による立法を禁じるニューヨーク制限法，植民地が本国より輸入する茶・ガラス・鉛・紙などへ課税を定める歳入法，東インド会社に対する輸入関税を廃し植民地への再輸出価格を下げる補償法，植民地に税関を設置する税関法（以上４法は1767年制定），密輸取り締まりを強化し本国海軍裁判所の優越を定める副海事裁判法（1768年制定）を含む。

▷５　"Participants in the Boston Tea Party." Boston

9月，これに対して植民地は，フィラデルフィア大陸会議においてイギリスとの通商凍結を決める。そして1775年4月，経済的対立は武力衝突を呼び，4月19日レキシントン・コンコードの戦い◁6によりアメリカ独立戦争が始まる。

2 圧政への抗議とインディアンの扮装

アメリカが政治的・経済的独立を果たすためのひとつの分岐点となったボストン茶会事件は，文化史上どのような意味を持つか。節目には記念するイベントが開催され，理由なき圧政に抵抗する自由独立の国アメリカを象徴する出来事として，しばしば引き合いに出されている。たとえば100周年にあたる1873年には，『ニューヨーク・タイムズ』紙はボストン茶会事件の概要とともに各所で行われる記念イベントを紹介していて，イギリスの圧政から独立する重要な布石となったこの事件がアメリカ全体で祝福的に受け止められていることがうかがわれる（12月15-17日付◁7）。また，より広い意味で抗議行動の類型として再演されることもある。たとえば1938年6月8日付『チャイナ・プレス』紙は，「1938年のボストン茶会事件」という見出しで，ボストンで大学生たちが抗議活動を行い，ドイツ・イタリア・日本の製品を湾に投げ捨てた様子を伝えている◁8。このようにアメリカ文化においてボストン茶会事件は，自由の迫害に対する抵抗の象徴として深く根付いている。もちろん，植民地側が独立戦争に勝利したからこそ，ボストン茶会事件は自由や独立を象徴する英雄的行為と目されている。かりにアメリカが独立戦争に敗れていたら，あるいは反逆行為として文化史上意味を持つようになっていたかもしれない。ボストン茶会事件は，政治社会的動向が文化的象徴的意味合いにも影響することも物語る。

アメリカ文化史上もう一つ興味深いのは，参加者たちはモホーク族◁9の扮装をしていたと伝えられる点である。彼らがそうした直接の理由は定かではないが，彼らの扮装はアメリカらしさを表現したものとして考えることもできる。入植者たちにとって，先住民に扮することは本国イギリスと差異化しアメリカのアイデンティティを演出する効果的な手段の一つであった◁10。とりわけ1770年代に独立を求めた入植者にとって，先住民は両義的存在であった。一方ではヨーロッパ文明の担い手として先住民を啓発し，文明化できなければ戦い，彼らに代わってアメリカを領有しながら，他方ではヨーロッパ，とくに本国イギリスとは異なる自由の国家を標榜するために，アメリカ固有の先住民を象徴として用い，その服装や習わしを真似てみせた◁11。ボストン茶会事件でのモホーク族の扮装は後者の例に外れない。身元を隠すためのカモフラージュであるとともに，独立急進派がイギリスとは異なるアメリカらしさを強調するための象徴的装いでもあったのだ。

（加藤有佳織）

Tea Party Ships & Museum 〈https://www.bostonteapartyship.com/participants-in-the-boston-tea-party〉.

▶6　コンコードの植民地民兵拠点へ向かうイギリス軍と，その動向を受けた植民地民兵がレキシントンにて衝突。同日帰路，ノースブリッジにて民兵と再衝突する。イギリス軍は273名，植民地民兵は95名の死傷者を出したと伝えられる。

▶7　*New York Times* (December 15, 1873): 5; *New York Times* (December 17, 1873): 5. *ProQuest: Historical Newspapers Collection.*

▶8　*The China Press* (June 8, 1938). *ProQuest: Historical Newspapers Collection.*

▶9　アメリカ独立戦争時，指導者タイエンダネギー（Thayendanegea もしくは Joseph Brant, 1743-1807）はイギリス軍に協力。アメリカ独立後，イギリス側の部族はイギリス領カナダのオンタリオやモントリオールなどへ移住する。本書の 1-1 ▶5（9頁）を参照。

▶10　Deloria, Philip J. (1998), *Playing Indian*, Yale University Press, pp. 1-9.

▶11　Sollors, Werner (1986), *Beyond Ethnicity: Consent and Descent in American Culture*, Oxford University, pp. 102-103.

おすすめ文献

ウッド，ゴードン・S.／中野勝郎訳（2016）『アメリカ独立革命』岩波書店。

紀平英作編（2008）『アメリカ民主主義の過去と現在――歴史からの問い』ミネルヴァ書房。（とくに第一章）

Deloria, Philip J. (1998), *Playing Indian*, Yale Universuty Press.

3　18世紀イギリス植民地と独立戦争

合衆国憲法とザ・フェデラリスト

1　連合規約から合衆国憲法へ

1776年6月7日，植民地諸邦[1]が集会する第2回大陸会議（Continental Congress）において，イギリスからの独立提案が了承され，7月4日に，ヴァージニア邦の代議員のひとりであったトーマス・ジェファーソン（Thomas Jefferson, 1743-1826）の起草になる「独立宣言」が採択された。「すべての人間は生まれながらにして平等であり，生命，自由および幸福追求を含む，絶対不可侵の権利を創造主により与えられているということは自明の真理である」というくだりで有名なこの宣言は，アメリカ建国の由来とともに，その理念の核心を雄弁に語る歴史的文書であった[2]。対英戦争の渦中にあって，対英独立を決断し，かつその理念的正当化をなし得たことの意義は大きい。

第2回大陸会議は，独立後も諸邦の連携を維持する必要から，独立宣言の採択と同時に，より強固な同盟関係を構築するための規約の起草に着手し，16か月におよぶ議論の末，1777年11月15日，連合規約（Articles of Confederation）を採択する。13邦が United States of America（アメリカ合衆国）を名乗るようになったのはこの規約の制定からである。宣戦・講和や外交については，新たに設置される連合会議（Congress. その議長は president と呼称されていた）が権限を有し，その限りで諸邦の独立性は制限されるが，本規約の下での連合は，なお各邦の主権国家性を前提とする国家間連合にとどまるものであった。1783年，独立戦争が終結すると，連合は経済危機に見舞われるも，諸邦への課税権すらない連合会議では対応に限界があることなどが露呈した。ところが，連合規約はその第13条で同規約の改正には13邦すべての同意を擁すると定められており，必要な統治制度改革は事実上不可能に近かった。そこで，「より完全な連合」（a more perfect Union）[3]を求める機運が高まり，連邦という制度形態による再結束を実現するために合衆国憲法の制定が目論まれることになるのである。

2　合衆国憲法の制定とその概要

1787年5月，独立の功労者ジョージ・ワシントン[4]（George Washington, 1732-99）の呼びかけ等が功を奏し，フィラデルフィアにおいて憲法制定会議（constitutional convention）が開催された。連合会議は自らの存在を脅かすこの呼びかけに躊躇していたが，連合規約改正を唯一の目標とするという条件で開

▷1　「邦」の原語は state であり，通常「州」という訳があてられるが，連邦という制度的結合体ができあがっていなかったこの時期の state は，連邦を構成する state と区別し，前者を「邦」，後者を「州」と訳仕分けるのが我が国の慣例である。

▷2　この宣言は福澤諭吉の『学問のすすめ』劈頭の有名な章句の下敷きとなった。また，日本国憲法（1946年制定・47年施行）第13条の下敷きにもなっている。

▷3　このフレーズは合衆国憲法の前文に挿入されている。2008年3月18日に行われたバラク・オバマ大統領の演説で，人種対立に揺れるアメリカの結束を促すために用いられたことで有名。

▷4　独立を勝ち取った大陸軍の総司令官。憲法制定会議の議長を務め，初代アメリカ大統領（在任1789-1797）。

催に踏み切った。ヴァージニア案[5]を中心に検討が進むも，議論は紛糾し，会議に代表すら送らないロード・アイランド邦の強い抵抗もあったので，全邦一致を定める連合規約との法的連続性を遮断し，その上で，各邦が特別の憲法会議を開き，9邦で承認されれば承認した邦の間で合衆国憲法の効力が発生するとの定めを置いた。合衆国憲法は，1788年6月21日，ついに9邦の承認を得て成立に至る[6]。

同憲法は，合衆国の統治の原理ないし機構として，連邦制，共和制，厳格な三権分立（大統領と連邦議会が別個の選挙によって存立する），独立した司法権，等を定める。なお，成立した合衆国憲法には権利章典がなかった。これは権利章典を根拠に連邦政府の権限が拡大することを危惧したからであるが，各邦憲法には権利章典が定められるのが通例であったので，権利章典の欠如は憲法制定反対派からの攻撃の的となった。このため，最初の連邦会議において権利章典を導入することで妥協が成立し，合衆国憲法の成立を見た後，1789年に開催された第1回連邦議会において直ちに12の憲法修正がなされ，そのうち第1修正から第10修正が言論の自由や信教の自由を含む権利章典であった。

3 「ザ・フェデラリスト」

合衆国憲法の成立に大きな貢献をした政治文書に「ザ・フェデラリスト」（*The Federalist* Papers）がある。これは憲法制定を推進する連邦派が反連邦派を説得するために行った憲法啓蒙の試みである。ニュー・ヨーク邦の代表，アレクサンダー・ハミルトン（Alexander Hamilton 1757（or 55）-1804）が主導し，法曹の先輩であったジョン・ジェイ（John Jay 1745-1829），ヴァージニア邦代表で憲法制定会議をリードしたジェイムズ・マディソン（James Madison 1751-1836）らと共同執筆し，“Publius”の名[7]で新聞紙上に掲載されたもので，全85編から成るものである。後に編纂され一書となるが，反連邦派を説得・論駁する党派的目的で執筆された政治文書であるにもかかわらず，現在でも，合衆国憲法の解釈の手引きとして，原意主義者[8]たちが制定者意思を確認するために引照し，判例や論文にも頻繁に引用される政治思想の古典と位置づけられている。後に，ジェイは，初代連邦最高裁長官，第2代ニュー・ヨーク州知事を歴任し，マディソンは，連邦下院議員，第5代国務長官，第4代大統領に昇りつめるが，ハミルトンは，初代財務長官となるも，1804年，政敵アーロン・バーとの決闘に敗れ，49歳（あるいは47歳）の若さで死去した。

（駒村圭吾）

▷5　マディソンの思想を基礎にした憲法案。二院制を採用し，議員数は人口比例によるとされていた。そのため，人口数の少ない小規模邦からは警戒された。

▷6　同年6月25日にヴァージニア邦が，7月26日にニュー・ヨーク邦が承認し，この段階で新統治機構の準備が開始され，1789年3月4日，第1回連邦議会が開催。同年11月21日にノース・カロライナ邦が承認し，1790年5月29日にロード・アイランド邦が承認し，ついに全邦の承認がなされた。

▷7　ローマ市民の自由を擁護し，共和制の基礎を作った執政官 Publius Valerius Publicola（？-BC 503）にちなむ。憲法制定に反対する論者がカトー（Cato）やブルータス（Brutus）の筆名で論陣を張っていたのに対抗する意味もあったと思われる。

▷8　Originalist. 制定者たちの意図（original intent）を憲法解釈の決め手と見る立場にたつ。

おすすめ文献

田中英夫（1980）『英米法総論（上）』東京大学出版会。

ハミルトン，A. &ジェイ，J. &マディソン，J.／斎藤眞・中野勝郎訳(1999)『ザ・フェデラリスト』岩波書店。

ハミルトン，A. &ジェイ，J. &マディソン，J.／齋藤眞・武則忠見訳(1998)『ザ・フェデラリスト』福村出版。

3　18世紀イギリス植民地と独立戦争

3 ベンジャミン・フランクリンと出版文化

1 植民地の未熟な印刷技術

『フランクリン自伝』（(仏語版1791年，英語版93年)[1] 以下『自伝』）は18世紀前半における植民地アメリカの出版事情について多くを物語る。徒弟時代のフランクリンがボストンからフィラデルフィアへ家出した際のエピソードもその一つである。印刷所の親方である兄からの暴力に耐えかね，彼は船に乗る。旅の途中，ひとりの同乗者が海に落ちたところを助けると，男は懐中からオランダ語版『天路歴程』[2]（英語版1678，84年）を取り出した。本を手に取ったフランクリンは，その製本技術，紙質，銅版画技術の高さに感心する。[3]

当時，印刷の先端技術は植民地では身につけることができなかった。フランクリンの兄もイギリスで徒弟時代を過ごした。兄はボストンで四番目（『自伝』では二番目と記す）となる新聞『ニューイングランド新報』紙を発行した。[4]弟も，逃亡先で植民地総督から資金を提供するとの嘘の誘いに乗ってしまい，放り出されたロンドンで印刷工となり最新技術を身につけた。[5]政治家の甘言を真に受けたのは若気の至りであったが，この話は植民地で印刷技術の向上が急務であったことを物語る。

当時の印刷所は発行所を兼ね，販売所と同じく配達まで請け負った。印刷所では活字を組む植字工，組ゲラから原版を組む整版工，印刷機を操る印刷工といった職人らがおり，徒弟がゲラ組や原版を運んだり印刷した紙面を棹にかけて干したりとよろずの手伝いをして仕事を学ぶ。徒弟時代にフランクリンは厳しい兄のもと，すべてを学ぶことになった。

儲けはともかく印刷業は文化の先端を担う職業であり，図書館のない時代に貧しい少年が多くの本や文人と出会える職場であった。各社にはお抱えの執筆者がいた。徒弟時代のフランクリンは，1722年のエイプリル・フールに乗じ，兄をからかうため未亡人（ペンネーム “Silence Dogood”，さしずめ「善行しずか」）と偽って投稿すると人気を博した。[6]これより彼は多くのペンネーム（Richard Saunders，Polly Baker，Busy Body など）を駆使して活躍する。

その後，ロンドンでの修行と創意工夫により植民地でも随一の職人となる。その技量を頼って紙幣発行の依頼がくる。かつてオランダ版書籍の品質に圧倒された彼は，この時ついに銅版印刷（木版とは桁違いに繊細な図像を印刷できる）の技術を初めてこの植民地にもたらすこととなった。[7]

▷1　自伝刊行に関する経緯については，フランクリン，ベンジャミン／松本慎一・西川正身訳（2010）『フランクリン自伝』岩波文庫，301-305頁。

▷2　17世紀，英国の伝道者ジョン・バニヤン作。キリスト教道徳を説く寓意的な旅物語。

▷3　フランクリン（2010）23頁。

▷4　フランクリン（2010）19頁。

▷5　フランクリン（2010）42-53頁。

▷6　フランクリン（2010）19-20頁。

▷7　フランクリン（2010）55-57頁。

2 すぐれた内容を裏書きする優れた見た目

ロンドンから活字一式が届き，資金調達の目途もたつといよいよ彼は独立する。他の業者が総督の議会演説を粗悪な仕上げで印刷した際に，自社で誤植を修正し，優雅な仕上がりの紙面で発行して議員に配布した。出来栄えに感嘆した議員らは，以降，刊行物をフランクリンに依頼するようになった。[◁8]

「ボロは着ていても心は錦」では通らない。美しい紙面と優れた内容により自社の新聞も多くの購読者を獲得し，政界にも影響力を持ち始める。紙幣の重要性を説く小論も功を奏し，紙幣発行を依頼され，事業は急速に好転するのである。開業当時，信用と評判を確立するために，「実際に［in *Reality*］勤勉であるだけでなく，その反対に見えること［*Appearances*］は一切避けるように気を付けた」（傍点は引用者）と『自伝』にある。[◁9] 人目につく通りで印刷紙を積んだ荷車を押し，酒場には足を踏み入れないようにしたともいう。[◁10]

大きなパンを口にくわえ，両脇にも抱えて，逃亡先の町の目抜き通りを走っていった様子は印象的である。[◁11] これも，のちに立身出世する自分の姿と比較してもらうための，計算の上での演出である。逃亡先で小金を貯めて，再び兄に姿を見せたときの様子は，懐中時計を下げ，銀糸で縁取った派手な外套をまとい，危うい青年期を象徴する。[◁12] ライバル業者が破綻する話でも，経営者の華美な服装を記している。これに対して，信用と信頼を得ようとフランクリンは質素な身なりをした。[◁13] やがて彼は独立戦争で協力を得るためフランスと外交する際にも，この質朴なイメージを利用して見せた。

書物のようにフランクリンは人生も改訂する。『自伝』第一部では想定読者は息子であり，父親の立場から若い頃の失敗や挫折を語る。ところが建国の英雄となった後に記した第二部からは，公共事業への献身，「十三徳樹立」というモラル養成論を話題にし，模範的なアメリカ人を描いている。第一部での失敗（預かった金の使いこみ，官憲に追われる兄の弱い立場につけこんだこと，渡英で婚約者をほったらかしにしたことなど）は誤植（errata）と綴っている。[◁14] 改訂版のように，彼にとり人生とは修正可能な物語であった。

この発想は若き頃に記した自作の墓碑銘にも明白である。

> 印刷工／B. フランクリン／遺体は／古い本の表紙のごとく／中身は破れ／銘も箔もなく／ウジ虫の餌食となってここに眠る／だがその業すべてが失われることはなからん／それは，故人の信ずるところの通り，ふたたび／より完成度の高い新版の装いで／改訂されて現れるであろう／著者は生年1706年1月6日，没年17〇〇年。[◁15]

書籍を遺体に，改訂版を復活に譬える，このゴシック・ホラーめいた奇想にも，生き馬の目を抜くジャーナリズム駘蕩期（たいとうき）をしたたかに生きたユーモアが冴える。

（佐藤光重）

▷8 フランクリン（2010）64頁。

▷9 フランクリン（2010）68頁。

▷10 フランクリン（2010）66-68頁。

▷11 フランクリン（2010）25-26頁。

▷12 フランクリン（2010）31頁。

▷13 フランクリン（2010）68頁。

▷14 フランクリン（2010）21-22，35，44頁。

▷15 フランクリン（2010）227-228頁。

おすすめ文献

フランクリン，ベンジャミン／松本慎一・西川正身訳（2010）『フランクリン自伝』岩波文庫。

フランクリン，ベンジャミン／亀井俊介監修／池田孝一訳（1971）『ベンジャミン・フランクリン』アメリカ古典文庫1，研究社。

ウッド，ゴードン・S.／池田年穂他訳（2010）『ベンジャミン・フランクリン，アメリカ人になる』慶應義塾大学出版会。

コラム 1

描かれたアメリカ図像の変遷

16世紀中頃以降のヨーロッパでは，新世界アメリカは先住民の姿に象徴された。アメリゴ・ヴェスプッチ（Amerigo Vespucci, 1454-1512）のアメリカ発見を描いた1600年頃の画は，アメリカを眠りから目覚めた裸の先住民女性に擬え（図１），1629年のマサチューセッツ湾岸会社は，弓矢を携えて「ここへ来て私たちを助けて」と言う先住民を標章とした（図２）。この傾向はイギリスが植民の主導権を握って以降も続き，とくに先住民女性は「遠く離れて文明化されていない，それゆえにイギリス帝国の統治を必要とする植民地アメリカ」の象徴として[1]，植民者を歓迎する肥沃な大地をイメージさせた。

図１　アメリゴとアメリカ

（出所：Deloria (1998), p. 29.）

独立戦争前後，自由独立を求める植民地人の象徴は肌色淡く高貴な先住民女性となる（本書の 1-3 図２（13頁）を参照）。そして独立後，ヨーロッパ諸国に比肩する主権国家としての尊厳を演出するため，アメリカは先住民ではなくアングロ・アメリカ人によって表されるようになる。アメリカ合衆国の独立を反映した最初の地図は，ジョン・ウォリス（John Wallis, 1745-1818）が発行したものだとされる。1783年４月３日発行の地図右下には，独立革命の立役者ジョージ・ワシントン（George Washington, 1732-99）が自由の女神と歩み，羽ペンを持つベンジャミン・フランクリン（Benjamin Franklin, 1706-90）のかたわらに知恵と正義の女神たちが寄り添う（図３）[2]。紳士然とした独立の英雄たちと女神たちの祝福が描かれたのである。

図２　マサチューセッツ湾岸会社標章

（出所：Jennings, Francis (1975), *The Invasion of America: Indians, Colonialism, and the Cant of Conquest*, University of North Carolina, Press, p. 228.）

図３　最初の合衆国地図のタイトル部

（出所：Yokota, Kariann Akemi (2011), *Unbecoming British: How Revolutionary America Became a Postcolonial Nation*, Oxford University Press, p. 32.）

そして19世紀になると，アメリカを擬人化したコロンビアがポピュラーになる。たとえばエドワード・サヴェジ（Edward Savage, 1761-1817）による1796年の画は，白頭鷲や星条旗，リバティ・キャップとともにコロンビアを描く。その足元には，絶対王政を表すメダルや勲章，バスティーユ牢獄の鍵などが配され，ヨーロッパ的王政との訣別を象徴する（図４）。

図４　コロンビア

（出所：Yokota (2011), p. 78.）

16世紀から19世紀にいたる新世界アメリカの激動は，その図像の変遷にもよく表れており，旧世界的秩序と訣別しようとしつつ，対等な地位に立つべくヨーロッパ的伝統に参加していたダイナミズムがうかがわれる。

（加藤有佳織）

▶１　Deloria, Philip J. (1998), *Playing Indian*, Yale University Press, p. 29.

▶２　“The United States of America Laid down from the Best Authorities, Agreeable to the Peace of 1783” と題されたこの地図はアメリカでも広く流通した。ヨコタは，アメリカ独立の実利はロンドンへ流れていた点を指摘している（Yokota (2011), p. 32）。

コラム2

ベンジャミン・フランクリンの暦

去る2015年，映画『バック・トゥ・ザ・フューチャー2』が設定する未来が到着した。自動車型のタイムマシンと同型のリサイクル燃料車を日本の資源開発業社が公開したことは話題となった。

発明家ドクのモデルはフランクリンでもある。シリーズ第一作では雷が大事な役割を果たす。フランクリンは凧と鍵（それにライデン・ジャーと呼ばれる蓄電池）という簡素な道具だけで電気が雷の正体であることを証明した。シリーズ第一作の冒頭で，主人公がドックの研究所に立ち寄る。ドアマットの下から「鍵」を取り出して研究所に入る。これもこの実験を踏まえているようにも見える。

フランクリンはメキシコ湾流の仕組みの解明，色と熱伝導の関係を解明する科学的実験などのほか，遠近両用メガネ，避雷針など現在でも通用する発明品を送り出した。電流の働きをわかりやすくするためプラス（Positive），マイナス（Negative），チャージといった用語を考えた。わたしたちがICカードに料金を「チャージ」すると言うのもこの意に通じよう。

このような発明に没頭できたのには訳がある。彼は印刷所で成功を収めたからである。ロンドンでの徒弟時代に最新の印刷技術を会得した彼は紙幣の発行を任され，自社の発行する新聞『ペンシルヴェニア・ガゼット』紙も印刷の出来栄えが功を奏して地元でも最大の信頼と人気とを博した。

この成功にも増して彼に莫大な収入をもたらしたものは，『貧しいリチャードの暦』（*Poor Richard's Almanack*, 1733年版から58年版まで。暦は現代式につづると Almanac）である。庶民が愛読した暦でも競争相手を出し抜く圧倒的な人気を誇り，その売り上げにより彼は五十代前半で生涯賃金を稼いでしまう。

暦は今日でいうカレンダーに留まらない，庶民の便利帳であった。日々の日の出・日没の時刻（時計の時刻を調整する目安でもあった），満潮時刻や月の満ち欠けおよび位置（電灯のなかった当時，漁師に限らず闇夜か月夜かの違いは誰にとっても重要な情報），毎日ではないが天気予報も記されていた。

惑星の位置関係もほぼ毎日記されている。これは月の位相とならび，星占いの役割を果たした。当時の日々の星占いは，今日でいう祝い事や引っ越しは仏滅を，葬式は友引を避けること以上の現実味があった。こうした天文観測には科学の知識が不可欠であり，惑星の位置関係が地上の出来事や身体に影響すると信じられていた当時，占星術は科学に準ずるものであった。いまでも流行性感冒をインフルエンザ（ドイツ語の「影響」が起源）と呼び，狂気を“lunatic”（語源は「月」）と称するのは昔の占星術の名残りである。

だがフランクリンの暦が人気を博した理由は科学にあるのではなかった。日々の生活に不可欠な情報のはざまにしばしば挿入される格言の妙味に人々は魅了されたのである。

意味内容は東洋にも同種のものが多い。彼の格言は古今東西の格言をアレンジしなおしたものである。世知に長け（「長居は禁物」“Fish and Visitors stink after three days”），簡潔（「時は金なり」“Time is money”）かつユーモアたっぷりで（「王冠で頭痛は治らない」“The Royal Crown cures not the Head-ache”）語呂合わせが妙（「急いてはことを仕損じる」“Haste makes Waste”）なのである。

著者名（Richard Saunders）はペンネーム。貧しく哀れ（Poor）で妻には頭が，おまけにうだつも上がらないダメ男の設定だ。初年度版の序文ではライバル業者の死をニセ占星術で「予言」するような毒気もある。儲けたいとの本音で「世のため人のため」との建て前を一笑に付す。だが社会に奉仕することが彼の本音でもあったことは後の活躍が証明することになる。

（佐藤光重）

第二部
Antebellum America

南北戦争以前

イントロダクション

植民地時代のピューリタンたちは「荒野への使命」(Errand into the Wilderness) なるスローガンに突き動かされてきた。日本語で「荒野」と記すと荒地のようにも響くが，“wilderness” は基本的に人間の手が一切加えられていない原生自然を指し，それを切り拓くことにピューリタンたちは自らの使命を感じたのだ。そしてこれが南北戦争以前の時代の「明白な運命」(Manifest Destiny) なるスローガンに発展解消し，WASP（ワスプ）(White Anglo-Saxon Protestant) が北米全土を開拓し支配していく動きを，あたかもそれこそが神意であるかのように正当化することになる。

こうした動向に，アメリカ的精神としての「フロンティア・スピリット」を見出すのは難しくない。何しろ，19世紀前半の段階でアメリカ合衆国はまだ北米の東半分しか正式には支配しておらず，1845年にようやくテキサスを併合したばかり。黒人奴隷制の存亡を賭けた内乱 (Civil War) を我が国では「南北戦争」と訳すので誤解しやすいのだが，この場合の南北とは，北米の東半分の南北にすぎない。残りの西半分では，まだまだアメリカ先住民（インディアン）が睨みを聞かせ，白人入植者たちに戦いを挑んでいた。「荒野への使命」や「明白な運命」が要請した「西漸運動」(westering) の目的の一つは，こうした原住民の脅威をも含む原生自然を切り拓き，彼らをミシシッピ川以西の特別居住区へ強制移住させることであった。

というのも，1848年には西海岸のカリフォルニアで金鉱が見つかり，翌年1849年には東海岸の労働者が一斉に西を目指す「ゴールドラッシュ」が起こるからである。加えて，当時のアメリカはハーマン・メルヴィルの『白鯨』(1851年) が表現しているように捕鯨大国であったから，西海岸のその先にある太平洋上のハワイや日本を捕鯨の基地と見做していたからである。

（巽　孝之）

4　アメリカ固有の文化の誕生

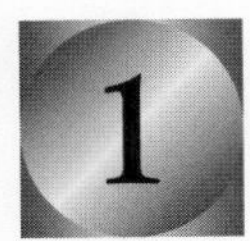

1 ミンストレル・ショー

1 ミンストレル・ショーとは何か

ミンストレル・ショーとは，19世紀半ばに最盛期を迎えたアメリカの興行形態のエンタテインメントである。時代によって形式は異なるものの，もっともポピュラーな時代の構成は４，５人の白人男性演者による三部構成のパフォーマンスであった。それぞれの芸人がバンジョー，フィドル，ボーンズ[◁1]，タンバリンなどの楽器を奏でながら，第一部では歌の合間に短いコントが披露され，「オリオ」と呼ばれる第二部ではスキットや異性装（「ウェンチ」と呼ばれる）などの芸が続き，さらに第三部では南部を舞台にした歌と踊り，それにバーレスク調の芝居が上演された。「アメリカ音楽の父」と呼ばれるスティーブン・フォスター[◁2]もミンストレル・ショーの作曲家として活動した。

2 ブラックフェイス

ミンストレル・ショーの最大の特徴は，白人の演者が顔を黒塗りにして――焼いて粉末状にしたシャンパンコルクと水やワセリンなどを混ぜ合わせたものが用いられた――黒人を面白おかしく演じる点にある。

もちろん，顔を黒塗りにする「ブラックフェイス」の芸はアメリカのミンストレル・ショーで始まったわけではない。『オセロ』などのシェイクスピア劇でもそれは行われていたし，アメリカでも18世紀以来，顔を黒塗りにしたキャラクターが登場する劇は数多く上演されていた。

ミンストレル・ショーの構成要素がすでに18世紀末に揃っていたという論者もいるが，一般的には1830年代にトーマス・ダートマス・ライス[◁3]がニューヨークで「ジム・クロウ」と呼ばれる黒人キャラクターを演じたのを嚆矢（こうし）とし，ダン・エメット率いる４人組のヴァージニア・ミンストレルズが活躍した1840年代にジャンルの成熟をみるのが通説である。やがて白人が演じる黒人のステレオタイプも多様化し，プランテーションの粗野な黒人奴隷を表す「ジム・クロウ」，都会の黒人伊達男を演じる「ジップ・クーン」など様々なキャラクターが生まれた。現在の視点から見て「ブラックフェイス」のパフォーマンスが人種差別的であることは疑いないが，北部都市の白人聴衆に黒人の生活や文化を垣間見せる役割も果たしていた。

ミンストレル・ショーは20世紀初頭までに興業としては衰退したものの，芸

▷1　ボーンズ（bones）
動物の骨や木片を用いた打楽器。

▷2　Stephen Foster, 1826-64。「おおスザンナ」など日本でも馴染み深い歌の作曲者であり，世界でもっとも知られるアメリカの音楽家のひとり。1850年代にはクリスティ・ミンストレルズと契約し，「草競馬」や「ケンタッキーの我が家」などの代表曲を作曲した。

▷3　Thomas Dartmouth Rice, 1808-60。「ジム・クロウ」というキャラクターを作り出した，同時代でもっとも有名なブラックフェイスのパフォーマー。イギリスでもツアーを行い，ミンストレル・ショーを広めるのに一役買った。

としてのブラックフェイスがアメリカのエンタテインメント業界から消滅するには公民権運動の進展を待たなければならなかった。

3 黒人が黒人を偽装する?

1840年代にマスター・ジュバ(ウィリアム・ヘンリー・レイン)というステージ名の黒人ダンサーがステージに立ったことを皮切りに多くの黒人芸人がミンストレル・ショーに出演し，南北戦争後には黒人の一座もいくつか存在したことが知られている。イギリス人作家チャールズ・ディケンズ(Charles Dickens, 1812-70)も『アメリカ紀行』(1842年)で言及したジュバのパフォーマンスは，黒人芸人が「黒人」を演じるブラック・ミンストレルズを考察するうえで興味深い。1845年のジュバの公演用チラシには次のような宣伝文句が書かれていたという。

> ステージの最後はマスター・ジュバによるイミテーション・ダンスで締めくくられる。そこで彼はまずアメリカの主要なエチオピアン・ダンサー全員のモノマネを披露する。つぎに，ジュバは自分自身の模倣をしてみせるだろう——そうすることで，これまでダンスを試みてきた者たちと，この素晴らしい若者がいかに異なるかがはっきりわかるはずだ。

黒人が出演するミンストレル・ショーには〈白人が演じる「黒人」を黒人自身が演じる〉という偽装の多層性をみることができる。エンタテインメントとして定着している「黒人芸」を黒人が演じることのアイロニーとオーセンティシティー(正統性)——たとえば，それはギャング出身ではないラッパーがことさらにギャングらしい振る舞いを強いられるヒップホップというジャンルに顕著だが——その葛藤と緊張こそが，現在に至るまで多くのアメリカ黒人文化に当てはまる構造だといえる。

4 ミンストレル・ショーと階級

ミンストレル・ショーは第7代大統領アンドリュー・ジャクソン[◁4]にちなんで名付けられた「ジャクソニアン・デモクラシー」の時代に発展したが，その主要な客層は北東部の都市の男性労働者であった。産業の進展とともに台頭した労働者階級はその階級的な不安から奴隷制を支持したが，それは白人の優越を掲げ，奴隷制を擁護する南部民主党の利益とも合致していた。舞台では，南部プランテーションで幸せに暮らす黒人奴隷の物語が上演されることも多く，奴隷制を告発したストウの『アンクル・トムの小屋』(1852年)出版後にはその内容に反対するパフォーマンスも数多く上演されたという。

またミンストレル・ショーが台頭した1840年代は，アメリカの劇場文化に階級差がはっきりと可視化された時代であった。上流階級はオペラやコンサートホール，さらにハイクラスな劇場に足を運び，下層階級(労働者階級)の人々はメロドラマやミンストレル・ショーを鑑賞した。　(大和田俊之)

▷4 Andrew Jackson, 1767-1845。1812年の米英戦争での活躍によって国民的な英雄になり，1829年から37年まで第7代アメリカ合衆国大統領を務めた。庶民の味方としてエリートを批判したが，インディアン虐殺，黒人奴隷の酷使など差別的な言動で知られ，後世の評価は分かれている。

おすすめ文献

Lott, Eric. (1993), *Loved & Theft: Blackface Minstrelsy and the American Working Class*, New York: Oxford University Press.

大和田俊之(2011)『アメリカ音楽史——ミンストレル・ショウ，ブルースからヒップホップまで』講談社。

藤野幸雄(2005)『夢みる人——作曲家フォスターの一生』勉誠出版。

4　アメリカ固有の文化の誕生

2 『アンクル・トムの小屋』とトム・ショー

1 南北戦争とストウ

「あなたがこの大きな戦争を起こした小さなご婦人ですね。」

ベストセラー小説『アンクル・トムの小屋』（1852年）の作者ハリエット・ビーチャー・ストウ（Harriet Beecher Stowe, 1811-96）に面会したリンカン大統領は，こう声を掛けたという。こうした会話があったかの真偽は定かでないものの，この小説こそが，老奴隷トムの悲惨な人生の物語を通して，反奴隷制運動と南北戦争の気運を高めたとされている。17世紀に最初の奴隷が輸入されて以降，奴隷制度と人種問題は積年の課題であり，もっとも議論が激化した19世紀にはこのテーマにまつわるアメリカ独自の文学や娯楽が生まれた。

2 小説にひそむ白人優位主義

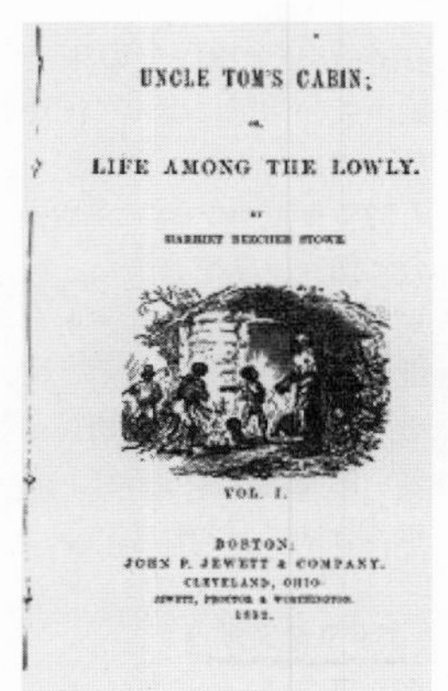

図1　小説版の初版表紙（1852年）

小説『アンクル・トムの小屋』（図1）は，単行本として出版されるや発売初日に3000部，最初の一年間で30万部が売れるヒット作となった。物語はおもに二つのメイン・プロット（主筋）からなる。一つは，従順な奴隷で熱心なキリスト教徒でもある主人公トムが家族をバラバラに売られた挙句に虐待を受け，天に召される物語。もう一つは，奴隷の夫婦エライザとジョージが苦難の末に自由の地カナダへ逃亡し，さらに黒人の新国家を創るべくアフリカへと旅立つ物語だ。全編を通して奴隷制度の非人道性が克明に描かれており，人種をめぐる名作として文学史に名を残している。

しかし，ストウは，そしてこの小説を熱狂的に支持した北部の人々ですら，黒人を白人と平等視していたわけではなかった。むしろ，人種の優劣を明確にしたいという欲求は，奴隷制度という区分があった南部よりも北部において強かった。リンカンも，アメリカの独立宣言は「すべての側面において」ではなく「いくつかの側面において」のみ万人の平等を謳ったのだと述べて，黒人の人権は認めなかった（1858年7月17日の演説）。

小説には，人種の優劣を自明のものととらえる記述がそこかしこに見受けられる。たとえば，白人少女エヴァと黒人少女トプシーを比較した次の一節は，あまりに有名だろう。

> 社会の両極端の典型といえるような二人の子どもが立っていた。（中略）
>
> 二人はそれぞれの人種の代表であった。文明，統治力，教養，優秀な身体

と精神の産物であるサクソン人。そして，抑圧，服従，無知，労働，悪徳の産物であるアフリカ人。（第20章）

また，トムが死んで，ジョージとエライザはアフリカへ移住してしまうという物語の結末は，黒人はアメリカに住めないという，19世紀アメリカの人種観を顕著に映し出している。

3 大人気のトム・ショーへ

『アンクル・トムの小屋』は小説としてこんにちまで名を馳せているが，19世紀から20世紀初頭にかけて絶大な人気を誇ったのは，実は舞台版だった。演劇は識字率の低い時代には最大の娯楽だったのだ。小説は北部ですぐさま舞台化されたうえに異なるヴァージョンがいくつも制作されて，「トム・ショー[1]」と呼ばれる一大ジャンルへと成長する。全盛期の1880年代から90年代には，500ものトム・ショー専門劇団が全米を巡業したばかりかヨーロッパ各地へも輸出され，アメリカ固有の演劇伝統となった（図2）。

トム・ショーの特徴は，徹底したセンセーショナリズムとセンチメンタリズムにある。トム・ショーの目玉は，子供を売られそうになったエライザが凍った川を必死に逃げる場面だった。哀れな母子に迫りくる奴隷狩り犬の様子はスリル満点で，公演ポスターにもたびたび採用された。また，天使に囲まれたトムが安らかに天へとのぼる姿は，何度繰り返されても，観客の涙をおおいに誘った。トム・ショーでは小説の複雑なプロットや人道主義的なメッセージは削られ，悪い白人主人レグリーの死によって大団円となる。

4 メロドラマの効用

小説にも増して，トム・ショーはメロドラマの要素が強い。P. ブルックスによれば，メロドラマはステレオタイプのキャラクター造型，善と悪の対立という道徳律，そして勧善懲悪のプロットを通して，失われた「伝統的〈聖性〉」を再確認するという[2]。「伝統的〈聖性〉」とは，キリスト教の衰退や身分制度の崩壊，社会の急速な近代化によって揺らいだ旧来の価値観と社会秩序を指す。

そういった意味で，南北戦争期の北部社会は人種をテーマとするメロドラマを渇望していた。北部では，奴隷制度がないゆえに人種の差異があいまいになってしまう不安がいつも付きまとっていたからだ。そうだとすれば，一見すると黒人の味方に思える北部においてこそトム・ショーが生まれ，高い人気を得たのも納得がいくだろう。奴隷制度は悪であるが黒人を白人と同等に見なすことはできない，あまつさえ南部と決定的に対立して連邦を崩壊させるわけにはいかない――トム・ショーは，このような19世紀のアメリカ人，とくに北部の人びとの揺れる気持ちを鎮める役割を果たしたのだった。

（常山菜穂子）

▷1　本書の6-1（50-51頁）を参照。

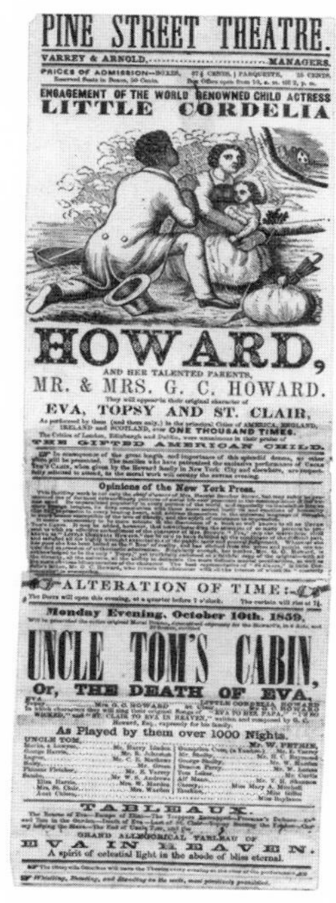

図2　舞台版の公演ポスター（1859年）

（出所：ハーバード演劇コレクション。）

▷2　ブルックス，ピーター（2002）『メロドラマ的想像力』産業図書。

おすすめ文献

小林憲二（2008）『アンクル・トムとその時代――アメリカ大衆文化史』立教大学アメリカ研究所。

高野フミ編（2007）『「アンクル・トムの小屋」を読む――反奴隷制小説の多様性と文化的衝撃』彩流社。

常山菜穂子（2007）『アンクル・トムとメロドラマ――19世紀アメリカにおける演劇・人種・社会』慶應義塾大学出版会。

4　アメリカ固有の文化の誕生

3 ミュージカルの誕生

図１　音楽劇『黒い悪魔』（1866年初演）の広告

（出所：ニューヨーク市立博物館。）

▷１　ドイツの芸術家ヨハン・ゲーテ（Johann Goethe, 1749-1832）の代表作である長編戯曲。第一部は1808年，第二部は1833年に発表された。

1 「ミュージカル」の遍在

いまや世界中で人気を誇るミュージカルは，19世紀末から20世紀初頭にかけてアメリカ固有の演劇ジャンルとして確立した。そもそも，18世紀のアメリカで自前の演劇文化が発展し始めたときから，舞台には音楽が溢れていた。一晩の出し物は劇に加えて歌やダンス，漫才，ものまね，曲芸などが，座付きのバンドやオーケストラにあわせてつぎつぎと繰り広げられるバラエティ形式だった。しかも，シェイクスピアのようなせりふ劇でも，物語のプロット（筋立て）や登場人物の喜怒哀楽を表現するために音楽やダンスを盛り込む演出が普通だった。音楽劇『黒い悪魔』（1866年初演，図１）は当時を代表する作品で，『ファウスト』[◁1]を下敷きにした物語に30人ものバレリーナが花を添え，米演劇史上初となる一年以上のロングランを記録した。19世紀前半のアメリカでは「音楽的な劇」という意味での「ミュージカル」は演劇シーンに遍在しており，一つの劇場にあらゆる階層が集い共有する主流文化だった。

2 オペラとの分離

このような状態からこんにちの「ミュージカル」が生じた背景には，19世紀後半におきたアメリカ社会の変化がある。産業革命後に工業が発展するにつれて中産階級が生まれ，ヨーロッパやアジアから流入した移民が労働者階級を形成した。新しい価値観と社会規範が作られるなかでアイデンティティ不安を感じた人々は個人と階級に対する自覚を強め，その結果，社会構造と文化経験の序列化が急速に進んだ。1840年代には劇場が階級別に分かれ，演劇ジャンルのうちオペラがハイ・カルチャーとして特権化した。また，国家国民意識が高まる一方でヨーロッパ至上主義も依然として幅をきかせたため，オペラでも英語によるものはロウ・カルチャーとされた。こうして，アメリカ演劇文化において長年親しまれてきた「音楽的な劇」はオペラから離れて，独自の道を歩き始めることとなる。

3 ミュージカルを創った４要素

演劇ジャンルとしてのミュージカルが確立するにあたっては，世紀転換期のアメリカ演劇をめぐる４つの要素が影響した。一点目はオペレッタの伝統だ。オペレッタとはオペラの幕間に上演されていた喜劇的場面が独立してできたジャンルで，当時ギルバート＆サリヴァンによる『ミカド』（1885年）やオッフェンバック作『天国と地獄』（1858年）と『ホフマン物語』（1880年），シュトラウスの『こうもり』（1874年）などが人気を博した。その後，1910年代から20年代にはアメリカン・オペレッタの全盛期が到来し，三大作曲家ヴィクター・ハーバート（Victor Herbert，1859-1924），ルドルフ・フリムル（Rudolph Friml，1879-1972），シグマンド・ロンバーグ（Sigmund Romberg，1887-1951）らが英語でオペレッタ作品を発表した。二点目はアメリカ独自のショー伝統である。19世紀には黒人奴隷をテーマとするミンストレル・ショー，寸劇とダンスと曲芸を合わせたボードヴィル（1880-1920年代），寸劇とコーラスガールを組み合わせたバーレスク（1880年代-）などが生まれた。三点目としては，1870年頃からラグタイム，1910年頃にはジャズといった新しい音楽が生まれ，演劇にも取り入れられたことが挙げられる。四点目の重要な要素はアメリカ社会の複雑化である。19世紀末になるとアメリカは近代社会へと変貌し，高度な機械文明の発達とともに伝統的な価値観は崩壊した。米西戦争や第一次世界大戦といった大きな戦争も体験するうちに，観客は自分たちの生活に密着した，よりリアルな物語と心理描写を舞台に求めるようになった。

4 ミュージカルのアメリカ的起源

19世紀から「ミュージカル的な」演劇ジャンルはたくさんあったが，ミュージカルがそれらと一線を画す条件は何だろうか。一点目は，歌と物語があり，しかもこの二つが融合していることである。ミンストレル・ショーやボードヴィル，バーレスクなど似たようなジャンルはあったが，歌と物語がバラバラなバラエティ形式だった。ミュージカルの特徴は，物語や登場人物の心情が歌によって語られる点にある。二点目は，アメリカに密着した物語を英語を使用して語る点である。ヨーロッパ発祥のオペラとオペレッタは異国情緒溢れる物語や逃避趣味的な物語設定に終始した。それに対してミュージカルは，アメリカ人観客が共感できるような，日々の生活や近代社会の明暗にまつわる「アメリカの物語」を題材にしたのだった。

1927年，これらの条件が整った最初のミュージカル作品と称される『ショーボート』（*Showboat*，図2）が上演された。作曲はジェローム・カーン（Jerome Kern，1885-1945），作詞と脚本をオスカー・ハマースタイン2世（Oscar Hammerstein II，1895-1960）が担当した。南部ミシシッピ川を往来する船の座付き劇団を舞台に，ヒロインであるマグノリアの現実的な結婚生活が描かれる。また，サブ・プロット（脇筋）として，黒人の血が混じっているために悲劇的な結末を迎える，ジュリーとスティーブの恋物語もつづる。本作品は社会的テーマと深いキャラクター造型を歌に乗せて語っており，本格的なミュージカル時代の到来を告げる名作としてアメリカ演劇史に刻まれている。　(常山菜穂子)

図2 『ショーボート』（1927年初演）の楽譜表紙
（出所：国立アメリカ歴史博物館。）

おすすめ文献

岩崎徹・渡辺諒編（2017）『世界のミュージカル・日本のミュージカル』春風社。
小山内伸（2016）『ミュージカル史』中央公論新社。
レヴィーン，ローレンス・W.／常山菜穂子訳（2005）『ハイブラウ／ロウブラウ――アメリカにおける文化ヒエラルキーの出現』慶應義塾大学出版会。

コラム 1

ジャズ・シンガー

1927年に公開されたアラン・クロスランド監督の映画『ジャズ・シンガー』は，一般的に映画史上，最初のトーキー映画[1]として知られている。短編映画などでそれ以前に音の入った映像作品はあったものの，長編作品では初めてであり，歌のパートやいくつかの会話のシーンで映像と音声が同期している。

物語は次のように進む。代々続くユダヤ教の聖職者の家庭に生まれたジェイキー・ラビノヴィッツは，幼い頃からラグタイムやジャズに惹かれ，近所の酒場などで歌声を披露していた。だが敬虔な宗教者の父親はそうした活動を許さず，母親の必死の仲立ちにもかかわらずジェイキーは家を出てしまう。

ユダヤ系であることを隠すために名前をジャック・ロビンに変え，シカゴの劇場でチャンスを摑んだジェイキーは，エンタテインメント業界でさらなる飛躍を目指しブロードウェイへと向かう。ところが公演の大事な初日に父親が倒れてしまい，ユダヤ教の重要な儀式である「贖罪の日」に先唄者の役を務められなくなってしまった。父の代わりにシナゴーグで祈祷文を独唱すべきか，それとも自分自身のチャンスであるブロードウェイの初日を優先するべきか……。

本作品がミンストレル・ショーとの関連において興味深いのは，主人公が最後に顔を黒塗りにし，ブラックフェイスでステージに立つからである。興業としてのミンストレル・ショーは20世紀初頭までにヴォードヴィルなどに取って代わられたが，ブラックフェイスの芸は公民権運動の時代まで受け継がれた。

政治学者のマイケル・ロージンはここでユダヤ系の登場人物がブラックフェイスを纏うことの特別な意味について論じている。新移民として19世紀半ば以降にアメリカに移住したユダヤ人は都市の下層階級を形成し，エンタテインメント業界に参入したものも多かった。彼らにとってブラックフェイスは，「ユダヤ系」という被差別的な民族性を隠蔽し，「白人」性を獲得するための装置として機能したのである。ブラックフェイスは「白人が黒人のマネをする」芸であり，ユダヤ人パフォーマーはその白人／黒人の対立構造に自ら参入することで相対的な階級上昇を実現する。つまり，彼らは「顔を黒く塗ることで自らを白く洗い清めるのだ。」[2]

その点でさらに示唆的なのは，子供時代のジェイキーが劇中で歌う「Waiting for the Robert E. Lee」だろう。1912年にリリースされ，蒸気船ロバート・E.リー号を迎える群衆の興奮を歌ったこの曲はラグタイムなどの新しいリズムを取り入れたことで知られるが，映画の中でジェイキーは歌詞の「Watch them shufflin' along」にあわせて舞台をすり足で歩いてみせる。このすり足＝shuffle こそ，ミンストレル・ショー以来，黒人のステレオタイプとして定着した動きであり，その意味でユダヤ人が黒人を演じるという作品の主題はすでに前半で提示されている。

主人公ジェイキー／ジャックを演じるのが，当時ブロードウェイなどで絶大な人気を博していたアル・ジョルソンであることも重要である。『ジャズ・シンガー』の原作となるサムソン・ラファエルソンの短編「贖罪の日」自体がアル・ジョルソンをモデルにしており，ジョルソン自身，ロシア帝国下のラビ（ユダヤ教の聖職者）の家庭に生まれている。19世紀末にアメリカに移住し，「キング・オブ・ブラックフェイス」と称されるほどエンタテインメント界で成功したジョルソンは，顔を黒塗りにすることで彼自身も階級上昇を果たしたといえるのだ。　（大和田俊之）

▷1　映像と音声が同期した映画。

▷2　Rogin, Michael (1996), *Blackface, White Noise: Jewish Immigrants in the Hollywood Melting Pot*, Berkeley: University of California Press, p. 102.

コラム2

クーン・ソング

アメリカの商業音楽史上，もっとも初期に「黒人」のイメージ／ステレオタイプを流通させたのが，クーン・ソング（coon song）と呼ばれるジャンルである。これらの曲は1890年から1910年にかけて大流行し，主としてシート・ミュージックやレコードなどのメディアを通して流通した。

1880年に J. P. スケリー（J. P. Skelly，1850–90）が作曲した「ザ・ダンディー・クーンズ・パレード」を皮切りに，90年代には600曲以上のクーン・ソングがシート・ミュージックで出版されており，シンコペーションの多用を特徴とする楽曲群はティンパンアレーと呼ばれる初期アメリカ音楽産業の重要なサブジャンルを形成した。

クーン・ソングに関する古典的な論文を発表したジェームズ・H. ドーモンによれば，それ以前のミンストレル・ショーにおける黒人のイメージが基本的にはおとなしく安全なものであり，能天気に歌い踊る滑稽で哀れな存在であったのに対して，クーン・ソングでは嘘つきで酔っぱらい，盗癖があり，ギャンブル好き，淫らで好色などのネガティブなイメージが付与されたという。ミンストレル・ショーでは黒人のステレオタイプとしてスイカやチキンなどの記号が定着していたが，クーン・ソングでは暴力的な存在としてカミソリが重要なシンボルになっている。

こうした傾向は，同時代のアメリカ南部の人種をめぐる状況の変化と無関係ではない。復興期の南部でジム・クロウ法が設定され，リンチが日常的に行われたことはよく知られている。黒人は危険であり，それ故に隔離しなければならないという人種の隔離を正当化するメッセージをクーン・ソングは発しているというのだ。このジャンルが台頭するのが1896年のプレッシー対ファーガソン判決と同時期であることは示唆的だろう。最高裁において「分離すれども平等」という判決が認められたように，クーン・ソングも黒人の分離を暗に主張しているのだ。

また，ミンストレル・ショーとクーン・ソングには決定的な違いがある。前者は舞台で上演されるため，ブラックフェイスの芸人の「顔と声」が同時に届けられるが，クーン・ソングはシート・ミュージック，あるいはレコードという複製商品として「声」のみが届けられる。「顔」と「声」の切断自体がプレッシー対ファーガソン判決の「分離」の反映ともいえるが，メディア研究者リサ・ギテルマンは，この両者の分離，「顔なきブラックフェイス」としてのクーン・ソングが，その「黒さ」の徴として採用したのがシンコペーションという音楽的スタイルだったと暗示する。

つまり，シンコペーションを黒人コミュニティの内発的な表現として捉えるだけでなく，この音楽的特性を白人社会が黒人に対して抱くステレオタイプと，それを内面化する黒人音楽家という方向からも検討しなければならない。

プレッシー対ファーガソン判決が黒人を「肌の色」ではなく「血」で定義したように（ホーマー・プレッシーは7/8白人，1/8黒人）黒人音楽も「肌の色」ではなく「音」によって判別しうるようになった。今後はクーン・ソングと同時代のラグタイム，とりわけ両者に共通するシンコペーションという音楽的特性について再考する必要があるだろう。（大和田俊之）

参考文献

Dormon, James H. (1988), “Shaping the Popular Image of Post-Reconstruction American Blacks: The ‘Coon Song’ Phenomenon of the Gilded Age,” *American Quarterly* 40.4, pp. 450–471.

Gitelman, Lisa (1997), “Reading Music, Reading Records, Reading Race: Musical Copyright and the U. S. Copyright Act of 1909,” *The Musical Quarterly*, 81.2, pp. 265–290.

5　アメリカン・ルネサンス――エマソンとホイットマン

南北戦争前 VS 南北戦争後

1　エミリ・ディキンスンの戦争詩

エミリ・ディキンスン（Emily Dickinson, 1830-86）が書き残した詩は，封書の余白や残り紙に書きつけたものが多い。この詩人はやがてモダニズムに通じる時代を先駆けた才能のあった詩人と評価されるが，当時マサチューセッツ州にある静かな大学街のアマースト[1]（Amherst）に留まり家庭の中で詩を書きため，ほとんど出版することはなかった。ディキンスンを無名の人のままにした時代には，女性の理想は家庭の天使であることとされ，女性が社会的に活躍するには困難をともなった。そんななか南北戦争を挟んで国民文学[2]が勃興し，領土も拡張していった。ディキンスンは南北戦争前後の推移を父たちの話題や報道から知っていくが，小片に書かれた詩には，時代の移り変わりを記していた。北部の正義の主張と南部の大義が次第に対立していくなか，1859年のディキンスンの詩には，戦争が幻視されている。「敗北し，死に瀕し／聴力を奪われゆく耳にも／遠くの勝どきの音は／苦しくはっきりと響く[3]」。

戦争を挟み時代は確かに大きく移り変わっていった。

2　戦前期（アンテベラム）とアメリカン・ルネサンス

アメリカ国民文学が1850年代に成立すると論じ，国民文学を代表する人物をラルフ・ウォルドー・エマソン（Ralph Waldo Emerson, 1803-82），ヘンリー・デイヴィッド・ソロー（Henry David Thoreau, 1817-62），ウォルト・ホイットマン（Walt Whitman, 1819-92），ナサニエル・ホーソーン（Nathaniel Hawthorne, 1804-64），ハーマン・メルヴィル（Herman Melville, 1819-91）としたのがフランシス・オットー・マシーセン[4]（F. O. Matthiessen, 1902-50）による批評書『アメリカン・ルネサンス』（*American Renaissance: Art and Expression in the Age of Emerson and Whitman*, 1941）である。アンテベラム[5]（Antebellum）と言われる戦前期は，アメリカ国民文学が開花した時期であり，アメリカが歴史的に誇ることができる文化を生んだ時期として，マシーセンはアメリカン・ルネサンスと名付けた。マシーセンは，『アメリカン・ルネサンス』で当時の文学作品の芸術作品としての意義を明らかにし，民主主義の可能性を示そうとしたが，議論の対象として，エドガー・アラン・ポー（Edgar Allan Poe, 1809-49）や女性作家らを入れず，また地域的にもニューイングランドとニューヨークに限られ

▷1　アマースト大学の創設者の一人がディキンスンの祖父であり，明治期の教育者新島襄も留学した。

▷2　1840年代頃からニューヨークの編集者エバート・A. ダイキンク（Evert A. Duyckinck, 1816-78）を中心に，アメリカ作家による文学シリーズを刊行し，アメリカの国民文学を成立させようとする動きが盛んになる。

▷3　引用の詩は，Johnson 版 67/ Franklin 版 112。近年さらにクリスタン・ミラー（Christanne Miller, 1953-）編集によるもの（*Emily Dickinson's Poems*, The Belknap Press of Harvard UP, 2016）が出版されている。

▷4　ハーヴァード大学英文学科教授。ピューリタン研究で名高いペリー・ミラー（Perry Miller, 1905-63）と共に，アメリカ研究の部門を創設する。マシーセンは，社会主義者であり，当時公表していなかったが同性愛のパートナーがいた。パートナーの死もあり，高まる反共の風潮のなか自ら命をたった。

▷5　ラテン語の戦前の意味。南北戦争以前をさす。建国以後の問題が顕在化した時期でもあった。

▷6　マシーセンが取り上げた作家にポーや女性作家などが含まれていないこと

ることになった[6]。しかし，この時期に活躍した女性作家ハリエット・ビーチャー・ストウ（Harriet Beecher Stowe, 1811-96）が雑誌に連載した『アンクル・トムの小屋』（*Uncle Tom's Cabin*）は大反響を呼び1852年に出版され，北部の多くの読者の目を奴隷制に向けさせた。アメリカン・ルネサンスは北部のピューリタン的風土が持つ男性中心の知的文化を象徴していたが，一方で文化の女性化と大衆化も進んでいた。

民主主義国家の表れとしてのアメリカ国民文学は，大衆文化の発展と共に成長していくことになった。その契機が新聞や雑誌の発行部数の増加であり，ニューヨークが出版文化の中心となっていった。

図1　Currier & Ivesの""The True Issue of 'That Whats Matter'"（1864年）と題された風刺画

（出所：*Torn in Two: 150th Anniversary of the Civil War* (2011), Norman B. Leventhal Map Center Inc, p. 5.）

3 南北戦争前夜の奴隷制反対運動

アンテベラム期は，領土拡大の時期でもあり，憲法制定時以来，論争の的であった奴隷制を巡って意見が分裂した。奴隷制を経済活動の根幹に置く南部と奴隷制を必要としない北部の意見の相違は次第に大きくなっていった（図1）。領土の拡大は，新しく生まれる州が奴隷州か自由州になるかで，国内の覇権を握る大きな意味を持っていた。北部では，奴隷制廃止の論争が活発となるが，その中心となったのが，アメリカ反奴隷制協会[7]（American Anti-Slavery Society）である。

奴隷制反対を表明して，南部の武器庫を襲撃したジョン・ブラウン[8]（John Brown, 1800-59）の行動に対して，ソロー，エマソンなどは積極的に支持を表明した。解放奴隷で反奴隷制運動を行っていくフレデリック・ダグラス（Frederick Douglass, 1818-95）は，「7月4日が意味するもの」（"What to the Slave Is the 4th of July?" 1852）という演説をし，黒人にとって真の自由は，独立宣言後もないことを訴えた。

4 南北戦争後——メルヴィルの『戦争詩集』

南北戦争は北部の勝利で終結し，復興時代が始まった。南北戦争後は，南部の復興が課題となるが，北部の政策を一方的に強いたため，南部の人種差別が激化していくことになった。南北戦争の記録を描いたと言われるメルヴィルの『戦争詩集』（*Battle Pieces and Aspects of War*, 1866）には補遺があり，南部への慈愛を訴えている。クレオール文化[9]などヨーロッパ的要素を含む南部の文化に郷愁を抱く人は多かった。そうした地域文化のバランスが変わっていく中で，アメリカン・ルネサンスを支えた東部出身の文人たちの時代から，発展する西部もあらわすリアリズムの時代へと時代は移っていった。　（佐久間みかよ）

に対し，1980年代以降の多文化主義の観点から，批判されることになった。

▷7　ウィリアム・ロイド・ギャリソン（William Lloyd Garrison, 1805-79）が中心となりボストンに組織された奴隷制に反対するための組織。

▷8　大衆扇動家とも言われるが，奴隷制廃止を求め，遂に武装蜂起しハーパーズ・フェリーにある武器庫を襲撃した。反逆罪で逮捕され絞首刑になった。

▷9　クレオールは，当初現地で生まれた白人のことを指したが，彼らはヨーロッパ世界の文化をアメリカ大陸に吹き込み，混交した文化を生み出した。

おすすめ文献

マシーセン，F. O.／飯野友幸・江田孝臣・大塚寿郎・高尾直知・堀内正規訳（2011）『アメリカン・ルネサンス——エマソンとホイットマンの時代の芸術と表現（上・下）』上智大学出版。

Tatsumi, Takayuki (2018), *Young American in Literature: The Post-Romantic Turn in the Age of Poe, Hawthorne and Melville*, Sairyusha.

5　アメリカン・ルネサンス――エマソンとホイットマン

2 ラルフ・ウォルドー・エマソン
――知識人の作法

1 自我の視覚化――「透明なる眼球」

眼球が山高帽をかぶり，高台から世界を見渡すカリカチュア。痩せ型で背の高いエマソン自身をモデルにした人物が世界を見渡している構図は，エマソンの同胞である画家クランチ（Christopher Pearse Cranch, 1813-92）が描いた（図1）。この構図はエマソンのエッセイ『ネイチャー』（1836年）の一節をイメージ化したものである。エマソンは，アメリカ知識人の原型とも言える人である。その生い立ちからは，東部の知的エリート像が浮かぶ。ボストンに生まれ，ハーヴァード大学を卒業し，神学部に進んだのち，ボストン第二教会の牧師職につく。

図1　クランチの「エマソン，神秘の人――『私は透明な眼球になる』「自然」より」と題されたスケッチ

（出所：Miller, F. DeWolfe (1951), *Christopher Pearse Cranch and his Caricature of New England Transcendentalism*, Harvard UP.）

しかし，聖餐式の意味などユニテリアン（Unitarian）の教義[1]と合わず牧師を辞めた後，独自の道を歩む。妻の死など精神的ショックから立ち直る意味もあり，ヨーロッパ旅行に行く。帰国して後，『ネイチャー』を出版する。『ネイチャー』の冒頭では，私たちは墓場からでなく自分自身から学ぶのだと高らかに宣言し，一人になり自分の眼だけで自然を見ることを提唱する。「むき出しの大地に立ち，頭を清涼な空気にさらせば，無限の空間へと高められる。するとすべてのエゴティズムは消えてく。私は透明な眼球になる。私は無となる。普遍の存在の流れが私の中を駆け巡る。私は神の一部となる[2]」。アメリカ独自の思考方法[3]をイメージ化したものだと言える。他にも，エッセイ『自己信頼』など表し，アメリカ的自我の確立を唱道した（図2）。

2 知的独立宣言――「アメリカの学者」

牧師職を辞めて，講演と執筆活動を行っていたエマソンを一躍有名にしたのが，1837年母校のハーヴァード大学で行われているファイ・ベータ・カッパの会[4]の依頼で行った講演「アメリカの学者」（"The American Scholar"）である。母校の卒業生を前に，「これまで長く続いた他の国の知識を吸収すること，依存は終わろうとしています[5]」とはじめ，アメリカの学者は「思考する人」

▷1　当時の神学の主流であり，ハーヴァードの神学部もユニテリアンの教義を教えていた。カルヴィニズムと違い，キリストを人間として歴史的に解釈するなど，理性を重視する教義である。

▷2　Emerson, Ralph Waldo (1971), *The Collected Works of Ralph Waldo Emerson*, vol. 1, Ferguson, Alfred R. et al. ed. The Belknap Press of Harvard UP, p. 10.

▷3　エマソンは，過去の知識への依存から脱却し自分で考えることを提唱した。そのあらわれが自分の目で物事を捉えることであり，ヨーロッパ世界にない新しさを求めた。

▷4　卒業生の中の成績上位者の会。ギリシア語 Φιλοσοφία Βίου Κυβερνήτης（ΦΒΚ）から由来する「学問の愛」が「生きる道標」であるという標語を会員が共有する。Phi Beta Kappa Society のホームページによると，現在，米国のトップ290の大学の10パーセントの成績上位者を会員として入会を推薦している。ファイ・ベータ・カッパは，1776年アメリカ独立革命の際，ウィリアム＆メアリー大学の５人の学生が新しい知的組織が必要として作っ

（“Man Thinking”）であると提起し，なおかつ行動する人であると述べていく。また，「個性は知性にも勝る」ともいい，アメリカ独自の知識人の原型を作る。この講演は直ちに活字になり，オリバー・ウェンデル・ホームズ（Oliver Wendell Holmes Sr., 1809-94）からアメリカの知的独立宣言と呼ばれることになる。

EMERSON IN ECSTASY OVER NATURE
“Almost I fear to think how glad I am!” (*Nature*)
As reconstructed by Lillian P. Cotter from fragments of the original

図2　クランチのスケッチ「自然の中で高揚するエマソン」
（出所：Miller (1951).）

3 知識人のネットワーク——トランセンデンタル・クラブ

1836年，ハーヴァード大学の二百周年記念で集まった同窓生らが，ヘンリー・ヘッジ（Henry Hedge, 1805-90）を中心に定期的に集まることを決めた。そしてハーヴァードに限らず，改革を志ざし，意見を同じくする仲間（like-minded）を集めることにした。最初はヘッジが中心であったので，ヘッジ・クラブと呼ばれていたが，彼らの多くが影響を受けたのが，ドイツ観念論の思想トランセンデンタリズム◁6であったため，トランセンデンタル・クラブと呼ばれるようになり，その頃居をコンコードに構えたエマソン宅で会合を開くようになった。この会には，エマソンの弟子と言われたソローや，女性編集者として活躍するマーガレット・フラー（Margaret Fuller, 1810-50）が加わる。

自分たちの意見を世に広めるため，1840年機関紙『ダイアル』を発行することになる。しかし，感傷小説が流行していた時代にあって，観念的な『ダイアル』は多くの読者を獲得することができず，エマソンが金銭的な援助をするが，4年後に廃刊となる。

4 セレブリティとしてのエマソン

エマソンは第二エッセイ集の出版（Essays［2nd Essays］）（1844年）を準備しつつ，講演活動を続ける。エマソンの名が広まるにつれ，その講演には多くの人が集まり，講演の様子は，彼の風貌と共に新聞に掲載されるようになる。エマソンの講演は，最初はニューイングランド地域やニューヨークなどであったが，やがて西部にまでその場を広げていく。エマソンの2度目のヨーロッパ旅行の際には，知名度が広がったことによりイギリスでも講演を行う。

アメリカの知識人としてエマソンの名声は，日本にも届いた。近代化を重要課題とした明治期の文壇人の中に，エマソンの言説こそが自立的な自己の真髄を表すものとして心酔する者が現れたのである。その中の一人北村透谷（1868-94）は『エマルソン伝』（1894年）を表し，エマソンを日本に紹介したのである。

（佐久間みかよ）

た会を起源とし，以来，芸術・科学教育を推進し，思想の自由を育み，卓越した学問を唱道している（https://www.pbk.org/About）。

▷5　*The Collected Works of Ralph Waldo Emerson, vol. 1*, p. 52.

▷6　エマソンは自身のエッセイ「トランセンデンタリスト」で，トランセンデンタリズムは，同時代での唯心論だと定義する。エマソンは，外的事実より，自己の感覚，意識の重要さを訴えていく。

おすすめ文献

ウィッチャー，スティーヴン／高梨良夫訳（2001）『エマソンの精神遍歴——自由と運命』，南雲堂。

高梨良夫（2011）『エマソンの思想の形成と展開——朱子の教義との比較的考察』金星堂。

堀内正規（2017）『エマソン——自己から世界へ』南雲堂。

Myerson, Joel. ed. (2000), *A Historical Guide to Ralph Waldo Emerson*, Oxford UP.

3 ウォルト・ホイットマンとほめる文化

図１『草の葉』初版の口絵として使われたホイットマンのダゲレオタイプ
（出所：Schmidgall, Gary (1997), *Walt Whitman: A Gay Life*, New York: Dutton.）

▷１　啓蒙時代のヨーロッパで活発となった思想。人間の理性への信奉から，神を合理的に捉える思想。アメリカではベンジャミン・フランクリンなどが代表的な支持者である。

▷２　プロテスタントの一派。イギリスのジョージ・フォックス（George Fox）が始めたもので，人間の内にある神の光を信じ，友愛を重んじる。フレンド会とも言われる。アメリカでは，フィラデルフィアに多くのクエーカー教徒が移住した。マサチューセッツ植民地では主流の会衆派教徒がクエーカー教徒を迫害した様子をナサニエル・ホーソーンが短編「優しい少年」で描いた。

1 「私は自分をほめる」『草の葉』第１版

1855年にホイットマンが出した詩集『草の葉』（*Leaves of Grass*, 1855-92）には，タイトルのない12編の無韻詩（blank verse）が収録されていた。最初の詩は，「私は自分をほめる。I celebrate myself, ／私の思うことをきみも考えている。And what I assume you shall assume, ／なぜなら私もきみも同じ小さな原子からできているから／For every atom belonging to me as good belongs to you」と始まる（図１）。この詩集を読んだエマソンは，無名の詩人にこれまでのアメリカになかった最高の作品だという賞賛の手紙を送った。アメリカには真の詩人がいないと言っていたエマソンにとって，ホイットマンこそ彼の求めるアメリカの詩人であった。ホイットマンは，この手紙を早速1856年の第２版の裏表紙に載せる。ホイットマンの『草の葉』は版を重ね，さらに版ごとに詩を書き足し，推敲を加えたものとなった。タイトルのように徐々に成長していく葉のように，『草の葉』は大きくなっていった。1891-92年の最終版となる第６版には，384篇の詩が載せられることとなった。

ホイットマンの民主主義は，1867年版の最初に置かれた詩篇「自分自身を歌う」（“One's-Self I Sing”）で顕著に現れる。この詩は，「私は私自身を歌う，一人の独立した人間を。One's self I sing, a simple separate person, ／しかし民主主義という言葉，集団という言葉も発していく。Yet utter the word Democratic, the word En-Masse.」と始まる。当時のアメリカは，一介のジャーナリストのホイットマンが，高らかに民主主義を歌い国民詩人となることが可能な国でもあった。

2 ホイットマンとニューヨーク

ホイットマンは，ニューヨークの労働者の家庭に生まれた。1819年５月31日，農業の傍ら大工をする父とオランダ系の母の８人の子の２番目の男子としてロングアイランドで生まれる。一家は後にブルックリンに引っ越し，ホイットマンはここで28年間を過ごすことになる。ホイットマンに影響を与えるのは，当時発展していくブルックリンの地と，父親が信奉した理神論◁1（deism），そしてクエーカー教◁2（Quaker）である。11歳で働き始め，ホイッグ系の新聞の印刷工となる。その後，マンハッタン，ニューオリンズ，ブリックリンと活動の場を移す。この時までにホイットマンは，フリーソイラー[3]（Free-Soiler）を支持する反骨の政治志向のジャーナリストとなっていた。ホイットマンが反抗したものに，ヴィクトリア朝的なお上品な伝統[4]があった。性の欲望を公的な作品に書くことが忌避されたが，ホイットマンは，セックスは自然なものとして表現されるべきと考えていた。

『草の葉』は，ホイットマンの革新的な考えを詩にしたものといえ，彼はブルックリンでこの詩集を800冊ほど印刷し，著名人に送る一方，好意的な書評を知人に載せてもらう。ホイットマンの知名度は上がっていくが，版を重ねるとエロティックな表現も加わり，評価も二分していくことになる。

図２　ホイットマンとその同性愛の相手とされたピーター・ドイルとの写真
（出所：Schmidgall（1997）.）

3 ホイットマンの二面性

ホイットマン自身は二面性を持っている人物だと言える。個を高らかに歌う『草の葉』を書いた時，ホイットマンは自信に溢れていたわけでなく，むしろ書くことによって自分を鼓舞していた。詩群『カラマス』（“Calamus”）などはホモエロティックな表現があるが，ホイットマンのノートに残る詩の断片には，愛の対象の相手を「彼」と書いた後，「彼女」と書き換えたりした跡がある。『カラマス』『アダムの子ら』（“Children of Adams”）は同性愛の詩と考えられているが，ホイットマンはそれを顕在化しようとは考えていなかった（図２）。

ホイットマンの詩はこれまでの形式を逸脱し，韻をふまない形をとっている。カタログ手法[5]ともよばれる詩は，多くの要素を上下関係なく列挙する。また，ホイットマンのカタログ手法は，提喩[6]（synecdoche）に基づく。アメリカという民主主義の国を，その部分となる宗教，地域，人種，職業，性別など様々な個人に置き換えて表し，さらにそれぞれが呼応してシンフォニックに響きあう構造を作り出したのだ。『草の葉』は民主主義を健全に高らかに歌う。しかし，ホイットマン自身は人種観に関しても二面性があり，またその詩には生よりも死の欲動に突き動かされたものがある。ホイットマンに内在する保守性と革新性の二面性は，アメリカの二面性でもあり，時に国内を分断する。アメリカは白人の国であるという保守的イデオロギーと多様な国家をめざす革新性は国内を分断する。経済要因からさらに分断するアメリカと言われる今日，ホイットマンの二面性について探求すべきことは多い。

（佐久間みかよ）

▷３　自由土地主義者。奴隷制拡張に反対して結成されたフリーソイル党の支持者たち。奴隷州の増加が，白人の農地の増加を脅かすものとして反対したとされる。

▷４　イギリスのヴィクトリア女王の在位期（1819-1901）には，道徳的であることが問われ，セックスを公の場で表現することは不適切と考えられた。アメリカでは，お上品な伝統（genteel tradition）としてボストンの知識人の間で共有される価値観となっていた。

▷５　ホイットマンがよく用いる多くの事象を列挙し情報を伝える目録のような表現方法は，カタログ手法と言われた。たとえば，『草の葉』の「ポマノークから始めよう」（“Starting from Paumanok”）では，「見よ」という同じ単語で連を始め，様々な状況が列挙される。ホイットマンの多くの情報を伝えるカタログ手法は，サミュエル・モールスによる電信機の発明を嚆矢にした情報量が増えていく時代と呼応しているとも言われる。

▷６　全体を部分，あるいは部分を全体に置き換えて表す隠喩の一種。「手（＝労働力）が足らない」など。

おすすめ文献

ウォルト・ホイットマン／飯野友幸訳（2017）『おれにはアメリカの歌声が聴こえる――草の葉抄』光文社古典新訳文庫。

Reynolds, David S, ed.（2000）, *A Historical Guide to Walt Whitman*, Oxford UP.

Reynolds, David S.（1996）, *Walt Whitman's America*, Vintage.

コラム 1

出版界のライバル
――19世紀のボストンとニューヨーク

ボストンの中心とも言えるボストン・コモン近く，スクール・ストリートとワシントン・ストリートが交わるところに，かつてオールド・コーナー・ブックストア・ビルがあった（図１）。1711年ボストン大火の後建設され，以来出版関係の店子が入り，19世紀にボストンを代表する出版社ティクナー・フィールズもここにオフィスを構えた。この建物の周辺には，ロングフェロー（Henry Wadsworth Longfellow，1807-82），ローウェル（James Russel Lowell，1819-91），ナサニエル・ホーソーンなどが，出版の相談や文学談義のために集まり，文化の中心となった（*Athenaeum Items* 72［1960］）。

ボストンと印刷の関係は古く，1638年にイギリスからマサチューセッツ湾植民地にやってきた牧師ジョゼフ・グローバー（Joseph Grover（生没年不明））の荷物のなかに印刷機があった。彼は渡航中に亡くなったため，その妻エリザベスが新大陸で始めて印刷を行うことになる。その後，新大陸では，牧師の説教やインディアンの捕囚体験が印刷され，多くの人がこれらを読むことになる。ピューリタンたちのアメリカ入植以来，文化の中心となっていたのが，ボストンであった。

図１　1850年代のオールド・コーナー・ブックストア
（出所：*Athenaeum Items* 72 (1960).）

一方，ニューヨークは，オランダの植民地として開拓され，川と海に面した地の利を生かし，商業が発展していく。それにともない印刷・ジャーナリズムも発展していく。ニューヨークの出版の中心地は，かつてのワールド・トレード・センター近くのナッソー・ストリート（Nassau St.）である。ナッソー・ストリートは，金融街として後に発展するウォール・ストリートから程遠くない位置にある。当時のウォール・ストリートにある法律事務所に転がり込む奇妙な若者をフィーチャーした作品が，メルヴィルの『バートルビー』（“Bartleby, the Scrivener”，1853）である。

ナッソー・ストリートには，印刷所が多数あったため，ここに多くの新聞社，出版社が集まる。ホーレス・グリーリー（Horace Greeley）のニューヨーク・トリビューン（*New York Tribune*），ジョン・オサリヴァン（John L. O'Sullivan）のデモクラティック・レビュー（*Democratic Review*），その他，ニッカボッカー（*Knickerbocker*），グラハムズ（*Graham's*）などの新聞社，また出版社のウィリー・パットナム（Willey & Putnam）などが集まっていた。アメリカの拡大を訴え，民主党を支持していくジャーナリストたちが集まり，ヤング・アメリカ運動と言われるアメリカ拡大を喧伝する言論運動を展開する。

エドガー・アラン・ポーは，ボストンに生まれ，南部のポー家の養子となった後，ニューヨークのジャーナリズムで活躍する。ヤング・アメリカ運動に巻き込まれつつ，『大鴉』（The Raven，1845）などの作品はニューヨークの出版社から出された。

（佐久間みかよ）

コラム2

「明白な運命」とカトリック布教

西海岸の海岸線に沿ってかつてスペイン系カトリックの神父たちが活動の拠点としたミッション（布教所）が点在する（図1）。かつて西海岸はスペイン系の植民及びカトリックの布教が行われ，19世紀中頃までカリフォルニアはメキシコ領であった。また，ここに東部から次第に追われてやってきたインディアンの人々が住んでいた。カリフォルニアの海岸線にあるスペイン風の街並みはその名残である。教会もカトリック教会が中心であった（図2）。ここに西部開拓とともに，北東部から押し寄せてきたのが，プロテスタント系の人々である。カリフォルニアは，メキシコ戦争後アメリカ合衆国の領土となる。この西部への拡大の動きを後押ししたのが，19世紀中頃から流通した言葉“Manifest Destiny”（明白な運命）である。

“Manifest Destiny”はデモクラティック・レビュー紙の編集者ジョン・オサリヴァン（John L. O'Sullivan, 1813-95）が，1845年テキサス併合賛成を訴えた記事「併合」（“Annexation”）において使った言葉である。以降民主主義国家アメリカの拡大を是認し，西漸運動を後押しする言葉として流通するようになる。テキサス併合をめぐってメキシコとの戦争へと突入していくが，当時領土の拡大は，奴隷州の拡大への懸念から多くの人の関心事となっていた。アメリカン・ルネサンスの作家たちは，テキサス併合と西への領土拡大は，奴隷制を拡大するものとしてこぞって反対を表明していく。しかし，ここで注意しなければならないのは，メキシコ戦争，西漸運動によって直接排除されていくのは，インディアンとスペイン系カトリックの人々であったことだ。

図1　カリフォルニアの21の布教地（ミッション）

（出所：Lake, Alison (2006), *Colonial Rosary*, Swallow Press / Ohio UP, p. 60 を基に作成。）

図2　サン・ミゲル・アルカンジェルのミッション

（出所：Lake (2006), p. 60.）

西部の海岸地域は，スペイン系宣教師のミッションによってカトリックが広がっていた。カトリック教徒の人々，そしてインディアンたちが，メキシコ戦争，西漸運動によって土地を奪われていくことは，東部の知識人たちの盲点であったと言える。そんな中でも，西漸運動で土地を奪われた人々を描いた東部の作家がいた。女性作家のヘレン・ハント・ジャクソン（Helen Hunt Jackson, 1830-85）である。

ジャクソンの表した『ラモーナ』（*Ramona*, 1884）は，メキシコ戦争によってアメリカ化する西海岸で何が起こったかを明らかにしたものである。国境が西へ移動していくことで，西海岸のアメリカ化に伴い，カトリック文化とインディアンはその権利を奪われていったのである。

（佐久間みかよ）

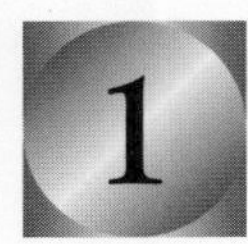

ピール対バーナム

1　18・19世紀アメリカ博物館文化の担い手

チャールズ・ウィルソン・ピール[1]とフィニアス・テイラー・バーナム[2]は，18世紀後半から19世紀前半にかけてのアメリカの博物館文化を支えた二大巨頭である。異なる世代に属した２人が手掛けた性格の異なる博物館は，それぞれが生きた時代の在り様を反映している。大航海時代を経て啓蒙思想を開花させた18世紀半ばのヨーロッパでは，国内外の動植物や美術品・珍品を展示する博物館が登場していた。アメリカ最初の博物館は，1773年に設立されたサウスカロライナ州のチャールストン博物館だとされている。ただし当初は自然科学・歴史関係の資料収集を目的としており，アメリカ初の「教育的な」自然史博物館は，ピールによって1786年に設立されたフィラデルフィア博物館であった。

2　ピールのフィラデルフィア博物館

メリーランド州アナポリスの馬具職人として1761年に独り立ちしたピールは，同時期に初めて油絵を目にしたことをきっかけに画家を志す。友人の勧めと援助でロンドンに渡り，ベンジャミン・ウエスト[3]のもとで絵画の修行を積んだ。帰国後は精力的に作品を制作し，ジョージ・ワシントン将軍の肖像画も手掛けた。1775年にフィラデルフィアへ移住し独立戦争に従軍，ホイッグ党員として政治にも関わった。同時にピールは，大勢の子供を養うために新たな事業の可能性を探り始めていた。1783年にケンタッキー州で出土したマストドン[4]の骨格スケッチを依頼されたことを機に，博物館事業の可能性に目を付け1786年にフィラデルフィア博物館を開く。この博物館は，動植物の剝製や標本，鉱物，化石の数々をリンネ[5]の分類学にならって系統立てて展示した点で画期的であった[6]。入場料25セントを払えば，誰もが解説を通じて展示品への理解を深めることができた。生息地に似せた背景とともに剝製を展示する手法もピールが編み出した。ここに18世紀啓蒙思想の影響を読み取るのは容易だろう。1801年にピールが自ら指揮を執りニューヨークで発掘したマストドンの骨格標本は世間の話題をさらった。ピールは1810年に引退し，1827年に没する。その後1850年にフィラデルフィア博物館の経営は破綻し解体された。そして膨大なコレクションの一部はバーナムら次世代の興行師たちに分割売却されることとなる。

▷１　Charles Willson Peale, 1741-1827。初期アメリカを代表する画家。罪人としてアメリカに渡った父親のもとに生まれ，馬具職人の職を経て絵画の道に進み，独立期の著名人の肖像画を多数制作した。

▷２　Phineas Taylor Barnum, 1810-91。その大胆な宣伝方法から「広告の父」とも称される興行師。1865年に州議会議員に選出，1875年にブリッジポート市長を務め都市開発に尽力した政治家でもあった。本書の10-コラム②（91頁）を参照。

▷３　Benjamin West, 1738-1820。ペンシルヴェニア植民地（当時）生まれの新古典主義の画家。1760年からイタリアで修行を積み，63年にイギリスに渡り，生涯帰郷することはなかった。ジョージ３世の宮廷画家となり，また1792年から1805年まで王立芸術院会長を務めた。

▷４　中新世から更新世にかけて世界各地に生息していたゾウ目マストドン科に属する大型哺乳類。体高２-３メートルで牙と褐色の毛を持つとされる。

▷５　Carl von Linné, 1707-78。スウェーデンの博物学者。ウプサラ大学で学び，32年にラップランドを探検。『自然の体系』（1735年）で，動物，植物，

3 バーナムのアメリカ博物館

奇しくもピールが博物館事業から手を引いた1810年，バーナムはコネティカット州ベセルの食料品店兼宿屋の息子として生まれた。青年期には宝くじの販売や下宿業，新聞業に手を出すも振るわず，1834年ニューヨークに居を移す。その翌年，ジョージ・ワシントンの161歳の乳母という触れ込みで見世物にされていた黒人女性ジョイス・ヘス（次項）を購入して見世物業に進出し大成功を収めた。1841年，ブロードウェイのアメリカ博物館を買収すると，「バーナムのアメリカ博物館」（Barnum's American Museum）と銘打ち新たに開業する。元の博物館は，ピールの博物館と同じくアメリカの歴史，自然史，芸術の啓蒙を目的とし，裕福で教養ある市民が主な客層だったのに対し，バーナムは中産階級・労働者階級をターゲットとした[7]。ジャクソン時代[8]，アメリカの博物館の性格は大きく変化していた[9]。バーナムの博物館で初期の目玉となった「フィジーの人魚」は，当時の博物館の展示物の好例であろう。1842年，人魚のミイラという触れ込みで上半身は猿，下半身は魚でできた剥製を展示したバーナムは，その真偽を巡って科学者らと論争を展開した。既成の権威への反逆は大衆へ訴えかける格好の宣伝となった。彼の宣伝や展示物の由来には多分に嘘が含まれていたが，見物客たちもそれを承知の上で，むしろ騙されることを楽しみにやってきた。1840年代半ばまでにアメリカ博物館はニューヨーク有数の観光地となった。

4 娯楽から再び教育へ

煽情的な触れ込みで客を呼び込みながら，バーナムは博物館事業を通じて家族で楽しめる「正当な」娯楽を提供することを目指すようになる。館内の講演室では聖書の一場面の再現や，メロドラマ，ストウ夫人[10]の『アンクル・トムの小屋』[11]の翻案が上演された。またバーナムは，歴史的遺物や異国の珍品，動植物，各種剥製といった展示物の教育的効果も意識しはじめ，1860年代に入るとその傾向は強くなった。南北戦争後の経済成長に伴い，国家的威信をかけた学問の確立の希求という時代の要請に応え，各地の大都市にかつてのピール博物館のような科学的知見の集積と啓蒙を目的とした施設が設立された。バーナム自身も，ハーヴァード大学比較動物学博物館のルイ・アガシ[12]ら著名な学者たちと交流を持つようになる[13]。しかし，バーナムの博物館事業は暗転する。1865年7月，アメリカ博物館は火災に見舞われ，大きな損害を出した。すぐさまバーナムは新たな展示物のコレクションを買い付け，同年11月に新・アメリカ博物館を開業するも，1868年3月に再び火災の被害にあう。それ以後バーナムは事実上，博物館事業から撤退する。火災の被害を免れた剥製などの一部は，上述の大学博物館に譲渡された。その後，サーカス業を通じて動物学への興味を深めていったバーナムは，タフツ大学自然史博物館の設立にも助力した。（細野香里）

鉱物の分類体系を築く。53年『植物の種』で，生物分類の正式命名法である二名法を確立した。「分類学の父」とも呼ばれる。

▷6 Ward, David C. (2004), *Charles Willson Peale: Art and Selfhood in the Early Republic*, University of California Press.

▷7 Adams, Bluford (1997), *E Pluribus Barnum: The Great Showman & the Making of U. S. Popular Culture*, University of Minnesota Press.

▷8 定義は諸説あるが，第7代アメリカ大統領アンドリュー・ジャクソン（Andrew Jackson, 1767-1845〈任期1828-37〉）が選出された1828年から彼が亡くなる45年まで，あるいは奴隷制の是非を巡る対立が先鋭化した1854年までの時期を指す。

▷9 Harris, Neil (1981), *Humbug: The Art of P. T. Barnum*, University of Chicago Press.

▷10 本書の4-2（36-37頁）を参照。

▷11 本書の4-2（36-37頁）を参照。

▷12 Jean Louis Rodolphe Agassiz, 1807-73。スイス出身の博物学者，地質学者，海洋学者。スイス，ドイツで学んだのち，46年に渡米しハーヴァード大学教授となる。化石魚類・動物，氷河を研究対象とし多くの業績を残す。ダーウィンと対立し進化論に異を唱えた。また人種多起源論者でもあった。本書の8-2（68-69頁）を参照。

▷13 Harris (1981).

おすすめ文献

巽孝之（1997）『恐竜のアメリカ』ちくま新書。

2　世界の詐欺師バーナムの見世物文化考

1　ジョイス・ヘスを巡るバーナムの宣伝手腕

1835年，職を転々としていた当時25歳のバーナムは，すでに「初代大統領ワシントンの161歳の乳母」として見世物にされていた黒人女性ジョイス・ヘスをケンタッキー州出身の興行師 R. W. リンゼイから譲りうけた。リンゼイはヘスの見世物から利益を上げることができなかったのだが，バーナムはニューヨークのニブロズ・ガーデンでのヘスの展示を通じ爆発的な人気を得ることに成功する。「かわいいジョージ坊や」が成長する様を語り，しわがれた声で賛美歌を歌うヘスを見るために多くの人々が詰めかけた。するとヘスの出自を巡る論争が巻き起こり，ヘスは奴隷なのか，彼女は本物なのかという議論に加え，彼女が機械仕掛けの人形であるという説まで登場した。しかし実際のところ，その多くがバーナム自身によって仕掛けられた流言だった。1836年２月19日にヘスが亡くなると，バーナムは一人50セントの見学料を徴収し遺体の公開解剖を行った。そして解剖の結果，彼女は80歳を超えてはおらず，よって彼女の逸話は全てほら話であったことが明らかになる。無論バーナムにとってこの結果は想定内であり，騒動に関する更なるほら話を流し商売敵との論争の火に油を注いだ。実は解剖された遺体は別人のものであり，ヘスはまだ生きていると言ったかと思えば，彼女の遺体は防腐処理を施されヨーロッパへ送られたと言ったり，自らヘスの物語をでっち上げたと認めたかと思えば，自分たちも他の人々と同じく騙されていたと言ったりした[◁1]。これにより，バーナムの知名度はますます高まり，興行にさらに多くの人々が集まる結果となったのである。以後，バーナムは低身長症の「親指トム将軍」ことチャールズ・ストラットン[◁2]やスウェーデンのソプラノ歌手ジェニー・リンド[◁3]の興行を手掛け成功を収めた。

2　騙（かた）り直す自伝

見世物業の傍ら，バーナムは数々の著作を残した。1841年にバーナムは『ニューヨーク・アトラス』紙上で「いかさま師の冒険――バーナビー・ディドロームの一生からの抜粋」という短編を連載していた。これは彼が駆け出しの興行師としてジョイス・ヘスの見世物で一世を風靡した際の顚末を描いた自伝的作品である。語り手は，いかにヘスの見世物をでっち上げたかを赤裸々に語り，彼女は自分の所有物，奴隷であると言明している[◁4]。バーナム自身は奴隷

▷1　Reiss, Benjamin (2001), *The Showman and the Slave: Race, Death, and Memory in Barnum's America*, Harvard University Press.

▷2　Charles Sherwood Stratton, 1838-83。バーナムのプロデュースのもと，「親指トム将軍」のステージ名で人気を博した低身長症のパフォーマー。コネティカット州に生まれ，５歳の時に遠縁のバーナムに芸の手ほどきを受け舞台に立つ。イギリスに巡業しヴィクトリア女王に謁見するなど成功を収めた。63年に同じ低身長症の女性ラヴィニア（Lavinia Warren, 1842-1919）と結婚し，恵まれた生涯を送ったとされる。

▷3　Johanna Maria Lind, 1820-87。スウェーデン出身のオペラ歌手。「スウェーデンのナイチンゲール」とも呼ばれる。1840年にスウェーデン王立アカデミーの会員になりヨーロッパで成功を収めたのち，50年にバーナムの手引きでアメリカでの公演ツアーを行い人気を博した。

▷4　Cook, James W., ed. (2005), *The Colossal P. T. Barnum Reader: Nothing Else Like it in the Universe*, University of Illinois Press.

制を支持していなかったが，ヘスの見世物は奴隷制を自明のものとする社会的前提があってこそ成立する類のものであったことに否定の余地はない。ところが反奴隷制運動の高まりと彼自身の社会的地位の上昇を受け，バーナムの語り口には変化が生じる。1854年に出版された自伝『P. T. バーナムの人生』では，ヘスの見世物について，自分はあくまで彼女の巡業を請け負っただけであり，その正体については彼自身も騙されていたと捉えられる書き方をしている[5]。さらに，バーナムがコネティカット州の共和党議員を務めていた1869年の自伝『闘争と勝利』では，興行師としてのキャリアの始まりとジョイス・ヘスについての記述自体がわずか4ページほどに減らされ，巡業の様子や，自動人形疑惑などの逸話は省略されている[6]。もちろん，新しい自伝では過去の功績について紙幅を割く余裕も必要性もなかったと言えばそれまでだ。しかし単に逸話を割愛するのではなく改変している部分がある点から，彼が自分のキャリアを語るにおいてヘスの見世物をいかに扱うかに少なからず心を砕いていたことは明らかである。興行師としての名声を得たバーナムは，成功した事業家としての社会的地位を確固たるものにすると共に，自身が提供する娯楽が女性や子供にもふさわしい道徳的なものであることを強調するようになる。この過程で，過去の見世物や自身の来歴も彼の新たな理念に適うものへと語り直された。この意味で，アメリカ博物館や後にはサーカス会場で観客に売りさばかれた彼の自伝作品もまた，バーナムが手掛けた見世物の一つであったと言えよう。

▷5　Barnum, P. T. (1855), *The Life of P. T. Barnum*, Cosimo.

▷6　Barnum, P. T. (1869), *Struggles and Triumphs*, Arno.

3 「世界最高のショー」——サーカス業へ

博物館業から手を引いたバーナムはサーカス業に参入し，1871年ニューヨークのブルックリンに「P. T. バーナムの博物館，動物園，サーカス」を開業する。人の集まる都市が少なかった南北戦争以前，サーカス団は巡業を強いられたが，未発達な交通手段でいかに大量の人・物を移動させるかは常に課題となっていた。70年代に入りサーカス団の運営方法はより組織化され，発達した鉄道網を利用した効率的な巡業も可能になった。この変革期にバーナムはその資本と知名度，経営能力を携えサーカス業に乗り出したのだ[7]。以後，幾度かサーカス団の名前や共同経営者を変えながら，彼は亡くなるまで事業に関わった。最も有名な出し物は1882年，ロンドン動物園から購入した象のジャンボであろう。宣伝の一環としてジャンボの自伝までもが作成された。1885年の列車事故で死亡するまでジャンボは子供たちの人気を集めた。また，「人間動物園」と称した世界各地の民族が登場するページェントも披露された。啓蒙的役割も帯びていたかつての博物館とは異なり，観客はサーカステントのステージと3つのリングで繰り広げられる圧倒的規模のパフォーマンスをひたすら受け身に楽しんだ。サーカスは“詐欺師”バーナムが作り上げた究極の娯楽空間であり，今日のアメリカのエンターテーメント産業に大きな影響を与えている。　（細野香里）

▷7　Harris, Neil (1981), *Humbug: The Art of P. T. Barnum*, University of Chicago Press.

おすすめ文献

ウィキー，J. A.／富島美子訳（1996）『広告する小説』国書刊行会。

亀井俊介（2013）『サーカスが来た！——アメリカ大衆文化覚書』平凡社ライブラリー。

常山菜穂子（2003）『アメリカン・シェイクスピア——初期アメリカ演劇の文化史』国書刊行会。

3 写真と広告
——事始め

1 写真術の誕生

1839年，人類の現実知覚に大きな変革をもたらすことになる技法がパリとロンドンで相次いで公表された。カメラ・オブスクラ[1]が結ぶ映像を永続的に捉えようとするそれまで各地で続けられてきた試みが，二つの場所でほぼ同時期に異なる技法として結実したのだ。フランスでは，1826年のニエプス（Joseph Nicéphore Niépce，1765-1833）による写真術の発明を受け，彼の死後共同研究の成果を引き継いだダゲール（Louis Jacques Mandé Daguerre，1787-1851）が，金属板の上に左右が反転した複製不能な唯一のモノクローム画像を生み出す技法であるダゲレオタイプを発表した。一方イギリスではタルボット（William Henry Fox Talbot，1800-77）が，やはりモノクロームで左右に加え明暗も反転した画像を生み出すネガ／ポジ法，カロタイプを発明した。その後の写真術の進化の基礎となったのは，容易に複製が可能な後者の方法であったが，19世紀中葉のアメリカにおいては，導入後20年ほどにわたって前者のダゲレオタイプが広く用いられることとなった。[2]

2 アメリカにおけるダゲレオタイプの隆盛

1837年の恐慌以後，不況に苦しんでいたアメリカでは，モース[3]（Samuel Finley Breese Morse，1791-1872）による紹介後すぐに，ダゲレオタイプ業が新たな雇用と収入をもたらす業種として発展を遂げた。地方を巡業した写真師，都会で写真館を開業した起業家，いずれにおいても事業の中心を担ったのは肖像写真であった。当初，新たな媒体＝霊媒（medium）であった写真の持つ魔術的な性質は，しばしばフロイトの「不気味なもの[4]」の概念が引き合いに出されるように，人々の不安や恐怖を呼び起こした。そのことは，たとえばホーソーン『七破風の屋敷』（1851年）において，田舎娘フィービーが，ダゲレオタイピストであるホルグレイヴの撮った写真を見ることを拒絶する場面などに端的に表れている。しかし，40年代初頭には早くも，安価に手に入る自らの似姿を求める，新たに勃興しつつあった中産階級の人々からの要求に応える形で状況が変化した。ダゲレオタイプ業は技術の発展に伴い，それまで細密肖像画が持っていた需要を奪い，商売として成立するようになる。その後50年代に入ると，新たに創刊された新聞雑誌や写真専門誌や広告などを通じて，プロの写真家が多

▷1　「暗い部屋」を意味する言葉で，一般的に一つの平面上に遠近の隔たりのある風景を投影する光学装置を指す。その原理は紀元前の中国から知られており，15世紀以降には絵画の素描に広く利用された。

▷2　ローゼンブラム，ナオミ／飯沢耕太郎監訳（1998）『写真の歴史』美術出版社，15頁。

▷3　電信技術，いわゆる「モールス信号」の発明で知られる科学者。パリ滞在中にダゲールの知己を得て，その後ダゲレオタイプをはじめてアメリカに紹介した。また，初期の写真術普及にも貢献した。

▷4　精神分析理論では，あらゆる情動は抑圧により不安へと変化する。なかでも「幽霊」や「魂」と関わる呪術的な概念など，古くから馴染みの不安，「親密なもの」（heimlich）こそが，抑圧の過程を経て，写真という新たな媒体と遭遇することで，「不気味なもの」（unheimlich）として回帰し，恐怖などの強い情動を再生した。

▷5　トラクテンバーグ，アラン／生井英考・石井康史訳（1996）『アメリカ写真を読む——歴史としてのイメージ』白水社。

▷6　Harris, Neil (1973), *Humbug: The Art of P. T. Barnum*. The University of Chicago Press.

▷7　人種の違いは神に

数活躍する状況が生まれることとなった。[5]

3 マシュー・ブレイディとJ. T. ジアリー

そうした初期の写真家の中でも最も重要な存在が，ブレイディ（Mathew B. Brady，1822-96）である。モースに師事することから写真家としてのキャリアを開始した彼は，1844年には最初のダゲレオタイプ細密写真館をニューヨークにオープンする。隣接するバーナムのアメリカン・ミュージアムと同様に，多様な階級の人々が出会うサロンとしても機能した写真館は，そこを訪れる顧客にとって，「見る場所」であるとともに「見られる場所」となった。[6]

図1 ブレイディ『輝けるアメリカ人たちの肖像集』（1850年）

（出所：トラクテンバーグ（1996），99頁。）

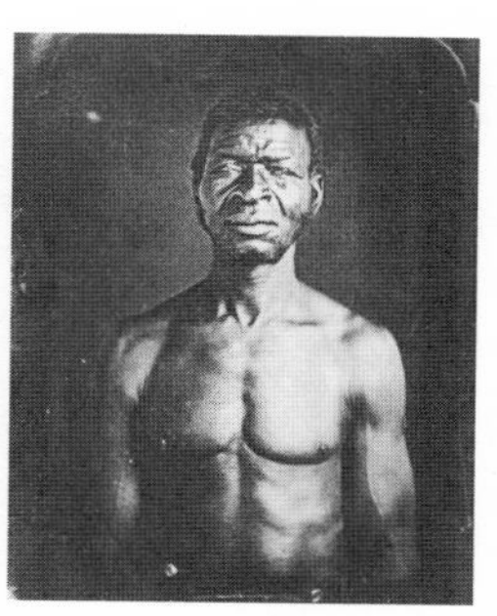

図2 ジアリー「ジャック（御者），ギニア人，B. F. テイラー郷土の農園，サウスカロライナ州コロンビア」（1850年）

（出所：トラクテンバーグ（1996），114頁。）

1850年，エマソンの『代表的人間』と同年に出版されたブレイディの代表作『輝けるアメリカ人たちの肖像集』は，当時の議会で最終的に「1850年の妥協」へと帰着する論争が続く中，政治家，軍人，芸術家など計12名にのぼる「代表的」な人物像を示すことで対立陣営双方をまとめあげようとする，明確に政治的な意図をもった作品であった。見る者に対して無関心で物思いに耽ったような被写体のあり方（図1）は，肖像画の伝統を引き継いで荘厳な雰囲気を醸し出しているが，これは同年に撮影されていたもう一つの肖像群と明確な対照を成している。アガシの依頼によってJ. T. ジアリーが撮影した，南部のプランテーション農園で働くアフリカ系アメリカ人奴隷の写真（図2）では，被写体は衣服を剝ぎ取られ，見られる者としてレンズを直視している。アガシとジアリーは，外見が内面を表現するという発想をブレイディと共有しつつも，「代表」ではなく「類型」として奴隷を捉えることで，人種多起源論[7]と結びついた骨相学[8]の発想のもと，人種差別のシステムをある意味で正当化したのである。[9]

4 ホイットマン『草の葉』とダゲレオタイプ

ブレイディの『輝けるアメリカ人たちの肖像集』から5年後，彼と交流もあったホイットマンは，著者名を付さず出版した『草の葉』初版の巻頭口絵に，自らのダゲレオタイプをもとにした版画を用いた。襟を開いたシャツを身につけ，右手を腰に，左手をポケットに入れたその有名な姿は，ブレイディに見られる「輝けるアメリカ人」像に公然と反抗する，労働者風の詩人としてのイメージを力強く打ち出すものであった。その後も改訂のたびに更新された口絵の肖像には，詩集そのものをダゲレオタイプと化すようなホイットマンの自己演出の戦略が反映されている。

（冨塚亮平）

よって作られたものであり，それぞれの人種は異なる起源を持つという考え方で，単一のアダムとイブに人類の起源を求める人種単起源論と対立する立場。当時の人種差別の正当化に利用された。本書の 8－2 （68-69頁）を参照。

▷8 頭蓋骨の隆起が示す脳の形状から知能や性格を判断する学問。外面的特徴から内面を推論するという発想は，現在の視点から見れば疑似科学に過ぎないものだが，当時のアメリカにおいては，人種的偏見とも結びついて，あくまで真剣に受容されていた。本書の 8－2 （68-69頁）を参照。

▷9 トラクテンバーグ，アラン（1996）。

おすすめ文献

東京都写真美術館編（2008）『メモリーズ・オブ・アメリカン・ドリーム』新潮社。

トラクテンバーグ，アラン／生井英考・石井康史訳（1996）『アメリカ写真を読む――歴史としてのイメージ』白水社。

ソンタグ，スーザン／近藤耕人訳（1979）『写真論』みすず書房。

コラム 1

バーナムとマイケル・ジャクソン

希代の興行師バーナムは1891年に没した。奇しくもその百年後，彼は意外なところに再び姿を現す。マイケル・ジャクソン（Michael Jackson，1958-2009）の『デンジャラス』（1991年）の CD ジャケットだ。下部の中央やや右寄りに，正装をした初老の白人男性の姿が描かれている。[◁1] エキゾチックな動物たちが配置され，けばけばしい装飾が施された舞台の書割のようなものの向こうから，ジャクソンが目だけを覗かせている。この意匠自体もバーナムが牽引した見世物文化へのオマージュのようだ。

ジャクソンは，「広告の父」バーナムの宣伝手腕を高く買っていた。側近に自らの座右の書だと言ってバーナムの自伝を配り，「自分のキャリアを世界最高のショーにしたい」と述べた。[◁2] バーナムが宣伝効果を狙い見世物を巡る虚実ないまぜの噂を流したように，ジャクソンも自身を謎めいたスターに見せる演出をした。150歳まで生きるべく酸素カプセルの中で睡眠をとっている，といったジャクソンを巡る奇妙な噂の少なくとも一部は本人と関係者による宣伝戦略に端を発する。[◁3] しかしジャクソンとバーナムとの間には決定的な差異があった。バーナムが見世物を「見せる」側の興行師だったのに対し，ジャクソンは「見られる」側の見世物でもあった。彼についてのゴシップ報道は過熱し，誰の手にも負えなくなっていった。

「リーヴ・ミー・アローン」（1989年）のミュージックビデオは，ジャクソンがおかれた常軌を逸した環境を視覚化している。タブロイド紙やフラッシュを焚くカメラが浮遊する奇妙な空間を，ジャクソンが遊園地のアトラクションのロケット型の乗り物に乗って通り抜けてゆく。後半，ロケットは見世物の檻が集められた遊園地の一角に至る。その檻の一つでは，鎖につながれたもう一人のジャクソンがエレファント・マンの骸骨と踊っている。エレファント・マンとは，身体の歪みや皮膚の病変のために見世物にされたイギリス人ジョゼフ・メリック（Joseph Carey Merrick，1862-90）の異名である。[◁4] 作品の最後で，自らを縛り付ける遊園地を破壊してもなお憂い顔のジャクソンからは，娯楽のためにフリークとして消費されることへの諦念が見て取れる。

フリークとしてのジャクソンと人種の問題は深く関わっている。人々は，自分たちの住む世界を成立させている秩序や境界が揺るがされるスリルをフリークに求める。19世紀アメリカにおいて，人種の境界は決して犯されてはならないものであった。しかし同時に，そのような境界を引くことの無意味さは白人主人の父と奴隷の母のもとに生まれた「白い黒人」たちの矛盾によって露呈していた。バーナムは，肌を白くする海藻発見のほら話をしたり，白斑症の黒人たちを「豹柄の人間」「斑の家族」と銘打ち見世物にしたりと，肌の色による人種の区別の恣意性を暗に暴露する話題で人々を惹きつけた。[◁5] スターとしてのジャクソンの特異性の一つにその肌の色の変化があるとしたら，興行師であり見世物でもあるジャクソンは，まさにバーナムが牽引した19世紀見世物文化の直系の子孫であると言えよう。

（細野香里）

▷1　Raphael, Raphael (2012), “Dancing with the Elephant Man's Bones,” Christopher R. Smit ed., *Michael Jackson: Grasping the Spectacle*, Ashgate, pp. 147-166.

▷2　Taraborrelli, J. Randy (2009), *Michael Jackson: The Magic, the Madness, the Whole Story, 1958-2009*, Grand Central.

▷3　Tarabornelli.

▷4　Graham, Peter W. & Oehlschlaeger, Fritz H. (1992), *Articulating the Elephant Man*, Johns Hopkins University Press.

▷5　Lott, Eric (1993), *Love and Theft: Blackface Minstrelsy and American Working Class*, Oxford University Press.

コラム2

象のジャンボとオスカー・ワイルド

1882年の春，P. T. バーナムは，2年前に立ち上げた「バーナム・アンド・ベイリー・サーカス」の目玉として，当時ロンドン動物園で人気を博していた21歳のアフリカ象，ジャンボを購入する契約をまとめた。当地で飼育員によってつけられたとされるジャンボ（Jumbo）という名は，スワヒリ語の挨拶 *jambo* と酋長を意味する *jumbe* をあわせたものと言われるが，この時点では英語には存在しない単語であった。はるばる大西洋を渡ってアメリカへとやってきたジャンボは，大陸横断鉄道の発展とともに全米を巡業した。ポストカードなどの関連商品を用いたバーナムの巧みな広告・宣伝術もあって，ジャンボは巡業を代表する見世物としてたちまち大きな話題を呼んだ（図1）。後の消費社会の先駆けとなったその驚異的な人気は，当時「ジャンボマニア」と呼ばれた流行現象をも引き起こした[1]。程なくしてジャンボという単語は，たとえばボーイング747旅客機の通称であるジャンボ・ジェットなど，英語で巨大なものを指す新語として認知されるに至った。

図1　ジャンボとワイルド（1882）

（出所：Oscar Wilde in America (www.oscarwildeinamerica.org/features/oscar-and-jumbo.html).）

一方ちょうどその頃，ワイルド（Oscar Wilde, 1854-1900）もまた，彼をモデルとした人物が登場したことで人気を博したオペラ作品の再演告知を兼ねた講演ツアーのため，イギリスを出航しアメリカへと渡っていた。到着した税関で「自らの才能」を申告したという真偽の定かではない逸話も有名な彼のツアーは，耽美主義をテーマとするその内容に加え，過剰な自己演出やホイットマンからの助言を反映させた積極的なメディア戦略により多くの聴衆を集めた。一部の講演では，ワイルドの耽美主義の代名詞であるひまわりを手にしたファンが，オペラに登場したワイルド風の人物のコスプレ姿で，最前列に集ったと言う[2]。どこか現代におけるセレブリティの活動を彷彿とさせるワイルドの講演ツアーもまた，ジャンボの巡業と同様にある種の見世物的な性質を色濃く帯びていたのだ。

この，同時期にアメリカを席巻した両者に共通する見世物としての魅力は，当時多くの人々の想像力を刺激した。たとえば，図にあげた綿製品の広告では，ひまわりを持ったジャンボとワイルドが並んでポーズをとっている。また，1883年12月29日付の「パンチ」誌では，おそらくはこの広告を踏まえた上で，両者が共に「不合理なまでに大げさに宣伝された厚皮動物／鈍感な人間（pachyderm）」として揶揄されている。

こうした大衆を刺激する格好の話題を，あのバーナムが見逃すはずがなかった。彼がワイルドに200ポンドの条件で両手にひまわりと百合を持ち，ジャンボの背に乗ってブロードウェイを行進するようオファーしたとの噂は，両者の巡業中にたちまちニューヨークを駆け巡った。もっとも，例によってその噂を広めた張本人もまた，どうやら他ならぬバーナムであったようなのだが[3]。

（冨塚亮平）

▷1　Nance, Susan (2015), *Animal Modernity: Jumbo the Elephant and the Human Dilemma*, Palgrave Macmillan.

▷2　Friedman, David M. (2014), *Wilde in America: Oscar Wilde and the Invention of Modern Celebrity*, Norton, pp. 109-129.

▷3　Morris, Roy (2013), *Declaring His Genius: Oscar Wilde in North America*, Harvard University Press, pp. 32-33.

7　南北戦争とリンカン大統領

1 リンカンの演説
——政治と宗教

1 1861年大統領就任演説「より完全な連邦」

エイブラハム・リンカン（Abraham Lincoln, 1809-65, 図1）ほど，頻繁に引用され，様々な媒体で表象されてきた大統領はいないだろう。連邦体制維持，奴隷解放宣言といった偉業が語られるばかりでなく，演説によって国家形成（再生）に多大な影響を及ぼし，民主主義の在り方を示したと言われる。大統領の任期と南北戦争の時期が重なることから戦争の解釈は大概リンカンの言動に由り，分裂の危機を凌いだことから現在のアメリカ像はリンカンの姿に重なる。

一期目の就任式は南部7州が連邦を離脱[▷1]した後の1861年3月4日に行われた。合衆国の「同胞」に向けた就任演説では，アメリカ合衆国憲法（1787年承認）に触れ，奴隷が認められている州の制度に介入しない，と法に従う姿勢を見せながら，憲法はいかなる州も連邦から離脱することを認めていない，と明らかにする。そして，連邦体制（union）は独立以前からのものであり，憲法制定の目的の一つが「より完全な連邦」を築くことだったと訴えた。合衆国憲法に幾度も言及した演説を終えると，最高裁判事によって宣誓が執り行われ，リンカンは「アメリカ合衆国憲法を維持，保護，擁護する」ことを誓うのだった[▷2]。

同年2月18日にはすでに，南部連合国のジェファソン・デイヴィス（Jefferson Davis, 1808-89）の大統領就任式がアラバマ州モンゴメリーで行われていた。連邦離脱した州[▷3]は2月4日に南部連合国（Confederate States of America）を樹立し，3月11日には連合国憲法を制定して奴隷制度を正式に認める。就任演説でデイヴィスは，離脱が1776年の独立宣言に示された権利を行使した「平和的」なものであることを強調した。11月の選挙で正式に大統領に選出されると，1862年2月にも首都リッチモンドで就任式を行っている。議事堂広場に立つワシントン像の下，南部連合国が革命の父祖たちの信念を永続させることを願うと述べ[▷4]，独立を実現した愛国者たちの継承者として位置づけた。演説にはリンカンの文章のような詩的美しさはなかったが，建国時の文書に依拠していたという点では同じだった。しかし，リンカンが強調したのは連邦の統一だった。

2 ゲティスバーグ演説「新しい国家」

リンカンの期待を裏切り戦争は長期化する。1863年7月初旬ペンシルヴェニア州南部ゲティスバーグでの激戦は最多となる犠牲者を出した。8000人が命を

▷1　1860年11月に奴隷制度拡大に反対する共和党のリンカンが大統領に当選するとサウスカロライナ州議会は12月20日連邦離脱を決定。翌年1月から2月にミシシッピ，フロリダ，アラバマ，ジョージア，ルイジアナ，テキサスの6州が同様に脱退。

▷2　White, R. C. (2005), *The Eloquent President: A Portrait of Lincoln Through His Words*, Random House.

図1　リンカン・メモリアル（ワシントンＤＣ）「連邦を救った」エイブラハム・リンカン

（出所：2018年，筆者撮影。）

▷3　地理的に北部に近いヴァージニア，アーカンソー，ノースカロライナ，テネシーの4州が連邦を離脱するのは，4月14日に南部連合国軍がサウスカロライナにあるサムター要塞を攻撃した後になる。

▷4　Cooper, W. J. (2000), *Jefferson Davis, American*, Alfred A. Knopf.

落としたこの場所に国立墓地をつくることになり，その除幕式（11月19日）でリンカンは追悼の辞を述べた。わずか272語で多大な犠牲が「無駄ではなかった」ことを表現する。直前まで原稿に手を入れたとされる演説は，「87年前，わたしたちの父祖は，この大陸に新しい国家をもたらしました。その国家は自由という理念のもとに生み出され，すべての人が平等に造られたという命題に捧げられたのです」と始まる。この後も「国家」（nation）という言葉を繰り返し使い，短い演説の最後を「この国が，神の加護の下，あらたに自由を生み出すよう，そして人民の人民による人民のための政治がこの世から消え去ることのないよう，われわれは決意する」と結んだ。神を味方に戦っていると南北ともに信じていた[◁5]が，リンカンはここで連邦の統一ではなく国家の再生を訴えたのである。前年12月に連邦議会に宛てた教書で「奴隷に自由を与えることで，自由である人々の自由を保証する——付与することと維持することは同等に名誉あることである」と述べている[◁6]。リンカンの「自由」とはすべてのアメリカ人にとっての自由，すなわち平等を意味した。「人民」を繰り返す最後の部分は民主主義国家の姿を提示したものと受け取られ，歴史家ジェイムズ・マクファーソンによれば，リンカンは世界の模範となる国家を想定していた[◁7]。自由と平等の国家の理念はアメリカの理想像として，いまでも多くの人々の心に響く。

3 1865年就任演説「敵意を抱かず」

第二期就任演説（1865年3月4日）は，すでに4年を費やした戦争の終結と国家の将来を見据えたもので，時代とともに多くの人々を魅了してきた。リンカンが強調するのは，南北どちらも戦争を望んでいなかったにもかかわらず「戦争が始まった」のは神の意図するところ，奴隷制度に対する「神の裁き」であり，それは「正しい」という点だった。就任式では黒人兵もパレードに参加し，聴衆にも多くの黒人が含まれ，奴隷解放論者フレデリック・ダグラス（Frederick Douglass, 1818–95）はこの演説を「説教」のようだと評している[◁8]。リンカンは最後に「何人にも敵意を抱かず，すべての人に慈愛をもって」国家の傷を癒すことを説いた。「神」という言葉を多用し聖書から引用しながら，和解を訴えたのである。宗教的な側面を持ちながらも，演説は南部に寛大な和解を推進しようとする政治的意図も持つ[◁9]。奴隷制度を「アメリカの制度」と呼びその責任を国家に求めるリンカンは，すでに1865年の初めから戦争終結後のプロセスを検討していた。しかし，解放奴隷を公正に扱い，かつ南部連合国加担者に寛大な措置をとるにはどうすべきか結論は出ておらず，和解を訴える演説を必ずしも聴衆が歓迎したわけではなかった。リー将軍が降伏をした2日後の4月11日にリンカンはルイジアナ州の連邦復帰プランについて語り，連邦軍兵士など特定の黒人には投票権が与えられるほうが良いと思うと述べた[◁10]。アメリカの理想を凝縮したリンカンの演説は公的記憶としていまも生き続ける。（奥田暁代）

▷5 Rable, G.C. (2010), *God's Almost Chosen Peoples: A Religious History of the American Civil War*, University of North Carolina.

▷6 *Lincoln: Speeches and Writings 1859-1865*, Library of America. リンカンが奴隷解放宣言に署名したのは1863年1月。

▷7 McPherson, J. (2015), *The War that Forged a Nation: Why the Civil War Still Matters*, Oxford UP.

▷8 Foner, E. (2010), *The Fiery Trial: Abraham Lincoln and American Slavery*, W. W. Norton.

▷9 Carwardine, R. (2008), "Lincoln's Religion," Foner, E. ed., *Our Lincoln: New Perspectives on Lincoln and His World*, W. W. Norton.

▷10 リンカンが聴衆の前で行った最後のスピーチとして知られる。

おすすめ文献

ファウスト，ドルー・ギルピン／黒沢眞里子訳（2008）『戦死とアメリカ——南北戦争62万人の死の意味』彩流社。

フォーナー，エリック／森本奈理訳（2010）『業火の試練——エイブラハム・リンカンとアメリカ奴隷制』白水社。

グッドウィン，ドリス・カーンズ／平岡緑訳（2005）『リンカン』中央公論社。

7　南北戦争とリンカン大統領

南北戦争（南部）の遺産

1 「失われた大義」

南北戦争150周年を記念して，サウスカロライナ州議会における連邦離脱の決定から４年後のアポマトックスにおけるリー将軍の降伏まで，様々な再演が催されると，南部連合国を讃える風潮を非難するばかりでなく，記念碑撤去を求める声も強まった。南北戦争の「記憶」こそ，南部の文化を形成し，21世紀に入ってもアメリカ社会を二分する要因となっている。

戦争直後から南部視点の戦争解釈が急速に広まった。連邦離脱は合憲であった，南軍兵士は勇敢に戦った，兵士数や物資の点で劣勢であったため戦いをやめざるをえなかった，などの説明は，エドワード・ポラード（Edward A. Pollard, 1831-72）が1866年に出版した本の題名から「失われた大義」（Lost Cause）と呼ばれる。ポラードは勝てなかった南部の面目を保つべく戦争の意義を書き直し南軍将校を英雄として描いた[◁1]。「失われた大義」は広範囲にわたる意図的な活動によって南部の公的記憶となっていく。南部史協会[◁2]（Southern Historical Society）が設立され，1876年から『南部史協会編纂記録』（*Southern Historical Society Papers*）を刊行し記憶を活字に留めた。南部連合退役軍人の会[◁3]（1889年設立，United Confederate Veterans Association, UCV）や，南部連合の娘たち（1895年，United Daughters of the Confederacy, UDC），南部連合退役軍人の息子たち（1896年，Sons of Confederate Veterans, SCV）といった組織の働きも大きい[◁4]。戦争直後から元兵士らの集い（reunion）が各地で催され，演説などでは兵士に敬意が表されるばかりでなく，戦争を正当化する「失われた大義」が共有される。UDC などは歴史教科書の書き換えも目的に掲げていた[◁5]。このような活動は「失われた大義」を社会に浸透させたばかりでなく，南部連合の正当化を目的とするため，連邦離脱の要因であった奴隷制度には触れようとしない，という弊害を生む。南部の「遺産」として南北戦争が語られるときに，「奴隷制度を巡る戦いではなかった」と現在でも訴える人が多い所以である。

2 リー将軍の神話化

「失われた大義」では南軍兵士が讃えられ，とくに指揮官であったロバート・E. リー（Robert E. Lee, 1807-70）がその象徴として崇拝された。「高潔」「謙虚」「誠実」といったキリスト教を尊ぶ紳士像は，旧南部の理想化された騎士道精神

▷1　Pollard, E. A. (1866), *The Lost Cause: A New Southern History of the War of the Confederates*. E. B. Treat.

▷2　ジュバル・アーリー（Jubal A. Early）など元南部連合国幹部が，次世代の南部人に「正しい」歴史を伝えることを目的として創設。

▷3　連邦軍の退役軍人会（Grand Army of the Republic: GAR）は1866年創設。南部の組織による追悼記念活動は，世紀転換期に活発に行われ，憲法修正によって付与された市民権や投票権が南部黒人から奪われていった時期と重なる。

▷4　Foster, G. M. (1987), *Ghosts of the Confederacy: Defeat, the Lost Cause, and the Emergence of the New South 1865 to 1913*, Oxford UP.

▷5　教科書を出版するのが北部の会社であることを問題視し，南北戦争が奴隷制度を巡る戦いであったなど「間違った歴史」が南部の子どもに教え込まれてしまうのを阻止しなければならないと訴えた。McPherson, J. M. (2005), "Long-Legged Yankee Lies: The Southern Textbook Crusade," Fahs, A. and Waugh, J. eds, *The Memory of the Civil War in American Culture*, U of North Carolina P.

▷6　Fellman, M. (2000), *The Making of Robert E. Lee*, Random House.

に則し，家族や共同体を守るためやむを得ず武器を取った，物理的に勝てる見込みがなくとも勇敢に戦った，潔く戦争を終わらせた，など「失われた大義」を明確化する。リーの象徴する南部は，リンカンが具現した「自由と平等」の「新しい国家」とは違う，旧南部の白人のみ自由を享受できる社会に回帰した。1870年に病死後もリーの神話化は続き，各地に銅像が建立されていく[6]。小説の世界でも南軍は理想化され将軍は誇り高き高潔な人として描かれた[7]。読者は南部に限らず，リーは北部でも賞讃されるようになる[8]。歴史家も，より近代的な連邦の軍隊の前にリーは屈しせざるを得なかったなど説明してきた。このような傾向は近年見直され，たとえばゲアリー・ギャラガーは，リーが実際には戦況を把握し，不足している兵士や物資の供給を各州に課して強制徴募に踏みきり，奴隷を活用することも視野に入れるべきなど新しい提案をしていた点を指摘する[9]。しかし，神話化の影響は強く，奴隷所有者であり，奴隷制度を明文化した南部連合国の指揮官となり，多くの命が奪われた戦争を4年間続けたという史実よりも，負けを知りながら忍耐強く戦ったという記憶が社会に浸透している。

3 「歴史再演」の文化

ロバート・ペン・ウォレンは，リー将軍が降伏した瞬間，つまり敗北を喫して「南部」が生まれた[10]と説明したが，南部連合国誕生の瞬間に始まりを見出すべきだろう。デイヴィス大統領は就任式前日，熱狂的な支援者の前で「南部連合国市民の皆さん，私たち兄弟は……同じ身体，利害，目的そして意識を持つようになったのです[11]」と呼びかけ，南部連合国の「同種性」（homogeneity）を強調した。「南部」が白人至上主義に起因立脚することは明らかだった。南北戦争の記念碑の多くは19世紀末から20世紀初頭にかけて建立されている。「南北和解の象徴」とSCVなどは位置づけたが，除幕式では南軍旗が掲げられ，退役軍人が南部の「正しさ」を強調する演説を行ったことからは，人種に基づいた隔離政策と投票権剝奪を強行する当時の南部白人の力を誇示する目的が見え隠れする。白人支配を示すために庁舎広場など公の場に記念碑が置かれたのであれば，南軍旗[12]と同じように撤去を求める運動が起こるのも当然と言える。ゲティスバーグやアンティータムなどで定期的に行われている戦いの「再演」もしばしば「南部の遺産」と説明される[13]。しかし，南部連合国の軍服を着て空砲を込めた銃を手に当時の戦闘を再現することを，歴史好きの趣味と簡単には片付けられない。白人が集う催しは「失われた大義」継承の場となるからである。

2011年２月，アラバマ州モンゴメリーではデイヴィス大統領の就任式再演が行われた。同市は公民権運動のバスボイコットの舞台でもある。奴隷制度にいっさい触れようとしない式典（記念碑）は，後に続いた抑圧の時代について想起させることはなく，それはまた公民権運動を呼び起こすこともしない。南北戦争の再演は記憶と同様，歴史の重要な部分を隠蔽してしまうのである。（奥田暁代）

▷7　たとえばラサール・コーベル・ピケットの『ピケットとその歩兵師団』（1899年）や『ゲティスバーグのラッパ』（1913年）は北部でも人気を博した。

▷8　Wilson, E. (1962), *Patriotic Gore: Studies in the Literature of the American Civil War*, Oxford UP.

▷9　Gallagher, G. W. (2011), *The Union War*, Harvard UP.

▷10　Warren, R. P. (1961), *The Legacy of the Civil War: Meditations on the Centennial*, Random House.

▷11　Cooper, W. J. (2000), *Jefferson Davis, American*, Alfred J. Knopf.

▷12　もともとリー将軍率いる部隊の軍旗で，赤地に白く縁取りされた青の聖アンドレ十字（上に白い星が13個並ぶ）をあしらった旗。戦争途中からデザインが南部連合旗に取り入れられた。KKKなどの白人至上主義団体や，公民権運動の時代に隔離政策を守ろうとする人々が用いたこともあり，黒人社会は長らく公の場からの撤去を求めてきた。

▷13　Horwitz, T. (1998), *Confederates in the Attic: Dispatches from the Unfinished Civil War*, Pantheon.

おすすめ文献

シルバー，ニナ／兼子歩訳（2008）『南北戦争のなかの女と男——愛国心と記憶のジェンダー史』岩波書店。

ウィルソン，エドマンド／中村紘一訳（1962）『愛国の血糊——南北戦争の記録とアメリカの精神』研究社。

ウォレン，ロバート・ペン／田中啓史・堀真理子訳（1961）『南北戦争の遺産』本の友社。

7　南北戦争とリンカン大統領

3 南部再建と「黒人文化」形成

1 「奴隷解放」から「自由」へ

奴隷はリンカン大統領によって「解放された」と表現されることが多い。しかし，1980年代から，奴隷の果たした役割が注目され，自発的に自由を獲得したと強調されるようになった。[1] 多くの奴隷が連邦軍陣営を目指して逃げ，労働力を失った南部連合国にダメージを与えたばかりでなく，リンカン大統領を奴隷解放に傾かせたというのである。戦争終結時までに10万人を超える黒人兵が戦争に参加した点も指摘される。人気を博したドキュメンタリー番組『南北戦争』（1990年放映）[2] においても，自由は付与されたものではなく奴隷自ら獲得したという説明がなされた。戦争の目的についても再考が進み，多くの北部の若者が戦地へ向かったのは奴隷解放のためではなく連邦と民主主義に対する献身からだったと説明される。[3] 誰もが成功する機会を持つばかりでなく，誰もが投票できるという自由――選挙で決まった大統領に不満だからと連邦離脱することは認められない――を守ろうとした。戦後の黒人社会が求めたのも，奴隷身分からの解放にとどまらず，このような自由だった。

奴隷制度を廃止する憲法修正第13条が1865年１月31日に連邦下院議会を通過すると，同２月12日に黒人指導者ヘンリー・ハイランド・ガーネット（Henry Highland Garnet，1815-82）は同じ議場で説教を行った。聖書を引用しながら奴隷制度の悪を明確にし，奴隷解放後は参政権を与え，さらに教育を施すことを求めた。[4] 解放奴隷が期待する自由も明確だった。1865年１月12日ジョージア州サバンナで，スタントン陸軍省長官とシャーマン将軍と面会した黒人指導者20名（主に牧師）は，自由とは「自らの労働の成果」を得ることで，そのためには「土地」を所有することが不可欠と訴えた。[5] 元奴隷は宗教的自立も望んだ。白人の教会から離れ自分たちの教会を設立したため，1867年にはほとんどの南部の教会から黒人信者がいなくなっている。彼らは教会を通じて教育にも力を入れた。[6] 自由とは自立した社会を形成することも意味したのである。

2 「プランテーション小説」の奴隷表象

南北戦争の記憶（「失われた大義」）から奴隷制度が欠落していたとすれば，戦後から20世紀初頭にかけて出版された南部の小説には奴隷が欠かせない存在となっている。自由を獲得した元奴隷たちが直面したのは「幸せな奴隷」の表象

▷１　McPherson, J. M. (2015), *The War that Forged A Nation: Why the Civil War Still Matters*, Oxford UP.

▷２　*The Civil War: Film by Ken Burns* (1990), PBS.

▷３　Gallagher, G. W. (2011), *The Union War*, Harvard UP.

▷４　Sinha, M. (2008), "Allies for Emancipation?: Lincoln and Black Abolitionists," Foner, E. ed., *Our Lincoln: New Perspectives on Lincoln and His World*, W. W. Norton.

▷５　Foner, E. (1988), *America's Unfinished Revolution, 1863-1877*, Harper & Row.

▷６　Faust, D. G. (1998), "'Without Pilot or Compass': Elite Women and Religion in the Civil War South," Miller, R. M., Stout, H. S. and Wilson C. R. eds., *Religion and the American Civil War*, Oxford UP.

▷７　奴隷制度と奴隷所有者を理想的に描くこのような作品は，プランテーション小説と呼ばれる。

▷８　『豹の斑』（*The Leopard's Spots*, 1902），『クランズマン』（*The Clansman*, 1905）などで白人女性をレ

だったのである。1870年代には南部を扱った旅行記やエッセイ，詩などが北部の雑誌に多く見られるようになり，地方色を求める編集者は南部の特徴として戦前のプランテーションを舞台にした作品を選んだ。奴隷の描写はその後の時代にも影響する。たとえば，1880年代に元奴隷を語り手にした小説を書き人気を博したジョエル・チャンドラー・ハリス（Joel Chandler Harris, 1845-1908）やトマス・ネルソン・ペイジ（Thomas Nelson Page, 1853-1922）は，1870年代にアーウィン・ラッセル（Irwin Russell, 1853-79）が書いた地方色豊かな「黒人訛り」を用いた詩に影響されたという。解放奴隷が「旧き良き南部」を懐かしむという，ハリスやペイジの作品[7]が広く読まれると，「幸せな奴隷」というステレオタイプ像が浸透するばかりでなく，奴隷のイメージに依拠する「黒人文化」が白人作家の手によって形成されてしまう。小説のなかの彼らは独特の訛りで話し，特有の歌や踊りを持ち，迷信深く近代化からほど遠い。科学が飛躍的に発展した時代に——雑誌には技術革新を扱った記事も多い——肉体労働に従事する奴隷のイメージで描かれることは黒人の社会進出を阻害しかねない。20世紀初頭のトマス・ディクソン（Thomas Dixon, Jr. 1864-1946）の小説[8]のようにあからさまに人種差別的でなくとも，奴隷表象の弊害は大きい。

3 ポストベラム—プレハーレム期の文化形成

1870年代から1900年代にかけての時期は黒人社会にとって「どん底」（nadir）と表現されてきた。連邦軍の南部からの撤退により再建が終了した1877年以降，彼らの置かれていた状況は悪化し，列車車両に始まる分離政策と祖父条項導入などによる投票権剥奪が徹底すると，獲得したはずの自由が次つぎに奪われ，まさに「どん底」の状況だった。そのような時代は，1920年代のハーレム・ルネサンス期と比較して文学も不毛であったと説明されてきた。しかし，実際にはこの時代に多くの重要な作品が書かれている[9]。チャールズ・チェスナット（Charles W. Chesnutt, 1858-1932），サットン・グリッグス（Sutton E. Griggs, 1872-1933），ポーリーン・ホプキンズ（Pauline E. Hopkins, 1859-1930）などは，当時のアメリカ人読者に馴染みのある扇情小説や探偵小説，リアリズム小説などのジャンルを用いて多種多様な黒人像を描く。小説の主人公たちは，人種ばかりでなくジェンダーや階級の区分が揺らぎ，科学が急激に発展し，人々の生活も劇的に変化する社会に順応し克服する。黒人作家が描く「黒人文化」とはまさにそのような柔軟性だった。彼らが明示するのは，近代化する社会に呼応する「ニュー・ニグロ」——「オールド・ニグロ」との訣別は白人たちの描く奴隷表象から距離を置くことだった——であり，「白人」文化に対峙する「黒人」文化ではなく，固定されたイメージとは異なる複雑な文化だった。自立した黒人社会とは，ブラック・ナショナリズム[10]に依拠することではなく，自由を享受することであり，彼らは自由に自らを表象することを求めたのである。（奥田暁代）

イプする「野獣」として黒人を描写した。世紀転換期には人種を扱った作品が多く出版されている。ジョージ・ワシントン・ケーブル（George Washington Cable, 1844-1925），ケイト・ショパン（Kate Chopin, 1851-1904），マーク・トウェイン（Mark Twain, 1835-1910）などの作品はプランテーションを舞台にしながらも奴隷制度と人種主義を批判的に描いた。

▶9　Bruce, D. D. (1989), *Black American Writing from the Nadir: The Evolution of a Literary Tradition, 1877-1915*, LSU Press; Gruesser, J. C. (2012), *The Empire Abroad and the Empire at Home: African American Literature and the Era of Overseas Expansion*, U of Georgia P など。

▶10　たとえば，グリッグスの『インペリアム・イン・インペリオ』（*Imperium in Imperio*, 1899）は黒人国家創生の可能性を描くものの最終的には否定している。

おすすめ文献

ベイカー，ヒューストン・A.／小林憲二訳（1987）『モダニズムとハーレム・ルネッサンス——黒人文化とアメリカ』未来社。

フォーナー，エリック／横山良・竹田有・常松洋・肥後本芳男訳（1998）『アメリカ 自由の物語——植民地時代から現代まで』岩波書店。

荒このみ編訳（2008）『アメリカの黒人演説集——キング・マルコムX・モリスン他』岩波文庫。

コラム 1

リンカン映画史

一説ではリンカンに関する映画は，キリストとシェイクスピア作品に次いで多いという[1]。正確な検証は不可能だが，実在の人物としてかなりの数になることは確かだ。アメリカ史の正義の象徴として，彼の存在が政治的立場を超えて揺ぎない上，奴隷解放，南北戦争，暗殺という生涯のトピックが，人種問題と戦争と銃という，アメリカ社会が抱えるテーマにも結びつき，映画化しやすいヒーローだということだと思われる。

リンカンが登場する最初期の作品は，G. W. グリフィス監督『国民の創生』（1915年）だ。映画技術の基礎を築いた映画史上不滅の作品とされる一方，解放された黒人を増長した悪として描き，白人至上主義団体 KKK（クー・クラックス・クラン）を正義とするなど，差別的内容があまりに目に余る作品でもある。実際この作品の影響で，KKK の活動が活発化し，差別意識も助長されたともいう[2]。

その黒人を解放した人物でありながら，本作でさえリンカンは英雄と崇められ，「南部の最良の友[3]」とまで語られる。黒人たちの暴虐が始まり，世の中が荒廃するのは彼の死後というのが，本作での歴史認識だ。

そのグリフィスは後に，自身初のトーキー（音声の出る映画）作品として，本格的なリンカンの伝記映画『世界の英雄』（1930年）を撮る。名優ウォルター・ヒューストンがリンカンを演じ，その誕生から死までを描いた。

巨匠ジョン・フォード監督の名作『若き日のリンカーン』（1939年）は，弁護士時代のリンカンを描く。主演はヘンリー・フォンダ。二人の若者の冤罪を晴らす物語は，機転のきく彼の明晰さ，後の大統領らしい正義感と人格を，腕っぷしの強さや磊落な人柄と共に描いて，痛快極まりない。

関連作にロバート・レッドフォード監督『声をかくす人』（2010年）を紹介したい。これはアメリカ史上初めて死刑になった女性を描く。リンカン暗殺犯を泊めた宿の未亡人メアリー・サラットが，共謀罪に問われたのだ。北部主導の明らかな不平等裁判であり，弁護士としても公正を尊んだリンカンの死後，彼の名の下に為された不公正を描く重要作だ。

珍品では，ティムール・ベクマンベトフ監督『リンカーン／秘密の書』（2012年）がある。リンカンが密かに吸血鬼と闘っていたという，奇想天外なホラーアクションだ。得意の武器が斧というのも，リンカンが大工の子として丸太小屋に生まれた事実と結びつく。黒人たちは，吸血鬼たちの餌という設定も面白い。搾取される被差別者の暗喩だ。

リンカン映画の最高峰は，スティーブン・スピルバーグ監督『リンカーン』（2012年）に尽きる。奴隷解放のための憲法修正第13条を通すため，彼がいかに動いたかを克明に描く。リンカンが現代に蘇ったようなダニエル・デイ=ルイスの名演は，自身三度目（歴代最高）のアカデミー主演男優賞をもたらした。

今作の画期は，リンカンを決して聖人君子でなく，目的のために彼がいかに術策を弄したかを描いた点にある。終戦は同時に奴隷解放の必然を失う。解放のため戦争を続けるか，停戦のために法案を諦めるかの選択。しかし指導者リンカンの叡智はその両方を実現したことにあるとした，この作品の発想は見事の一言だ。

リンカンの名前と物語は，力強いドラマとなる可能性を秘めて，今もその寿命を保ち続けている。

（南波克行）

▶1　シッケル，リチャード／大久保清朗・南波克行訳（2015）『スピルバーグ　その世界と人生』西村書店，239頁。
▶2　町山智弘（2016）『最も危険なアメリカ映画――「國民の創生」から「バック・トゥ・ザ・フューチャー」まで』集英社インターナショナル，10-37頁。
▶3　『国民の創生』DVD（2006年）紀伊國屋書店。

コラム2

フォークナーからみる南部文学史事始め

20世紀前半頃における南部ルネサンスという地域主義的文学の潮流は，突然南部文学の諸相を刷新したわけではない。ウィリアム・フォークナー（William Faulkner，1897-1962）はこの領域中心的存在だが，彼の諸作品が深く議論され始めたのは，ニューヨークの批評家マルカム・カウリー（Malcolm Cowley，1898-1989）が編集した彼の作品集『ポータブル・フォークナー』が出版された1946年以降のことだ。◁1 第二次世界大戦にいたるまでには，フォークナー小説のほとんどが絶版状態になっていた。

この作家を取り巻く状況は上記の戦争前後で大きく変化した。1938年に赤狩りの牙城となる下院非米活動委員会が組織され，1939年の独ソ不可侵条約によって共産主義とファシズムが手を結んで以降は，カウリーら知識人はかつて自らが身を委ねた左翼思想から離れ，非政治的な文学とその批評に傾注するようになった。そうして，リアリズムの定義が明快な政治思想を含意するものから曖昧な個人の心理的葛藤を示すものへとずらされたとき，フォークナーが再発見されたのだ。◁2 同じ頃，政治的・歴史的考察よりもテクストそれ自体の精読を重視する新批評がもてはやされたことも，再評価の流れに大きく寄与した。

この作家が1949年度ノーベル文学賞を受賞した後に数年経ってから出版された論集『南部ルネサンス』は，南部研究そのものの心理的葛藤を示している。同書に「南部史の皮肉」を寄稿した歴史家 C. ヴァン・ウッドワード（C. Vann Woodward，1908-99）は，愛郷心や愛国心で装飾される類の倫理観が戦争という残虐行為へと帰結することに懸念を示した。◁3 だが，より皮肉なのは同じ論集の別の寄稿者がまさに南部の倫理を代表する作家としてフォークナーを評価していたという点だ。1930年代の南部農本主義者（北部の産業主義に抗う南部知識人）による地域主義的，反中央集権的思想が，その倫理観の主な根拠として発掘された。◁4 その農本主義者の多くが，1940年代には新批評家になっていたのだが。

フォークナー研究を経由する南部文学史事始めには，国家や地域，文学や歴史をめぐる様々な倫理観の衝突が付随する。それを見据えることはアメリカ人読者だけでなく，1955年８月，アメリカ文化政策の一環でフォークナーが派遣された国の一つ，日本の読者の倫理観をも試すだろう。その年の７月には，1950年度のノーベル文学賞を受賞した哲学者バートランド・ラッセル（Bertrand Russell，1879-1955）らがアメリカの水素爆弾実験により被爆した第五福竜丸の事件等を受け，核兵器廃絶を世界に訴えた。そして同年８月末，フォークナーの生活したミシシッピ州では14歳の黒人少年が白人女性に口笛を吹き，そのことに怒った白人至上主義者に惨殺された。これらアメリカという国とその南部の陰部を示す出来事は，長野でフォークナーに出会った日本人がこの作家の慎み深さと威厳に感嘆し，「我々の天皇のようであった」（Collins，202）と無垢に感じていたときの時代背景である。◁5

（山根亮一）

▷1　Faulkner, William (1967), *The Portable Faulkner*, 1946, Malcolm Cowley, ed., Penguin Books.
▷2　Schaub, Thomas Hill (1991), *American Fiction in the Cold War*, U of Wisconsin P, p. 21.
▷3　Woodward, C. Vann (1953), "The Irony of Southern History," Louis D. Rubin Jr. and Robert D. Jacobs, Johns Hopkins P., eds. *Southern Renascence: The Literature of the Modern South*.
▷4　Jacobs, Robert D. "Faulkner's Tragedy of Isolation." ibid. p. 172.
▷5　Collins, Carvel Afterword (1985), *Faulkner Studies in Japan*, compiled by Kenzaburo Ohashi and Kiyoyuki Ono, edited by Thomas L. McHaney, U of Georgia P, p. 202.

8　見えないものをみる方法――（疑似）科学の想像力

1 身体を読む（疑似）科学
――観相学と骨相学

 アメリカに伝播したラヴァーター観相学

蒙（すなわち無知）を啓く，と書いて啓蒙と読む。18世紀啓蒙主義のなかで培われた近代科学思考のなかには，今日から顧みれば疑似科学的なものも多々含まれていた。その（擬似）科学のなかでもとくに影響力をもったのが，観相学（physiognomy），そこから進展した骨相学（phrenology）であった。人体の外観をテクストとして読み，そこに内在する人の「精神」や隠れた「性質」を推論する理を提供する点で，この二つはまさに見えないものを見る方法の双璧をなした。観相学，骨相学ともに，近代ヨーロッパから伝わり，19世紀前半のアメリカにおいて医科学をはじめ文化一般に影響を与えた。見知らぬ他人を「知る」方法が（擬似）科学として示されたのである。

近代観相学の祖はスイス人宗牧師兼思想家ヨハン・カスパー・ラヴァーター◁1であった。彼の著作は英語に翻訳され，アメリカにおいて様々な版によって流布した。簡易版も多々あり，1815年にニューヨークで出版された若者向け版，1817年のポケット版ほか，概説書が人気を得て版を重ねた。いずれの版も多くの図版を含んでいたがそれらは例外なく白人男性のもので，アフリカ系やネイティヴ・アメリカンの図版は一枚もなかった。そうした観相学図版が白人男性集団内の差異を読むために主に用いられていたことがうかがえる◁2。

『ポケット・ラヴァーター◁3』をひもといてみよう。その序文には日常的に普及している相貌を読む行為の，原理原則を説くことが観相学本の目的だとある。「頭部，額，眉毛，目，鼻，口，顎，頬，髪，首」の各特徴を読みこまれ，それらの持ち主の性質（思慮深さや記憶力の良さ，天賦の才といった長所から，短気，楽観的，無精，不節制などの短所まで）が判断される。各部位の特徴を総合して観相学的判断はなされるが，その圧巻は図版を使って様々な相貌を実際に読んでみせる人物判断の部分だろう。図版の人の顔は，「天才」「商人」「ゴロツキ」「法律家」などに分類され，今日の私たちから見れば，言いがかりとしか思えないような人物注釈が，見知らぬ他人の顔に付与された。観相学の名のもとに顔とはかくも情報の宝庫として読まれ語られたのである。

2 アメリカの骨相学流行

同じ頭部を読むといっても，アメリカで最も大きな影響をもつようになるの

▷1　Johann Kasper Lavater, 1741-1801. スイス出身の改革派牧師で，啓蒙時代の思想家，著作家。近代観相学の父。

▷2　J. Lukasik, Christopher (2010), *Discerning Character: The Culture of Appearance in Early America*, U of Pennsylvania P, pp. 38-39.

▷3　Lavater, Johann Casper (1817), *The Pocket Lavater, or, The Science of Physiognomy*, New York: Van Winkel & Wiley.

▷4　Franz Joseph Gall, 1758-1828, ドイツ人医科学者，骨相学の始祖。

は骨相学（phrenology）であった。骨相学は観相学より一層，随意にせよ不随意にせよ，変化できない頭部を精査の対象に選んだ。骨相学は1830年代前半にアメリカに影響力を広げ，この頭の形を精査することで，見知らぬ他人の道徳，性向，性質を演算化しようとする理論を展開した。この理論の祖を築いたドイツ人医師フランツ・ヨーゼフ・ガル[4]の理論は，頭蓋骨というよりはまず，脳の解剖学的構造の研究に基づいていたのだが，ガルは脳こそが精神の宿る場所であると考え，その脳をその機能，性向，情緒を司る数十個の部位に分類整理し，それを頭蓋骨上に投影して地図化したのだった[5]。

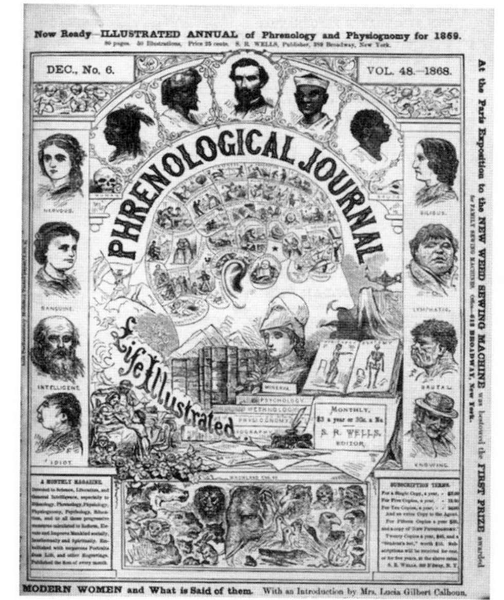

図1　広告となった骨相学図

（出所：1868 *Phrenological Journal and Life Illustrated: A Repository of Science, Literature, and General Intelligence*, vol 47 and 48. Edited and published by Samuel R. Wells. 巻末広告ページより。）

骨相学はアメリカでは早くも1820年代に教育機関で取り上げられはじめ，たとえばトランシルヴェニア大学医学部のチャールズ・コードウェル[6]が，パリで骨相学を学んだ後，自身が勤める大学で骨相学講義を行ったのが1821-22年のことであった[7]。続く1830-40年代には，ヨーロッパの著名な骨相学者が次々と訪米し講演活動をした。ドイツ人医師ヨハン・シュプルツハイム[8]はガルの後継者というべき骨相学者だったが，ボストンで没したこの学者の解剖と講義を一緒にした講演スタイルは，ガルの教えを啓蒙するのに役立った。

3　ファウラー帝国

『アメリカン・フレノロジカル・ジャーナル』誌を1848年に引き継いだのはファウラー兄弟[9]であった。義理の弟と一緒に，彼らはニューヨークの出版社ファウラー＆ウェルズを創設し，骨相学雑誌の出版はもとより，ヨーロッパ発の骨相学のアメリカ簡易版のほか，禁酒運動はじめ様々な自己・社会改良運動のブームにのり疑似科学本や啓発本を数多出版し，骨相学のビジネス化を図り，いわゆるファウラーの「骨相学帝国」を築いた。骨相学と題して彼らは，講演活動をこなしたほか，多くの著名人の骨相学診断図を作ったことでも知られる。骨相学通俗本の象徴となったのは頭蓋の断面図であり，各部位に関連するイラストを詰め込んだ縮図は，シンボリカル・ヘッド（図1）と呼ばれた。

（宇沢美子）

▷5　Wrobel, Arthur (1987), "Phrenology as Political Science," *Pseudo-Science & Society in 19th-Century America*, UP of Kentucky, p. 123.

▷6　Charles Caldwell, 1772-1853. アメリカ人内科医，骨相学者。

▷7　Walsh, Anthony A. (1972), "The American Tour of Dr. Spurzheim," *Journal of the History of Medicine and Allied Sciences*, vol. 27, no. 2 (April 1972), pp. 187-205. 引用 p. 188 から。

▷8　Johann Christian Spurzheim, 1776-1832. ドイツ人医師，骨相学者。ガルとの共著ならびに共同講演多数。

▷9　Orson Fowler (1809-87) と Lorenzo Fowler (1811-1896) の兄弟。同時代の自己啓発本や運動のブームにのり擬似科学本や雑誌の執筆・出版でファウラーの「骨相学帝国」を築いた。義理の弟サミュエル・ウェルズとともにニューヨークの出版社 Fowler & Wells を創設。

おすすめ文献

スタフォード，バーバラ・M.／高山宏訳（2006）『ボディ・クリティシズム――啓蒙時代のアートと医学における見えざるもののイメージ化』国書刊行会。

鷲津浩子（2005）『時の娘たち』南雲堂出版。

Wrobel, Arthur ed. (1987), *Pseudo-Science & Society in 19th-Century America*, UP of Kentucky.

8　見えないものをみる方法――（疑似）科学の想像力

2 人種の科学――アメリカ学派民族学

1 多祖発生説

骨相学は様々な同時代の知や文化と結びついた。ある時は政治と密に関わり，またある時は性科学―優生学とも関わり，また絵画や彫刻を通して身体美の考え方とも，文学者や文学作品とも結びついた。その柔軟な応用能力は，この頭や額はこう読めと断じる一見して独善的な傾向とはそぐわない。

骨相学がもっとも初期の段階から結びついた人種政治的な考え方は，多祖発生説（polygeny）であった。読んで字のごとく，人類は初めから異なる人種として発生したとする説であり，それ以前にあった，すべての人種は共通の起源をもつと主張した単祖発生説（monogeny）への反論として登場した。アメリカにおいては西部開拓時代を背景に進展した多祖発生説は，有色人種を永遠に別個の劣等なる人種とすることで，19世紀の科学人種差別の基盤を打ち立てる結果をもたらした。[◁1]

多祖発生説を支持し，頭蓋骨を「測定」することで人種差を理論化したのが，アメリカ学派民族学（American School of Ethnology）であった。頭蓋学者のサミュエル・ジョージ・モートン[◁2]（Samuel George Morton 1799-1851），比較動物学者ジャン・ルイ・アガシ[◁3]（Jean Louis Rodolphe Agassiz，1807-73），医者のジョサイア・ノット[◁4]（Josiah C. Nott 1804-73），エジプト学者ジョージ・グリドン[◁5]（George R. Gliddon 1809-57）らがこの学派の主力メンバーだった。

2 モートンの頭蓋学

モートンは，19世紀前半のアメリカを代表する医者である。フィラデルフィア大学を卒業後，1820年からしばらくスコットランドのエディンバラ大学で学び学位を取得し，帰国後はペンシルベニア医科大学で解剖学教授をつとめた。1820年のエディンバラといえば，エディンバラ骨相学協会が創設された年であり，若きモートンは骨相学の牙城でその薫陶を受けたことになる。骨相学にあった人体（脳・頭部）を部位化，測定，演算化する同じ傾向を，モートンの頭蓋学（craniology）もまた継承したといってよい。頭部の容積をはかる測定の科学であったモートンの頭蓋学には，1839年出版の『アメリカの頭蓋骨』と，1844年の『エジプトの頭蓋骨』の代表作となった二大著がある。結論からいうなら，前者はネイティヴ・アメリカンの，後者は黒人種の「劣等性」をデータ

▷1　例えば Fredrickson, G. M. (1971), *The Black Image in the White Mind: The Debate on Afro-American Character and Destiny, 1817-1914,* Harper & Row.

▷2　頭蓋内容量を測定する頭蓋骨学の祖。

▷3　比較動物学，地質学，古生物学が専門分野，スイス出身でハーヴァード大学教授。1850年出版の論文「人類起源の多様性について」で多祖発生説を支持。

▷4　外科医，アフリカ人の人種的劣等を唱えた著作 *Types of Mankind*（1854）をグリドンと共著した。

▷5　アンテベラム期の古代エジプト学の第一人者。

▷6　Gould, Stephen J. (1996), *The Mismeasure of Man,* Revised and Expanded edition, W.W. Norton, pp. 96-104. モートンの側の無意識の操作以外にも，性別，身長差が考慮されないデータの選び方と，計算ミスなども指摘されている。また同じ著作のなかで，グールドの計算自体にも，

に基づき解釈する人種科学の本であった。頭蓋学の基礎には，頭蓋骨の容量の大きさはすなわちその中身である脳の大きさであり，脳は大きければ大きいほど知的に発達している，という考え方があった。モートンが亡くなる1851年までに1000体を超えた，当時としては世界一規模の大きい頭蓋骨コレクションをもち，それらを測定し数値化することで人種差を「明らかにした」モートンの研究は，ヨーロッパに遅れをとっていたアメリカが，逆にヨーロッパへ向けて発信したアメリカが誇る民俗学的学知であった。

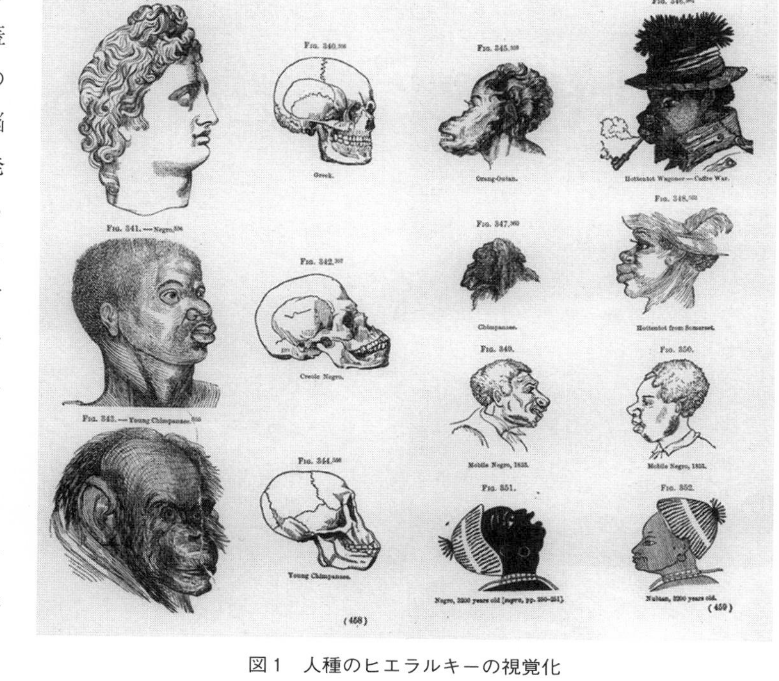

図1　人種のヒエラルキーの視覚化

（出所：Nott and Gliddon (1854), pp. 458-459.）
左列は上からギリシア人的白人，黒人，チンパンジーの順で，目に見える形での上下関係が示唆されている。

3 グールドの反論

科学史家のスティーヴン・J. グールドは，その興味深い19世紀アメリカの民族学論を論じた『人間の測りまちがい』（初出 1981年，改訂版 1996年）のなかで，モートンの測定と計算方法について洗い直した。そして「意識的」ではないにせよ，白人種の頭蓋骨容量の数値が最も高く，異人種，とくにネイティヴ・アメリカンと黒人種がなるべく低くなるという測定者・解釈者のバイアスが「無意識的に」反映される余地があったことを問題視した◁6。測定，計算，図表化の手順で進展する人種科学も，時代のバイアスを逃れるものではなく，差別的な人種ステレオタイプは随所に顔をみせた。『アメリカの頭蓋骨』には，たとえば，ネイティヴ・アメリカンは「教育的抑制を嫌悪し」「抽象的な議論ができない」とか，黄色人種は，「わがまま」で，「その知的能力」は「子供のそれである」といった，今日の時点からふりかえればいかにも差別的な解釈が散見される◁7。頭蓋骨の大小と文化文明を直結させるモートンの頭蓋学は，19世紀中期のアメリカにあって，黒人奴隷制ならびにネイティヴ・アメリカン虐殺に対する賛否を超えて，（南部）白人社会に歓迎された科学だった。モートンやアガシは奴隷制に反対の立場をとっていたが，彼らが標榜した人類の多元発生説に基づく有色人種，なかでも彼らが描き出した人種のヒエラルキーの最下層に置かれた黒人種の劣等性の主張は，奴隷所有者でもあったノットがエジプト学者グリドンと共著した『人類の類型』（1854年）◁8の裏付けとして参照されたことで，奴隷制を擁護する政治色を強めた。

（宇沢美子）

そののち逆の傾向の，すなわち白人種の数値を小さく，有色人種の数値を大きくしてしまう計算ミスがあると指摘されたことを，自ら認めている。

▷7 Morton, Samuel George (1839), *Crania Americana*, J. Dobson. Internet Archive. 引用は p. 54, p. 82 から。

▷8 Nott, J. C. and Gliddon, G.R. (1854), *Types of Mankind*, Lippincott, Grambo & Co. Internet Archive.

おすすめ文献

グールド，スティーヴン・J.／鈴木善次・森脇靖子訳（2008）『人間の測りまちがい（上，下）差別の科学史』河出文庫。

8　見えないものをみる方法——（疑似）科学の想像力

3　古代エジプトをめぐる人種戦

1　古代エジプト

19世紀前半のアメリカの文化流行の一つにエジプト・マニアがあった。エジプト・マニアとは，18世紀末のフランスのエジプト侵攻の過程で見つかったロゼッタ・ストーン[1]の発見とその解読に影響され，植民地主義に湧くヨーロッパからイギリス経由でアメリカに伝わった古代エジプト文明の遺物をめぐる熱狂的な関心を意味する名称である。知的学術的関心をこえて，収集・消費行為，はては模倣的創造行為までをも含めた，幅広い流行文化を形成した。

アメリカ学派民族学は古代エジプトに強い関心を抱いた。「エジプトは文明の祖，諸芸術の揺籃，神秘の地である」とは，サミュエル・モートンの『アフリカの頭蓋骨』（1844年）の冒頭の一節である[2]。多祖発生説に基づく白人種の優越性を科学的に表明するアメリカ学派にとって，古代エジプトはまさに文明の祖だったからこそ，その社会の人種構成が何にも増して問題になったのである。古代ギリシアの時代から古代エジプトは黒人種の文明国だという説が信じられてきた。それとは対照的に，モートンをはじめ19世紀のアメリカ学派民族学は，古代エジプト王国は白人種の支配する国だったと主張した。モートンにエジプトで発掘された古代人の頭蓋骨137個を送り，研究を支えたのはエジプト学者のジョージ・グリドンであった。彼もまた「エジプト人はアフリカ人ではないし，かつてそうだったためしもない。まして黒人ではなかったと私は考える」とモートンに書き送っていた[3]。モートンはグリドンの仮説を敷衍し，古代エジプトは白人種の文明であり，「古代エジプトにおける彼ら［黒人種］の社会的地位は，現在と同じく，召使か奴隷であった」と結論づけた[4]。結果としてそこに描き出された古代エジプトとは，奴隷制を保持する南部を抱えた1844年の白いアメリカの自画像そのものだったのである。

2　対抗言説——笑いと風刺

このエジプト・マニアという文化流行，ならびにそれを学術的に支えたエジプト学やアメリカ学派民族学を，徹底的に笑いのめしたのは，彼らと同時代人だった南部出身の作家エドガー・アラン・ポー（Edgar Allan Poe 1809-49）であった[5]。「ミイラとの論争」（“Some Words With a Mummy”）は，おしゃべりな古代エジプト人ミイラ，齢推定5700歳の若者「全部間違い」（allamistakeo）伯爵

▷1　ロゼッタ・ストーンとは1799年にエジプトで発見された紀元前２世紀の石板。三種類の文字で書かれていたことから，古代エジプト文字の解読に役立った。

▷2　Morton, Samuel George, (1839), *Crania Aegyptica*, J. Dobson, p. 1.

▷3　Nott, J. C. and Gliddon, G. R. (1854), *Types of Mankind*, Lippincott, Grambo & Co, p. 37. Internet Archive, https://archive.org/details/b2170434x.

▷4　Morton (1839), p. 66.

▷5　エドガー・アラン・ポーは19世紀前半のアメリア人詩人・小説家。探偵推理小説のジャンルを開き，江戸川乱歩に影響を与えた。“Some Words with a Mummy” (1845), *Collected Works of Edgar Allan Poe: Tales and Sketches 1843-1849,* edited by Thomas Olive Mabbott, Harvard UP, 1978, pp. 1175-1201.

との論争を通して，彼を甦らせたアメリカ学派民族学集団４人組の愚を笑う内容の，1845年に雑誌掲載された短編小説であった。この物語の前半に描かれている，ミイラの梱包を解く開梱は，19世紀前半のアメリカのエジプト学講演に定番の催しだったし，現代知識人４人グループのうちには，頭蓋学者兼医者のモートンそっくりのポノナー博士，さらには実名で登場したエジプト学者グリドンも含まれていた。事実は小説より（この場合は，ほど？）奇なり，という事件がこの小説の５年後の1850年に起こった。グリドンその人が企画したエジプト学講演において，苦節５年の歳月を経て彼がエジプトから運び込んだという，3000年前の王女のミイラなるものを開梱してみると，なんとそれが男性ミイラだったのである。エジプト学者としては権威失墜の失策をメディアは面白おかしく書きたてて，ポーさながらの笑い話に仕立て上げた。[6]

▷6 Wolfe, S. J. and Singerman, Robert (2009), *Mummies in Nineteenth Century America*, McFarland, pp. 142-172.

3 もっと対抗言説――奴隷制廃止論から色素論へ

名指しでアメリカ学派民族学を批判した人々のなかにあって，解放された奴隷で奴隷制廃止論者として活動したフレデリック・ダグラス（Frederick Douglas 1818-95）の存在は注目に価する。「奴隷たちは奴隷制があるから生きていけるのだとすることで，彼ら［アメリカ学派民族学者たち］は，奴隷を自由人にすることを拒絶している。ノット，グリドン，モートン……は奴隷制を宣伝普及する政治家たちに期待通りの助言を与えている」と訴えた。[7]

同じくアフリカ系の奴隷制廃止論者マーティン・ディレイニー（Martin R. Delany 1812-85）は，色素（rouge）という概念を用いることで，見た目こそ肌の色は違っていても，人種やジェンダーを越えて肌の色素は，万国万人共通であると論じた。『民族学の原理』（1880年）のなかで，「もっとも色の黒いアフリカ人の肌色を作る彩色物質は，もっとも白く華奢な美貌をもつ白人淑女の『バラ色の頬やバラ色の唇』とまったく同一の彩色物質なのだ」と皮肉たっぷりに述べた。[8]

▷7 Douglass, Frederick (1854), "The Claims of the Negro, Ethnologically Considered," *Selected Speeches and Writings*, edited by Philip S. Fonder and Yuval Taylor, Lawrence Hill Books, 1999, p. 287.

▷8 Delany, Martin R. (1880), *Principia of Ethnology: The Origin of Races and Color*, Second and Revised Ed, Harper & Brother, p. 26.

ディレイニーの色素論に顕著なように，見えないものを見る方法はまた，見えすぎるものを見ない方法でもあったことがわかるだろう。肌色は顔色ともども，アメリカ学派民族学にとっては重要な科学―政治的要素だったのに対して，ディレイニーの黒い肌も黄色い肌も白い肌も赤い唇も，皆色素の量が違うだけだとする考え方は有効な科学的反論となった。それはまた19世紀アメリカの視覚文化のなかで連綿と紡がれた，有色人種という負のイメージへの端的な反論にもなっていただろう。黒人種の子供だと思って石鹸で洗ってみたら，黒かったのは垢のせいで，実は白人の子だったとわかる，といった，人種変化のモチーフは，石鹸広告の常套手段だった。清潔・美・健康を白い肌に，不潔・醜・不健康を暗い肌色と結ぶ色彩・人種の政治学は確かに存在していた。ディレイニーの考え方は，日常的に氾濫する負の有色人種イメージに助長された人種差別という，見えすぎるものを見ないための，科学的根拠を提供したのだった。　（宇沢美子）

おすすめ文献

ポー，エドガー・アラン／小泉一郎訳（1974）「ミイラとの論争」『ポオ小説全集４』所収，創元推理文庫，163-187頁。

Trafton, Scott (2004), *Egypt Land: Race and Nineteenth-Century American Egyptomania*, Duke UP.

Delany, Martin R. (1880), *Principia of Ethnology: The Origin of Races and Color*, Second and Revised Ed. Harper & Brother, p. 26.

コラム 1

Xからはじまる目には見えない光
——X線，ラジウム，原子爆弾

アメリカをドライブしながら横断したとき，私はニューメキシコ州，ホワイトサンズ国定公園を訪れた。まさにその名のとおり白い砂丘であった。太陽が照りつけていたが，砂の上を裸足で歩くとひやりと冷たい。白は太陽を反射するから熱くならないのだとはじめて知った。そこから約150キロ，車で２時間半ほど，ホワイトサンズミサイル実験内にトリニティ・サイトはある。1945年７月16日月曜日，５時29分45秒，世界ではじめての原爆実験が行われた場所である。

目を凝らす。放射線量は未だ高いそうだが，ただそこにあるのは赤茶けた土ばかりで，何も見えない。

この目には見えない光の歴史は，未知数Ｘが冠せられたＸ線から始まる。1895年，それを発見したのは，ドイツ，ヴュルツブルクのヴィルヘルム・レントゲン（Wilhelm Röntgen，1845-1923）である。Ｘ線を翳せば身体の中の骨が透けて見える。世界は大いに沸いた。婦人はスカートの中まで覗かれやしないか気を揉み，科学者は興奮して謎のＸ線研究に取りかかる。

翌年，Ｘ線の蛍光を研究していたフランス，パリのアンリ・ベクレル（Henri Becquerel，1852-1908）は，ウラン塩の鉱石がたまたま写真乾板を感光させたことから「放射線」を発見する。

その後，同じくパリで放射線の研究をしていたポーランド出身のマリ・キュリー（Marie Curie，1867-1934）はラジウムとポロニウムという莫大な放射能を持つ新元素の存在を発表，「放射能」という語の名づけ親になる。しかし科学アカデミーは，目に見えず，手に触れることもできない新元素の存在などというものを，認めない。

かくしてマリと夫のピエール・キュリー（Pierre Curie，1859-1906）夫妻は，その新元素を実際，目に見えるものとして取り出す決心をしたのだった。

オーストリア＝ハンガリー帝国ボヘミア，ザンクト・ヨアヒムスタールの山からパリの実験室の庭へ黒光りする鉱石たちが運び込まれる。“不幸の石”閃ウラン鉱ピッチブレンド（Pitchblende ドイツ語で Pitch は不幸の，黒い，blende は鉱石）の残滓。約３年半にわたる格闘の末，最終的に運び込まれたのは計約11トン。そこから取り出されたラジウムは約0.1グラム。

世界で初めて目に見える形としてその手に取り出された放射性物質，新元素ラジウムは，青白い光を放っていた。マリはそれを「妖精の光」と呼び枕元に置いて眠ったという。

ところで，かの“不幸の石”が掘り出されたザンクト・ヨアヒムスタールの山は，かつては銀で有名だった。そこで採れた銀から鋳造された銀貨は，ヨアヒムスターラー，略称ターラーと呼ばれ，ダラー，アメリカのドルの語源になっている。

“不幸の石”に魅了され，遥々かの地を訪ねた著名人のうちの一人には，アメリカ系ユダヤ人のロバート・オッペンハイマー（Robert Oppenheimer，1904-67）がいる。後に，彼は科学者として，マンハッタン計画，世界ではじめての原子爆弾開発計画を率いることになる。

ロバートが見守る中，トリニティ・サイトでは，世界ではじめての原子爆弾が，誰ひとりとして目にしたことのない眩い光と目には見えない放射線の光を放ちながら，あたりを太陽の表面よりも熱い熱で焼き尽くしたのだった。

その実験成功から約３週間後の1945年８月６日，この日本の広島に，さらにその約75時間後の８月９日長崎に，原子爆弾は落とされることになる。

（小林エリカ）

コラム 2

エジソンとテスラ（SF）

19世紀後半，科学技術の急速な発達は様々な発明品として社会に具現化した。蓄音機，白熱電球，キネトスコープなど多くの発明をした発明王トマス・エジソン（Thomas Edison，1847-1931）が活躍したこの時代に，ニコラ・テスラ（Nikola Tesla，1856-1943）というクロアチア出身の発明家がいた。テスラの名前は（少なくとも日本では）エジソンほど有名ではないが，バラク・オバマ大統領（Barack Obama，1961-）はその演説で，アメリカで活躍した移民の代表としてアインシュタイン，カーネギー，ブリン（グーグルの創業者）と同列に挙げているほど，歴史的には重要な人物だ。[1]

エジソンとテスラは電流の規格をめぐる戦争をしていた。白熱電球とセットで直流電流を商業化していたエジソン。彼の会社を，アメリカに着いたばかりのテスラは訪ねる。高い技術力を評価されるも，すでに交流用モーターを発明していたテスラは交流の優位を信じ，一年後にエジソンの元を去る。J.P. モルガン（J. P. Morgan）と組んだエジソン，ジョージ・ウェスティングハウス（George Westinghouse）と組んだテスラは，互いに直流，交流の有用性を説き，時には相手の技術をけなした。1893年シカゴで開催された万国博覧会で交流システムが採用され，「電流戦争」はテスラの勝利で幕を閉じた。

エジソンとテスラ。二人の天才はアメリカ SF の想像力と密接に関係している。

兵器開発で実質的な成果はほとんど出していないが，エジソンは「電気兵器を駆使してアメリカを救う，神のような発明家」とみなされていた。[2] 背景には，独立戦争の昔からイラク戦争後の現在までアメリカに見られる超兵器信仰だ。一人の天才，一つの国家が超兵器を開発し戦争に勝つという妄想／信念。発明は一人の人間からではなく，時代の科学技術から生まれ，自分たちの兵器を相手も開発できるにもかかわらず，このヴィジョンは強く信じられた（そして今も）。エジソンは「天才発明家」というシンボルであり，H. G. ウェルズ（H. G. Wells，1866-1946）『宇宙戦争』（1897年）の後日譚として書かれたギャレット・P. サーヴィス（Garret P. Serviss，1851-1929）『エジソンの火星征服』（1898年）では火星人を殲滅するヒーローだ。

テスラはサイエンス・フィクション（最初はサイエンティフィクション）という言葉の生みの親である雑誌編集者ヒューゴー・ガーンズバック（Hugo Gernsback，1884-1967）と親交があった。ルクセンブルク出身のガーンズバックは1926年に世界初の SF 専門誌『アメージング・ストーリーズ』を創刊。ガーンズバックは SF を「娯楽であり科学の啓蒙である」[3] とし，自身も『ラルフ 124C41+』（1911年）という小説を発表した。作品の主人公は理性の権化たる科学者である。ガーンズバックにとってテスラは理想の科学者であった。またテスラはガーンズバックの雑誌で自伝を記している。

ガーンズバックの啓蒙の影にはテクノフォビアがある。メアリー・シェリー（Mary Shelly，1797-1851）の『フランケンシュタイン』（1818年）にも見られる「暴走する科学技術」が SF に忍び込む。世紀転換期，二度の大戦中，原爆以後の冷戦期に書かれた SF で，幾度となくアメリカは敵の，あるいは自前の高度な科学技術によって滅びの道をたどった。

エジソンとテスラを重ねると，アメリカ SF にも，SF を生み出すアメリカ社会にも，創造と破壊という科学技術の両義性が深く刻まれていることがわかる。

（海老原豊）

▷1　新戸雅章（2015）『知られざる天才　ニコラ・テスラ』平凡社，10。
▷2　フランクリン，H.B.／上岡伸雄訳（2008）『最終兵器の夢』（上）岩波書店，99。
▷3　Seed, David (2011), *Science Fiction, A Very Short Introduction*, Oxford, p. 48.

9　金鍍金(メッキ)時代

1 資本主義と投機

▷1　アメリカの写実主義時代を代表する作家であり，また辣腕の編集者として知られた。マーク・トウェインを始めとする当時の新進作家達を文壇に広く紹介した。代表作は他に『近ごろよくあること』（1882年）など。

▷2　アメリカの経済学者。主著は『有閑階級の理論』（1899年）。南北戦争（1861-65年）以降に急速な発展を見せたアメリカ社会について，とくにその負の部分について研究した。

▷3　ヴェブレン，ソースティン／高哲男訳『有閑階級の理論』ちくま学芸文庫，1998年。

▷4　現在の社会秩序を変革させることに反対し，保持しようとする性質を指す。確立した社会制度や個人の考え方などが現在の状況に合っていないという際に，それらの変化のしにくさを指しても言う。

▷5　貧しい生まれでありながら一代の間に多大な富を蓄財した人々を，家柄を誇る伝統的な富裕階級と分ける際に用いられる。また所持する財産により上流階級へと進出するも，軽蔑的な意味合いを含めこのように呼ばれる。

▷6　ヴェブレンが，『有閑階級の理論』で作った用語。労働階級と対照的に用いられ，働くことをせず，「見せびらかしの消費」に

1 『サイラス・ラパムの向上』と「資本主義」

19世紀アメリカの小説家ウィリアム・ディーン・ハウェルズ[◁1]（William Dean Howells，1837-1920）の代表作『サイラス・ラパムの向上』（*The Rise of Silas Lapham*，1885，以下『ラパム』）は「金鍍金(メッキ)時代」の資本主義から波及する，「階級」，「金」，そして「モラル」の問題を細やかに活写する。

> ロジャーズがかつて何をしたかって？　ああ，教えてやろう。パーシス，君はやつが聖人君子で，私がやつを利用するだけ利用して，会社から追い出したのだと思っているのだろう。やつは君が口にできるありとあらゆる愚行に手を出してきた――インチキ会社株，特許権，土地投機，それから石油採掘権――そしてすべてを失ったのさ（『ラパム』229頁）。

ヴァーモント州の農家出身で学歴もない，南北戦争の軍人上がりのサイラスは，ペンキの製造で急速に財を成す。サイラスが妻に向かって言う上のセリフからは「投機」自体を軽蔑しているように見えるが，彼自身もそれと無縁ではいられない。サイラスが最初にボストンにやってきたときに所持していた金銭はすべて「誠実な金で，投機の金など無かった」が，今では株への投資も行っている。自分の家を建てるときにもその投機的な用途を頭から消すことはない。

サイラスの人柄と会社に魅力を感じた，名家出身のトム・コーリーはサイラスの娘と恋に落ちる。その後，コーリー家での食事に一家で招待されるサイラスは，礼儀作法の欠如と粗野な習慣を露呈し，従来の上流階級と新興成金の相違を際立たせる。ソースティン・ヴェブレン[◁2]（Thorstein Veblen，1857-1929）がこの時期のアメリカを批判した『有閑階級の理論』[◁3]（*The Theory of the Leisure Class*，1899）は，働かなくても暮らしていける富める人々の「保守性」[◁4]や，他人と経済的に張り合う中で行われる「見せびらかすための消費」の影響を指摘するのだが，物語にもその特徴は見てとれる。サイラスが自らの経済力をあからさまに誇る場面もあり「成金階級」[◁5]として軽蔑の対象となるが，彼とその家族が「有閑階級」[◁6]には属していないという事実もまた強調される。サイラスはロジャーズを援助するために買った土地の価値の下落，株式投資の失敗，そして完成間近で無保険だった家の焼失という不幸に見舞われる。ロジャーズが持ちかける卑怯な取引で，価値の下落した土地を他者に高く売りつけることもできたが，資産を失う道を選ぶ。サイラスが示す姿は，彼を被っていた「金」とい

うメッキが剝がれたときに残る「モラル」[7]の重要性を強く示す。だが実際の19世紀アメリカ社会は資本主義の拡大によって引き起こされた投機熱に翻弄された。

2 人々を魅了する「一攫千金」の夢

「投機」とは，将来その価値が上がることを狙い，取引可能な品物を買い求めることで，どんなものも対象になるが，一般的には証券や不動産，美術品が買われる。19世紀のアメリカでは不動産を対象とした投機ブームがたびたび発生し，その都度人々を夢中にした。価格上昇が永遠に続く，という楽観的な観測が市場を支配し，より多くの投資を呼び込んだ。「自分だけは失敗しない」と熱に浮かされた人々は信じるが，ブームは必ず終了し，不景気が訪れた。投機を巡る現象はアメリカに限ったものではないが，19世紀には過度な投機熱が繰り返しこの国を支配した。

南北戦争が終結したアメリカは，経済を急速に発展させた。国土は独立時の3倍になり，人口も1870年には3850万人を越えた。1837年には土地を巡っての投機ブームが崩壊し19世紀最大の不景気をもたらしていたが，失敗の記憶は人々に残らない。次の対象になったのは限りない広がりを確信された鉄道事業で，「こんなに明らかに必要とされているもので誰が損害を被るというのか？」[8]，と人々を熱狂させたこのブームも，ジェイ・クック&カンパニー[9]などの大銀行を倒産させて1873年に終了した。その後も経済，とりわけ投機を巡る歴史に人類がいかに学ばないか，多数の実例を持ってそれは今も世界中で証明され続けている。

3 『金メッキ時代』の精神

この時代の名付け親，マーク・トウェイン[10]とチャールズ・ダドレー・ウォーナー[11]（Charles Dudley Warner，1829-1900）が当時のアメリカを的確に風刺した『金メッキ時代』（1873年）は，国に満ちていた「投機」という時代の精神を中心に描いた点で重要である。使い切れないくらいの金を得ようと，土地や食料を対象とする従来形の投機に奔走し，しかも失敗し続ける人物が物語に出てくる中，フィリップ・スターリングは鉄道や鉱山に夢をかける新世代の投機者として登場する。「停車場の予定地として印が付いた最初の場所に杭をちょいと打ち込んでおく。予定地を農夫が知る前にそいつからその土地を買う。100倍かそこらに跳ね上がるよ。支払いの金は僕が融通する。土地は君が売ればいい」という友人からのアドバイスは，生活のための職業を拒否するフィリップを投機に深く引き入れていく。最終的に彼は鉱山投機に成功するが，愛する女性を病気により失いかける。この経験により彼は金銭的な成功に幸せが存在しないことに気づく。作品は善良な人々でも投機の魅力に抗えない様子を批判するが，作者の一人トウェイン自身もまた投機で大失敗している。個人が社会や時代の趨勢と対立し続けることが難しいことを物語る。（久保拓也）

より財力を誇示するなど浪費に耽る，文化や政治などに有り余る時間を消費する人々を総称してこう呼んだ。

▷7 一般には社会において望ましい，また守るべきであるとされる行動基準を指す。個人においては「良心」という内的な規範の形を取って存在する。

▷8 ガルブレイス，ジョン・ケネス／鈴木哲太郎訳（1993）『新版バブルの物語』ダイヤモンド社。

▷9 アメリカの資本家ジェイ・クック（1821-1905）が設立した銀行。南北戦争後にはノーザン・パシフィック鉄道に対して莫大な投資を行ったが，鉄道への過剰投資が原因で発生した「1873年の恐慌」（Panic of 1873）により破綻。

▷10 Mark Twain，1835-1910。アメリカの作家。本名は Samuel Langhorne Clemens。『ハックルベリー・フィンの冒険』（1885年）などの小説で知られるが，他にも『地中海遊覧記』（1869年）などの旅行記や長大な『自伝』（出版は2010-15年）など多彩な著作で知られる。

▷11 アメリカのジャーナリスト，作家。『金メッキ時代』（1873年）をトウェインと共作し，1889年以降には，有り余る富が人のモラルを崩壊させる様子を描く三部作の小説を著している。

おすすめ文献

Howells, William Dean (1885), *The Rise of Silas Lapham*, W. W. Norton & Company.

トウェイン，マーク&チャールズ・ダドレー・ウォーナー／柿沼孝子訳（2001）『金メッキ時代』彩流社。

9　金鍍金（メッキ）時代

物質文化と貧困
——汚職と戯画の力

▷1　ニューヨークの消防車隊リーダーから政界に進出し，1850-70年代に権勢を誇った。民主党系の集票マシーン「タマニー・ホール」の会長の座に就き，多大な影響力を誇る「ボス」として恐れられた。本書の13-1③（113頁）を参照。

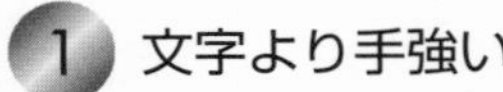

1　文字より手強い

あの忌々しい絵をやめさせろ！　新聞が俺について何を書こうとあまり知ったことではない。私の選挙民は文章が読めないからな。だが畜生！　絵なら見ることができてしまう。

ニューヨーク市政への多大な影響のため「ボス」と呼ばれ，人々に恐れられていたウィリアム・トゥイード[1]（William Tweed，1823-78）は，1871年８月19日付『ハーパーズ・ウィークリー』誌掲載の絵を見て叫んだという（図１）。

図１　「誰が人々の金を奪った？」という質問に隣の人を次々に指さし責任を逃れようとするタマニー・ホールの面々，左に立つ巨漢がトゥイード

（出所：『ハーパーズ・ウィークリー』誌，1871年８月19日号。）

幼少時にドイツから移民して風刺画家となったトマス・ナスト[2]（Thomas Nast，1840-1902）はトゥイードが行っていたニューヨーク市の不正を絵筆により告発した。二人の戦いのエピソードは経済やメディアが発展し，人口が増加した「金鍍金（メッキ）時代」の中で，「戯画の力」を明確に示した。

2　戯画とアメリカ

アメリカにおける政治風刺画（戯画）の歴史は18世紀に遡る[3]。1754年５月９日，ベンジャミン・フランクリン[4]（Benjamin Franklin，1706-90）は所有する『ペンシルヴェニア・ガゼット』紙に「団結せよ，さもなくば死だ」（JOIN, OR DIE）と題した絵を掲載した。ヘビが八つに切断され，それぞれの部分には当時の植民地名のイニシャルが添えられたこの戯画は，フレンチ－インディアン戦争[5]に勝利するため，植民地が一つとなり本国イギリスと共闘することを訴えるもので，掲載の一月後には大陸のあらゆる新聞に転載されたという。戯画はメッセージを時に文字よりも明確に伝える。対象を単純化し，デフォルメを通して描くことで，時に書き手の主観を過剰に含む。

南北戦争の開戦と時期を同じくして，週刊誌面を多くの風刺画が飾るようになった。この戦争がアメリカの「経済」に対して与えた影響について統一の見解はないが，アメリカは直後の「鍍金時代」に大きく発展した。戦争終結から

▷2　ドイツ生まれ，アメリカの政治漫画家。社会への洞察力とその描写力が高く評価され，『ハーパーズ・ウィークリー』誌で長く活躍した。

▷3　戯画の歴史や役割についての記述は，Hess, Stephen and Sandy Northrop (2011), *American Political Cartoons: The Evolution of a National Identity, 1754-2010*. Transaction Publishers; Golway, Terry (2014), *Machine Made: Tammany Hall and the*

1877年の間に人口は3600万人から4700万人にまで増えたが，それは自然増加に加えヨーロッパ各国からの移民流入によるものであった。複数の民族からなる国家としてのアメリカがより強化されたのはこの時期であったことになる[6]。ジョン・ガルブレイス[7]（John Galbraith, 1908-2006）が『満足の文化』（*The Culture of Contentment*, 1992）で指摘するところによると，社会は「嫌がられる仕事を担当する」貧しい階級を必要としてきた[8]。この時期の移民の多くが，たとえば「苦汗労働工場」（Sweat Shop）と呼ばれた繊維品工場などに雇われ，時に子どもまで含む家族全員が低賃金で長時間働いていたのである。そのような貧しい人々に文字による情報が届きにくかったのはいうまでもない。

3 戯画の力とその限界

ホレイショ・アルジャー・Jr.[9]（Horatio Alger, Jr., 1832-99）が1868年に出版した『ぼろ着のディック』（*Ragged Dick*）は，社会の下層に生きる少年が，勤勉と美徳，そして運によって紳士階級へ上り詰める様子を描き人気を博した。だがそのようなことが現実世界に起こることはもちろんまれであったという[10]。その一方で，労働という手段に生活を委ねずに，過度な投機やそれと連座しやすい「汚職」を手がかりに必要以上の金を狙って暮らす人々も存在した。

大きな経済発展を達成した「金鍍金（メッキ）時代」は汚職の時代でもあった。戦争が結果としてもたらした国家の「統一」と，その後に進められた工業化は，様々な副産物をまき散らしながら国を牽引していった。権限を大幅に拡大した連邦政府は銀行業，鉄道事業をとくに奨励した。そのような政府と業界の癒着は汚職の温床ともなった。政治家を巻きこむ大きな汚職事件の中で，冒頭に挙げたナストによる告発は「戯画」の力を強く示した。

トゥイードは一州上院議員に過ぎなかったが，1869年以降はニューヨーク市政を事実上支配していた。移民居住地区を票田とした「タマニー・ホール」（Tammany Hall）と呼ばれる民主党系集票マシンのトップとなって以後，公金を横領し自分のための賄賂として使った。石炭の煤煙，路上に放置された大量の馬糞や腐敗ゴミから発生する衛生問題，交通渋滞など，当時のニューヨーク市は多くの問題を抱えていたがトゥイードはそれらに対処しなかった。公共事業を請け負っても建設費を大幅に水増しし私腹を肥やした。庶民は彼のそのような所行を知らなかったし，知っていた人々は報復を恐れて告発しなかった。だがナストは冒頭のものを始めとする一連の戯画により，トゥイード一味を告発した。4ヶ月続いた追求に音を上げたトゥイード側はナストを買収しようとして失敗。彼を巡る汚職は人民の知るところとなり，彼の政治生命は潰えた。だがタマニー・ホールは1960年代まで存続したし，なによりその後の社会が汚職自体を根絶できていないという現実は残る。

（久保拓也）

Creation of Modern American Politics, Liveright Publishing Corporation を主に参照した。

▷4　18世紀アメリカにおける実業家・政治家・科学者・作家。主著に『フランクリン自伝』（1791年）。

▷5　イギリス・北米植民地連合軍とフランス・インディアン連合軍の間で1754年から63年まで戦われた。イギリス側が勝利し，フランスよりカナダが譲渡された。

▷6　Cook, Robert (2003), *Civil War America: Making a Nation, 1848-1877*, Routledge.

▷7　カナダ生まれ，アメリカの経済学者。著作には『ゆたかな社会』（1958年），『満足の文化』（1992年）など多数。社会から貧困を取り除くことの重要性を強く主張し，政治へも強い影響力を与えた。

▷8　ガルブレイス，ジョン・ケネス，中村達也訳『満足の文化』新潮社，1993年

▷9　アメリカの作家。不利な立場に暮らす様々な職業の貧しい少年達がやがて社会において一角の人物となる物語を量産した。

▷10　ガットマン，ハーバート・G.／大下尚一・野村達朗・長田豊臣・竹田有訳『金ぴか時代のアメリカ』平凡社，1986年

おすすめ文献

ベットマン，オットー・L.／斉藤美加・佐藤美保・千代田友久・堀内正子・山越邦夫訳（1999）『目で見る金ぴか時代の民衆生活——古き良き時代の悲惨な事情』草風館。

サンデージ，スコット・A.／鈴木淑美訳（2007）『「負け組」のアメリカ史——アメリカン・ドリームを支えた失敗者たち』青土社。

3 マーク・トウェインと翻訳の世界

1 明治期の翻訳

鍍金時代を代表する作家，マーク・トウェインはすでに生前から日本でも紹介され，明治期にいくつか翻訳がなされている。中でも記憶すべきは，1898（明治31）年に，巌谷小波（いわやさざなみ）[1]（1870-1933）が中心となって手掛けた訳「乞食王子」である。同訳は，トウェインの代表的な中編小説『王子と乞食』[2]（1881年）の訳で，かの谷崎潤一郎も子ども時代に同翻訳の連載を楽しんだように[3]，明治を代表する少年雑誌『少年世界』に１年間連載されて人気を博した。所々子ども読者を意識した改変や講談調の名残などがみられるものの，おおむね原作に忠実な言文一致による訳文は今日でも非常に読みやすい。

明治期のトウェイン作品の翻訳といえば，原抱一庵（はらほういつあん）[4]（1866-1904）の訳業も世間の注目を浴びた。翻訳家として新聞や雑誌を舞台に活躍していた原は1903（明治36）年だけで５つものトウェインの短編訳を発表。中でも，同年『東京朝日新聞』に掲載された原の翻訳「該撒（シーザー）惨殺事件」（“The Killing of Julius Caesar ‘Localized,’” の訳）をめぐる山縣五十雄（やまがたいそお）[5]（1866-1959）との誤訳論争は関心を呼んだ。結局，英語力に勝る山縣に誤訳を逐一指摘された後，原は精神を病んで39歳の短い生涯を閉じることとなる。

2 大正期から戦前

大正期から戦前にかけて，トウェイン作品の翻訳で最も大きな功績を残したのは，ユーモア小説家としても知られる佐々木邦（ささききくに）[6]（1883-1964）である。佐々木は，『トム・ソーヤーの冒険』（1876年），『ハックルベリー・フィンの冒険』（1885年）といったトウェインの主要作品を大正期に相次いで訳したが，子どもの読者を念頭においたため，削除や改変の跡がそこかしこに認められる。たとえば，佐々木訳『トム・ソウヤー物語』（1919年）では，トウェインの原作にある「アイ・ラヴ・ユー」といった言葉やキスの場面などはない。また，佐々木訳『ハックルベリー物語』（1921年）にしても，ハックの躍動感溢れる土地言葉は丁寧な日本語に移し変えられ，九九も正確に暗唱できるなど，原作のハックよりも文明化された少年といった趣きだ。戦前日本の過剰な道徳主義や「男女七歳にして席を同じうせず」といった男女関係への倫理観を反映した結果といえよう。

▷１　作家，児童文学者。『こがね丸』（1891年）は，日本の近代児童文学の幕開けを告げる作品ともいわれる。自ら率いる少年雑誌『少年世界』に多く作品を発表し，強い影響力をふるった。

▷２　16世紀のロンドンを舞台に，瓜二つの王子と乞食が身分を入れ替え，様々な苦労を経験するトウェインの中編小説。

▷３　谷崎潤一郎（1998）『幼年時代』岩波文庫。

▷４　作家，翻訳家。明治の新聞・雑誌を舞台に文芸批評や翻訳を多数発表。漢文調の荘重な文体で英米文学作品の翻訳を手掛けて活躍したが，ブームが去ると急速に忘れられた。

▷５　翻訳家，英文記者。早くから少年雑誌の編集を手掛け，英米文学の翻訳や翻案も手掛けた。また，『万朝報』など，各種新聞の英文主筆として活躍したほか，外務省嘱託として公文書の英訳にも携わった。

▷６　作家，翻訳家，英文学者。トウェインの影響を受け，多くのユーモア小説を著す。少年雑誌『少年倶楽部』の看板作家としても活躍。ユーモア文学の普及に尽くした。

ただし，戦前の日本において最も注目されたトウェイン作品は『トム・ソーヤ』や『ハック・フィン』ではなく，『王子と乞食』であった。たとえば，1925（大正14）年には，漱石門下で児童文学雑誌『赤い鳥』を率いた鈴木三重吉（すずきみえきち）▷7（1882-1936）が，同雑誌に9ヶ月間にわたり『王子と乞食』の翻訳「乞食の王子」を連載している。同訳は未完とはいえ，所々に入れられた幻想的な挿絵が示唆するように，ファンタジー性が強調されたメルヘンチックな童話に仕上っている。一方，昭和に入って日米関係が悪化，アメリカ文学の翻訳も下火になると，今度は「翻案」という形でトウェイン作品は蘇ることとなる。中でも，あの「鞍馬天狗」で有名な大佛次郎（おさらぎじろう）▷8（1897-1973）が，『王子と乞食』の舞台をロンドンから中世の京都に移した翻案「花丸小鳥丸」を発表したことは特筆に値しよう。1939（昭和14）年，同翻案は戦前最大の少年雑誌『少年倶楽部』に一年にわたって連載されて人気を博し，間をおかずに映画化▷9までされている。

3 戦後日本におけるトウェイン

真珠湾攻撃と同年の1941（昭和16）年2月に中村為治（なかむらためじ）▷10（1898-1991）による大人向けの翻訳『ハックルベリイフィンの冒険』（岩波文庫）が出版されたものの，太平洋戦争中にトウェイン作品の新たな翻訳が登場した形跡はない。戦争中，中村訳『ハック・フィン』を読んで感銘を受けた大江健三郎（おおえけんざぶろう）▷11（1935-）のような例もあるが，日本人がトウェイン作品の翻訳を多数目にするのは，敗戦直後のアメリカ化の時代である。子ども向けの翻訳に関する限り，戦後占領期において最も頻繁に訳されたアメリカ文学作品が『トム・ソーヤー』や『ハック・フィン』であった。ただし，浮浪児問題など当時深刻化していた青少年非行問題への危惧から，子ども向けの翻訳ではハックやトムに煙草を吸わせないなど，お上品化への動きも見られ，必ずしも原作に忠実な訳とはいえないものも多い。

その後，数多くの優れたトウェイン作品の翻訳が登場するが，1970年代以降，日本人のトウェイン作品観に最も大きな影響を与えたのは，経済成長とともに日本人の間にも浸透したテレビアニメであった。中でも1980（昭和55）年に49回にわたって放送された『トム・ソーヤーの冒険』▷12は当時の名作アニメブームにも乗って人気を博した。多くの場合，アニメ版には原作と異なる様々な改変が施されていたものの，日本アニメの世界進出とともに世界各国に輸出され，アメリカも含めた世界のトウェイン作品のイメージ形成に影響を与えることとなった。グローバル時代の今日，独自の味付けを加えた日本製の『トム・ソーヤ』や『ハック・フィン』を他国に発信するという，まさにグローバルなトウェイン作品の展開がこれらのアニメ版によって可能になったといえる。

このように，日本文化とは多分に異質な要素をもったトウェイン文学を日本人はどのように受け入れ，ときに拒否し改変していったかみていくことは，日米の文化的相違点や共通点を考える上で貴重な示唆を与えてくれる。（石原　剛）

▷7　小説家，児童文学者。漱石門下の文人。児童文学雑誌『赤い鳥』を創刊。海外の名作童話を数多く掲載するとともに，一流作家の寄稿を実現し，同誌の黄金期を築いた。

▷8　小説家，作家。鞍馬天狗シリーズや，『ドレフュス事件』（1930年）などの社会派の作品でも知られる。1964年，文化勲章を受章。

▷9　吉田信三監督（1941）『花丸小鳥丸』新興京都。

▷10　英文学者，翻訳家。関西学院講師，東京商科大学（現，一橋大学）教授。岩波文庫より『バーンズ詩集』を1928年に刊行。

▷11　小説家，ノーベル賞作家。芥川賞受賞作，「飼育」（1958年）では，黒人男性のアメリカ人と日本の少年との交流を描いており，同様の主題を扱ったマーク・トウェインの『ハックルベリー・フィンの冒険』の影響があるともいわれる。

▷12　日本アニメーション（1980）『トム・ソーヤーの冒険』フジテレビ放送。

おすすめ文献

マーク・トウェイン／柴田元幸編（2016）『マーク・トウェイン――ポケットマスターピース06』集英社文庫。
亀井俊介編（2010）『マーク・トウェイン文学／文化事典』彩流社。
石原剛（2008）『マーク・トウェインと日本――変貌するアメリカの象徴』彩流社。

コラム 1

マーク・トウェインの発明品

1871年12月19日，合衆国特許第121,992号が「調整および着脱可能な衣服用ストラップ」に対して与えられた。これは履いているズボンの背部に取り付けてウエストのサイズを調整できるようにするという代物で，5年間に渡りアイデアを温めていたこの特許取得者はこれにより一攫千金が可能と信じていたようだ。特許取得者の氏名はサミュエル・L. クレメンズ（Samuel Langhorne Clemens，1835-1910）。彼が『トム・ソーヤの冒険』（1876年）や『ハックルベリー・フィンの冒険』（イギリス版 1884年，アメリカ版 1885年）などの作者「マーク・トウェイン」（Mark Twain）としてその名を世界中に知らしめる少し前のことであった。

トウェインはこの後も，ベッドに寝ている赤ん坊が掛け布団を蹴り上げるのを防止する留め金，記憶力を増進させるためのゲーム（1885年特許取得。91年“Mark Twain's Memory Builder”として試作品を作成），手榴弾のようなガラス瓶に消火剤を入れた，炎の中に投げ入れて使う消火器，紙面の上部に付いている出っ張りをちぎることで，新しいページがどこから始まるか常にわかるよう工夫された手帳，などの様々な発明品を考え出した。だが気の毒なことに，1873年に取得した「スクラップブックの改良」に関する特許を除くと，発明から彼が金銭的な利益を得ることはなかった。

この唯一利益をもたらしたスクラップブックは，紙面にあらかじめ糊が塗られていて，水で濡らすだけで新聞などの切り抜きを楽に貼れるよう工夫されており，後に“Mark Twain's Patent Self-Pasting Scrapbook”として商品化されることとなった。トウェインはこれのアイデアが浮かんだ段階で，当時無職であった兄オリオン・クレメンズ（Orion Clemens，1825-97）を宣伝旅行に出し，商品化に向けて各地で売り込もうともくろんだ。知的で誠実な人柄だが何をやっても失敗続きで，このころから経済的にトウェインを頼りっぱなしであったオリオンだが，この申し出にはなぜか興味を示さなかったという。オリオンが関わらなかったから成功した，というわけではないだろうが，トウェインの友人ダン・スロート（Dan Slote，1828?-82）の会社がこれを制作し販売したところ，1877年の最初の半年間だけで，国内外での販売数は2万6310冊にのぼり，1071ドル57セント（2018年の貨幣価値に換算すると2万5500ドルほど）の利益をトウェインにもたらした。またこの時期，スクラップブックの表紙や販売促進用のパンフレットに描かれた彼の肖像画により「マーク・トウェイン」の名前が従来の読者層以外にも広く知られることとなったことは，後にアメリカの「国民的作家」となる彼のイメージ形成においては重要な出来事であったと指摘する批評家もいる。

だが，この後トウェインが他人の発明に投資したことで被った金銭的損害は，スクラップブックが産み出した利益とは比べものにならないほど巨額であったことは忘れられないところだろう。少年時代から，印刷所で活字を組む仕事を通して文章の書き方を修得したトウェインは，発明家ジェイムズ・ペイジ（James William Paige，1842-1917）が特許を取得し，商品化に向けて開発中であった「自動植字機」に抗えない魅力を感じ，多額の投資を行った。印刷工の作業を自動化し，かつ劇的に高速化することを目指した，あまりにも複雑な構造をもつこの機械は，長い開発期間の末にあらゆる面で失敗に終わった。1880年から94年の間に20万ドルを越える研究開発費を負担したトウェインは自身の出版社，チャールズ・ウェブスター＆カンパニーの経営不振も重なり，最終的に破産に追い込まれた。

（久保拓也）

コラム2

鍍金時代の豪邸（ギルデッドエイジ・マンション）

誰もが一獲千金を夢見た鍍金時代。当時の成金たちが競うようにして金を注ぎ込んだのが彼らの大邸宅であった。アメリカ各地に残る鍍金時代の豪邸（ギルデッドエイジ・マンション）は，時代の証人として当時の雰囲気を今なおわれわれに伝えてくれる。

題名がそのまま時代を表す言葉となった小説『鍍金時代』（1873年）を著した作家の一人，マーク・トウェイン。彼の家も，典型的な鍍金時代の豪邸（ギルデッドエイジ・マンション）だ。金儲けに余念がなかったトウェインは，ニューヨークからさほど遠くないコネティカット州ハートフォードに巨額の金をつぎ込んで自宅を建設。そこで多くの友人や名士をもてなした。19の部屋数を誇り，当時珍しかったシャワーや電話なども設置された３階建ての豪邸は現在見事に修復されて，彼の豪華な生活ぶりを今に伝えている。隣に建つ『アンクル・トムの小屋』（1852年）で有名なハリエット・ビーチャー・ストウ（Harriet Beecher Stowe，1811-96）の落ち着いた邸宅と比べると，トウェインの家の贅沢振りは際立っているが，皮肉にも当のトウェインは，豪華な書斎よりも，ビリヤード台を持ち込んだシンプルな内装の屋根裏部屋を好んだという。

しかし，トウェインの贅沢な家も霞んでしまうほどの大邸宅を次々と建設したのが，鍍金時代の鉄道王ヴァンダービルト家（The Vanderbilts）だ。中でも圧巻なのが，同家の当主，コーネリアス・ヴァンダービルト２世（Cornelius Vanderbilt II，1843-99）の夏の別邸，ザ・ブレーカーズ（1895年完成，図１）。同邸宅は，ロードアイランドにある５万3000平米の海を見下ろす敷地に建つイタリア・ルネサンス様式の豪邸で，部屋数70，窓の数300を誇る。金を贅沢にあしらった室内装飾はまさに鍍金時代そのものといった印象だ。この豪邸の建設に現在の価値にしておよそ350億円にもなる大金をつぎ込んだというのだから驚く。

図１　ヴァンダービルト家の豪邸，ザ・ブレーカーズ
（出所：米国議会図書館ホームページ。）

ザ・ブレーカーズにさらに輪をかけた豪邸が，コーネリウスの末の弟，ジョージ（George Washington Vanderbilt II，1862-1914）が建設したビルトモア・ハウス（1895年完成）。ノースカロライナ州アシュビルにある同邸宅は，現在でも個人所有の邸宅としてはアメリカ最大規模。敷地の入り口から邸宅に到達するのに５キロもの道が続き，かつてはその広大な敷地を全て見て回るのに馬で１週間はかかったという。敷地内の活動のみで自給自足できるよう，巨大庭園や農場の他，ボーリング場や室内プール，さらには教会や学校まで用意した。中世のフランスの城を模したフランス・ルネサンス様式の大邸宅は部屋数255を誇り，現在でも，ヨーロッパの王侯貴族の城と領地といった趣きで来る人々を迎えている。

ジャーナリストのジェイコブ・リース（Jacob Riis，1849-1914）が『向こう半分の人々の暮らし』（1890年）で報告したように，ニューヨークといった大都市では，寝る場にも事欠く者たちが都市にあふれていた。そういった当時の現実を思い起こしながらこういった豪邸を歩くと，適者生存を唱えた鍍金時代がいかなる時代であったか如実に感じることができる。

（石原　剛）

第三部
Postbellum America
南北戦争以後

イントロダクション

アメリカ独自の文化が形成されるのは，南北戦争前後のことだ。

イギリスからの政治的独立のみならず知的独立をも果たしたとされるアメリカ最初の知的黄金時代が19世紀中葉のロマンティシズム時代，通称「アメリカン・ルネサンス」（American Renaissance）と呼ばれ，ポー，ホーソーン，メルヴィルといった小説家やホイットマンやディキンスンといった詩人，それに同時代の思想的指導者と呼ぶべきエマソンやソローを輩出したことは広く知られる。しかし南北戦争以後は理想よりも現実を踏まえた価値観が蔓延し成金も増大したことから「金鍍金時代」（the Gilded Age）が到来し，リアリズムを追求するトウェインやハウェルズ，アンブローズ・ビアス（Ambrose Bierce，1842-1914?）やヘンリー・ジェイムズ（Henry James，1843-1916）といった作家はもとより，プラグマティズムのウィリアム・ジェイムズ（William James，1842-1910）や消費社会理論のソースティン・ヴェブレン，フェミニズムのヴィクトリア・ウッドハルといった思想家が新しい時代を支えた。

そして西部開拓も，1890年暮れ，サウスダコタのウーンデッド・ニーにおけるラコタ族インディアン大虐殺において，所期の目的を達成する。この瞬間を「フロンティアの消滅」と呼ぶ。これを承けた歴史家ターナーは1893年の論文「アメリカ史におけるフロンティアの意義」でアメリカ的民主主義とは実はフロンティア開拓指向によって生まれたことを強調した。

ではアメリカ合衆国にはもはや目指すべきフロンティアがなくなったのかといえば，断じてそんなことはない。世紀末を迎え国外に目を向けたアメリカは，1898年に米西戦争を行い，かつてスペインの植民地であったキューバやプエルト・リコ，そしてフィリピン諸島などを，帝国から守るという口実によりスペインから分捕ったのだから。

それは世界初の民主主義国家が皮肉にも帝国主義というゲームに参加した瞬間だった。

（巽　孝之）

10　消費文化――複製，カタログ→消耗から消費へ

貨幣，紙幣論からみたアメリカ

1 ドル以前

アメリカの通貨ドルは今でこそ世界的な基軸通貨として揺るぎない地位を確立しているが，はじめからそうであったわけではない。植民者たちはイギリスの習慣のままにポンド，シリング，ペンスで金銭の計算をしたが，持ち込んだわずかな貨幣は本国からの輸入のために流出し，そのため他の財貨が貨幣の地位を担うこととなる。ワンパム[1]，トウモロコシ，タバコ，ビーバーの毛皮など比較的耐久性の高い財貨が貨幣として支払いに使われた。ただし収穫物ゆえに量が増えることによってインフレを引き起こすことも問題であった。

2 紙幣の誕生

そういった需要の中，鋳貨も禁じられたために発展したのが紙幣である。アメリカは西洋において公共の政府によって紙幣が発行された最初の場所である。

まずは1690年にウィリアム王戦争[2]の戦費を賄うために発行されたマサチューセッツ湾植民地を皮切りに，各植民地が独自の紙幣（ビルズ・オブ・クレジット）を発行した。こうした植民地紙幣はいきおい過剰発行によるインフレを招きがちであったが，政府「銀行」による「土地」での保証を盛り込んでの紙幣の発行という手段を取ったペンシルヴェニアはこの運用によって財政的安定を得た。当地で紙幣を印刷したのは若きベンジャミン・フランクリンであった。しかし1751年にイギリス本国議会はニューイングランド植民地で，続いて1763年にはほかの植民地でも紙幣の発行を禁止する。植民地での資本の蓄積を嫌ったためである。

1775年に独立戦争が起こるが，やはりまず問題になったのはいかにして戦費を賄うかであり，その解決のために大陸会議[3]によって大陸通貨（Continental Currency）という紙幣が発行される。合衆国は独立に成功するが大陸通貨は大きなインフレを起こし無価値な紙切れになってしまう。紙幣の発行は停止され，これ以降南北戦争までアメリカの紙幣状況は混沌とする。中央銀行ではないが合衆国議会において公認された第一合衆国銀行[4]，第二合衆国銀行[5]こそあったものの，銀行嫌いのアンドリュー・ジャクソン大統領が拒否権を発動して後者の公認延長を認めず，破産の憂き目に遭い，その後は各地で誰でも勝手に銀行を設立し銀行券を発行できる自由銀行時代に入る。当然銀行の数は爆発的に増え，銀行券の数も，そしてその多様性ゆえに偽造紙幣も増えた。多くの銀行券は額

▷1　ネイティブ・アメリカンが装飾や交易に使用した，貝殻で作った玉の数珠。

▷2　King Williams War, 1689-97。フランスの北米植民地ヌーベル・フランスがニューイングランドとイロコイ連邦相手に戦った。

▷3　北米のイギリス領植民地13州の代表が，本国の高圧的な植民地経営に対抗する方策を協議した会議。独立時の事実上のアメリカ中央政府。

▷4　1791年から20年間，合衆国議会によって公認された銀行。それまで各植民地によって行われていた通貨や財政政策を統一し，標準貨幣によって国内外の信用を得るべく財務長官アレクサンダー・ハミルトンによって提案された。

▷5　第一合衆国銀行の公認失効の6年後の1817年に新たに公認された銀行。

面通りではなくディスカウントされた価値で受け取られ，現在われわれが信じている「価値の物差し」としての貨幣の役割は曖昧であった。

3 グリーンバック

南北戦争時にはまたしても戦費を賄うために紙幣が必要となり，不換紙幣[6]であるグリーンバックが発行された。背面が緑であることが名前の由来であるが，これは今でも合衆国紙幣に続く伝統である。グリーンバックは不換紙幣ゆえにその価値を担保するものがなんなのか，ある紙切れをお金と言ってしまえばそれが貨幣になるのか？　という議論をのちに巻き起こすことになる。

19世紀の末には貨幣の本位をめぐる論争が起こる。合衆国では歴史的に金・銀の双方を本位とする複本位制が取られていたが，金と銀の市場価値は同一ではないため，実質的には金本位制であった。1876年には複本位制が廃止され金本位制となっていたのだが，恐慌による貨幣の不足に伴って，銀の貨幣としての地位を復活させようという動きが起こり，ポピュリズム運動の中心者ウィリアム・ジェニングス・ブライアンを中心に銀本位制運動が盛り上がるも，ウィリアム・マッキンリーとの大統領選で敗北し，金本位制が改めて確立された。

またこの時期はアメリカ資本主義の飛躍的発展の時代であり，モーガン（金融），ロックフェラー（石油），カーネギー（鉄鋼）などが独占的な巨大企業を作った。そんななか1907年に金融恐慌が起こり，通貨調節をする中央銀行の必要性が叫ばれることになる。こうしてできたのが1913年の連邦準備制度である。そしてそのもとに連邦準備銀行券と連邦準備券が発行されるに至る。

ここまでの紙幣はサイズが大きく現在では Large Size Note と呼ばれるが，それが現行のドル紙幣の小さなサイズに変わったのが1929年のことで，現行と同じ 1，2，5，10，20，50，100ドルの額面と肖像が使われている[7]。

4 金本位制の終了

29年の世界恐慌を受けてローズヴェルト大統領はニューディール政策[8]に乗り出し，33年には金本位制を離脱，34年には金準備法を制定して金の私有を禁じて国有化し，すべての金はケンタッキー州フォート・ノックスに集められる。1945年にはブレトン・ウッズでの連合国通貨金融会議でドルを基軸とした固定為替相場制が実現し，金と交換できる唯一の通貨はドルとなった。しかし1971年のニクソン・ショックで米ドルと金の兌換が停止される。西欧各国の経済力の回復によりアメリカの金が流出し，ドルの絶対的価値が揺るぎ始めたためである。こうして金本位制は終わりを迎え変動相場制の時代を迎え今に至る。

2030年には20ドル紙幣の表の肖像が初の女性，初の黒人，初の政治家ではない人物である，奴隷解放運動家ハリエット・タブマン[9]に変更される予定である。白人男性政治家中心の紙幣の世界に変革がもたらされることとなる。（秋元孝文）

▷6　金貨や銀貨といった貴金属との兌換が不可能な，発行政府の信用のみによって発行される貨幣。

▷7　肖像はそれぞれ $1 ワシントン，$2 ジェファーソン，$5 リンカン，$10 ハミルトン，$20 ジャクソン，$50 グラント，$100 フランクリン。

▷8　恐慌克服のために政府が積極的に市場に介入する経済政策に転換し，公共事業や社会福祉を押し進めた。

▷9　Harriet Tubman, 1822？-1913。メリーランド生まれの黒人奴隷女性で，逃亡ののち地下鉄道の活動を通して奴隷たちのカナダへの逃亡を助けた奴隷解放運動家。

おすすめ文献

ヌスバウム，A.／浜崎敬治訳（1967）『ドルの歴史』法政大学出版。

牧野純夫（1965）『ドルの歴史』NHK ブックス。

10　消費文化――複製，カタログ→消耗から消費へ

2 デパート，ウィンドーショッピング，カタログ文化

1 ピューリタニズムと消費

アメリカは世界で初めて大衆消費文化が花開き，その豊かさによって世界を魅了した国であるが，もともとはピューリタン的な質素倹約を美徳とする精神が強い中，浪費は悪徳と考えられていた。その様子はマックス・ヴェーバーの『プロテスタンティズムの倫理と資本主義の精神』[1]において議論の端緒として引き合いに出されている，ベンジャミン・フランクリンの「吝嗇の哲学」にも明らかであろう。ヴェーバーはフランクリンが唱導する，自己目的的にひたすら貨幣の獲得と蓄積を目指しながら一切消費をしない禁欲的な様子に着目し，そんなアメリカで資本主義が発展したのはなぜなのかという疑問を立てた。

ピューリタン的な質素倹約の価値観が変わり始めたのが19世紀の終わりから1920年代にかけてであり，それまでは必要なものを買う，消費財がなくなれば買い足す，というような必要に縛られた消費スタイルであった。背景にはピューリタニズムもあったし，また，広大な国土ゆえにとくに田舎では，消費をしようにも近隣に商店がないという物理的な要因もあった。

2 カタログ通信販売

そのような地理的条件の中で発展したアメリカ独自の販売形態がカタログ通信販売である。1872年のウォード社，続いて1887年のシアーズ社[2]といった通信販売会社が創設され，中西部の農業地帯を中心に販路を拡大した。製造業者から大量に直接仕入れをするため中間業者のマージンがなくなって価格は抑えられ，その価格が市場全体の価格を引き下げた。買い手の満足のために，別の商品との交換や料金の返還も保証した。カタログには農機具から日用品までありとあらゆるジャンルの商品が，それぞれ廉価なものから高級品まで多数掲載され，消費者の選択の幅は大きく広がった。時として扇情的な言葉に彩られたカタログに見られる，広告によって欲望を喚起するという手法，その結果もたらされる必要を超えた商品への欲望，そして同一の商品を広い地域で入手可能にしたという購売の平準化は，この後に続く大量消費社会を導くものだったと言えよう。

3 自動車に見る消費の変化

自動車業界では同一モデルの大量生産によって低価格化に邁進してきたT型

▷1　1904，1905年に書かれた。禁欲的なはずのプロテスタント国で資本主義が発展し，カトリック国ではそうではなかったという一見矛盾して見える現象を，信仰に基づく勤勉と節制によって職業的成功と資本蓄積，さらなる投資が導かれたと論じた。

▷2　リチャード・ウォーレン・シアーズとアルヴァ・C. ローバックによって1893年，シカゴに設立。現在でもシアーズとして全米のショッピングモールなどでデパート事業を展開しているが通信販売業は2000年に終了している。

フォード[3]が生産停止に追い込まれたのが1927年で，その一方で躍進したのが広告とデザイン，毎年のモデルチェンジ，分割払いを導入したGM[4]であり，これはアメリカ人の消費スタイルの大きな変化を表している。自動車が希少な商品であった時代には自動車を所有することじたいが羨望の対象であるから，消費者はT型フォードを求めたが，同一モデルの大量生産で価格を下げて自動車を誰にでも手に入るものとしたフォードは，みずからT型フォードではもはや満足できない豊かな社会を作り出してしまう。誰でも入手可能なT型はもはや欲しくない。欲しいのは他者の羨望を引き起こしうる別の自動車である。それがデザインや色を持ち込み，毎年少しずつ形を変えて差異を作ることによって，去年のものを人工的に時代遅れにする「モデルチェンジ」という仕組みを導入したGMであった。

こうした「顕示的消費」をすでに「金鍍金（メッキ）時代」の富豪たちの行動に発見し，1899年にすでに大量消費社会の背後にある心性を予見していたのがソースティン・ヴェブレンの『有閑階級の理論』である。ヴェブレンは本書で，人間独特の進化形態である，生産の義務を負わないゆたかな「有閑階級」が，必要性に縛られずむしろ他者の羨望の眼差しを目的とした「顕示的消費」へと向かうことを指摘してみせた。

1920年代に始まる消費社会はこうした顕示的消費が一般化した時代だと言えるが，こうしたアメリカ人の消費スタイルの大きな転換は，この時代に借金が貯蓄を上回ったという，一般的アメリカ人家庭の財政状況にも読み取ることができる。今ある金で買うのではなく，今はなくても買う，そういう欲望が肯定される時代へと転換したのである。

4 デパートと「ゆたか」な消費

必要を超えた消費への「ゆたかな」欲望を促進した小売形態としてあげるべきはデパートである。19世紀の終わりごろから現れたデパートは，従来の雑貨店と異なって商品をただの商品としてではなく何かそれ以上のものとして演出し，所有したいという消費者の欲望に訴えた。それまでの小売店では商品はただ雑然と並べられていただけであり，ショーケースは客が商品に手を触れないように，いわば顧客と商品を引き離すためのものであった。それがデパートの出現によって商品はショーケースの中で綺麗に飾られて顧客の注目を引き，顧客をより近づけるものとなった。その効果を創出したのが，ガラスであり，ライトであり，色であった。ガラスはデパートの内側にショーケースを，外側にショーウィンドーを作り，まだ比較的新しいテクノロジーであった電気による照明が様々な角度から商品を演出するようになる。商品にカラーバリエーションが導入され，消費者の「個性」の発揮の道具となったのも20年代であるが，デパートのディスプレイでも色は重要な役割を果たした。（秋元孝文）

▶3　フォード社の大量生産を象徴する自動車。オートメーションシステムの導入や同一モデルの大量生産によって自動車価格を大幅に引き下げる。1909年に825ドルだったのが1925年には260ドルまで安価になった。

▶4　ゼネラル・モーターズ。20年代には自前のローン会社GMACを設立して，消費者が今欲しいGM車を，手持ちの金がなくても今手に入れられる仕組みを作った。

おすすめ文献

見田宗介（1996）『現代社会の理論』岩波新書。

常松洋・松本悠子編（2005）『消費とアメリカ社会』山川出版。

ヴェブレン，ソースティン／高哲男訳（1998）『有閑階級の理論』ちくま学芸文庫。

Leach, William (1993), *Land of Desire*, Vintage.

3 『オズの魔法使い』のウィンドー・ドレッシング

1 『オズの魔法使い』

『オズの魔法使い』（*The Wonderful Wizard of Oz*，以下『オズ』）といえば1900年にフランク・ボーム（Frank Baum 1856-1919）によって書かれ，のちに映画化（*The Wizard of Oz*，1939）の大ヒットと，そして主役のドロシーを演じるジュディ・ガーランドが歌う「オーバー・ザ・レインボー」とともに知られる，アメリカを代表する児童文学である。カンサスの家ごと竜巻によって見知らぬ土地に飛ばされたドロシーは，故郷へ戻る方法を探すべく，道中出会った脳ミソのない案山子，ハートのないブリキの木こり，勇気のないライオンの３人と連れ立って，なんでも望みをかなえてくれるというオズの魔法使いに会うために エメラルド・シティを目指す。

たとえばヘンリー・リトルフィード[◁1]が，この作品が19世紀末貨幣制度における金本位，金銀複本位をめぐる争いのアレゴリーになっていると考えたように，『オズ』という作品は児童文学ながら様々な同時代的なコンテクストからの読みが可能なテクストである。ここでは「見ること」をめぐる物語として捉えてみよう。

▷1　ニューヨーク州，マウントバーノンの高校教師。1964年にこの作品の政治的解釈を『アメリカン・クォータリー』誌に発表した。

2 フランク・ボームのキャリアとショーウィンドー

作者ボームは作家として成功する前に養鶏や演劇，行商，新聞の発行など様々な分野に挑戦していたが，1891年にサウス・ダコタからシカゴに移ってからはショーウィンドー・ディスプレイの仕事にも従事する。19世紀末とは，シカゴのマーシャルフィールズ[◁2]に代表されるようなデパートが出現し，商品が必要に縛られたものから購入者の欲望を喚起するものに変わった時代である。ウィリアム・リーチの『欲望の地』（1993年）にもあるように，19世紀末から20世紀初頭にかけて，ショーウィンドーが発達し，見せ方によって商品に幻想を与えて特別なものとし，消費者の欲望を喚起するしくみが出来上がった。ボームは自身，この業界で活躍し，モノの本質的価値以上にその「見た目」が消費者の欲望を喚起することに気づいていた。彼が発行したアメリカ初のウィンドーディスプレイ業界誌『ザ・ショーウィンドー』においてボームは，小売商たちに対して，かつてのようにショーウィンドーの中に商品を詰め込むようなディスプレイを戒め，一つの商品のみを展示するよう勧める。そうしてディスプレイ

▷2　シカゴのダウンタウンにある高級デパート。ルイス・コンフォート・ティファニーによって作られた玉虫色のファブリル・グラスを使用した美しい天井で有名。2005年にメイシーズに買収された。

に「劇的」な効果を与え，人目を惹き，ドキッとするような効果を狙うのである。あまりにも美しく，食べてしまえる宝石のように商品を見せようとしたのだ。

その際にボームが留意したのは，まず「色」である。様々な色によって華やかさを演出するのだ。そして，ガラスの多用とともに彼が用いたのが，電灯，そして電気仕掛けで動く仕組みであった。まだ新しかったテクノロジーを積極的に導入することによってボームは新奇さを創造し，それを消費者の欲望に結び付けた。

3 『オズ』と見ること

『オズ』は，こうした消費と欲望を，それを媒介する「見ること」に結びつけた話として読むことも可能である。ドロシー達一行はエメラルド・シティに到着するやその緑のきらびやかさに目を奪われる。そこではポップコーンやキャンディ，貨幣さえ緑色である。実際には，それは緑の眼鏡をかけさせられているがゆえに美しく緑に見えるのであり，本来は緑ではない。しかし緑に「見える」ことによってドロシーたちは，そして当地の住民たちも心奪われる。

ドロシーたちが願いを聞き入れてもらうべく謁見した際，オズはそれぞれの前に違う姿をして現われる。ドロシーには巨大な頭，案山子にはきれいな女性，ブリキのきこりにはおそろしい獣，ライオンには火の玉として。しかしそのいずれもオズの本当の姿ではない。実際のオズは小柄な普通の人間であった。彼は機械仕掛けで不思議な現象を起こしていた「ペテン師」に過ぎなかった。電気仕掛けでショーウィンドーを動かして消費者の欲望を喚起したボームのように，説明可能な科学的な仕掛けによって驚異を起こしていたのであり，そこに魔術はない。

しかしおもしろいのは，ショーウィンドーを見た消費者が魔法にかかったかのように商品への欲望を強めるのと同じように，魔術がないとわかったあとでもドロシーたちがオズへの信用を失くさないことである。「ペテン師」だと判明したにもかかわらず彼らはオズに自分たちの望みを叶えるよう求める。そしてオズは「ペテン師」でありながらもその願いを叶えてみせる。案山子には脳ミソ，ブリキの木こりにはハート，ライオンには勇気を与える。実際に与えているのはそれぞれふすま，おがくず，緑の液体であり，3人が求めているものではない。しかし案山子たちは，それこそが自分たちの求めているものだと思い込む。脳ミソやハート，勇気を手に入れた気になるのである。心の中の眼鏡は外されないままであり，実体がなんであるかよりも「なんであると思うか」のほうが効力を持つのである。

このような点で『オズ』という作品は，20世紀初頭に開花したショーウィンドー文化を反映し，目に見える現象を変えてみせることによってモノの価値を高めたり，欲望を喚起したり，果てはその効力まで変えうることを高らかに謳ってみせるのである。

（秋元孝文）

おすすめ文献

ボーム，ライマン・フランク／佐藤高子訳（1974）『オズの魔法使い』ハヤカワ文庫。

Dighe, Ranjit S. (2002), *The Historian's Wizard of Oz*, Praeger.

Hearn, Michael Patrick, ed. (2000), *The Annotated Wizard of Oz*, Norton.

Leach, William, ed. (1991), *The Wonderful Wizard of Oz by L. Frank Baum*, Wadsworth.

コラム 1

これぞ贋金？

図1　真札と偽札の例

図2　ボッグス紙幣。サインはボッグス名義

地金を貨幣そのものに含んで物質的価値を伴う硬貨に比して，紙とインクのみでできている紙幣は偽造が容易であり，アメリカの歴史においても多数の贋金が存在した。そしてアメリカ史同様，偽札の歴史においても，その初期に登場する人物は「時は金なり」（Time is Money）という格言の生みの親，ベンジャミン・フランクリンである（本書の3-3，コラム②（28-29，31頁）を参照）。

フランクリンは印刷屋として植民地紙幣を作成したが，彼は偽造防止においてもその才能をいかんなく発揮した。ひとつは「ネイチャー・プリント」と呼ばれる，紙幣の裏に本物の木の葉を印刷したものである。人間の指紋がそうであるように木の葉もまた二枚と同一のものは存在しないため，これによって偽造が困難になった。もう一つの方法は意図的なスペリングのバリエーションで，ペンシルヴェニア（Pennsylvania）のスペルを，Pensylvania，Pennsilvania，Pensilvania を加えた4種類で，かつ活字もイタリックと直立体を使い分けて，額面ごとに違えてみせた。これによって，より高額な額面へと書き換えても簡単に偽造が見破られるという発想である。

アメリカ史における偽札の全盛期は，なんといっても誰でも銀行を設立し銀行券を発行することができた自由銀行時代である。たとえば1859年には銀行の数は全国で1365にのぼり，発行される紙幣の種類はなんと9916種類，それに伴い流通する偽札の種類も5400と莫大であった。その結果，南北戦争が始まった時点で流通していた紙幣の3分の1が偽札だったという。紙幣の種類が多く，発行された銀行の所在地を離れるほどその紙幣は受け取りを渋られ，額面から割り引いた額でないと受け取られなくなっていった。この不便さを克服するため（？）偽札においては額面を高く書き換えるほか，銀行の所在地の書き換えもよく行われた。紙幣の真贋を見抜くために Counterfeit Detector（偽札鑑定新聞）と呼ばれる定期刊行物が発行され，各紙幣の真札および偽札の特徴を記載し，真贋の鑑定に使用されたが，これさえ偽造されることがあり，そうなるといずれが真でいずれが贋かは判別不可能となる（図1）。

またこの時代には，今では Fantasy Note（ファンタジー紙幣）と呼ばれる偽札ではない偽札も流通していた。流通している新札の偽造ではなく，オリジナルのない，存在しない銀行を名乗った紙幣であるが，偽札だと思われずに立派に流通していたのである。

時は現代に飛び，今では合衆国の紙幣は Federal Reserve（連邦準備制度）によって発行される1種類だけであるが，その世界通貨としての地位ゆえに，国外で大規模な偽札製造が行われたと思われるケースもある。ドルの地位を低下させるため北朝鮮によって大量に製造され，各国の金融市場に投入された超精密100ドルはスーパーノートと呼ばれている。

ちなみにアメリカには J. S. G. ボッグスというアーティストがいて，文字列やサインなどの一部を変えたり，背面に描かれた建築物をタッチはそのままに別の建物にしたりした手書きのドル紙幣を作成し（図2），それを額面通りの「芸術作品」として商店やレストランで使うという活動をしていたが，2017年に亡くなっている。

（秋元孝文）

コラム 2

万博とミュージアム，そして見世物文化

万国博の歴史は1851年のロンドン博に始まるが，当初専門家向けであった万博は20世紀に向かうにつれて次第に一般大衆に開かれていき，世界中の国を集めてイベントを開催することは，新興国アメリカにとってその成長を世界に示す絶好の機会であった。1878年には建国100年を記念するフィラデルフィア博，1893年にはコロンブスの新大陸発見400年を記念し，「ホワイト・シティ」と呼ばれたシカゴ博が開催された。とくにシカゴ博では，高架鉄道，長距離電話，ダイナモなどの新たな科学技術が陳列された。とりわけ注目されたのは電気による灯りであり，当時は直流のエジソンと，より熱を発せず距離によって低下することもない交流のテスラが覇権を争っており，エジソンの光の塔（Tower of Light）も注目を集めたが，会場全体を煌々と照らしたのはテスラとウェスティングハウス社による交流電気であった。モーター式の観覧車が初めてお目見えしたのもシカゴ博であった。

20世紀になってもアメリカは，政府主導のヨーロッパとは異なる民間主導の開催国として万博を牽引し，商業主義的色彩を加えていく。1915年のサンフランシスコは1906年の大地震からの復興をかけ，1933年には再びシカゴで「進歩の世紀」をテーマとして開催される。20世紀を彩る楽天的な未来志向がうかがえよう。1939年には「明日の世界」をテーマとするニューヨーク博，そして冷戦期の1964年には万博委員会の公認を受けないまま，またしてもニューヨーク博が開かれ，すでにアナハイムにディズニーランドを作っていたウォルト・ディズニー（Walt Disney，1901-66）を招き，アミューズメント色の強い，宇宙時代を強く意識した展示となった。

万博という期間限定の展示システムに対して，より長期的なものとしてミュージアムがある。アメリカではニューヨークの自然史博物館，メトロポリタン美術館などの巨大美術館もあれば，テーマの絞られた小さな博物館も各地にある。こうした数多くのミュージアムの中でもアメリカ的な規模の大きさを誇るのがスミソニアンであろう。イギリスのジェームズ・スミソニアンが1826年に遺言で残した10万ポンドを超える基金から始まったスミソニアン・インスティチューションは，ワシントン DC の広大なモール地区に工芸産業館，国立航空宇宙博物館，国立アメリカン・インディアン博物館，国立自然史博物館・国立アメリカ歴史博物館などのそれぞれに巨大なミュージアム群を擁し，しかもそのほとんどが無料で入場できる。とくに歴史的な事象に関わるスミソニアンの展示は，単一の解釈を押し付けるのではなく複数の解釈を鑑賞者に委ねる形式になっている。アメリカのミュージアム文化，そして国民の教化，啓蒙においてスミソニアンが果たす役割は大きい。

新しいテクノロジーや文化といった新奇性を目玉にしてきた万博と，より長期的に展示し，鑑賞し，見学者を教化するミュージアムの背後にあるアメリカ的な存在として P. T. バーナム（本書の6-1 6-2（50-53頁）を参照）による見世物のような大衆的な展示文化があったことも指摘できよう。ジョージ・ワシントンの乳母，かつ161歳という触れ込みの元奴隷の女性を買い取って見世物にすることから始まった根っからの興行師バーナムのキャリアは，シャム双生児や「親指トム将軍」と名付けた低身長症，フィジーの人魚といった，信憑性の明らかに疑わしいものの展示を宣伝によって大衆の好奇心を煽り人気の出し物とすることで成立した。もちろんまともな博物館が集客だけを主眼にするのは間違いであるが，バーナムがニューヨークに作った施設が「バーナムのアメリカ博物館」という名前だったように，アメリカのミュージアム文化の背後には新奇なものへの好奇心があり，それは万博文化とも通底するものだと言える。　（秋元孝文）

11　流行・食・身体美

19世紀「アメリカの神経症」大流行

アメリカの病としての神経衰弱

19世紀後半，南北戦争後のアメリカでは，急激な近代化の影響が，環境や生活のみならず，人々の心身にまで及んでいた。不眠症，不安感，疲労倦怠感，心悸亢進（しんきこうしん），消化不良，頭痛，疼痛，手足の冷えなど，その症状は極めて多岐にわたったが，これら多種多様な不調を神経衰弱（Neurasthenia）と一括し，アメリカ特有の病として特権化したのが，ジョージ・M. ビアド（George M. Beard，1839-83）である。人はそれぞれある一定量の神経エネルギーを備蓄していると考えられた時代にあって，神経衰弱は，病理学的には，神経エネルギーの収支バランスが乱れた結果起こるエネルギー欠乏状態とみなされた。しかし，ビアドは，『アメリカの神経症』（*American Nervousness*，1881）において，神経衰弱流行の背後に，鉄道，電信，定期刊行物，科学，さらには女性の意識変革など，技術革新に支えられたアメリカならではの近代化現象の影響を見据えたのだ。神経衰弱は幾重にも特権的な病となった。「アメリカ文明の副産物」◁1として，アメリカの文化的優位性に証左を与えたばかりではない。技術革新という近代化の恩恵に浴する機会が多い都市部に居住し，肉体労働ではなく頭脳労働に従事する白人中産階級層が患う病として，神経衰弱は，階級および人種的特権性をも象徴することになる。そしてさらにその治療法に目を向けてみるならば，そこに見えてくるのが，「アメリカの神経症」とジェンダー・イデオロギーの間の共犯関係である。

2　安静療法

神経衰弱の治療として，当時，多大なる影響力を発揮したのが安静療法（the rest cure）である。1872年，神経病学者ウィア・ミッチェル博士（S. Weir Mitchell，1829-1914）によって考案されたこの治療法は，もともとは南北戦争で戦争神経症（battle fatigue）を患った兵士のためのものだったが，神経衰弱流行を背景に，広く一般に受け入れられるようになった。安静療法それ自体は男女の別なく適用可能だったものの，ミッチェル博士の治療記録に残る患者のほぼ大半が女性であった。

安静療法は，その名の通り，休養を要とするが，そこには様々な制約があった。まず，患者は治療における主導権を完全に医師に委ねることに同意する必

▷1　Beard, George M. (1881), *American Nervousness: Its Causes and Consequences*, Putnum.

▷2　Bassuk, Ellen L. (1986), "The Rest Cure: Repetition or Resolution of Victorian Women's Conflicts?," Susan Rubin Suleiman ed., *The Female Body in Western Culture: Contemporary Perspectives*, Harvard University Press, pp. 139-151.

要がある。患者は，自らの感情，疑問，懸念などが一切配慮されない状況下で，ベッドでの絶対安静を強いられる。入浴はいうまでもなく，食事さえ自力でさせてもらえず，看護師がミルクなどの流動食を（乳幼児にするように）スプーンで食べさせる。裁縫，書き物，読書など，手（と頭脳）を使う活動にも厳しい制限が加えられた。無活動からくる筋肉の衰えに対抗するためには，マッサージ，電気療法，水治療法などが用いられた。また，家庭生活に伴う人間関係や責任といったものが，女性の神経をすり減らし，神経衰弱を誘発すると考えられたため，患者は家族から隔離され，孤独な闘病生活を余儀なくされることも珍しいことではなかった。◁2

「安静」を謳った治療であるとはいえ，安静療法が決して「安楽」ではなかったことは想像に難くない。しかし，このような治療法が流行した背景には，女性の神経症治療にまつわるまた別の過酷な現状があった。安静療法が世に出る以前，神経症を患った女性たちが頼らざるを得なかったのが局部治療（the local treatment）◁3であるが，蛭などによる瀉血（しゃけつ）治療，子宮や卵巣など女性器の（麻酔なしの）切開切除治療などを含む内容は，いずれもあまりに暴力的なものだった。◁4安静療法の流行は，まさに，局部治療の暴虐性に対する恐怖によって支えられていたといっても過言ではないだろう。

3 「アメリカの神経症」を巡る性の政治学

「局部治療は最終的に，性差，それを体現する子宮や卵巣の暴力的な去勢をこそ目的としていた観があるのに対して，安静療法は時代が理想としていたあるべき女らしさ，すなわち家の中の天使像へと，女の身体（と精神）を緊縛するのが目的だったと考えられる」との指摘通り，◁5安静療法は，伝統的なジェンダー観を補強する文化的役割を担ったのだ。神経衰弱が流行した南北戦争後のアメリカには，伝統的に民族的主流を形成してきたアングロ=サクソン系白人プロテスタント（=WASP）の出生率が低下し，「種族の自殺」（race suicide）の道を突き進んでいるという危機感が漂っていた。出生率低下の責任を一方の性に押し付けることなど本来ならばあり得ないことであるが，当時のアメリカ社会は，その要因を女性の側の出産放棄にあると考えたのだ。女性は限られた体力を社会進出に浪費することに躍起になり，子を産むという，女性が成し得る最高の社会貢献を怠っている。こうした「種族の自殺」への危機感――これこそが，ミッチェル博士の安静療法の正当性を支えた時代精神の正体である。本章のコラム②で取り上げる『黄色い壁紙』の作者ギルマンをはじめ，セツルメント運動家ジェイン・アダムズ（Jane Addams, 1860-1935），小説家イーディス・ウォートン（Edith Wharton, 1862-1937）ら，伝統的な女性の役割に懐疑的であった女性たちの病を，女性を家庭へ，そして産む性へと回収しようとする安静療法が治癒できなかったのも，いわば，当然だったといえよう。（若林麻希子）

▷3 Wood, Ann Douglas (1894), "'The Fashionable Diseases': Women's Complaints and Their Treatment in Nineteenth-Century America: Historical Readings," Judith Walzer Leavitt ed., *Women and Health in America*, University of Wisconsin Press, pp. 222-238.

▷4 局部治療は症状によって4段階に分類されている。触診治療（外陰部や子宮頚部に蛭を放つ）瀉血治療（しばしば，蛭が行方不明になることもあったという），注入治療（子宮に水，ミルク，アマニ茶などを注入する），そして，最終段階が切開切除手術だ。

▷5 富島美子（1993）『女がうつる――ヒステリー仕掛けの文学論』勁草書房。

おすすめ文献

富島美子（1993）『女がうつる――ヒステリー仕掛けの文学論』勁草書房。

Smith-Rosenberg, Carroll (1985), *Disorderly Conduct: Visions of Gender in Victorian America*, Oxford University Press.

Wood, Ann Douglas (1894), "'The Fashionable Diseases': Women's Complaints and Their Treatment in Nineteenth-Century America: Historical Readings," Judith Walzer Leavitt ed., *Women and Health in America*, University of Wisconsin Press, pp. 222-238.

11　流行・食・身体美

食べる文化と食べない文化

「素朴な豊富さ」

1620年にメイフラワー号で大西洋を渡ってプリマスに上陸したピルグリム・ファーザーズの一団は，100人余りの仲間の半数以上を数か月の間に失うほどの激しい飢餓状態と戦いながら，現在のアメリカ合衆国の礎を築いたことが知られている。しかし，18世紀末から19世紀前半にかけての建国時代アメリカでは，一転して，食の豊かさを誇示する文化が開花した。

「素朴な豊かさ」（rustic abundance）[1]を基調としたその食文化は，手が込んで洗練されたヨーロッパの食文化と対置され，未だ，文化的独自性を欠いたアメリカの国家アイデンティティを支える「アメリカらしさ」を象徴した。その数多い担い手の中でも代表的なのが『アメリカの倹約上手な主婦』（*The American Frugal Housewife*, 1832）の著者チャイルド（Lydia Maria Child, 1802–80）だろう。経験の浅い主婦を対象に，家庭を経済的にやりくりする方法を伝授することを目的としたこの本を通してチャイルドが提唱する倹約生活には，少なくとも食に関する限り，つましさは全く感じられない。牛，豚，鶏，マトンなど９種類の肉，たら，さば，カレイ，牡蠣など７種類の魚介，じゃがいも，かぼちゃ，かぶなど11種類の野菜・豆類を使ったレシピに加え，23種類ものケーキやパイの作り方が紹介されているのだ[2]。これほど豊かな食生活を実現する安価な方法を提示しているのだから，『アメリカの倹約上手な主婦』が，当時，最も人気を博した家事指南書だったのも全く不思議ではない。

▷１　McWilliams, Mark (2003), "Distant Tables: Food and the Novel in Early America," *Early American Literature*, 38.3, pp. 365–393.

▷２　Child, Lydia Maria (1832), *The American Frugal Housewife*, Dover.

２　消化不良の時代

しかし，消化不良（dyspepsia）がアメリカの国民病だといわれ，飽食・過食が問題視される19世紀半ばになると，食文化における「素朴な豊かさ」の流行も一気に下火となる。消化不良は，産業革命がもたらした生活様式の変化に伴う代謝異常とも[3]，神経症の一種[4]ともされるが，いずれにせよ，飽食・過食が原因であることは間違いなく，アメリカの豊かな食文化こそが，その元凶だと非難されたのも，いわば，当然であった。

消化不良の蔓延は，事実，アメリカにおける食餌法改革運動の火付け役となった。全粒粉パンの提唱者グラハム（Sylvester Graham, 1794–1851），コーンフレークスの考案者ケロッグ（John Harvey Kellogg, 1852–1943）などに代表され

▷３　Schenone, Laura (2003), *A Thousand Years over a Hot Oven*, Norton.

▷４　宇沢美子（2005）「食べない技法——紳士と知識人とサムソンのための食餌法」鈴木晃仁・石塚久郎編『食餌の技法——身体医文化論IV』慶應義塾大学出版会，67–86頁。

る菜食主義運動もこの時代の産物であり，家事指南書や家庭小説を通して，食欲の自制が人格形成にかかわる道徳的最重要課題であることが声高に叫ばれるようにもなる。

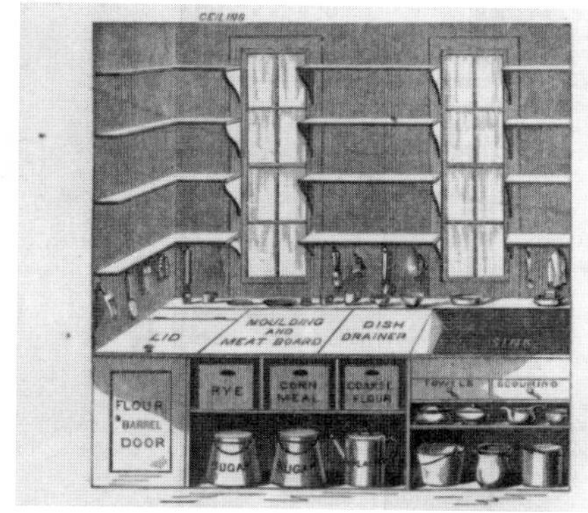

図1 アメリカの理想の台所

（出所：Beecher, Catharine and Harriet Beecher Stowe (1869), *The American Woman's Home*, Stowe-Day Foundation.）

3 アメリカの台所事情

消化不良の問題は，アメリカ人の食餌法に影響を与えただけではない。それはまた，家事労働の改革運動を推進する力ともなった。キャサリン・ビーチャー（Catharine Beecher, 1800-78）とハリエット・ビーチャー・ストウ（Harriet Beecher Stowe, 1811-96）の姉妹による『アメリカ人女性の家』（*The American Woman's Home*, 1869）はその好例である。原書で500頁ほどもある分厚い家事指南書であるが，食に割かれているのは僅か55頁。「素朴で豊かな」食文化の時代から30年余りの間に，いかに，食べることが，アメリカ人の家庭生活の周縁に追いやられてしまったかを物語る体裁だ。

飽食・過食の問題に対するビーチャー姉妹のアプローチは，事実，食欲に抵抗する自制心を養うというよりは，そもそも主婦が美味しそうな料理を食卓に沢山並べるようなことをしなければ良い，というものである。アメリカでは食材の豊かさゆえに料理の種類が多くなりがちだが，一食につき一種類の体に良い食べ物があれば充分である。しかも，アメリカでは，良質の食材が下手な調理で台無しになる傾向が顕著だから，食材には極力手を加えるべきではない。イギリスの骨付きマトンや紅茶，フランスのカフェオレ，パン，オムレツなどを称賛する一方で，ビーチャー姉妹がアメリカらしい献立として挙げるのは，「みずみずしく熟したトマト」「きゅうりの薄切り」「濃厚な黄色のさつまいも」「丸々したライマメ」「ほかほか湯気が立ったトウモロコシ」「ライマメととうもろこしの煮込み」「茄子のフリッター」「柔らく甘いかぼちゃ」である◁5。この献立の菜食主義は見紛う余地もないが，調理が避けられない肉，魚，そしてデザート類が決定的に欠けている。台所仕事を最小限に抑えようとするビーチャー姉妹の思惑が感じられる。

同様のことは，ビーチャー姉妹が提案するキッチンの挿絵（図1）を眺めてみても，感じとることができる。整然とした清潔感には魅力を感じるが，調理器具はあっても，食べ物や食器の痕跡すらない光景には，やはり，違和感を覚える。消化不良が育んだ食べない文化は，アメリカの台所さえも，家庭の周縁に追いやったのだ。

（若林麻希子）

▷5 Beecher, Catharine and Harriet Beecher Stowe (1869), *The American Woman's Home*, Stowe-Day Foundation.

おすすめ文献

東理夫（2015）『アメリカは食べる。――アメリカ食文化の謎をめぐる旅』作品社。

Schenone, Laura (2003), *A Thousand Years over a Hot Stove*, Norton.

Wakabayashi, Makiko (2010), "The Revolt of Female Appetite: Mary E. Wilkins Freeman and Women's Literary Realism," *The Japanese Journal of American Studies*, 21, pp. 31-48.

11　流行・食・身体美

3 健康美，不健康美，筋肉美

1 「男らしさ」としての健康美

南北戦争以前のアメリカでは，身体能力の高さは，ネイティヴ・アメリカンとの偏見に満ちた連想から，「野蛮」や「未開」といったアイデアと結びつくことが多かった。しかし，19世紀末から20世紀初めの世紀転換期を迎えると，そのような見方は一変し，筋肉質な肉体美が「男らしさ」の重要な要素として認知されるようになる。

このような認識の変化は，もとより，都会での仕事に従事する白人中産階級男性の身体力の低下を，白人優位の社会秩序に対する脅威と捉える問題意識の反映だった。労働運動の活発化，移民の大量流入，女性の社会進出などの社会現象を通して，それまで「他者」として社会的に周縁化されてきた社会集団が存在感を増す状況下で，白人中産階級男性が，その社会的地位を揺るぎないものとするには，健康を取り戻し，男性性を強化して，強さをアピールする必要があると考えられた。ジャクソン・リアーズが「力の崇拝」[1]と呼ぶ風潮である。

▷1　リアーズ，T. J. ジャクソン／大矢健・岡崎清・小林一博訳（2010）『近代への反逆——アメリカ文化の変容 1880-1920』松柏社。

健康美という「男らしさ」を獲得する方法として，スポーツやアウトドアが人気を博する一方で，「断食療法」という異色の健康法もまたブームとなった。エドワード・フッカー・デューイ（Edward Hooker Dewey，1840-1904）が，朝食を抜く部分的な断食を，消化不良の治療法として提案したことから始まったこの「断食療法」は，ベルナール・マクファデン（Bernarr Macfadden，1868-1955）によって，筋力増強の技法として再発見され（図1），強靭な肉体美に象徴された「男らしさ」の理想を実現するための道を切り開いた[2]。

図1　断食前（左）と7日間の断食後（右）の筋力の違い

（出所：Macfadden, Bernarr and Felix Oswald (1900), *Fasting, Hydrotherapy, Exercise.*）

▷2　宇沢美子（2005）「食べない技法——紳士と知識人とサムソンのための食餌法」鈴木晃仁・石塚久郎編『食餌の技法——身体医文化論IV』慶應義塾大学出版会，67-86頁。

2 「女らしさ」としての不健康美

断食は，しかし，男性に限られた行為ではなかった。ただ，それが目標とするものが，男性と女性とでは大きく異なっていた。「女らしさ」が感受性の豊かさや精神性の洗練に求められた時代において，女性にとって，肉体や物質を連想させる食事行為は，それ自体，道徳的問題を孕んでいた。「抑制された食欲と不健康が，高尚な女性らしさへの二大手段だった」とブランバーグが指摘する通り[3]，女性たちを断食へと駆り立てたのは，社会が要請する「女らしさ」の理想を体現したいという欲望，あるいは，体現しなければならないという義務感に他ならなかったのだ。

男性の胃袋が固くて噛みごたえのある食べ物を欲するのに対して，女性の消化機能は繊細だから柔らかくて軽い流動食が適している，これが当時の医学的見解だった。コーヒー，紅茶，ココア，香辛料，焼立てパンやペストリー，砂糖菓子，ナッツや干しブドウ，そしてアルコールなど，女性の胃袋に適さないタブー食品は数多く挙げられたが，なかでも性欲を刺激すると考えられた肉への禁忌には絶対的なものがあった。女性たち，とくに思春期の少女たちは，慢性的な半飢餓状態にあり，鉄分不足による萎黄病や拒食症を患いながら，痩身で青白い不健康な身体を，女性らしい美しさと信じたのであった。

3 ジェンダーを攪乱する筋肉美

アメリカ文学には，家庭を女性の領域とし，家父長に従順であることを「女らしさ」とするジェンダー規範に対抗するヒロインが，数多く存在している。そのなかでもケイト・ショパン（Kate Chopin, 1851-1904）による『目覚め』（*The Awakening*, 1899）のエドナ・ポンテリエは，最も印象深いヒロインのひとりである。妻として，母としての家庭的役割に疑問を抱き，自己実現の可能性を不倫関係に見出し，盲目的に突き進むものの想いが叶うことはなく，エドナは失意のなか入水自殺する。「女らしさ」に対する彼女の挑戦が，家庭の放棄と性的欲望の解放を拠り所としていることはすでによく知られているが，エドナというヒロインは，「女らしさ」という不健康美の虚飾を脱ぎ捨てる潔さにかけても，ジェンダー規範に揺さぶりをかけている。

比較的長身で背筋がすっと通った体形，きびきびとした身のこなし，ひと夏の水泳の特訓によって硬く丸みを帯びた腕（firm, round arms）が強調されるエドナは，「毛並みのつややかな動物[4]」にたとえられているし，「彼女はとてもお腹が空いていた……エドナは黒パンを一切れかじり，強くて白い歯で嚙み切った。ワインをグラスに注いで，一気に飲み干した[5]」とあるように，彼女は，空腹を我慢することもしない。引き締まった肉体と健全な食欲の持ち主，それがエドナであり，同時代の蒼白で弱々しい理想の女性像とは相容れない。エドナの不倫関係が問題化しているのは，実は，女性の性的欲望以上に，本来ならば「女らしい」とは認めるべきではない女性の健康美に魅了される男性たちの禁断の欲望の方なのだ。『目覚め』という小説は，女性の健康美を描きつつ，「女らしさ」を不健康美とはき違える同時代アメリカのジェンダー観の矛盾をつく点でも，問題作だったのだ。　（若林麻希子）

▷3 Brumberg, Joan Jacobs (1988), *Fasting Girls: The Emergence of Anorexia Nervosa as a Modern Disease*, Harvard University Press.

▷4 Chopin, Kate (1899), *The Awakening*, Norton.

▷5 Chopin (1899).

おすすめ文献

宇沢美子（2005）「食べない技法――紳士と知識人とサムソンのための食餌法」鈴木晃仁・石塚久郎編『食餌の技法――身体医文化論IV』慶應義塾大学出版会，67-86頁。

越智博美（2008）「マッチョ・ヒーローの誕生」中野知律・越智博美編著『ジェンダーから世界を読むII――表象されるアイデンティティ』明石書店。

Brumberg, Joan Jacobs (1988), *Fasting Girls: The Emergence of Anorexia Nervosa as a Modern Disease*, Harvard University Press.

コラム 1

科学的調理法とアメリカの味覚

消化不良の流行を背景に，19世紀アメリカでは，飽食・過食への懸念から，食への警戒心が高まったことを，キャサリン・ビーチャーとハリエット・ビーチャー・ストウによる『アメリカ人女性の家』に辿ってみたが，19世紀末から20世紀初めの世紀転換期アメリカで，食の概念がまた一つ変化を遂げることになる。

そのお膳立てとなったのが，1879年のボストン料理学校（Boston Cooking School）の開校である。今では当たり前となった「すり切り計量法」（Level Measurements）を提唱したことでも知られるが，ボストン料理学校は，「科学的調理法」（Scientific Cookery）と呼ぶものを通して，アメリカの台所を，さながら，化学の実験室へと変貌させたのだ。食材は成分に還元され，栄養素の摂取が食事の目的とされた。しかし，ビタミンについての理解が誕生するには1911年まで待つ必要があった訳であるし，アミノ酸研究も極めて初歩的な段階で，必須アミノ酸の存在も，未だ，未知の領域だった時代のことだ。生命維持のために必要な栄養素として認知されていたのは，たんぱく質，炭水化物，脂質のわずか３種類のみである。ちなみに各栄養素の一日の摂取量としては，たんぱく質125ｇ，脂質56ｇ，炭水化物（でんぷん）500ｇとなり，現代のたんぱく質55-70ｇ，炭水化物250-300ｇ，脂質は総摂取エネルギーの20-25パーセントまでという基準に照らし合わせるならば，おそらくは，どうみても食べ過ぎだったはずだ。しかも野菜は，「ノン・フード」（non-food）とみなされ，栄養価がほとんど認められていないばかりか，摂取を促す素振りもみせないのだから，世紀末を生きたアメリカ人の健康状態が甚だ心配になってくる。

食べることの目的を栄養摂取とすることで，ボストン料理学校は，調理の概念にも変更を加えることになった。食べ物は，消化・吸収されて初めて糧となる。ならば，料理とは，単に，食材を食べられるものに加工する行為ではなく，消化・吸収に貢献する「外的消化」（external digestion）だと論理づけられたのだ。

図１　ボストン料理学校が推奨する朝食の一品

（出所：*Boston Cooking School Cook Book*（1916年版）.）

科学的調理法は，結果的に，味覚を犠牲にした。味覚を犠牲にして科学的調理法が目指したのは，三大栄養素を効率よく摂取する料理の開発と見た目の美しさだった。このような味覚の軽視が，アメリカの食文化を狂わせる元凶だとも指摘されるものの，ボストン料理学校が，台所仕事を女性の職業へと格上げすることによって，女性の社会進出の間口を広げたことは確かである。ただ，やはり，ボストン料理学校が提唱する食餌法が，朝から「砂糖・クリームかけシリアル（Cereal with Sugar and Cream），イチゴのショートケーキ，コーヒー」（図１）を食べることを本当に良しとするのであれば，それに賛同するのは相当難しいと言わざるを得ない。

（若林麻希子）

コラム2

シャーロット・パーキンス・ギルマン『黄色い壁紙』

『黄色い壁紙』（*The Yellow Wallpaper*, 1892）は，出産後に極度のうつ症状を呈し，神経衰弱と診断された女性（「私」）が，家族に隠れて書き綴った日記の体裁をとっている。

安静療法を施されている「私」は，医師である夫ジョンの指示によって，活動を厳しく制限されている。仕事と名のつく活動は一切禁止。書くことも，自分の症状について思考を巡らせることさえ，回復を妨げる行為として許されない。しかし，「私」がこうした禁止に忠実であろうとすればするほど，抑圧された意識がはけ口を求めてさまよい出す。いつしか「私」は，寝室の黄色い壁紙に，格子模様の背後で這い回る女性の姿を幻視するようになる。しかし「私」にとって，壁紙の女性の姿は，決して，妄想などではない。壁紙は異臭を放ちながら，「私」の現実を侵食するだけでなく，壁紙の女性たちが，昼間，外を這い回るのを，「私」は確かに目撃しているのだ。

物語は，壁紙の女性と「私」の間の境界が完全に崩壊する衝撃的な結末を迎えることになる。格子模様の背後で這い回る女性たちを救い出そうと，壁紙を必死でひき剝がそうとする「私」は，もはや，「私」ではなく，壁紙の女性なのだ。「窓から外を眺めることさえしたくない――外には這い回る女たちが大勢いて，猛スピードで動いてる。私がそうしたように，あの人たちもあの壁紙から出てきたのかしら◁1」。「私」は寝室の床を這い回る。その姿を目の当たりにした夫ジョンに，「私」は「とうとう抜け出したわ……壁紙は殆ど引きはがしてしまったから，あなたはもう私を元に戻すことはできないわ◁2」と言い放つ。ジョンは気を失い，「私」は夫の体を乗り越えながら，ただひたすら床を這い回る。

シャーロット・パーキンス・ギルマン（Charlotte Perkins Gilman, 1860-1935）は，狂気に駆られる女性の物語を，自らの体験をもとに執筆した。「安静療法の父」ミッチェル博士から，極力家庭的な暮らしを心掛け，知的活動は1日2時間にとどめること，そして，金輪際，筆記用具を持たないよう指示を受け，3か月間，その言い付け通りに過ごした結果，心神喪失の危機に瀕したというのだ。同じ経験を他人に繰り返してほしくない，そうしたギルマンの想いが『黄色い壁紙』に込められている。

『黄色い壁紙』は，安静療法そのものだけでなく，それが支えた同時代のジェンダー観についても思考を深めてくれる。当時のジェンダー観は，女性を生殖機能に還元し，「子宮の産物であり，子宮に囚われた存在◁3」とみなす点に特徴があった。物語の結末で床を這い回る「私」のグロテスクで獣的なイメージが，産む性へと還元され，人間性を剝奪された女性像とどことなく符号している。しかも，「私」が神経衰弱を発症するのは，出産直後のことだった。『黄色い壁紙』は不気味な物語だが，その不気味な読後感を通してこそ，19世紀末を女性として生きることの過酷さに思いを馳せることができるともいえるだろう。（若林麻希子）

▷1　Gilman, Charlotte Perkins (1892), *The Yellow Wallpaper*, Bedford/St. Martins Press.
▷2　Gilman (1892).
▷3　Smith-Rosenberg, Carroll and Charles Rosenberg (1973), "The Female Animal: Medical and Biological Views of Women and Her Role in Nineteenth-Century America," *The Journal of American History*, 60.2, pp. 332-356.

1 社会改革運動から「所感宣言」へ

1 女性の領域

18世紀末にニューイングランドで産業化が進むと，それまで農業中心だった生活形態が変化をみせ，都市部に中産階級が台頭してきた。農業中心の生活は大家族を必要とするが，都市化により家族の規模は縮小してゆき，職場と家庭の分離がみられるようになる。[1] 19世紀初めになると，男性が政治やビジネスの「公の領域」を，女性が家庭という「私の領域」を担うモデルができあがる。男性の領域は金銭的価値をともなう領域であり，近代的な労働形態（勤務時間の規則性など）を意味する一方で，女性の領域は生活や生命を支える無償の労働が行われる場であり，近代化の枠組みの外に置かれていたのである。[2]

▷1　Goldberg, Michael (1994), *Breaking New Ground: American Women, 1800–1848,* Oxford UP.

▷2　有賀夏紀（1988）『アメリカ・フェミニズムの社会史』勁草書房。

2 共和国の母として

家庭の切り盛りを担う中産階級の女性たちは，19世紀を通じて投票権も与えられず社会参加の道は閉ざされているように見える。しかしながら，当時の女性たちは女性の領域にとどまりつつも，ある種の「政治参加」をしていたと，歴史家のリンダ・カーバーは主張する。それが「共和国の母」という役割である。[3] 女性の最も大切な任務とは，次世代を担う市民を育てることであり，それは従来道徳心や信仰心が男性に勝るとされてきた女性の果たすべき役割と考えられたのである。立派な子を育て，家庭を運営する「共和国の母」になるためには，家事の技術のみならず適切な教育が必要であるとされるようになった。[4]

▷3　Kerber, Linda (1976), "The Republican Mother: Women and the Enlightenment—An American Perspective," *American Quarterly,* 28. 2, pp. 187–205.

▷4　Goldberg (1994).

3 宗教復興運動と社会改革

共和国の母としての役割，また純潔，敬虔，従順，家庭性が女性に求められた時代にあって，女性の活躍が重要視されるきっかけとなったのが，1820年代に始まる第二次大覚醒運動である。この宗教復興運動は，セミナリー（seminary）などの女学校で教育をうけた女性たちを目覚めさせ，慈善活動や禁酒運動などの社会改良運動に向けての組織作りをうながす結果をもたらした。たとえば1834年にニューヨーク女性道徳改良協会として始まった活動は，6年後には500以上の支部をもつ全国組織へと成長した。[5] これらの活動はあくまでも女性の領域を超えることなく，社会への参加を可能にしたのである。

▷5　Goldberg (1994).

4 奴隷解放運動とのつながり

こうした社会改良運動をもう一歩推し進めたのが，奴隷解放運動だった。特に急進派の奴隷解放論者ウィリアム・ギャリソン（William Garrison，1805-79）による平等性を追求する運動は，宗教活動の延長としての社会改良運動と比較して，人種のみならず性差における問題にも切り込む視点を与えるものだった[6]。ところが，1840年にロンドンで世界反奴隷制大会が開催された際，アメリカから参加した奴隷解放運動に携わってきたルクレツィア・モット（Lucretia Mott，1793-1880）と，同じく奴隷解放を求める夫のヘンリーに随行したエリザベス・ケイディ・スタントン（Elizabeth Cady Stanton，1815-1902）は，女性であるという理由により，大会への参加を認められなかったのである。

▷6 DuBois, Ellen Carol (1998), *Woman Suffrage and Women's Rights*, New York UP.

5 セネカ・フォールズの「女性の権利大会」

1847年の春に夫とともにニューヨーク州北部の町セネカ・フォールズに居を移したスタントンは，1848年７月のモットの来訪をきっかけに，急遽「女性の権利大会」を開催することを決意する。中心となったのはスタントンとモットの他に，モットとともにフィラデルフィア女性反奴隷制協会を設立したメアリー・マクリントック，モットの妹マーサ・ライト，そしてジェイン・ハントの５名である。開催５日前に地元の新聞にその告知を出し，７月19日・20日の２日間にわたってメソジスト教会で開催された大会には，多くの参加者が押し寄せた。この大会のためにスタントンが起草したのが，女性の独立宣言ともいうべき「所感宣言」（The Declaration of Sentiments）である[7]。

▷7 伊藤淑子による全訳は，荒このみ編（2005）『史料で読むアメリカ文化史』第２巻，85-88頁所収。

6 「所感宣言」

1776年の大陸会議において採択された独立宣言は，人類の平等を訴え，英国王ジョージ３世の専制君主ぶりを訴える内容であったが，一方の「所感宣言」はアメリカが勝ち取ったはずの独立や自由を，結局は（白人）男性しか享受しておらず，皮肉にもアメリカの（白人）男性が専制君主となっていることを暴くものだった。独立宣言にある「すべての人間（all men）は平等に創られ」という一文は文字通り「すべての男は平等に創られ」を意味し，そこに女が入っていないことを痛烈に批判する「所感宣言」は，「すべての男性と女性は（all men and women）平等に創られ」ているにもかかわらず，「現在の政府のもとで女性たちが耐えてきた苦しみは大きく，与えられているはずの権利である平等の立場を要求する必要」があることを訴えた。「所感宣言」は，女性解放運動の大きな一歩となったが，発表直後には大きな批判も受けることになった。批判にさらされながらも，女性から自由と自尊心を奪う社会を批判した「所感宣言」は，女性たち自身が声をあげていく道筋を創り出したのである。（大串尚代）

おすすめ文献

サラ・M. エヴァンズ（2005）『アメリカの女性の歴史』明石書店。
有賀夏紀（1998）『アメリカ・フェミニズムの社会史』勁草書房。

12　新しい女

2 女性と宗教
――スタントン『女性の聖書』をめぐって

1 聖域への挑戦

1892年６月に，ニューヨーク州のエマ・ウィラード女学校で，同校を60年前に卒業したエリザベス・ケイディ・スタントンのスピーチが行われた。彼女は女学校での生活や当時の友人たちのことを振り返りつつ，次のように述べている。「わたしの旧友たちがいまも存命かどうかはわかりません。……もし探せたとしても，あらゆる事柄について私たちの考え方が一致することは，おそらくないでしょう。というのも，わたしはあるべき女性の領域を超えたところをさまよってきたのですから」[1]。スタントン自身が認めるとおり，彼女は「あるべき女性の領域を超えたところ」で活動を続けてきた。それは彼女が，当時のアメリカ社会で女性の置かれている地位は間違っていると感じ続けてきたからだった[2]。

70歳を超えてなお，精力的に講演旅行に出かけていたスタントンは，最晩年になっても社会改革への意志を持ち続け，とうとう「あるべき女性の領域」を最も踏み超えた場所，すなわち聖書という聖域に切り込んでいった。女性が男性よりも低い立場に置かれている大きな原因として聖書に目を向けたスタントンは，女性の視線でこの聖典を読み直すことを試みた。1895年に第一部が出版された『女性の聖書』は，女性が聖書へ注解をつけることにより，『聖書』の中に見られるさまざまな矛盾を指摘することでもあり，『聖書』を根拠として女性を「間違った地位」に留めようとする社会に対する批判を行うことでもあった。

2 聖書への批判

1815年にニューヨーク州ジョンズタウンに生まれたスタントンは，母親によってよき主婦になるための自己抑制を身につけることを教えられ育った[3]。スタントンには弁護士の父親の期待を受けた兄がいたが，大学を卒業してまもなく亡くなってしまう。嘆き悲しむ父親をなぐさめようと，かつての兄のように勉学に励むスタントンに対して，父親は「お前が男だったらよかったのに」と言うだけだったという[4]。また，この頃スタントンは，弁護士である父親を通じて，結婚した女性には財産権がないなどの，女性の社会的立場の脆弱さを知るようになっていった。

▷1　Stanton, Elizabeth Cady (1897, 2002), *Eighty Years and More*, Humanity Books.

▷2　Banner, Lois W. (1980), *Elizabeth Cady Stanton: A Radical for Woman's Rights,* Harper Collins.

▷3　Banner (1980).

▷4　Stanton (1897, 2002).

少女時代のスタントンはまた，男性の指導力を神の定めとする考え方を疑問視していた。当時少女たちが集うクラブでは，クッキーや手縫いの作品の販売から得た収益金によって，神学学校に通う男子学生の教育費を補助する慈善活動を行っており，スタントンもそうしたクラブに所属していた。だがそうした援助を受けた男子学生が少女クラブで行ったスピーチで引用された聖書の句は，「テモテへの手紙1」の次の部分であったという。「婦人が教えたり，男の上に立ったりするのを，わたしは許しません。むしろ，静かにしているべきです（新共同訳）[5]」。

このような女性に関する記述こそが，女性の平等を阻害しているのではないかと考えたスタントンは，「聖書を全面的に批判的に研究する」ことを考え，聖書を女性の視点から読み直すための26名からなる聖書改訂委員会を作り，女性に関して偏った記述がある部分を中心に検討する作業を始めた。

3 『女性の聖書』

『女性の聖書』が注目するのは，まず創世記における神が人を創造したことが記述されている部分である。「神はご自分にかたどって人を創造された。神にかたどって創造された。男と女に創造された（新共同訳）」。スタントンは，「この部分では，男性と女性が同時に創造されたこと，そして人類の発展において男女がともに重要であることが明らかに示されている」ことを指摘する[6]。

同じく「創世記」で描かれる，アダムの肋骨からイヴが誕生する場面について見てみよう。「人が眠り込むと，あばら骨の一部を抜き取り，その跡を肉でふさがれた。そして，人から抜き取ったあばら骨で女を造りあげられた（新共同訳）」。この場面は，男が先に誕生し，女は男から誕生したため，女性の従属的地位に大きな影響を与えるとされるが，それに対してスタントンらは，「この部分は後から挿入されたのではないか」と疑問を投げかける。「明らかに，どこかの狡猾な書き手が，「創世記」第一章で示された男女の完全なる平等を目の当たりにして，男の威厳と支配による女の従属敵地位が重要だと思ったのだろう[7]」。

4 真実は汝を自由にする

しかしながら，この『女性の聖書』の試みは，神学の方面からも，当時のフェミニズム運動家らからも受け入れられなかった。たしかに，スタントンらの試みは「女性の領域」を超えてしまったかもしれない。だが，スタントンは「神の意図」と呼ばれるものによって，女性の権利が制限されることに疑問を抱いてきた[8]。スタントンの聖域への挑戦は，必ずしも成功したわけではなかったかもしれない。だが，スタントンは本作品の最後に引用されている言葉通り，「真実は汝を自由にする」（ヨハネ伝）ことを示したのである。　（大串尚代）

▷5　Stevenson-Moessner, Jeanne (1994), "Elizabeth Cady Stanton, Reformer to Revolutionary: A Theological Trajectory," *Journal of the American Academy of Religion*, 62. 3, pp. 673–697.

▷6　Stanton, Elizabeth Cady (1895, 1993), *The Woman's Bible*, Northeastern UP.

▷7　Stanton (1895, 1993).

▷8　Stanton (1897, 2002).

おすすめ文献

フィオレンツァ，エリザベス・シュスラー編／絹川久子・山口里子訳（2002）『聖典の探索へ――フェミニスト聖書注解』日本キリスト教団出版局。

武田貴子他編（2001）『アメリカ・フェミニズムのパイオニアたち』彩流社。

12　新しい女

世紀転換期と新しい女性の出現

「新しい女性」論争

アメリカの有名評論誌『ノース・アメリカン・レビュー』に，イギリス人女性作家サラ・グラント（Sarah Grand, 1854-1943）によるエッセイ「女性に関する問題の新側面」が掲載されたのは，19世紀も終わろうとしている1894年３月のことだった。この記事の中でグラントは，男性中心の社会の中で，女性は家庭を切り盛りし子を産み育てる女性と，男性に性的に奉仕する女性が想定されているが，男性たちが少し上を見上げれば，そこに「新しい女性」がおり，「家庭は女性の場所」という考え方のどこが間違っているのかを考え続けているのだ，と指摘する[1]。これに対して，同じくイギリス人作家で『フランダースの犬』の作者として知られるウィーダ（Ouida, 1839-1908, 本名マリー・ルイズ・ド・ラ・ラ・メー）が，同年の同誌５月号において，女性が男性の犠牲になったというのなら，男性もまた女性の犠牲になっているのだと，グラントの言う自ら考え行動する「新しい女性」に真っ向から反対する持論を展開した。結果としてこの論争は「新しい女性」（New Woman）という言葉を広く知らしめることとなった。

▷1　Grand, Sarah (1894), "The New Aspect of the Woman Question," *The American New Woman Revisited,* Ed. by Martha H. Patterson, Rudgers UP, pp. 29-34.

世紀転換期と女性

1880年代から1920年代にかけて，アメリカ女性の役割や活躍の機会に変化がおとずれた[2]。女性参政権獲得へ向けての運動，高等教育を受ける機会の増加，就職の機会の増加，経済的自立と個人の自由の範囲拡大などが理由である。女性の領域とされていた家庭から外に一歩を踏み出すためのハードルが下がった時代といえるだろう。女性参政権運動や社会改良運動などの運動がその一因でもあったが，政治性を回避した「女性クラブ運動」（the women's club movement）の存在も大きかった。「女性の向上を目指す」ことを目的としてアメリカ女性地位向上協会（American Association for the Advancement of Women）が1873年に創設された。その一方で女性の労働力の増加にともない，1903年には女性労働組合連盟（Women's Trade Union League）が設立されている。また教育に関しては，19世紀後半には中産階級の女性に向けて，高等教育の機会が増加している。ヴァッサー・カレッジ，ウェルズリー・カレッジ，ラドクリフ・カレッジなど，いわゆるセブンシスターズと呼ばれる女子大が創設されている。

▷2　Matthews, Jean V. (2003), *The Rise of the New Woman: The Women's Movement in America, 1875-1930,* Ivan R. Dee.

3 ギブスン・ガールとスポーツ

新しい価値観を象徴する「新しい女性」はこうした背景の中で生まれてきたが，「新しい女性」が体現するものは一様ではなかった。女性参政権運動家，セツルメント運動家，女性労働者や女優を示すこともあった。中でも支配的なイメージとして，1890年代から1910年代に登場したギブスン・ガール（Gibson Girl）と，1920年代のフラッパー（Flapper）をあげることができる。◁3

19世紀から20世紀への世紀転換期のアメリカでは大衆向けの廉価な定期刊行物がつぎつぎに創刊され，多くの読者を獲得した。こうした雑誌や新聞では挿絵が多用されるようになり，特に目立っていたのが魅力的な女性のイラストだった。特にチャールズ・ダナ・ギブスン（Charles Dana Gibson，1867-1944）が描く女性たちの絵はギブスン・ガールと呼ばれ，大きな人気を博した。すらりとした優雅な身体，無造作に纏められた髪，高い鼻をした魅力的な女性が，自転車に乗ったり，ゴルフを楽しんだり，夏の浜辺で海水浴を楽しむギブスンガールたちは「新しい女性」のアイコンとなったのである。

スポーツを楽しむギブスン・ガールたちの背景には，高等教育機関であるカレッジとの関連を見出すことができる。スミスやマウント・ホリヨーク，ヴァッサーなどの女子大のカリキュラムに体育が含まれており，女子学生たちはバスケットボールやホッケーなどの競技に参加していたのである。ジーン・ウェブスター（Jean Webster，1876-1916）の小説『足ながおじさん』（*Daddy-Long-Legs*，1912）の主人公ジルーシャも，スポーツをたしなむカレッジ・ガールとして描かれている。また，自転車は余暇を楽しむための娯楽でもあり，新たな移動手段や服装を女性に与えただけではなく，身体的な解放をもたらした。

4 フラッパーとジャズ・エイジ

第一次世界大戦を挟んだ1920年代の「新しい女性」を象徴するのが，フラッパーである。丈の短いスカート，短くしたボブカットのヘアスタイル，はっきりとした化粧をした都会の若い女性が，ジャズを聴き，車を運転し，煙草をくゆらし，カジュアルな性的関係を楽しむといったイメージである。フラッパーの生活を描いたオリーブ・トマス（Olive Thomas，1894-1920）主演の映画『フラッパー』が1920年に公開され，その後クララ・ボウ（Clara Bow，1905-65）やジョーン・クロフォード（Joan Crawford，1904-77）らの女優たちがフラッパー的なイメージで売り出され，人気を博していった。解放され，車などの移動手段も持つフラッパーの洗練された若々しさは，消費文化とも密接な関わりをもち，化粧品，服，自動車の宣伝にも使われていった。フラッパーは「新しい女性」を示すものだけではなく，1920年代アメリカの時代そのものを表す存在ともなったのである。

（大串尚代）

▷3 Rabinovitch - Fox, Einav (2017), "New Women in Early 20th - Century America," *Oxford Research Encyclopedia of American History*, Online.

おすすめ文献

フィッツジェラルド，F. スコット／渥美昭夫・井上謙治編訳（1981）『ジャズ・エイジの物語』荒地出版社。

Palterson, Martha (2005), *Beyond Gibson Girl: Reimagining the Amerian New Woman, 1895-1915*. U of Illinois P.

4 高等教育と専門職への道

1 女子セミナリーの設立

独立戦争後のアメリカでは，女性の領域である家庭を取り仕切る共和国の母としての役割を果たすための女子教育が重要視されると，初等教育より一歩進んだ女子セミナリー（Female Seminary）や女子アカデミー（Female Academy）と呼ばれる教育機関の設立が相次ぐようになった。代表的なのは教育者エマ・ウィラード（Emma Willard, 1787-1870）がニューヨーク州トロイに1814年に創設したトロイ女子セミナリーや，ノースカロライナ州のセイラム女子アカデミー，マサチューセッツ州のウィートン女子アカデミーなどである。同時に，セミナリーでの教育に限界を感じ，より高度な教育を目指す動きもみられた。1837年にマウント・ホリヨーク女子セミナリー（のちのマウント・ホリヨーク・カレッジ）を創設したメアリ・ライオン（Mary Lyon, 1797-1849）は，高い教育水準を目指し，数学や科学を必修としていた[◁1]。こうした女子教育は女性の独立心を生み出す一方で，多くの教育者たちはあくまでも「女性の領域」の境界を越えないように苦心していた。しかしながらトロイ女子セミナリーで学んだエリザベス・ケイディ・スタントンがその後女権拡張運動に携わっていくように，セミナリーの指導者たちが想定していなかった独立心が女子学生たちの心に育つ場合もあったのである[◁2]。

▷1　"Mary Lyon's Influence on Science Education for Women." (https://www.mtholyoke.edu/marylyon/science)

▷2　Buhle, Mari Jo, et al., eds. (2008), *Women and the Making of America*, Pearson.

2 女子学生の苦難

南北戦争前に女子学生を受け入れていた高等教育機関はオハイオ州にあるアンティオーク，オーベリン，ヒルスディルの３つの私立カレッジと，アイオワ大学および現在のユタ大学の二つの公立大学だった[◁3]。しかし女性が男性と同じ教育カリキュラムを受講できたわけでは必ずしもなかった。オーベリン・カレッジは，女子学生だけではなく黒人の学生も受け入れていたことで知られるが，女子学生は男子学生とは異なる「女性コース」の学位を受けることになっていた。また，アメリカで初めて医学の学位を取得したエリザベス・ブラックウェル（Elizabeth Blackwell, 1821-1910）は，1847年にニューヨーク州のジュネーヴァ医科大学から受入許可をもらうが，授業で教授らからの差別を受けることもあったという。彼女は1849年にクラスでもトップの成績で卒業し，その後は貧困層の女性たちのためのクリニックを開設した。

▷3　Harwarth, Irene, et al. (1997), *Women's Colleges in the United States: History, Issues, and Challenges*, US Department of Education.

3 女子大の開設と反対の声

19世紀半ばから後半にかけて，女子高等教育の必要性が次第に叫ばれるようになった。その理由としては，公立のコモンスクールと呼ばれる初等教育機関が増えたことにより，教員の需要が増加し，それにともない社会的に女性の高等教育が容認されていったこと，技術革新によって家事にかかる時間が軽減され，勉学に時間を充てることが可能になったこと，南北戦争後に女性の就職の機会が増加したことなどがあげられる[4]。ジョージア州のウェスレヤン・カレッジ，テネシー州のメアリ・シャープ・カレッジは南北戦争前から続く女子大であるが，南北戦争後に大学の認可をうけた東海岸の七つの女子大はセブンシスターズと呼ばれ，女子教育に大きな役割を果たした。これらの女子大の目的は様々であったが，主に教員育成，宗教教育，健康衛生教育などが含まれている。また南部では黒人女性のためのスペルマン・カレッジが1881年に開校された。

しかし女子大の開設に反対する意見も少なくはなかった。ハーヴァード大学学長のチャールズ・エリオットは，女性は男性ほどの知性がないため，女子大の教育は女性の身体や機能を損なわぬものであるべきだと述べている[5]。

4 専門職への道

高等教育を受けた女性が増えるにつれて，専門職につく女性も増加した。1920年までには，雇用されている女性のうち約12%が専門職についている[6]。初等・中等教育の教員としての需要は，とくに西部に必要とされた。19世紀から20世紀の世紀転換期には，専門職を持つ女性の約３分の２が教員だったが，多くの場合結婚をするときに職を辞すよう求められた。

女性の医療への道は決して平坦ではなかった。医学を志す女子学生がなかなか医科大学に合格できない状況を憂慮した先述のブラックウェルは，妹エミリーとともに1868年に女子医大を設立した。これ以降，世紀転換期までに女子医大と女性専用病院が設立されるようになり，19世紀末には全米の医師の5%を女性が占めることになったのである[7]。

法律の分野では，1869年にアラベラ・マンスフィールド（Arabella Mansfield, 1846-1911）がアイオワ州の司法試験に合格し，アメリカで初の女性弁護士となった。信仰の場でも，ナニー・ヘレン・バロウズ（Nannie Helen Burroughs, 1879-1961）やアナ・ハワード・ショー（Anna Howard Shaw, 1847-1919）は，信仰の場での平等を求めた。女性の専門職への進出はこうして着実に場を広げていったのである。

（大串尚代）

▷4 Harwarth, et al. (1997).

▷5 Harwarth, et al (1997).

▷6 Buhle, et al., eds. (2008).

▷7 Buhle, et al., eds. (2008).

おすすめ文献

村田鈴子（2001）『アメリカ女子高等教育史』春風社。
坂本辰朗（2002）『アメリカ大学史とジェンダー』東信堂。

コラム 1

幻の女性大統領候補

2016年の大統領選でヒラリー・クリントンが民主党の大統領候補となった際，「アメリカ主要政党からの初の女性大統領候補」と報道された。これが意味するのは，民主党・共和党という二大政党以外ですでに女性大統領候補がいたということだ。アメリカ史上初の女性大統領候補はヴィクトリア・ウッドハル（Victoria Woodhull, 1838-1927），1872年の大統領選挙に出馬した人物である。

アメリカで女性が投票権を獲得するのは1920年のことである。まだ女性に投票権のなかった19世紀終わりに，なぜウッドハルは大統領候補となりえたのだろうか。アメリカ大統領の被選挙権については，アメリカ合衆国憲法に記載されているが，性差についての規定はない。したがって，ウッドハルは投票権がなくても立候補することは理論的に可能だったのである。

ウッドハル立候補の背景にあるのが，1840年代に始まった女権拡張運動である。また19世紀はスピリチュアリズム（心霊主義）に注目が集まるようになった時代でもある。大統領選挙，女権拡張運動，スピリチュアリズムというと，無関係のように響くかもしれないが，この三つを結びつけたのがウッドハルだった。

ウッドハルは幼少時代から予知能力の霊感があったといわれており，両親は彼女に占いをさせることで生活費を稼いでいた。彼女は15歳で最初の結婚をするが夫の暴力に耐えかね離婚，スピリチュアリズムを信奉する別の男性と再婚し，ニューヨークに出てきた。そこで彼女は大富豪コーネリアス・ヴァンダービルトとの接触に成功する。ヴァンダービルトは投資先や会社の買収などを霊感で占っており，ウッドハルが助言をすることになったのである。霊の導きにより財を成したウッドハルは，次になすべきは社会改革だという啓示を受け，女性の参政権問題に関わることを決意する。ウッドハル・アンド・クラフリン商会という会社を立ち上げた彼女は，ここを基盤にとして平等党を結成し，大統領に立候補する。

しかし，ウッドハルの政治運動が盛んになると，彼女は自由恋愛主義者であり，結婚制度を批判している不埒な女性であるという噂が立つようになった。ちょうどその頃一文無しになったウッドハルの元夫に手をさしのべたウッドハルが，現夫と住む家に元夫を引き取ったことがスキャンダラスに報道され，ヴァンダービルトも彼女の応援を止めてしまう。

追い込まれたウッドハルが，起死回生を図って利用しようとしたのが「ビーチャー・ティルトン・スキャンダル」である。『アンクル・トムの小屋』の著者ハリエット・ビーチャー・ストウの弟で牧師のヘンリー・ビーチャーが，友人であり自身の教会の会員でもあったジャーナリストのセオドア・ティルトンの妻エリザベスと不倫関係にあったという事件である。このビーチャーの女性関係をウッドハルは利用しようとした。ビーチャーが結婚という制度にとらわれない自由恋愛を信奉しているとみなし，結婚より愛を重んじる自分と志を同じくしている人物として，ウッドハルはビーチャーに選挙協力を求めたのであった。

しかしビーチャーは自身が自由恋愛主義者であることを否定したために，1872年11月の大統領選直前に，ウッドハルは報復の形でこのスキャンダルを自身が発行する週刊新聞に掲載してしまう。ところがビーチャーのスキャンダルが掲載されている新聞が「猥褻物（わいせつぶつ）」と認定され，ウッドハルは逮捕された。その直後に行われた大統領選では，彼女は当然のごとく落選した。ウッドハルは監獄で次のような文章を書き記していたという。「私の身体は力をなくし，頭も心も弱りながら，この手紙を書いています。私には正義がありません。公正な裁きも無く，大衆の心に訴えるためには，メディアに頼るしかありません。これは私が女だからでしょうか？」と。　（大串尚代）

コラム 2

避妊と中絶をめぐって

1973年，ロー対ウェイド事件の裁判において，妊娠した女性が中絶を選択する自由をアメリカ合衆国憲法が保護する判決が下された。この画期的な判決によってアメリカのほとんどの州にあった中絶を禁止する法が違憲となり，中絶が「それまでの『犯罪』から『権利』へと」大きな変化をとげたのである[◁1]。アメリカにおける産児制限は，いくつかの紆余曲折を経ており，いまもなお中絶賛成派（pro-choice）と中絶反対派（pro-life）をめぐる対立は，選挙の争点にもなっている。妊娠・中絶・避妊といった女性の身体に関わる問題はどのように社会的に規制されていたのか。

18世紀から19世紀初頭にかけて，初期妊娠の中絶は犯罪とは見なされていなかった。胎動が感じられるより前の期間であれば，中絶を誘発する薬草から作った薬を服用することが一般的であり，18世紀半ばまでには商売として成立していた[◁2]。1820年代から30年代にかけて，中絶薬を規制する動きがでてくるが，法をかいくぐる中絶ビジネスが横行するようになっていく。たとえばマダム・レステル（Madame Restell, 1812-78, 本名アン・トロウ・ローマン）はニューヨークで35年間中絶手術を施しており，堂々と宣伝活動も行っていた。

この当時の避妊方法としては，禁欲か膣外射精が一般的であった。植民地時代には高い出生率だったため，避妊への意識はそれほど高くなかったことが推察されるが，しかし19世紀初頭から20世紀にかけて，夫婦一組につき子供の数が７人から半減していることから，避妊への意識が19世紀の間に高まっていった可能性を指摘できる[◁3]。1830年代には医師チャールズ・ノールトン（Charles Knowlton, 1800-50）が人口増加を緩和し，貧困を解消し，さらに売春を減らすことができる方策の一つとして避妊を勧めた著書『哲学の果実——若い夫婦の手引き』を出版している。南北戦争後には性交後の膣内洗浄が一般的な避妊の方法となり，またコンドームやペッサリー（女性用避妊具）が使われるようになっていく。

一方で，民間医療に危惧を感じていたのが正規の教育をうけた医師たちであった。1857年に全米医師会が設立されると，中絶反対の運動を始めた。この背景には中絶や避妊によって中産階級のいわゆるWASP（ワスプ）の子孫が減少し，移民や有色人種の子孫が増加することを懸念する風潮もあった。1860年代から80年代にかけてほとんどの州で中絶禁止法が制定されていった。

さらに1873年には悪名高いコムストック法が制定された。これは猥褻な文書や物品の郵送を禁じる郵便法であるが，その対象は避妊具や堕胎薬およびそれらの資料を含んでおり，このために避妊に関する情報の摂取が妨げられ，妊娠出産に関する女性の自己決定が困難になっていく。当然のごとく闇医者による中絶手術で命を落とす女性も少なくはなかった。

こうした状況の中で女性への性と避妊の知識を教育し，産児制限（birth control）という言葉を生み出しだのが，マーガレット・サンガー（Margaret Sanger, 1879-1967）であった。11人の子供を産み，7度の流産を経験した自身の母親が疲弊して結核で亡くなっていることをきっかけに，サンガーはペッサリーの普及活動によって逮捕されながらも，1916年に初の産児制限クリニックを開設した。1921年には産児制限連盟を設立，翌年には日本を訪れ，加藤シズエを中心とした日本の産児制限運動に影響を与えている。（大串尚代）

▷1　荻野美穂（2001年）『中絶論争とアメリカ社会——身体をめぐる戦争』岩波書店。

▷2　Reagan, Leslie J. (1997), *When Abortion Was a Crime: Women, Medicine, and Law in the United States, 1867-1973*, U of California P.

▷3　Engelman, Peter C. (2011), *A History of the Birth Control Movement in America*, Praeger.

第四部

Twentieth Century America

20世紀

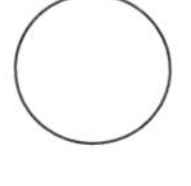

イントロダクション

20世紀はアメリカの世紀だった。

それに先立つ19世紀が大英帝国の世紀，つまりパクス・ブリタニカだったとしたら，第二次世界大戦における圧勝が戦後，アメリカを中心とする世界の相対的な平和，すなわちパクス・アメリカーナを樹立した。

もっとも，アメリカの絢爛たる資本主義文明と聞けばすぐにも思い浮かぶ，光と色とガラスに彩られた燦然たる摩天楼というイメージは，じつは1920年代ジャズ・エイジ以降のものである。第一次世界大戦以後のバブル的好景気の時代は，摩天楼や飛行機のみならず，レーダーやラジオなどの電波が交差し，さらには人々が心霊的交信すら可能だと確信するようになる宙空指向（air-mindedness）が確立し，海でも陸でもない宙空こそが新たなフロンティアと化した時代であった。ジョージ・ガーシュウィンによるクラシックとジャズの融合曲『ラプソディ・イン・ブルー』（1924年）が聴く者に独特の浮遊感を与えたことも，無縁ではない。宙空への意志がなければ人工衛星を経た衛星放送も，J. F. ケネディ大統領が叫んだ「ニュー・フロンティア構想」も，1969年のアポロ11号による月面初着陸も，以後のスペースシャトルや宇宙ステーションやインターネットすらも，決してあり得ない。

もちろん，テクノロジーの発展は，第一義的に軍事産業に応用され，国家のハードパワーを増強するだろう。けれども20世紀が興味深いのは，まさにそうした軍事力を背景に米ソ冷戦が進展した戦後から1980年代にかけての40年余，黒人やアジア系を中心とする公民権運動やフェミニズム運動がビート世代以降の対抗文化（カウンター・カルチュア）の思想に集約されるとともに，ディズニーランドからハリウッドやミュージカルなどのショービジネス，果てはミステリや SF，ファンタジーやホラーなどペーパーバックを中心にした大衆文学が発展し，国籍を問わず人々を惹きつける文化そのものの力，いわゆるソフトパワーが勃興したことである。（巽　孝之）

13　移民と階級

すっぱ抜くジャーナリズム

1 アメリカ到着

1901年，ニューヨーク市近海の船上。長旅で疲れ果てた他の乗船客たちと見上げたイタリア少年の眼差しの先には，松明をかかげた青銅色の女神像。下船後，彼も番号札を胸に付け，様々な民族衣装を身にまとった人々に交じって天井の高いホールで列を作り，疾病検査，入国審査を受ける。以上は，フランシス・フォード・コッポラ（Francis Ford Coppola，1939-）監督作『ゴッドファーザー PART Ⅱ』（1974年）冒頭の一場面だ。女神像は1886年に完成した自由の女神，入国審査を受けるのは自由の女神が立つリバティ島に隣接するエリス島[1]に建造された移民局である。これがこの時期に大西洋を渡って大挙してアメリカに押し寄せた移民たちが共有した光景，体験であった。20世紀転換期に到来したこれら移民たちは，それまでの移民と区別して新移民と呼ばれる。

2 新移民

17世紀のイギリス植民地時代，当初はイングランド系の狭義のアングロサクソンの人々が人口の高い比率を占めた[2]。しかしスコットランド系，アイルランド系，ドイツ系などもイギリス植民地に加わった。この時のアイリッシュはスコットランド系でプロテスタントのスコッチ・アイリッシュが多数を占めた。ドイツからの移民のなかにはクエーカー教徒[3]のウィリアム・ペンが創設したペンシルヴェニアに移住したものも多く，ペンシルヴェニア・ダッチと呼ばれる。そのうちのアーミッシュは，現在も文明の利器に頼らない暮らしを維持している。独立時の新大陸勢力図上で存在感を持ったフランスからの移民に目を向けると，もともとカナダのアカディア地方にいたフランス系の子孫の一部はルイジアナに流れつき，ケイジャンと呼ばれる。ニューオリンズでは，フランス文化の流れをくむ独自のクレオール文化が花開いた。フランス系移民のなかでもユグノーと呼ばれるプロテスタントの一派は，イギリス植民地の社会に溶け込んでいった[4]。イギリス植民地にはその他オランダからの移民も含まれる。その後増えた北欧からの移民もプロテスタントであった。旧イギリス植民地を核に発展していくアメリカは，ヨーロッパからの植民者，移民について言えば，少なくとも宗教的にはある程度同質な社会であった。

しかし，19世紀には状況が一変する。1840年代後半，アイルランドでジャガ

▷1　1892年から1940年代まで移民局として機能し，ヨーロッパからの移民を受け入れた。1855年より移民受け入れ施設としてマンハッタン島南端に位置するキャッスル・ガーデンが使われたが，急増する移民に対処すべく移設された。

▷2　1960年代のエスニック意識高揚を背景にWASP（ワスプ）という言葉が生まれた。White＝白人，AS＝アングロサクソン，Protestant＝プロテスタントの人々を意味する。この場合のアングロサクソンの定義はあいまいで，厳密にイングランド系にとどまらずイギリス系，あるいは主流派の白人たち全般を指しても用いられる。

▷3　キリスト教の一派フレンド会。平等主義，博愛主義の立場から奴隷制反対運動や逃亡奴隷たちを助けるネットワークで主要な役割を担うなど，アメリカ史において一定の存在感を持つ。

▷4　ヘンリー・ワズワース・ロングフェロー（Henry Wadsworth Longfellow，1807-82）の詩の題材ともなった独立戦争時の英雄，ポール・リビア（Paul Revere，1735-1818）はユグノーの家庭に生まれた。

イモが伝染病により壊滅するいわゆるジャガイモ飢饉が発生。主食を失った民衆がアイルランドを離れ，少なからぬ人々がアメリカを目指した。この時期のカトリックのアイルランド移民は都市に住み着き，スラムを形成した。

その後，1880年付近を境に一挙に増えたのが新移民たちである。大部分を占めた東欧や南欧出身者たちは，故国での貧困状態から抜け出す術としてアメリカ移住を決意した。南北戦争後のアメリカは急速に産業化，工業化が進んでおり，下層労働者となりうる新移民たちを呼び込んだ。また，とくに迫害が激しかったポーランドやロシアからは，多くのユダヤ人がアメリカに新天地を求めた。新移民は都市部でイタリア人街やユダヤ人街といったエスニック・コミュニティを形成していく。カトリック，ギリシア正教徒，ユダヤ教徒である新移民たちが，1900年から10年間ほどのピーク時には年100万人規模でアメリカに押し寄せ，アメリカは一気に多様化した。

3 移民問題と社会改革運動――ジャーナリストの活躍

工業化と都市化，急増する移民たちといった19世紀後半以降のアメリカ社会の変化と変質は，様々な問題を引き起こした。貧困問題と経済格差，労使問題，スラムの劣悪な衛生環境，人種間，民族集団間の軋轢などである。政治腐敗も蔓延した。たとえばコミュニティ意識の高いアイルランド系はアメリカでボス制度とマシーン政治[5]を作り上げ，集票とコネ登用あるいは様々な便宜図りを一体化した。そこに新移民たちが票田として巻き込まれていく。

以上の様々な社会矛盾に目を向けて改革していこうとする人々もあらわれた。この革新主義の流れにはセツルメントという慈善施設を都市に開いた女性たちの活躍なども目立ち，シカゴのジェイン・アダムズ（Jane Addams，1860-1935）がよく知られる[6]。

ジャーナリストたちも社会改革運動を牽引した。移民問題を含む社会問題を扇情的に書きたてて衆目を集めた彼らは，マックレイカー[7]と呼ばれた。自身もデンマーク移民のジェイコブ・リース（Jacob A. Riis，1849-1914）は当時まだ新しかった写真を用いたジャーナリズムを展開し，『豊かさの向こう』（1890年）などでニューヨーク市の移民スラムの過酷な状況を世に知らしめた[8]。アプトン・シンクレア（Upton Sinclair，1878-1968）は，ジャーナリスト的な取材経験を活かした小説『ジャングル』（1906年）で，シカゴの食肉加工工場で働くリトアニア移民の劣悪な生活環境を活写した[9]。現場主義の彼らの取材方法は革新主義時代[10]に強い影響力を持った。オランダ移民で『レディース・ホーム・ジャーナル』誌の名編集者だったエドワード・ボック（Edward Bok，1863-1930）による同誌掲載の論説（1904年）そして『ジャングル』が，食品と薬品の安全を規定した純正食品医薬品法の成立（1906年）に大きな役割を果たした。

（辻　秀雄）

▷5　本書の 9-2（76-77頁）を参照。

▷6　大森一輝（2014）「金ぴか時代から革新主義へ」和田光弘編著『大学で学ぶアメリカ史』ミネルヴァ書房，139-160頁。

▷7　字義的には汚物をかき集める人，転じて醜聞を暴き立てる人。

▷8　抄訳が以下に収録されている。充実した解説付き。佐々木隆（2006）「ジェイコブ・リース『豊かさの向こう』」亀井俊介・鈴木健次監修／佐々木隆・大井浩二編『史料で読むアメリカ文化史３――都市産業社会の到来　1860年代―1910年代』東京大学出版会，91-104頁。

▷9　本書の 13-コラム② （119頁）を参照。

▷10　セオドア・ローズヴェルト（Theodore Roosevelt，1858-1919）大統領からウッドロー・ウィルソン（Woodrow Wilson，1856-1924）大統領までの在職期間を含む1900-20年のおよそ20年間を指す。

おすすめ文献

綾部恒雄編（1992）『アメリカの民族――ルツボからサラダボウルへ』弘文堂。

グリーン，ナンシー／明石紀雄監修（1997）『多民族の国アメリカ――移民たちの歴史』創元社。

野村達朗（1992）『「民族」で読むアメリカ』講談社。

13　移民と階級

2 人種のるつぼからサラダボールへ ——モデル・マイノリティの出現

1 多民族社会の在り方をめぐって

言語，宗教，社会風習等において多様な背景を持つ雑多な移民たちが到来したアメリカ社会は，移民の受け入れをめぐって様々な言説を作り上げた。独立期のリーダー——建国の父祖たち——は，移民たちがイギリス系主流派に順応していくとの考えを持っていた。これは後のアメリカ社会にも根強く引き継がれる立場であるが，アングロ・コンフォーミティあるいは同化論と呼ばれる。

しかし，19世紀後半により多様な移民たちが到来すると，主流派へ容易に順応できない人々も増加した。そこで登場したのがるつぼ（melting pot）論[1]，あるいは融和論である。多様な移民たちの諸要素が主流派アメリカと融合し，一体となって新しいアメリカ人が生まれるとする理想主義的な考えである。

さらに第三のアメリカ統合の理論は文化的多元論（cultural pluralism）と呼ばれる。自らの文化伝統を捨てきらなかった新移民たちを構成員に加えたアメリカ像として提示された理念である。唱道者の一人と目されるユダヤ系の哲学者カレン（Horace Kallen，1882-1974）は，それぞれの民族集団をオーケストラの楽器に，全体のハーモニーを理想的なアメリカの在り方にたとえた。

1960年代以降，文化的多元論は異なった含意を持って復活する。カレンの言う文化的多元論とは区別して多文化主義（multiculturalism）と呼ばれることも多い。1950年代の公民権運動に触発された多様なアイデンティティの主張を反映した，それぞれの民族集団，人種間の差異をより強調する視座である。アメリカという器に異なった野菜や具材（多民族集団や多人種）が放り込まれたサラダボール[2]として社会を見るのが多文化主義であると言える。

▷1　用語としてはイギリスのユダヤ系作家イズレイル・ザングウィル（Israel Zangwill，1864-1926）の戯曲，『るつぼ』（*The Melting Pot*，1908）に由来する。

▷2　1959年に歴史家カール・デグラー（Carl Degler，1921-2014）が紹介した用語（伊藤章（2002）「移民の国アメリカ」笹田直人／堀真理子／外岡尚美編著『概説アメリカ文化史』ミネルヴァ書房，69-91頁）。

2 アジア系移民——帰化不能外国人からモデル・マイノリティへ

太平洋を渡って西海岸から入国したのがアジア系移民だ。先鞭をつけたのは中国系で，1848年のゴールドラッシュ以降，主に西部への大規模な移住が始まり，炭鉱労働や鉄道敷設に従事した。しかし，他の労働者への脅威と映ったために排撃運動の対象となり，1882年に中国人排斥法が制定される。中国人移民の入国が禁止された結果増加したのが日本人移民だったが，日本人たちにも排撃運動の矛先が向けられる。とくに日露戦争後にはアジア系を脅威とみなす黄禍論（イエロー・ペリル）が一層声高になった。1907-08年には日米政府間で紳士協定が結ばれ，日本人労働者のアメリカ移住が許可されなくなる。

移民たちへの反動はアジア系だけを対象にしたわけではない。アイルランド移民が増加した19世紀半ばにはカトリック系アイルランド人を排除すべくアメリカ党，またの名をノー・ナッシング党[3]が勢力を持った。こうした反移民の立場をネイティヴィズム（排外主義）と呼ぶ。ネイティヴィズムは新移民到来時にも高まりをみせ，第一次世界大戦の愛国主義のもと「100％アメリカニズム」が叫ばれることにもなった。

▷3 党員が組織について「何も知らない」（know nothing）と答えたことに由来するという。

こうした世論を受け，前述の中国人排斥法を皮切りに移民規制法が制定されていくが，そのうちの1921年，24年，65年の移民法は移民の流れを大きく変えた。21年の移民法は主に東南欧からの移民を標的とした。1910年の国勢調査のデータに基づき，出身国別に入国許可者数を割り当てることで，急増する東南欧からの移民を制限しようとしたのだ。24年の改正は，基準のデータを1890年時とし，さらに割当も減少させてより厳しいものとなった。この1924年の移民法は排日移民法とも呼ばれる。「帰化不能外国人の入国を禁ずる」との文言を含み，当時の用法では帰化不能外国人が日本人などのアジア系を指したからである。こうした国別，つきつめると人種差別的な割当を廃止したのがリンドン・ジョンソン政権下の65年移民法である。移民数の制限は残るが，アジア系移民にも再び門戸が開かれた。

移民規制法以前に入国したアジア系はアメリカ社会に根をおろしていく。たとえば中国系は各地にチャイナタウンを作った。ただ，第二次世界大戦中，日系移民たちは強制収容の憂き目を見る。しかし，戦後，とくに1960年代以降，アメリカ社会におけるアジア系の躍進は目覚ましく，モデル・マイノリティと目されるまでになる。

3 ヒスパニック移民

1921年，24年の移民法が西半球の移民には適応されなかったこともあり，スペイン語を話すヒスパニック移民たちが増加した。彼らは多様で，プエルトリコ系，キューバ系，メキシコ系などを含む。とくに国土を接するメキシコからの移民は20世紀に急増し，今日の不法移民問題等の様々な課題を生んでいる。

4 人種や民族集団間の境界のあいまいさ

ホワイトネス研究[4]を含む近年の人種研究は，人種や民族集団が恣意的に構築された概念であることを指摘する。たとえばアイルランド系は当初主流派白人とは異なる人種に属すと考えられ，黒人とほぼ同列に置かれることすらあったものの，人種隔離の徹底したアメリカ社会で黒人との差異化が図られ，白人としての地位を獲得していったとされる。人種や民族集団は歴史的文脈によって構築されたカテゴリーであり，その境界は揺れ動いてきたのだ[5]。（辻　秀雄）

▷4 日本語で読める代表的研究は，ローディガー，デイヴィッド・R.／小原豊志・竹中興慈・井川眞砂・落合明子訳（2006）『アメリカにおける白人意識の構築——労働者階級の形成と人種』明石書店。

▷5 中條献（2004）『歴史のなかの人種——アメリカが創り出す差異と多様性』北樹出版。

おすすめ文献

明石紀雄・飯野正子（1997）『エスニック・アメリカ——多民族国家における統合の現実』有斐閣。

五十嵐武士編（2000）『アメリカの多民族体制——「民族」の創出』東京大学出版会。

西山隆行（2016）『移民大国アメリカ』筑摩書房。

13　移民と階級

3 スポーツとエスニック・アイデンティティ

1 建国当初のアメリカとスポーツ

19世紀後半までは，「建国の父たち」であったピューリタンたちの影響も大きく[1]，ボストンなどのピューリタン文化を色濃く残す都市では，スポーツはむしろ控えめに行われていた。しかし，19世紀中葉にドイツから渡って来た移民たちの中に，ドイツ語圏で革命分子であった体操教師たちが数千名もいたこともあり[2]，彼らがアメリカで拠点としたハーヴァード大学やボストン・カレッジなどはむしろ体育文化の拠点になっていく。そんなボストンで育ったジョン・ローレンス・サリバン[3]は，プロボクシング最初の「世界ヘビー級チャンピオン」になった。1880年代，サリバンはまずはアメリカ中を戦って回り，あらゆる試合に勝つと，今度はヨーロッパに渡ってイギリスやフランスでも強豪ボクサーに勝ち続けた。サリバンが勝ち続けることによって，次第に人々が彼を「世界チャンピオン」と認めるようになったのだった。

立派なカイゼル髭を生やし，大酒飲みで，豪快な性格だったサリバンは，新聞によって大変な人気者になった。80年代は，移民の集まりであったアメリカ国民たちが「アメリカ人」というアイデンティティを獲得していく時代でもあったが，ヨーロッパ各国と比べると，アメリカには文化的伝統もなく，王室や見事な歴史的建築などがあるわけでもない。そんな中で，「イギリスやフランスでも戦って，強豪に勝ってきた“世界最強の男”」がアメリカ人であるということは，アメリカの人々にとって痛快な出来事なのであった。

2 “アメリカン・スポーツヒーロー”の系譜

ただ，丁度この頃，ボクシングの新しいルールであるクイーンズベリー・ルール[4]が普及してきた。サリバンは主に素手（ベアナックル）で戦っていたのだが，新ルールでは現在のように両手にグローブをつけて戦うのだった。サリバンはこれにうまく対応できず，敗れてしまうが，それでも，人々はアメリカに「世界最強の男」の称号をもたらしたサリバンを愛した。以降，プロボクシングの世界ヘビー級チャンピオンは「アメリカン・スポーツヒーロー」の原像として，アメリカの精神風土の中で特別な位置を占めてゆく。

20世紀に入って，テキサス州の黒人ボクサー，ジャック・ジョンソン[5]は政治的な発明をした。リンカンが1862年に奴隷解放を宣言してからまだ50年ほどの

▷1　厳格なプロテスタントであるピューリタンたちは，生活の様々な面を「神に捧げるもの」と考え，とりわけ勤労を重視した。他方で，遊戯や放恣な行為には厳しい規制をかけ，荒々しい遊びと見なされていたフットボールなどはイギリスにおいてもアメリカにおいてもしばしば禁止した。

▷2　19世紀中葉のドイツでは，学校や祭りを通して体操を広め，国民の統一と新体制の近代化を図ろうとする「トゥルネン運動」が全国的に展開された。この時の体操クラブは，現在のサッカー等のブンデスリーガの母体になっている。ただ，体操教師たちは近代化を推進する啓蒙主義者で，しばしば民主化運動家でもあったため，1848年前後には激しい弾圧を受け，数千名のドイツ人体操教師がアメリカに移住した。

▷3　John Lawrence Sullivan, 1858-1918。アイルランド系移民の両親のもとに生まれる。パブリック・スクールでは優等生で，カトリックの神父になることを期待されるが，ボストン・カレッジは中退し，まずプロ野球選手，そしてプロボクサーになる。ジェイムズ・J. コーベットに敗れて引退した後は，飲酒の害を説いて回った。

ことである。奴隷の子孫である黒人たちには，教育を受ける機会も，職業の選択もきわめて限られ，ほぼ奴隷時代と同じような労働しかなく，生活空間もひどく限定されたものであった。そんな中，ジョンソンは「ボクシングのチャンピオンになる」ことを決意したのだ。それまで，白人ボクサーと黒人ボクサーは，時折対戦することはあったが，それも例外的なものであり，ましてやヘビー級の世界チャンピオンに挑戦する黒人など，もちろんいなかった。しかし，知的で雄弁な人物でもあったジョンソンは，白人の有力者の支援も獲得し，シドニーで第6代チャンピオン，トミー・バーンズに挑戦した。

3 抵抗運動としてのプロボクシング

ジョンソンは，抜群に強いボクサーだった。バーンズとの試合が始まると，はるかに大きく，速く，力も強いジョンソンが勝つであろうことは，すぐに誰の目にも明らかになった。しかし，ジョンソンの目標は，単にチャンピオンになることだけではなく，白人たちに，「黒人も強くなれること」「金持ちになれること」「賢いこと」，なにより「黒人は怒っている」ことを見せつけることでもあった。ジョンソンはバーンズを好きなだけ打ち，彼が倒れそうになると攻撃の手を休め，むしろ助け起こした。「怒り」を表現するために，ジョンソンはできるだけ長くリング上でバーンズを殴り続けようとしたのだ。会場は険悪な雰囲気につつまれ，結局，暴動を恐れた警察による「ポリス・ストップ」でジョンソンの「勝利」が宣せられたのであった。ジョンソンは，リング外でも「黒人でもできる」ことを人々に見せつけた。白いタキシードを着て帽子をかぶり，葉巻を加え，総金歯で微笑み，白人の妻を連れ歩き，レーシングカーも購入してレースにも出場した。白人たちは彼を激しく憎悪したが，7年もの間，誰も彼を打ち倒すことはできなかった。

4 ジョンソンの“子孫”たち

1915年，年老いたジョンソンがついに白人の巨漢ウィラードに敗れた後は，1937年にジョー・ルイス◁6が2人目の黒人チャンピオンになるまでは，黒人ボクサーは一度も世界王座に挑戦することはなかった。ルイスにそれが可能だったのは，皮肉にも第二次世界大戦が近づいていたからだ。白人たちはルイスを主人公とした『黒人兵士』という映画を製作し，「君も軍隊に入って，ジョー・ルイスになろう！」というキャンペーンを張った。ルイスがライバルのドイツ人シュメリングと戦った試合は，「民主主義とナチスの代理戦争」として，空前の話題を呼んだ。1964年にチャンピオンになったやはり黒人のモハメド・アリ◁7は，ルイスの役割を拒絶し，ベトナム戦争への徴兵を拒否したため，王座も，ボクサーのライセンスも剝奪され，禁固刑に処せられたが，戦争終結後に復帰を許され，黒人市民権運動と平和運動を象徴する人物となった。　（杢川麻里生）

▷4　ジョン・グラハム・チェンバースによって起草され，クイーンズベリー侯爵ジョン・ショルト・ダグラスが保証人となって発行されたボクシング・ルール。グローブを着けた拳のみで四角いリング内で戦い，3分1ラウンド，1分休憩など，現在のルールの原型となっている。

▷5　John Arthur “Jack” Johnson，1878-1946。プロボクシング第7代世界ヘビー級チャンピオン。

▷6　Joe Louis，1914-81。元世界ヘビー級チャンピオン。戦前から戦後にかけて，世界王25度連続防衛の史上最多記録を打ち立てた。第二次世界大戦中は，世界中の米軍基地を慰問して回るのが彼の任務であった。

▷7　Muhammad Ali，1942-2016。元世界ヘビー級チャンピオン。本名カシアス・クレイ。1960年ローマ五輪L・ヘビー級で金メダルを獲得後プロ入り。64年リストンをKOして初王座，74年フォアマンをKOして2度目の王座。78年スピンクスに判定勝ちで3度の王座を獲得した。

おすすめ文献

Ward, Geoffrey C. (2010), *Unforgivable Blackness: The Rise and Fall of Jack Johnson*, Vintage.

ミード，Ch.／佐藤恵一訳（1988）『チャンピオン――ジョー・ルイスの生涯』ベースボールマガジン社。

ハウザー，Th.／小林勇次訳（2005）『モハメド・アリ――その生と時代』岩波書店。

コラム 1

ミスター・ドゥーリーの新聞コラム

粗野で酒飲み，けんかっ早い上に偏狭なカトリック。腹をすかせて命からがらアメリカにたどり着いたアイリッシュについてまわったステレオタイプだ。しかし，アイルランド移民は比較的容易にアメリカ社会に溶け込んでいく。新移民とは異なり，英語母語話者であったのが有利に働いたともいわれる。

そんなアイルランド系のアメリカ社会への参入を象徴するような人物が，ミスター・ドゥーリー（Mr. Dooley; Martin J. Dooley）である。といってもドゥーリーは実在の人物ではなく，アイルランド系のジャーナリスト，フィンリー・ピーター・ダン（Finley Peter Dunne, 1867-1936）が新聞連載コラムのなかで創り上げげた機知に富んだ酒場のおやじ「キャラクター」である。

アイルランド移民の両親のもとシカゴのアイリッシュ・コミュニティに生まれ育ったダンは，高校卒業後新聞社に就職する。使い走りのような仕事から始めて記者の経験を積み，新聞社を転々としながら編集者としても頭角をあらわしていった。

1892年，彼は『シカゴ・ポスト』紙でコラム執筆を担当することとなる。一計を案じたダンはマクニーリー大佐（McNeery）なるアバターを創出した。モデルとしたのはダンらがひいきにしたバーの主人，ジェイムズ・マクガリー（McGarry）であった。マクニーリーの口を借りて風刺的な時事批評を展開したコラムは，またたく間に人気を博した。架空の酒場のおやじに成りすまして不正を批判すれば，名誉棄損で訴えられることもない。しかし，モデルであることが一目瞭然のマクガリーにとっては看過できないほどの評判となってしまい，次なるキャラ，ドゥーリーが誕生する。彼の紙面初登場は1893年10月７日のことであった。

マクニーリー同様，ドゥーリーはシカゴのアイルランド街の酒場の主人という設定であるが，ドゥーリーの酒場はより大衆向けのものへと変更された。馴染みの客たちを相手にドゥーリーが持論を展開するという体裁のコラムは，アイルランド訛の強い軽妙洒脱な語り口と的を射た風刺を売り物とした。

米西戦争（1898年）を風刺してドゥーリーの人気を全国区に押し上げたコラムでもそれは顕著だ。ドゥーリーは海軍大将ジョージ・デューイをいとこのジョージと呼ぶが，それに疑義を表した馴染み客に対して言い放つ。「Deweyだろうが Dooleyだろうが似たようなもんさ。アルファベットをちょいと足したり引いたりするのはよくあるだろ。おらっちには同じ戦う男の血が流れているんだ……」といった調子だ。しかし，同時に彼は米西戦争を「壮麗に見えるちっぽけな戦争」と呼び，アメリカの帝国主義的な強欲を批判する。相手のふところにすっと入り込んでチクリと刺すその風刺が，ドゥーリー・シリーズの真骨頂とされる。

ダンは，ドゥーリーの特徴的なアイルランド訛をつづりを変化させる表記によって表現したが，それだけではなく，巧みな言い回しや間の取り方，リズム感といった様々な要素があってのドゥーリーの語りなのだ。

一紙のみならず全国的に複数の新聞に配信されることとなったダンのコラムは，ドゥーリーの名前をアメリカ全土に轟かせた。アイルランド訛がアメリカ国民に受け入れられ，そして愛されようになったきっかけの一つをドゥーリーが作ったとも言えるかもしれない。

（辻　秀雄）

ドゥーリーを比較的詳しく紹介した日本語文献：宇沢美子（2008）『ハシムラ東郷——イエローフェイスのアメリカ異人伝』東京大学出版会。アイルランド系の英語がおよぼした影響については，藤井健三（2004）『アメリカ英語とアイリシズム』中央大学出版部。

コラム2

『ジャングル』

アプトン・シンクレア（Upton Sinclair, 1878-1968）の代表作『ジャングル』（1906年）は，印象的な祝宴の場面で幕を開ける。参加しているのは馴染みのない綴りの名前を持った人々だ。リトアニア語が通じない相手にポーランド語で話しかけるというあたりから，いったいどこの国を舞台にした物語なのかといぶかしく思うむきもあるかもしれない。ほどなく，場所はシカゴのストックヤード（食肉加工工場街）周辺，人々は故国の流儀に従った結婚披露宴（ヴェセリア）に集ったリトアニア移民たちであることが告げられる。

本小説の主人公は新郎，ユルギス・ルドクス（Jurgis Rudkus）。自由と立身出世の国とのうわさを聞き，故郷リトアニアでの貧しい暮らしから抜け出そうと一家でアメリカへ移住してきたばかりの青年だ。ともに移住した愛する女性との結婚を新天地で済ませ，彼の目の前には前途洋々たる未来が広がっているかに見えたのもつかの間，一家は悲惨な転落の一途をたどる。

本書の特徴の一つ，細部にわたるリアルな描写は作品冒頭の結婚披露宴の場面から顕著だが，東欧出身の新移民一家の足取りについても同様だ。渡米に際しては役人と結託した業者に金をだまし取られる，家購入ではボロ屋をつかまされた上，悪条件のローン契約を結ばされる，劣悪な住環境から家族が結核にかかって亡くなる，仕事中の怪我が原因でユルギスがストックヤードでの職を失い，一家は没落の負のスパイラルに陥るといった悲劇が，微に入り細をうがって描写される。『ジャングル』のこうした件は，環境に影響されるがままの人間を描く自然主義文学の好例である。

リトアニア移民の一家族の物語という微視的な側面にとどまらず，より大きな移民史という観点においても本書から学ぶ事柄は多い。たとえば，第6章ではストックヤードにおける労働者たちの入れ替わりというかたちでアメリカの移民史が再演される。最初は技術をもったドイツ系が開業のために連れてこられる。その後，安い賃金で働く労働者が雇われドイツ系はこの職を後にする。続いてアイルランド系が食肉加工労働を独占するも，さらなる賃金カットに際して職を離れ，しかし地域に根付いて組合や警察の仕事を独占し，あるいは不正利益を集めている。ボヘミア人，ポーランド人，そしてリトアニア人と入れ替わり，今はスロヴァキア人が増えてきているという。

到来の時期が前後する移民間の軋轢，搾取関係も描かれる。とくにアイリッシュによる新移民の搾取は甚だしい。悪役として登場する，ユルギスの妻の職場の監督はアイリッシュだし，新移民の票を集めるマシーン政治を牛耳っているのもアイルランド系だ。

さて，様々な題材が盛り込まれた本書がおそらく最も強い影響力を持ったのは，食肉加工工場の不潔さの告発としてだろう。その最悪の衛生状態は常軌を逸し，自身の潜入取材に基づく作家得意のリアルな描写もあって，時の大統領セオドア・ローズヴェルトを動かし，食品製造，加工にかかわる法律が制定された。本書出版の数カ月後の1906年6月に成立した，食肉検査法と純正食品医薬品法である。

このように小説を通して社会を改革していこうとするのが，シンクレアの作家人生を貫く信念であった。『ジャングル』の後半部が描くユルギスの社会主義への傾倒にもそれがよくあらわれる。本書のもう一つの顔であるプロパガンダ小説としての側面は，一般的には同書前半の自然主義的な優れた筆致を曇らせるものと評価されてきた。その判断は読者に委ねられるものの，『ジャングル』がおもしろい小説であることには変わりはない（松柏社のアメリカ古典大衆小説コレクションに収められて，大井浩二訳で読める）。

（辻　秀雄）

14　モダニズムとハーレム・ルネサンス

 俳句とモダニズム

 ジャポニズムと俳句の初期受容

西洋における俳句（発句[1]）の歴史は，ジャポニズムと呼ばれる日本ブームの一環として始まった。1854年に200年以上も続いた鎖国が終わると日本の美術品・工芸品が欧米に大量に輸出されるようになり，日本への関心が高まったが，1862年の第二回ロンドン万国博覧会，それに続くパリ，ウィーン，シカゴでの万博における展示が日本人気をさらに過熱させた。ジャポニズムは19世紀末から20世紀初になるとイギリスのギルバート＆サリバンによるオペレッタ『ミカド』（1885年）やアメリカのロングによる短編小説『蝶々夫人』（1898年[2]）を生み出す一方で，モネ，ドガ，ゴッホら印象派・後期印象派の美術，その他にも工芸，彫刻，建築，装飾など広範に西洋の芸術・文化に影響を与えた。この頃，日本に長期滞在したアストン[3]，チェンバレン[4]，ハーン[5]らが俳句を翻訳し，ごく短い解説とともに英米の読者に初めて紹介したのである。ただし，これら初期の翻訳者たちは，程度の差こそあれ，俳句を西洋文学に劣るものと評価していた。英米に渡り精力的に活動していたノグチ[6]は，このような過小評価を憂慮し，率先して英語俳句を詠むだけでなく，アメリカの詩人たちにも「どうか日本の俳句に挑戦してみて欲しい」と切実に訴えかけている。ところが，ノグチの呼びかけに応えたのはアメリカ人ではなく，フランスの精神科医・宗教学者クーシュー[7]であった。訪日経験をもとに彼が出版した詩集『水の流れのままに』（*Au fil de l'eau*）（1905年）をもって西洋人によるオリジナル俳句の嚆矢とする。

2 モダニズムのアジア――パウンドとイマジズムを中心に

これら世紀転換期の初期翻訳，解説，創作は西洋における俳句の認知・理解に一定の役割を果たしたが，俳句が欧米のみならず世界各地の詩の伝統に広く，そして深く影響を与えるようになったという観点からすると，パウンド[8]らイマジストが1910年代におこなった大胆な翻案の方がより重要である。ビッグデータを使った最新の研究によれば，俳句は1910年代半ばの英米において日本語学習者やごく少数の好事家の間で熱心に受容されていたが，1920年になる頃には爆発的な広がりをみせていた。この俳句ブームの立役者こそが，イマジズムであった。「新しくせよ（メイク・イット・ニュー）」というモダニズム運動全体を貫くスローガンでも知られるパウンドは，南北戦争後のアメリカに生まれ，1908年に渡欧する以前から

▷1　発句は，室町時代以降に複数の歌人によって吟じられた連歌の最初の句（韻律は５，７，５）であり，江戸時代に松尾芭蕉がその芸術性を単独でも評価されるまでに昇華させたことで知られる。発句と同じ韻律ながら，正岡子規がそれをモデルに「写生」を強調し，明治時代に発案したジャンルが俳句である。このように両者は厳密に言えば異なっているが，（西洋だけでなく，日本でも）俳句という名称がそれ以前の発句にも事後的に適用され，現在ではほぼ同義で扱われていることを踏まえ，また冗長さを避けるために，本項では両者を「俳句」で統一する。

▷2　同作品は，1900年にベラスコが戯曲化し，さらに1904年にプッチーニがオペラ化して話題を呼んだ。

▷3　ウィリアム・ジョージ・アストン（William George Aston，1841-1911）。

▷4　バジル・ホール・チェンバレン（Basil Hall Chamberlain，1850-1935）。

▷5　ラフカディオ・ハーン（Lafcadio Hearn，1850-1904；日本名は小泉八雲）。

▷6　ヨネ・ノグチ（野口米次郎，1875-1947）。

古代ローマ，ギリシア，中世プロヴァンスの吟遊詩人の詩に加えて，東洋の古典にも関心を示していた。1909年にロンドンでヒューム[9]やフリント[10]らの「イメージ学派」の勉強会に参加し始めると，漢詩，俳句，短歌に深く傾倒し始め，この時期に大英博物館の木版画展示室にも通いつめ，学芸員で詩人でもあったビンヨン[11]から同博物館に収蔵されたばかりの浮世絵についてレクチャーも受けている。このようにアジアの文学や美術の影響下でパウンドはモダニズムの旗振り役であった『ポエトリー』誌上において「地下鉄の駅」（“In the Station of the Metro”）という２行詩を1913年に発表することになる。

The apparition of these faces in the crowd; / Petals on a wet, black bough.
雑踏に浮かびでたこのいくつかの顔
濡れた黒い大枝にへばりついた花びら（沢崎順之助訳）

この自由詩は瞬く間にイマジズムの代名詞となった。パウンドら英米のイマジストたちは，先行するロマン派に多用された装飾的で，慣習的な詩的表現を拒絶し，ギリシアの古典や東洋の文字・詩・美術に着想をえた「直接的」で「無駄のない」独自のスタイルで，詩的技法や認識論の刷新を試みたのである。

3 グローバル時代における「モダニズムのアジア」研究

アジアの文化から刺激を受け，大西洋の両岸をまたいで展開したイマジストたちの運動は1917年までに終息したが，その影響は今でも世界中で続いている。彼らが俳句，短歌，漢詩や漢字文化から学び，モダンな新しい詩に求めた「簡潔さ」や「暗示力」は，アジアの詩的伝統の知名度を一躍上昇させる一方で，やがてアメリカ詩の伝統を代表することになるスティーヴンズ[12]，オルソン[13]，ケルアック[14]，ギンズバーグ[15]，スナイダー[16]にも大きなインパクトを与えた。それにもかかわらず，イマジストの独創的な試み，そして広く「モダニズムにおけるアジア」の意義は未だに十分に解明しつくされたとは言い切れない。たとえば，近年の研究ではパウンドと前述のノグチや西脇順三郎（1894-1982）との関係やパウンドが1913年に整理・編集を委託されたフェノロサ[17]の漢詩や能に関する遺稿の文化史的意義に再び注目が集まっている。また，モダニズムの詩学が電信技術や映画などのテクノロジーの登場（それらが生み出した興奮と混乱）とも密接な関わりがあったという議論も登場しており，これからの発展が楽しみな研究分野である。

（有光道生）

▷7　ポール・ルイ・クーシュー（Paul-Louis Couchoud, 1879-1959）。

▷8　エズラ・パウンド（Ezra Pound, 1885-1972）。

▷9　T.E. ヒューム（T. E. Hulme, 1883-1917）。

▷10　F.S. フリント（F. S. Flint, 1885-1960）。

▷11　ローレンス・ビンヨン（Laurence Binyon, 1869-1943）。

▷12　ウォレス・スティーヴンズ（Wallace Stevens, 1879-1955）。

▷13　チャールズ・オルソン（Charles Olson, 1910-70）。

▷14　ジャック・ケルアック（Jack Kerouac, 1922-69）。

▷15　アレン・ギンズバーグ（Allen Ginsberg, 1926-97）。

▷16　ゲーリー・スナイダー（Gary Snyder, 1930-）。

▷17　アーネスト・フェノロサ（Ernest Francisco Fenollosa, 1853-1908）。

おすすめ文献

児玉実英（1995）『アメリカのジャポニズム——美術・工芸を超えた日本志向』中公新書。

土岐恒二・児玉実英監修（2005）『記憶の宿る場所——エズラ・パウンドと20世紀の詩』思潮社。

Johnson, J. (2011), *Haiku Poetics in Twentieth Century Avant-Garde Poetry*, Lanham, MD: Lexington Books.

2 キャバレー，ダンス，音楽（ハーレム身体文化）

1 「新しい黒人」をめぐる「上品さの政治的な演出」

19世紀末に登場した「新しい黒人（ニュー・ニグロ）」は，白人に従順な奴隷という旧来のステレオタイプを否定し，都会で近代的な生活をしながら，自由，平等や幸福の追求のために自己主張を行った。ハーレム・ルネサンス（ニュー・ニグロ・ルネサンス）◁1は，そのような新しいアフリカ系の人々がみずからの歴史と文化の意義を定義し直すことで，彼ら・彼女らの尊厳をアメリカ国内の白人に認知させる，いわばイメージアップ・キャンペーンとして展開した。同時に，このアフリカ系アメリカ人主導の文芸・芸術運動は世界における黒人全体の地位も向上させるという意思の表れでもあった。その仕掛け人であった哲学者アレン・ロック（Alain Locke, 1885-1954）は黒人中産階級のエリートに属しており，ハーヴァード大学，オックスフォード大学，ベルリン大学などで高等教育を受け，「才能のある10パーセント（タレンティッド・テンス）」◁2であることを自負していた。文化多元主義（カルチャラル・プルラリズム）◁3の考案者でもあったロックは，無批判に白人に迎合するような単純な同化主義者ではなかったが，ヴィクトリア朝時代の白人文化が規定した「高尚さ」を尊び，「通俗・低俗性」を嫌悪していたため，黒人の地位向上のためには「上品さの政治的な演出（ポリティクス・オブ・レスペクタビリティー）」を実践する「新しい黒人」の文学，美術，音楽，舞台作品が必要であると考えていた。ロックら当時の黒人知識人の多くは，白人社会が規定する「上品さ」を戦略的に真似ることで，黒人が（その対極として生み出された）ステレオタイプに抵抗することができると考えたのである。

2 「新しい黒人」文化の多様性——ジャズ・エイジ，大衆文化，ニュー・メディア

このようなロックのエリート主義は，当時人気のあった黒人音楽や大流行したチャールストン◁4と呼ばれる社交ダンスを「低俗な」大衆文化（ポピュラー・カルチャー）もしくはサブカルチャーとして無視，あるいは過小評価することになった。それにもかかわらず，ブルース歌手，ジャズ・ミュージシャンやダンサーたちは，「上品さ」とは別の形で「新しい黒人らしさ」を模索し，絶大な人気を博するようになっていた。1920年代が「ジャズ・エイジ」として知られていることからもわかる通り，この時代にデューク・エリントン（Duke Ellington, 1899-1974）は，ビッグバンドを率いてナイトクラブやラジオ放送で一世を風靡し，ルイ・アームス

▷1　近年では「新しい黒人（ニュー・ニグロ）」たちによる文芸・芸術運動をのちに付けられた「ハーレム・ルネサンス」という呼称ではなく，当時実際に使われていた「新しい黒人（ニュー・ニグロ）のルネサンス」もしくは「新しい黒人（ニュー・ニグロ）運動（・ムーブメント）」と呼ぶことが増えている。

▷2　この言葉は北部の白人慈善家たちによって生み出され，ロックと並ぶ知識人で公民権運動家でもあったデュボイス（W. E. B. Du Bois, 1868-1963）によって広められた。彼は高等教育を受けた黒人のエリートが，残りの90パーセントを「引き上げる（アップリフト）」努力をするよう呼びかけた。

▷3　多文化主義（マルティカルチャラリズム）に先行する考え方で，多様な人種・文化が共存可能であり，各グループがそれぞれ独自の仕方で社会に貢献できるというもの。ユダヤ系アメリカ人の学者カレン（Horace Kallen, 1882-1974）とロックがオックスフォード留学時代に重ねた対話の中で考案したとされる。

▷4　アフリカ系文化に起源を持つダンス。1923年にブロードウェイで上演されたレヴュー『ラニン・ワイルド』（*Runnin' Wild*）がきっかけとなり人気が爆発し，社交ダンスとして人種

トロング（Louis Armstrong, 1901-71）もトランペットのソロのみならず独特のスタイルで唄い，ライブやレコードを通して聴衆を魅了した。また，ベッシー・スミス（Bessie Smith, 1894-1937）は「ブルースの女帝」として君臨し，エセル・ウォーターズ（Ethel Waters, 1896-1977）もジャズやブルースのヴォーカリストとしてヒットを連発，のちに映画でも活躍した。その他にも大勢の黒人エンターテイナーが，都市における近代的な生活を始めたばかりの「新しい黒人」の文化を豊かで多様なものにしていた。禁酒法の時代でもあった20年代，彼ら，彼女らの活躍の舞台は，コットン・クラブのような白人専用のキャバレーを初め，違法酒場（スピーク・イージー），レント・パーティー◁5，ダンスホール，大衆劇場まで様々であった。また，すでに触れたように，レコード，ラジオや映画などの新しいメディアの登場もアフリカ系の音楽やダンスの発展にとって重要な役割を果たした。

3 もうーつのルネサンス
――「上品さ」からの解放，逸脱の文学，美術，映画

近年のニュー・ニグロ・ルネサンス研究は，当時の作家や芸術家の中に，ロックのような「上品な」エリートたちからは蔑まれた大衆文化やサブカルチャーと密接な関わりを持った者が少なからずいたことに再注目している。若手の代表格でもあったラングストン・ヒューズ（Langston Hughes, 1902-67）は，ブルースやジャズからテーマと形式の両面で深く影響を受けた詩（代表作に1926年の『物憂いブルース』（*Weary Blues*））を書くのみならず，1940年に出版した自伝においては，ルネサンスの狼煙を上げたのは「高尚な」文学テクストではなく，ブロードウェイのミュージカル喜劇『シャッフル・アロング』（*Shuffle Along*, 1921）やすでに言及したチャールストンの大流行であったと回想している◁6。ロックの喧伝した「新しい黒人のルネサンス」とは対照的に，ヒューズが喚起したもう一つのルネサンスは，前者のエリート主義を批判し，そのイメージが隠蔽した多様な「黒人らしさ」に光を当てたのである。ヒューズ同様，「上品さ」とは対極にある創作現場を描いた小説や短編には，ブルース・ニュージェントの「煙，百合と翡翠」（1926年），ウォレス・サーマンの『肌の色が黒ければ黒いほど』（1929年）や『春の子供たち』（1932年）などが挙げられる。また，クロード・マッケイ（Claude McKay, 1889-1948）の小説，詩，自伝も当時のナイトライフ（酒，セックス，ダンス）を克明に記述しており，現在再評価が進行中である。絵画においては，アーロン・ダグラス，アーチボールド・モトレー，（アフリカ系ではないが）ミゲル・コヴァルビアスなど，映画ではオスカー・ミショーが狭義の「上品さ」に束縛されない「新しい黒人」の姿を生き生きと描いている。

（有光道生）

の壁や国境を越えて大流行した。フラッパーと呼ばれる新時代の価値観を体現した白人女性が好んで踊ったことでも有名だが，パリにおいては1925年にジョゼフィーン・ベイカー（Josephine Baker, 1906-75）がこの踊りを組み込んだ『ラ・レヴュー・ネグレ』（*La Revue Nègre*）で一大センセーションを巻き起こした。

▷5 当時のハーレムでは，個人が自宅を開放してパーティーを催し，酒や音楽で客をもてなす代わりに入場料を徴収し，家賃（レント）の足しにすることが日常的にあった。

▷6 ハーレム・ルネサンスの起源については諸説あるが，『シャッフル・アロング』以外にも，マッケイのソネット「もし我々が死なねばならぬなら」（1919年）やロックが編集したアンソロジー『新しいニグロ』（1925年），『オポチュニティ』誌がシヴィック・クラブで主催し，黒人作家と白人編集者や大手の出版社が出会うきっかけとなった晩餐会などが挙げられる。

おすすめ文献

Sherrard-Johnson, C. ed. (2015), *A Companion to the Harlem Renaissance*. Malden, MA: Wiley-Blackwell.

Vogel, S. (2009), *The Scene of Harlem Cabaret: Race, Sexuality, Performance*, Chicago: University of Chicago Press.

Wall, C. A. (2016), *The Harlem Renaissance: A Very Short Introduction*, New York: Oxford University Press.

3 ハーレムを越えた「新しい黒人（ニュー・ニグロ）」のトランスナショナリズム

1 「新しい黒人（ニュー・ニグロ）のルネサンス」とカリブ出身の黒い革命家たち

前項でも触れたように，ハーレム・ルネサンスは1920年代当時「新しい黒人（ニュー・ニグロ）のルネサンス」として知られていた。地理を特定しないこの名称は新しい黒人（ニュー・ニグロ）たちが頻繁に移動し，ニューヨークのハーレム[1]に限らずワシントンDCやシカゴ，さらには国境を越えてカリブ諸島，中南米，ヨーロッパやアフリカでも芸術文化の創造や政治運動に関わっていたことを的確に言い当てている。たとえば，ワシントンDCでは詩人ジョージア・ダグラス・ジョンソン（Georgia Douglas Johnson，1880-1966）が毎週土曜日に自宅でサロンを開いており，前述のロックなどルネサンスを牽引した近郊在住の作家や知識人に加えて，遠方からの参加者も多かった。同様に，パリでは米国，カリブやアフリカから学生，労働者，活動家，芸術家がネルダル姉妹[2]らの主催したサロンや無数の政治結社を通して出会い，世界に離散したアフリカ系（ブラック・ディアスポラ）が国籍，文化，言語の差異を超えて相互理解することを試みていた。また，1910-20年代にカリブからハーレムに渡った新移民に注目すると，1925年にロックが『新しい黒人』によって喧伝したイメージとは大きく異なる急進的な政治思想を持つ活動家が続出していたことがわかる。その代表が，黒人の自立を訴え，アフリカ帰還運動の主導者となったジャマイカ出身のマーカス・ガーヴェイ[3]（Marcus Garvey，1887-1940）である。彼は，ロックやデュボイス[4]らアメリカ生まれの黒人エリートからは嘲笑されながらも，労働者階級から絶大な支持を得た。また，ガーヴェイが尊敬したデンマーク領セント・クロイ島（現・アメリカ領ヴァージン諸島）生まれのヒューバード・ハリスン（Hubert Harrison，1886-1927）も，中産階級の黒人を主体とし法廷闘争を通した漸次的改革を求める全米有色人種地位向上協会（NAACP）に対抗して1917年に自由連盟（リバティー・リーグ）を立ち上げた。ハリスンはハーレムで辻説法を行い「黒人のソクラテス」とも呼ばれたが，社会主義，反帝国主義，自己武装の立場をとり，より戦闘的な「新しい黒人」の先駆けとなった。彼の急進的な思想は同じカリブ出身のシリル・ブリッグス（Cyril V. Briggs，1888-1966）やリチャード・ムーア（Richard B. Moore，1893-1978）ら「黒い共産主義者（ブラック・ボルシェヴィキ）」[5]にも引き継がれた。

▷1　マンハッタンの北東に位置し，アフリカ系の「パラダイス」「メッカ」「首都」「避難場所」として長らく親しまれてきたが，ハーレムは20世紀初頭まで黒人街ではなかった。1910年の統計によると，当時のマンハッタンには6万ほどの黒人が居住しており，そのうちハーレム中心街にはおよそ1万8000人しかおらず，同地区におけるアフリカ系の人種比率は10パーセント未満にすぎなかった。だが，1920年にはこの比率は約32パーセント（約7万人）にまで急上昇し，30年までには70パーセント（約15万人）に到達した。また，1930年当時，外国生まれの黒人（その大部分はカリブ海域出身）は約4万人であり，ルネサンス期のハーレムの黒人人口の約4人に1人が新移民であったことになる。

▷2　カリブ海に浮かぶマルティニーク出身のポーレット（Paulette Nardal，1896-1985）とジェーン（Jane Nardal，1900-93）姉妹は，アメリカ黒人のテクストを翻訳しフランス語圏に紹介する一方で，サロンを通して30年代に勃興したネグリチュードの思想的基盤を造ることに貢献した。

▷3　カリブの島々を転々としながら労働運動に関わり，1912年からロンドンで

2 世界を旅した新しい黒人(ニュー・ニグロ)たち

新しい黒人(ニュー・ニグロ)たちにとって，第一次世界大戦（1914-19年）参戦などを契機としたアメリカ外での体験，とくに渡欧経験は，人種問題を客観的・相対的に理解し，批判する絶好の機会を提供した。たとえば，クロード・マッケイ（Claude McKay，1889-1948）は，ルネサンスの口火を切ったとされる詩「もし我々が死なねばならぬなら」（1919年）において，復員したアフリカ系アメリカ人兵たちが故郷で体験した差別への不満と怒りを表現し共感を呼んだ。さらに，もともとジャマイカ出身の彼は，1920年代の大半をアメリカではなく，イギリス，ソ連，フランス，モロッコなどで過ごしながら執筆を続けた。また，前項で触れたとおり，1925年に渡仏し「ブロンズのヴィーナス」と呼ばれたジョゼフィーン・ベイカー（Josephine Baker，1906-75）は，当時アメリカで人気のあったチャールストンを踊り，バナナを模したスカートだけを身につけて裸同然でおこなったパフォーマンス（通称バナナ・ダンス）によって，瞬く間にアフリカ系初の世界的な大スターとなった。「ブラック・フェミニズムの創始者」の一人として知られる教育者・社会学者のアンナ・ジュリア・クーパー（Anna Julia Copper，1858-1964）も大西洋をまたいで活躍した「新しい黒人」の一人であった。彼女はワシントン D.C. の高校や大学で教鞭をとりつつ，1900年にロンドンで開催された第一回パン・アフリカ会議で「アメリカの黒人問題」と題した発表を行い，1924年には65歳にして大西洋奴隷貿易に関する論文を書き上げ，パリ大学から博士号を取得している。同様に，ルネサンスの若手の代表格だったラングストン・ヒューズ[◁6]（Langston Hughes，1902-67）も，欧州はもちろんのこと，中南米，カリブ，北アフリカ，ソ連領の中央アジア，そして，上海や日本にまで足を伸ばし見聞を広げた。また，20世紀の最も重要な思想家・人権活動家の一人として再評価の高まっているデュボイスの活動も決してアメリカ国内に留まることはなかった。彼は1892年から２年間ベルリン大学の博士課程に留学していたが，それ以後も何度となく大西洋を往復しており，前述のロンドンでのパン・アフリカ会議にも出席し，「20世紀最大の問題は人種問題である[◁7]」という予言をしたことはよく知られている。この会議でデュボイスはアフリカ内外における人種差別の撤廃，黒人の自治拡大，教育機会の保証，経済的搾取への抵抗などを訴えた。日本や中国を訪問したこともあるデュボイスとアジアの関係にも今注目が集まっている。

ハーレムが特別な場所であったことはもちろん否定できないが，新しい黒人(ニュー・ニグロ)たちの思想の幅や行動の広さを正確に認識するためには，本項で見たように「ルネサンス」を地理的に限定しないことが不可欠なのである。

（有光道生）

２年間の学生生活を過ごすと，1914年にジャマイカに戻り「万国黒人地位改善協会（通称 UNIA）」を創設した。その名称からも明らかな通り，同連盟は既存の国境に縛られないパン・アフリカ主義的なブラック・ナショナリズムを唱えた。

▷4　デュボイス自身はアメリカ生まれだったが，彼の父親もハイチ出身である。

▷5　詳細については，Haywood, H. (1978), *Black Bolshevik: Autobiography of an Afro-American Communist*, Liberator Press.

▷6　スペイン語にも長けていたヒューズは，キューバの国民的な詩人ギリェン（Nicolás Guillén，1902-89）やスペインのロルカ（Federico García Lorca，1898-1936）とも深いつながりを持っていた。

▷7　Du Bois, W. E. B. (1995), "To the Nations of the World," David Levering Lewis, Henry Holt eds., *W. E. B. Du Bois: A Reader*, p. 639.

おすすめ文献

竹谷悦子（2015）「アフリカ系アメリカ文学の地理的想像力――モンロー・ドクトリンの終焉」『アメリカ研究』49，99-117頁。

竹本友子（2003）「第一次世界大戦後の合衆国黒人運動におけるカリブ移民の役割」『早稲田大学大学院文学研究科紀要』49.4，45-57頁。

Edwards, B. H. (2003), *The Practice of Diaspora: Literature, Translation, and the Rise of Black Internationalism*, Cambridge, MA: Harvard University Press.

コラム 1

キング牧師をめぐる記憶と忘却

2011年８月，首都ワシントン DC の国立公園内に公民権運動の英雄マーティン・ルーサー・キング牧師の記念碑が完成し，一般公開された（図１）。全体のデザインは，1963年のワシントン大行進の際の伝説的な演説「私には夢がある」の一節「われわれは，絶望の山から希望の石を切り出すことができる」から着想をえている。国際コンペの結果，この像の制作を任されたのは，アメリカ国籍を持たず，在米でもない中国人彫刻家レイ・イーシン（Lei Yixin, 1954-）であった。デザインのみならず，使用された石の一部が「中国製」であったことにアメリカ国民から異論の声も上がったが，キングの遺族はアーティストの国籍や人種とは関係なく最も相応しいデザインを選んだとコメントした。安易なナショナリズムや人種主義を拒否する遺族の姿勢は「人を肌の色ではなく人格で判断する」社会の到来を夢見たキングの教えを想起させる。

公民権運動の夢を文字どおり体現したアフリカ系初の大統領バラク・オバマは，この記念碑のオープニング式典で，キングが白人のみならず，時として黒人からの批判にも晒されていた事実に触れた。この公民権運動の闘士は非暴力，不服従の直接行動をとおして人種差別撤廃運動を先導するだけでなく，当時の世論に抗いヴェトナム戦争にも公然と反対していたからだ。また，人種差別撤廃を最優先させるべきだという少なからぬ黒人たちの声をあえて無視して，労働運動にもコミットしていた。[◁1] 暗殺による悲劇的な最期が端的に示すように，キングは誰もが異口同音に賞賛するような英雄では決してなかったのである。そのことを十分理解していたオバマは，この演説でキングの遺志を引き継ぎ，さらなる社会変革を起こすことがいかに根気のいる難しい作業であるかをアメリカ国民に改めて示した。

図１　ワシントン DC のキング・メモリアル
（出所：筆者撮影。）

記念碑が完成する以前から，キングの誕生日（１月15日）に近い１月の第３月曜日が連邦政府の祝日として毎年盛大に祝われている。それにもかかわらず，オバマが懸念したように記憶は徐々に忘却され，彼の功績は漠然としたイメージに取って代わられ始めていることもまた事実だ。[◁2] ご都合主義の美化と忘却の典型例は，ドナルド・トランプ（Donald J. Trump, 1946-）大統領によるキング礼賛であろう。2016年の１月中旬，キング記念日に際して大統領就任を間近に控えたトランプは，「キングの体現したすべての素晴らしいことを讃えよう」とツイッター上で呼び掛けた。だが，差別と偏見を助長する言動を繰り返し，意見が合わない相手に罵詈雑言を浴びせかけ，その数日前にも公民権運動でキングの同志でもあったジョン・ルイス下院議員に対し「口先だけで，行動と結果が伴わない」と暴言を吐いた人物を，キングが生きていたならどのように評価したかは想像に難くない。現大統領が前任者のようにキングの業績を真に讃えたいのであれば（この点に関しても大いに疑問があるが），まずは彼の掲げた政治目標を一から勉強しなおすことから始めねばなるまい。

（有光道生）

▷１　キングが銃弾に倒れたのは，「貧者のキャンペーン」と題した活動の一環でゴミ清掃組合のストライキを応援しにメンフィスを訪問している最中であった。

▷２　1986年にキングを讃える記念日を制定したのはロナルド・レーガン大統領（当時）だったが，皮肉なことに彼は1964年の公民権法や1965年の投票権法にすら反対していた。さらに，この祝日が全米50州で一様に祝われるようになったのは2000年以降だという事実も，すべての政治家・国民がすんなりとキングの功績を受け入れてきたわけではなかったことの証左であろう。

コラム 2

マルコムX――変身し続けるセルフ・メイド・マンの物語

1992年公開のスパイク・リー監督による長編伝記映画の大ヒットとともに，アメリカ国内のみならず日本の若者の間でもマルコムX（1925-65）ブームが巻き起こったが，いま再び彼の人生に注目が集まっている。[1] そのきっかけとなったのはコロンビア大学教授マニング・マラブルによる評伝『マルコムX――変身を続けた男の一生』[2] だ。出版直前にマラブルが急死したこと，そして翌年ピューリッツァー賞を受賞したことも話題になったこの著作は，1965年に作家アレックス・ヘイリーの協力を得て書かれたマルコムの自伝には含まれていなかった興味深い事実を丹念に掘り起こした。それゆえ賞賛される一方で，根拠のない憶測が多く含まれているとして出版直後から批判の声が上がっている。2012年には，マルコムの生前を知る活動家や研究者たちが『変身・刷新の嘘――マニング・マラブル著「マルコムX」を訂正する』という批判本まで出版しているほどだ。

マルコムXのドラマチックな一生がこのように未だ多くの人々を惹きつけてやまないのは，それが忘れがたい悲劇であると同時にアメリカン・ドリームの中核をなす「セルフメイド・マン（独立独歩の成功者）」の系譜にも属しているからでもあろう。簡単に振り返ると，彼は若くして麻薬売買や強盗などの犯罪に手を染め，6年間の服役中に改心して活動家になる（獄中では辞書の全ページを地道に書き写して勉強したという伝説を残している）。出所すると，先祖が白人にアフリカ名を奪われたという事実を忘却せぬために「マルコム・リトル」から「マルコムX」に改名。ネイション・オブ・イスラム（以後，ネイション[3]）の若きスポークスマンとなり，漸次的な政治改革の代わりに，自己武装をして，黒人による自治と経済的自立の即時実現を呼びかけた。だが，彼は白人を「悪魔」だとして糾弾するネイションの排他的な思想と次第に距離を置き始め，63年にはアフリカを旅したのち，イスラム教徒として聖地巡礼を行うと，スンニ派に改宗し，エル－ハジ・マリック・エル－シャバーズと再び改名している。

マルコムは問題の核心を鋭くえぐり出す知性とストリート叩き上げのオーラを兼ね備えており，1964年の演説「投票か銃弾か」が雄弁に物語っているとおり，シンプルだがキャッチーな言葉使いで聴衆を虜にした。1965年に暗殺される直前のマルコムは，「公民権（シヴィル・ライツ）」がアフリカ系アメリカ人にも平等に適用されるために闘争するのではなく，より普遍的な「人権（ヒューマン・ライツ）」を擁護する立場でアメリカ国内の人種差別を批判するようになっていた。トランプ政権の誕生に象徴されるように，アメリカ国内外ではいま露骨な人種差別が再び頭をもたげている。このような時代に，変身を繰り返しながらマルコムが晩年にたどり着いた世界規模の変革のヴィジョンはどのような示唆を与えてくれるだろうか。

（有光道生）

▶1　Yamaguchi, M. (February 7, 1993), “Young Japanese Imitate American Blacks,” *Los Angeles Times*, Web. Accessed March 12, 2017.

▶2　Marable, M. (2011), *Malcolm X: A Life of Reinvention*, New York: Viking（秋元由紀訳（2019）『マルコムX（上・下）――伝説を超えた生涯』白水社）.

▶3　イスラム教に基づきながらも，独自の教義を持つアフリカ系アメリカ人の宗教団体。マルコム以外にも世界ヘヴィー級チャンピオンのボクサーだったモハメド・アリなどが入団していた。ネイションの歴史や現状については，以下を参照のこと。中村寛（2015）『残響のハーレム――ストリートに生きるムスリムたちの声』共和国。

15　ポップカルチャー

音楽
——ジャズ／ブルース

ブルースの歴史

奴隷解放後，黒人はプランテーションの集団生活から独立した。とはいえ，南部の元奴隷の多くは小作農として極貧生活を送り，人種差別社会において抑圧されていた。奴隷解放による個人化と，アメリカ社会からの拒絶と孤立の経験こそが，個人で演奏するブルースが誕生した背景にある。奴隷制時代に集団で歌われた労働歌や黒人霊歌[1]とは異なり，ブルースは個人の内面に潜む「憂鬱（ブルーな気持ち）」を少しのユーモアの感覚とともに表現し発散することで，「憂鬱」から，今日を生き抜く「生」を絞り出す効能を持つ音楽なのだ。

奴隷解放後，ミシシッピ・デルタ地域やテキサスで演奏された初期のブルースは，カントリー・ブルースと呼ばれる。ロバート・ジョンソンなどの男性歌手による，粗く素朴だが感情豊かなボーカル，アコースティックギターによる弾き語り，即興的な反復演奏に特徴づけられ，聴衆の多くは黒人労働者だった。

1900年代以降の黒人大移住期[2]に，ブルースは北部都市で洗練され商業音楽となった。1912年，W.C.ハンディ[3]が口承伝統だったブルースを譜面にして販売し，1920年に黒人女性歌手メイミー・スミスによる「クレイジー・ブルース」のレコードが大ヒットすると，ブルースはレイス・レコード産業[4]の要となっていく。同時期，女性歌手がジャズバンドや劇場音楽の伴奏で歌うクラシック・ブルース[5]も人気になった。商業化にともないブルースの音楽形式[6]が標準化されたのもこの時期だ。第二次世界大戦期以降はエレキギターが主流となり，マディー・ウォーターズらのシカゴ・ブルースをはじめ，各地のアーバン・ブルースが，後のモダン・ブルース，R&B，ロックンロールへの道筋をひらいていった。

初期のジャズ（20世紀初頭から1930年代）

ジャズはおよそ10年周期でスタイルを変えつつ進化してきた。スタイルごとの特徴は異なるが，バンド編成で即興演奏を行うことはおおむね共通している。

(1)　ニューオリンズ・ジャズ[7]（1900年頃-1910年代／第一次世界大戦期）：黒人霊歌，ブルース，軍隊の行進曲，ラグタイム[8]，黒人クレオール[9]のクラシックなど，雑多な音楽が混成し生み出された。黒人や混血の奏者により，ニューオリンズのストーリービルと呼ばれる歓楽街や，音楽葬や集いの場でも演奏され，黒人

▷1　労働歌（work song）は農作業で奴隷たちの動きを合わせるために歌われた。黒人霊歌（spirituals）は奴隷がキリスト教の讃美歌を元に生み出した音楽。

▷2　黒人大移住（Great Migration）。世紀転換期から第一次世界大戦期に，南部の黒人たちはよりよい機会と職を求めて北部都市へと移住した。

▷3　W. C. Handy，1873-1958。黒人作曲家で「ブルースの父」として知られる。

▷4　レイス・レコード（race record）。黒人向けレコード。

▷5　ベッシー・スミス（Bessie Smith，1894-1937）やマ・レイニー（“Ma” Rainey，1886-1939）らが有名。

▷6　①12小節のAAB形式，②ブルーノートスケールと一定のコード進行，③コール・アンド・レスポンス（ボーカルと楽器のかけ合い）などを持つ形式。

▷7　ルイ・アームストロング（Louis Armstrong，1901-71）やジェリー・ロール・モートン（“Jelly Roll” Morton，1890-1941）らが有名。

▷8　ラグタイム（ragtime）。1890年代以降のシンコペーションが特徴の黒人音楽。

▷9　黒人クレオール（creoles of color）。フラン

民衆の生活に根差した音楽だった。

(2) 黒人大移住期のジャズ（1920年代／ジャズ・エイジ）：大移住と共にジャズはニューヨークやシカゴなどの北部都市に広まり，ハーレムなどの黒人街をはじめ，禁酒法時代のもぐり酒場やキャバレーでも演奏された。白人はジャズを「ジャングル・ミュージック[10]」と呼び蔑みつつも，異国情緒あふれる原始的な響きに魅了された。白人音楽家の中には，ジャズとクラシックを融合させた「シンフォニック・ジャズ[11]」で成功する者もあらわれ，洗練されつつも野性味を残すダンス・サウンドが『グレート・ギャツビー』（1925年）のパーティーに描かれるような白人聴衆にも普及した。

(3) スイング[12]（1930-40年代／大恐慌期）：白人バンドリーダーが，低俗な響きのあった「ジャズ」を「スイング」と呼び変え，白人の若者をターゲットとするダンス音楽としてマーケティングした。不景気のさなか，無料でラジオから流れるスイングは，大戦期の憂鬱を吹き飛ばす一大娯楽となった。

3 モダン・ジャズ（1940年代から現代）

(1) ビバップ[13]（1940-50年代／第二次大戦から朝鮮戦争期）：黒人の若手奏者は，一般客向けの仕事を終えた夜中にハーレムのジャズクラブに集い，ジャム・セッションを行いながらビバップを生み出した。複雑な即興演奏とダンスができぬ高速テンポにより，娯楽性よりも芸術性を前面に押し出すビバップは，白人によるジャズの商業化や，ミンストレル的な黒人エンターテイナー像へと異議申し立てを行う，強い人種意識に彩られている[14]。

(2) クール・ジャズ，ウェスト・コースト，ハード・バップ[15]（1950-60年代／冷戦期）：ビバップが行き詰まりを見せると，黒人奏者マイルス・デイビスは抒情的な響きのクールを生み出した。以降，主に白人奏者がクールを西海岸で洗練させ，ウェスト・コースト・ジャズが発展した。一方東海岸で花開いたハード・バップは，ゴスペルやブルースなどの黒人ルーツへと回帰し，泥臭く（earthy），汗臭い（funky）響きで，黒人性を前面に押し出した。

(3) フリー・ジャズ[16]とフュージョン（1960年代／公民権運動期）：西洋音楽理論に基づくコード進行やリズムの縛りから解放された地平にあるサウンドを追求したフリー・ジャズは，人種差別からの解放を求める公民権運動に共鳴する音楽となった。ジャズとロックを混成させたフュージョンは，バップ以降，難解となり大衆に不人気となったジャズを再び活性化させる試みだった。

1970年代以降，これらの多様なスタイルが共存している。その昔，歓楽街や闇酒場の低俗な音楽とみなされていたジャズは，現代では高度な音楽理論体系を備えた高級・古典芸術としての地位と，多文化が融合した世界音楽としての地位を確立した。黒人／白人，低俗音楽／高級音楽，アメリカ／世界という二項対立と，それらを越境する流動性とが，ジャズの進化の根底にある。　（佐久間由梨）

スやスペインからの移民と黒人との混血で，西洋上流階級の文化を守り生活していた。

▶10 デューク・エリントン（Duke Ellington, 1899-1974）らが白人専用の高級クラブで演奏したアフリカ性を強調するジャズ。

▶11 ポール・ホワイトマン（Paul Whiteman, 1890-1967）やジョージ・ガーシュウィン（George Gershwin, 1898-1937）らが有名。

▶12 グレン・ミラー（Glenn Miller, 1904-44）やベニー・グッドマン（Benny Goodman, 1909-86）らが有名。

▶13 チャーリー・パーカー（Charlie Parker, 1920-55）やディジー・ガレスピ（Dizzy Gillespie, 1917-93）らが有名。

▶14 本書の 4-1（34-35頁）を参照。

▶15 クールではレニ・トリスターノ（Lennie Tristano, 1919-78），ウェスト・コーストではチェット・ベイカー（Chet Baker, 1929-88），ハード・バップではアート・ブレイキー（Art Blakey, 1919-90）らが有名。

▶16 オーネット・コールマン（Ornette Coleman, 1930-2015）らが創始者。

おすすめ文献

ウェルズ恵子（2014）『魂をゆさぶる歌に出会う――アメリカ黒人文化のルーツへ』岩波ジュニア新書。

三井徹（1977）『黒人ブルースの現代』音楽之友社。

相倉久人（2007）『新書で入門――ジャズの歴史』新潮社。

15　ポップカルチャー

ハリウッド映画と作られた西部

夢のスクリーン

図1　アリゾナとユタの州境に広がるモニュメント・バレーの風景

（出所：筆者撮影。）

アメリカ西部の象徴的風景として知られるモニュメント・バレー（図1）。この岩石砂漠の絶景を眺めていると，かつてこの地をカウボーイや騎兵隊が駆け抜けた姿が目に浮かんでくる。だが，これはハリウッド映画によって作られた記憶である。モニュメント・バレーは19世紀の西部開拓とはほぼ無縁であり，20世紀に入るまで白人の足跡が刻まれることはまれだった。歴史の書き換えが始まったのは1930年代末。ジョン・フォード（John Ford，1894-1973）監督がくりかえしこの地で西部劇の撮影を行い，それ以降，人々の記憶のなかで現実の西部開拓と結びつけられるようになった。[1]

西部は現実の場所である以上に，人々の夢のスクリーンである。19世紀にはダイム・ノヴェル[2]やワイルド・ウェスト・ショー[3]が，西部をスリルと栄光に満ちた場所として描き，20世紀以降は，ハリウッドの生産する西部劇がそれにつづいた。西部と聞いて誰もが思い浮かべるカウボーイも，その最盛期は南北戦争後の約20年という短い期間にすぎず，しかも同時代には乱暴狼藉な労働者と軽蔑されていたが，小説・演劇・映画の力でアメリカの理想的な男性像に生まれ変わった。[4]ポップカルチャーの描く西部とは，現実の西部から魅力的に映りうる一部を取り出し，その一部を神話の水準にまで拡張したものにほかならない。

2　ジャンルの盛衰

かつてのハリウッドにおける西部劇の量産体制には目を見張るものがある。1910年代から50年代末まで，西部劇は毎年アメリカで製作される映画の約4分の1を占め，100本以上の作品がスクリーンを賑わす年も少なくなかった。[5]急激に旗色が悪くなったのは60年代である。公民権運動とヴェトナム反戦運動は，白人男性が銃の力で「野蛮」を制圧し，荒野に文明を建設する，という西部劇の神話を古色蒼然たるものに変えた（『牛泥棒』［1943年］，『流血の谷』［1950年］，

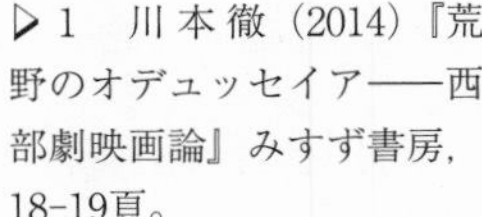

▷1　川本徹（2014）『荒野のオデュッセイア――西部劇映画論』みすず書房，18-19頁。

▷2　19世紀後半に流行した安価な大衆小説。ダイム（10セント硬貨）という名前のとおり，当初は10セントで売られた。西部をテーマとする作品が多かった。

▷3　西部開拓史をテーマとする野外劇。1883年にバッファロー・ビル（Buffalo Bill，1846-1917）が創始し，アメリカのみならずヨーロッパでも人気を博した。

▷4　Buscombe, Edward ed. (1988), *The BFI Companion to the Western*, Da Capo Press, pp. 100-103. カウボーイの実態については，鶴谷寿（1989）『カウボーイの米国史』朝日新聞社も参照。

▷5　西部劇の製作本数についてはBuscombe (1988), pp. 426-427を参照。

『捜索者』［1956年］等，この神話を内部から批判する西部劇も多数存在するのだが)。西部劇の製作本数は激減し，70年代以降は，時折のリヴァイヴァルをのぞけば，絶滅に瀕した状態がつづいている。

実際のところ，西部劇はかなりの多様性を内包したジャンルである。ところが，西部劇を見る機会が減ったいま，そのイメージは限りなく単純化されてしまった。乱暴を承知でまとめれば，(1)現実の西部と，(2)西部劇の描く西部と，(3)西部劇の描く西部が人々の記憶のなかで極度に定型化されてできた西部がある。(1)と(2)だけでなく，(2)と(3)の差異も強調せねばならない。2016年1月，ドナルド・トランプがジョン・ウェイン（John Wayne，1907-79）生誕地博物館を訪問し，この西部劇最大のスターに惜しみない賛辞を捧げたが[◁6]，このエピソードがごく自然に成立するのは，ウェインに好戦的で男らしいイメージがあるからだろう。それが西部劇のヒーローの定型的イメージである。だが，ウェイン本人の政治的信条はさておき，これと相容れないイメージは彼の西部劇にいくらでも見出すことができる。『駅馬車』（1939年）で娼婦を娼婦と知らずに好きになるうぶなウェイン，『拳銃無宿』（1947年）で戦いの前に銃を捨て平和主義者に転向するウェイン，『三人の名付親』（1948年）で生まれたばかりの赤ん坊の世話をする母性的なウェイン。

つけ加えるなら，本項冒頭でモニュメント・バレーを西部劇との関連で紹介したが，60年代までの西部劇の内，この地で撮影された作品は全体の1パーセントにも満たないのである[◁7]。それにもかかわらず，西部を描く近年の映像作品にこの岩石砂漠が判で押したように登場するのは[◁8]，西部劇の創造した西部のイメージがジャンルの衰退後，いかにやせ細ったかを物語っている。

3　マカロニ的展開

また，今日の西部のイメージは海外から逆輸入された側面もある。ここで重要なのは，60年代・70年代に量産されたイタリア製の西部劇，いわゆるマカロニ・ウェスタンである。「イタリア人の拳銃ごっこ」とも称されるマカロニ・ウェスタンは[◁9]，建国のための正義の暴力という概念を打ち壊し，アクションの残虐性と遊戯性を徹底追求してみせた。その銃弾の威力はすさまじく，60年代末にはハリウッド西部劇が逆にマカロニを模倣するようになる。今日ではマカロニの影響を受けたハリウッド西部劇の決闘シーンのほうが，より西部劇らしく感じられるという逆転現象さえ生じている。21世紀のハリウッド西部劇の諸作も多かれ少なかれマカロニの血を存分に浴びているが，最後にこうしたものとは完全に距離を置くインディペンデント映画を一つ挙げて，本項の結びとしたい。カウボーイハットの男ではなくボンネットの女の視点から西部開拓の意味を根本から問い直す，ケリー・ライカート（Kelly Reichardt，1964- ）監督の西部劇『ミークス・カットオフ』（2010年）である。　（川本　徹）

▷6　訪問当日のトランプの記者会見の前には，ジョン・ウェインの娘アイッサが短いスピーチを行い，大統領選におけるトランプ支持を表明した。Berenson, Tessa (19 January 2016), "John Wayne's Daughter Endorses Donald Trump," *Time*, Retrieved 17 March 2017.（http://time.com/4185378/donald-trump-john-wayne-iowa/）

▷7　フォードの同時代の監督は二番煎じと見なされることを恐れて，この地での撮影を避ける傾向にあった。

▷8　たとえば『ランゴ』（2011年），『ローン・レンジャー』（2013年），『荒野はつらいよ～アリゾナより愛をこめて～』（2014年）。日本ではテレビ・コマーシャルで目にする機会が多い。

▷9　二階堂卓也（2008）『イタリア人の拳銃ごっこ――マカロニ・ウェスタン物語』フィルムアート社。

おすすめ文献

加藤幹郎（2016）「西部劇映画――荒野と文明の緩衝地帯」『映画ジャンル論――ハリウッド映画史の多様なる芸術主義』文遊社，16-69頁。

蓮實重彦（1990）「ジョン・ウェインという記号」『映画　誘惑のエクリチュール』ちくま文庫，25-39頁。

吉田広明（2018）『西部劇論――その誕生から終焉まで』作品社。

3 ディズニーランドとアメリカ

1 ウォルトの願い

1955年，カリフォルニア州アナハイム市に最初のディズニーランドができたとき，ウォルト・ディズニー（Walt Disney，1901-66）は開園式でこう述べた。

> ディズニーランドは皆さん[◁1]の国です。ここでは，年配者は過去の優しい思い出をもう一度生き，若者は未来への挑戦とそれがもたらしてくれるものを体験するのです。ディズニーランドはアメリカを創った理想と夢と現実に捧げられています。そして，それが，世界中の喜びとインスピレーションの源となることを望んでいます。

ここでいう「皆さん」とはアメリカ人のことである。ウォルトは，ディズニーランドにやって来るアメリカ人がアメリカの懐かしい過去と輝かしい未来を「もう一度生き」「体験」できるようにと願った。ランド開園から半世紀以上が過ぎるなかでいくつものライドやアトラクションが変わり，全米に関連施設がつぎつぎと作られていったが（1971年ディズニー・ワールド，2001年カリフォルニア・アドヴェンチャー，2011年ハワイのアウラニ・ディズニーリゾート），こうした創設の理念はいまだランドのいたる所に読み取ることができる。

▷1　ここで言う「皆さん」がいわゆる「白人」だけを指していたことは，1960年代以降のマイノリティ復権運動以前という時代背景を考えれば，当然であろう。一方で，ディズニーは近年，ジャスミン，ポカホンタス，ムーラン，ティアナ，モアナといった人種的マイノリティのヒロインも生み出し，一定の配慮を示している。

2 古き良き時代へ

カリフォルニアのディズニーランドに足を踏み入れると，すぐに土産屋やレストランが軒を連ねる「メインストリート U.S.A.」が広がる。19世紀の中西部や西部あたりのありふれた田舎町を模した目抜き通りだが，決して現実の街並みを忠実に再現したわけではない。たとえば，看板の薄汚れた使用感や未舗装の道から巻き上がる砂埃，馬や家畜が発する匂いなどは巧みに排除され，特定の町を想起させるような固有名詞も見当たらない。ここは，アメリカ人が親や祖父母から聞いたり，書物や映像を通して思い描いたりする理想の田舎町の姿なのである。だからこそ，当然のことながら，東京ディズニーランドに「メインストリート U.S.A.」は作られなかった。

フロンティアランドを見渡せば，トム・ソーヤー島を囲んで流れるアメリカ河には蒸気船やカヌーが浮かび，川岸にそびえるスリル系ライドのビッグ・サンダーマウンテンが目に入る。これらはすべて，アメリカ人が命を賭して荒野へと領土を拡大していった19世紀の西部開拓時代を想起させる仕掛けになっている。アメリカ河のモデルとなったミシシッピ川と，そこを往来する蒸気船は開拓の象徴的存在であったし，カヌーのアトラクションの正式名称は当時の国民的英雄デビー・クロケットの名を冠する（東京ディズニーランドでは異なる名前が付いている）。来園者は建国と開拓のエピソードを再体験したかのような感覚を得て，ノスタルジアを掻き立てられるだろう。

3 技術革新がつむぐ未来

アメリカが西部開拓を進めた19世紀はまた，この国が農本主義から転換して工業立国を目指し躍進した時代でもある。法の整備，海外からの潤沢な資金と移民労働力の流入，鉄道および河川の交通網と電気通信網の発達といった条件が工業化を後押しし，電話や白熱電球，カメラ，映画，自動車といった目覚ましい発明の数々はアメリカを，イギリスを抜いて世界一の工業国へと押し上げた。

フロンティアランドがアメリカの古き良き時代へといざなう装置だとすれば，トゥモローランドは，科学の進歩を礼賛し，技術革新が描き出す輝かしい国家像を夢見る未来志向のあらわれである。また，ウォルトが最初にディズニーランドを創った1950年代から彼の死後もランドが拡大を続けていく時期は，米ソ冷戦の真っ只中だった。トゥモローランドに設置された宇宙旅行をテーマとするマジック・マウンテンやロケット，潜水艦などのアトラクションからは，スリル溢れる楽しみを提供するとともに，対ソ技術開発競争においてアメリカの優位性を誇示したかったという意図もうかがえるのだ。

4 アメリカの大衆文化として

こんにち，ディズニーによるテーマパーク型の娯楽施設はアメリカの外にも広がっている。1983年に東京ディズニーランドが生まれたのを皮切りに（シーは2001年開設），ディズニーランド・パリ（1992年），香港ディズニーランド（2005年），さらに2016年には最新の上海ディズニーリゾートもできた。もはや，ディズニーランドは世界中でもっとも有力なポピュラー・カルチャーの代表格と言っても過言ではない。

一方，「ポピュラー・カルチャー」とは，「人気がある文化」という意味と同時に「大衆の文化」という意味も含んでいる。ディズニーランド創設の理念に従えば，この「大衆」とは明らかに「アメリカ人」を指している。ディズニーランドが世界中で「人気のある文化」に発展した現在でもなお，ランドのそこかしこにアメリカ人が共感できる過去と未来の姿が埋め込まれており，この点では，ディズニーランドはアメリカ人による，アメリカ人のための大衆文化だと言えるだろう。

（常山菜穂子）

おすすめ文献

アイズナー，マイケル（2000）『ディズニー・ドリームの発想（上）（下）』徳間書店。
有馬哲夫（2011）『ディズニーランドの秘密』新潮新書。
能登路雅子（1990）『ディズニーランドという聖地』岩波新書。

15　ポップカルチャー

カルト映画の逆説

1　映画という見世物

映画を発明したのはエジソンか，それともリュミエール兄弟か[1]。映画の発祥をめぐるこの問いは，同時にその本質をも問うている。すなわち，静止画を連続させ動いているように見せる「映像」こそが映画なのか，それとも，そうして作り出されたものをスクリーンに映し出し多数の観客に見せる「興行」こそが映画なのか，ということだ。そして，この問い自体が示すように，少なくともリュミエール兄弟が人々を集め最初のシネマトグラフ作品『工場の出口』（1895年）を有料で公開して以来，映画が「興行」でなかった例はない。スクリーン・プラクティス[2]の歴史においても，布教用に考案された幻灯機が興行師の手でファンタスマゴリア[3]へと変貌することで，「動く絵」へと発展していく。映画と「興行」は常に手を携えてきたのだ。

だからこそ，映画産業はアメリカで発達した。なぜなら，稀代の興行師 P. T. バーナム[4]以来，アメリカ文化は「興行」の伝統を擁してきたからだ。映画作家たちによる名作群がどれほどその芸術性を主張しようとも，結局，映画はその根本の部分において「見世物」なのである。ありとあらゆる技術を駆使して，誰も見たことのない世界をできる限り多くの観客に見せることを追求してきたハリウッドの姿勢は，それを穏健に示しているだろう。その一方で，映画の歴史は，その「見世物」性を色濃く残し，ゆえに多くの人々が目を背けるような作品たちも数多く生み出してきた。好事家たちが映画史の中に埋没させることを是とせず，細々と，しかし着実に伝えてきたそうした作品たち，それがカルト映画である。

2　現代の見世物小屋

一般にカルト映画とは「様々な理由でごく一部の映画ファンに熱狂的に愛好される映画作品[5]」である[6]。実際，『スター・ウォーズ』シリーズ（1977年-）はしばしば「世界で最も成功したカルト映画」と呼ばれるし，『アンダルシアの犬』（1929年）のような映画史に残る傑作も，『リーファー・マッドネス――麻薬中毒者の狂気』（1936年）のような教育映画も，『デューン／砂の惑星』（1984年）のようなメジャー会社の大作も，今ではみなカルトなのだから，どんな作品でもカルトになりうるのかもしれない。しかし，映画の「興行」性は，こう

▷1　エジソン（Thomas Alba Edison, 1847-1931）が1891年に発明したキネマトスコープは，箱の中を一人ずつ覗き込む形式であった。リュミエール兄弟（兄 Auguste Marie Louis Lumière, 1862-1954；弟 Louis Jean Lumière, 1864-1948）はこれを改良，スクリーンに上映するシネマトグラフを考案した。

▷2　映画史家チャールズ・マッサー（Charles Musser）の提唱した概念。映画の発明を特権化するのではなく，それ以前からの絵・音・光・語りなどで構成される，スクリーン上に絵を投影するという文化的実践の歴史の中に位置づけることを提唱するもの。

▷3　ロベールソン（Robertson, 本名 Étienne-Gaspard Robert, 1763-1837）が考案した興行。スライドを投影する幻灯機を複数用い，音響や照明と連動させ幽霊や骸骨を屋内に映し出して現代のお化け屋敷のような演出を行い，19世紀に流行した。

▷4　本書の 6-1 6-2 （50-53頁）を参照。

▷5　Peary, Danny (1981), *Cult Movies: The Classics, the Sleepers, the Weird, and the Wonderful.*

した種種雑多な映画たちに共通する一側面を浮かび上がらせる。つまるところカルト映画とは，現代の見世物小屋なのである。

カルト映画という概念が最初に冠されたのは，『ロッキー・ホラー・ショー』（1975年）であった。山奥の古城で開かれる奇天烈なパーティーを描いたこの作品では，性も暴力もありとあらゆる不道徳が陽気に展開される。この映画が公開当初不評だったのは，現実社会におけるタブーをあからさまに描き出しているからであり，だからこそ一年後の深夜上映[▷7]で観客の熱狂を生み出した。この受容のされ方は，そのままカルト映画の成立要件でもある。人は誰しも禁止されればやってみたくなるし，見るなと言われれば見たくなるものだ[▷8]。見世物小屋が長らく担ってきた，日常生活では不道徳とされ社会からつまはじきにされかねない，タブーを侵犯する欲望を手軽に満たす役割を，現代ではカルト映画が担っているのだ。ゆえに，カルトと見なされる映画のほとんどがグロテスクな描写を含む。洋の東西を問わず，怪奇さ，禍々しさ，グロテスクさこそ，人々が最も見たがる「見てはいけない」ものなのだ。

3　異端たちの集い

カルト映画のあり方を最も端的に示す作品を挙げるならば，トッド・ブラウニング（Tod Browning, 1880-1962）監督の『フリークス』（1932年）となるだろう。タイトルが示すように，この作品の出演者はほぼ全員がフリークスである。身体の障碍や奇形ゆえに共同体から弾き出された彼らは社会におけるタブーであり，だからこそ見世物小屋の花形でもあった。その彼らを全面的に映し出すこの作品が，徹底的に糾弾されたのも，また後年カルトとして評価されたのも，当然の帰結である。文化，芸術として定着した映画が隠蔽しようとしてきたその下世話な見世物（フリーク・ショー）としての側面を，これほど露にする作品が異端視されないはずがなく，また愛好されないはずもないのだから。異端ゆえに拒絶され，異端ゆえに愛好される，それがカルト映画なのだ。

『ロッキー・ホラー・ショー』の深夜上映では，繰り返し観ていた観客たちが，次第に登場人物たちと同じ衣装で画面に合わせて歌い踊り，映画に参加し始めた。『フリークス』において，健常者の女性がサーカス団の一員となる場面で，フリークスたちは歌い上げる，「ガー，ガー，我々は彼女を受け入れる，我々の仲間だ！」と。そう，カルト映画は受け入れてくれるのだ，異端であることを。趣味嗜好において世間一般から外れた者たちに，ほんのわずかでも，同好の士がいることを教えてくれるのだ。文化として，芸術として，真っ当であることができなかったからこそ，カルト映画は愛好する少数の者たちを抱擁する。異端だからこそ良いんじゃないか，と。そして逆説を囁くのだ，皆に知られていて，皆に愛されているものに，どれだけの価値があるのか，と。誰にも認められないからこそ，あなたにとっての価値があるんじゃないか，と。（松井一馬）

▷6　「現在では多くの人が知らない」というのもカルトの条件かもしれない。公開当時は（それなりに）ヒットしたロジャー・コーマン(Roger Corman, 1926-)の作品群や，ハマー・フィルム（Hammer Film）社の作品も今ではカルトとされることが多い。

▷7　1970年代アメリカの映画館では，低予算映画や不快な描写などで通常公開の難しい作品が，しばしば深夜に２本立て・３本立てで上映されていた。『ナイト・オブ・ザ・リビング・デッド』（1968年）や『イレイザーヘッド』（1977年）など，この上映形式で認知されたカルト作品も多い。

▷8　禁止されることでむしろ欲求が増す心理現象がカリギュラ効果。1980年の半ポルノ映画『カリギュラ』が一部で公開禁止となったことでかえって大ヒットしたことから名づけられた。

おすすめ文献

スカル，デイヴィッド・J.＆サヴァダ，エリアス／遠藤徹・藤原雅子・河原真也訳（1999）『『フリークス』を撮った男――トッド・ブラウニング伝』水声社。

コーマン，ロジャー＆ジェローム，ジム／石上三登志・菅野彰子訳（1992）『私はいかにハリウッドで100本の映画をつくり，しかも10セントも損をしなかったか――ロジャー・コーマン自伝』早川書房。

サミュエルズ，スチュアート監督『ミッドナイト・ムービー』2006年。

15　ポップカルチャー

ラジオの時間

ラジオの誕生

ジョージ・ルーカス（George Walton Lucas, Jr.，1944-）監督の青春映画『アメリカン・グラフィティ』（1973年）は，ラジオを聴きながら車を走らせる若者たちの群像劇を描いて大ヒットした。ジャズやロックンロールといったポピュラー音楽がラジオから流れてくる普段のなにげない情景こそ，まさにアメリカらしいグラフィティ（絵）であると本作は訴えかけてくる。ではルーカスが光を当てたラジオのある日常生活とは，アメリカにおいていつ頃からどのようにして出来上がってきたのだろうか。

ラジオの発明は19世紀末にさかのぼる。1895年，イタリア生まれのマルコーニ（Guglielmo Marconi，1874-1937）は無線電信の実用化にはじめて成功した。マルコーニは長距離通信に次々と挑み，瞬く間に英仏海峡横断通信と大西洋横断通信を成し遂げた。彼の貢献によって，電波に乗った音声は国境や海までをも越えることができるようになった。

しかしラジオはすぐには今のような放送メディアとはならなかった。初期無線技術を牽引したのは，マルコーニを筆頭に白人中産階級を中心とした新しい物好きのアマチュアたちであった。彼らは自宅の屋根裏部屋やガレージに無線機器を設置しては，一度も会ったことのない遠方の者同士でおしゃべりをしたり，より遠くの無線局と交信することを競い合ったりした。[◁1]

2　送信者としてのラジオ放送局

20世紀初頭にラジオが通信技術として発展しはじめたことで，この装置を放送メディアとして活用することはできないかという提案がなされるようになってきた。この構想を事業として成功させた放送局が，1920年にペンシルベニア州ピッツバーグに誕生したKDKAである。KDKAは，アメリカ大統領選の選挙速報で成功をおさめると，決まった時間に決まった番組を放送し，広告で収益を得るという商業モデルを確立していった。本放送局の成功で，ラジオに対する考え方は一変した。もともとは送受信両方可能であった無線技術は，送信者である放送局が，大衆であるリスナー（聴取者）に一方通行で情報を発するメディアへと生まれ変わっていったのである。

この変化に伴って1920年代のアメリカでは，送信者としてのラジオ放送局が

▷1　吉見俊哉（2012）『「声」の資本主義——電話・ラジオ・蓄音機の社会史』河出書房新社。

▷2　水越伸（1993）『メディアの生成——アメリカ・ラジオの動態史』同文舘出版。

▷3　マクルーハンによれば，ラジオの聞き手は，ラジオの話し手が直接自分に話しかけていると錯覚しやすい。そのためラジオは，部族の太鼓のように聞き手を強く感化させることができるメディアであると言われている。

▷4　Douglas, Susan J. (2004), *Listening In: Radio and American Imagination*, University of Minnesota Press.

次々と開局していった。24年末には全米で580局ものラジオ局が存在していたともいう[2]。そして，ラジオからはニュース，スポーツ，ドラマ，コメディ，さらにクラシック，オペラ，カントリー音楽にいたるまで，じつに多彩な番組が放送されていくようになっていった。ラジオから流れる音声は，まるで「部族の太鼓[3]」のようにリスナーを刺激していった。多くの大衆がラジオ放送に熱中するようになり，いたるところでラジオの音声が響くようになった。

3 ジャズを届ける

20年代にラジオ番組が充実してくると，北部都市圏に住んでいたアフリカ系アメリカ人に向けて，黒人音楽であるジャズが放送されるようにもなっていった。これは黒人文化とは縁の浅かった白人にとって，新たな文化的遭遇をもたらすきっかけとなった。ラジオさえ所有していれば，白人であっても家庭にいながらにしてジャズを聴けるようになったからである。その結果，彼らのラジオ・スピーカーからは黒人ジャズ奏者ルイ・アームストロングやエリントンらのメロディが日常的に流れてくる状況が生み出されていった[4]。ラジオは海だけでなく人種の壁さえをも越境するメディアとなったのである。

4 ディスク・ジョッキーとロックンロール

こうした人種的越境が見られたのはジャズだけではない。第二次世界大戦後，今度は被差別を歌う黒人音楽の一ジャンルであるリズム・アンド・ブルース[5]が耳目を集めた。新しいレコードを軽快に紹介するディスク・ジョッキーの代表格アラン・フリード（Alan Freed，1921-65[6]）は，1950年代にこの黒人音楽をロックンロールという呼称でパッケージングし直し，積極的にラジオ放送していった。順応主義[7]が横溢する戦後社会に嫌悪感を持っていた若者たちは，カー・ラジオなどを通じて耳に入ってくる，解放を求めるこの黒人の歌を，自分自身の苦悩と重ね合わせて歓迎していった[8]。その後，白人のロックンローラーとしてプレスリー（Elvis Presley，1935-77）が鮮烈なデビューを遂げたことを皮切りに，ロックンロールは反抗的な若者を象徴する音楽として国内外に広く流通していった[9]。ルーカスはまさにこの時期にラジオに囲まれた青春時代を過ごし，後年そのメディア体験を『アメリカン・グラフィティ』のなかに描き込むこととなっていくのである。

1920年代以降，テレビもインターネットもまだ主流でなかった時代，多くのアメリカ国民は，新しい情報や文化を得るためにラジオに熱心に耳を傾けるようになった。その過程でラジオは生活必需品となり，アメリカのグラフィティを描くうえで，けっして欠かすことのできないメディアとなっていったのである。

（三添篤郎）

▷5　アフリカ系アメリカ人の音楽ジャンルの一種。リズムやビートに合わせて，抑圧された生活などについて哀愁を込めて力強く歌う。黒人音楽を人種音楽と差別的に呼んできた風習を変えるため，1940年代後半から普及した。

▷6　「ロックンロールの生みの親」ともいわれるラジオ DJ。特定のレコードを放送でかける見返りに賄賂をもらっていたことが発覚したペイオラ事件（1959年）をきっかけに失墜した。43歳で早逝。

▷7　第二次世界大戦後に好景気となったアメリカでは，安定を維持するために，保守的な価値観に順応する風潮が高まった。そのため1950年代は順応主義が社会に蔓延した時代であるとしばしば指摘される。

▷8　Jackson, John A. (2000), *Big Beat Heat: Alan Freed and the Early Years of Rock & Roll*, Schirmer Trade Books.

▷9　ハルバースタム，デイヴィッド／峯村利哉訳（2015）『ザ・フィフティーズ――1950年代アメリカの光と影』筑摩書房。

おすすめ文献

水越伸（1993）『メディアの生成――アメリカ・ラジオの動態史』同文舘出版。
吉見俊哉（2012）『「声」の資本主義――電話・ラジオ・蓄音機の社会史』河出書房新社。
マクルーハン，マーシャル（1987）『メディア論――人間の拡張の諸相』みすず書房。

15　ポップカルチャー

「法と秩序」は永遠に
——長寿番組からみえてくるアメリカ

1 法廷／弁護士 TV ドラマの根強い人気

日本と同じように，映像／動画の視聴方法の劇的な変化による TV 離れが，ほとんど既成事実として受け入れられているアメリカでも，法廷／弁護士ドラマ——刑事（警察）／検事／弁護士が「容疑者」を有罪／無罪にするための過程を中心として展開されるドラマ——だけは，依然として高い人気を保っている。

その歴史は長い。法廷／弁護士 TV ドラマの最初の成功例は，1957年から 9 年間，271回にわたって放映された「弁護士ペリー・メイスン」[1]（Perry Mason）であろう。その後も法廷／弁護士 TV ドラマは数多く制作され，「ペリー・メイスン」と同様に，長く視聴者に愛されてきたものも少なくない。中でも，1990年から20年間にわたって放映され，アメリカの長寿番組のドラマ部門での一位を伝説の TV ウェスタン「ガンスモーク」[2]（Gunsmoke）と分け合ってきたのが，「ロー＆オーダー」（Law & Order）である[3]。

2 ロー＆オーダーとは

「ロー＆オーダー」は正味45分のドラマで，毎回，ニューヨーク市警察の刑事による事件の捜査から始まり，後半には容疑者の逮捕，検察による起訴と裁判，判決が出るまでが描かれる。つまり前半は犯罪捜査ドラマ，後半は検事と弁護士中心の法廷ドラマで締めくくられる 2 部構成となっている。このフォーミュラは厳密に守られ，オープニングナレーション——「刑事法体系には等しく重要な二つの独立した組織がある。犯罪を捜査する警察，そして容疑者を起訴する検察。これは彼らの物語だ[4]。」——も，毎回同じだ。

このドラマの製作総指揮・脚本のディック・ウルフは，往年の人気犯罪捜査ドラマ，「ドラグネット」（Dragnet，1951-59，1967-70）——ロサンゼルス市警察のフライデー巡査部長と相棒のスミス刑事を主人公としたドキュメンタリータッチの30分のドラマで，毎回同じナレーションで始まる——のフォーミュラを踏襲するかたちで本作を構成したと言っているが，これほど長期間徹底して一つのフォーミュラを守り続けた法廷／弁護士ドラマは他に類をみない。また「ロー＆オーダー」と他の多くの法廷／弁護士ドラマとの大きな違いは，登場人物の「私生活」がほとんど語られないことで，このことによって，スト一

▷ 1　「弁護士ペリー・メイスン」は，E.S. ガードナー（Erle Stanley Gardner, 1889-1970）が1933年から1973年まで書き続けてきた法廷／推理小説シリーズを原作としている。ペリー・メイスンとは主人公の法廷弁護士の名前。

▷ 2　「ガンスモーク」は，1955年から75年まで，CBS によって放映された。この20年という記録は，2019年 3 月に NBC がスピンオフの「ロー＆オーダー：性犯罪特捜班」の継続が発表したことによって破られた（放映は2019年 9 月から）。

▷ 3　「ロー＆オーダー」が「永遠」なのは，たとえ番組自体が終了しても，毎日ケーブルテレビ局等で再放送が繰り返されていること，またオリジナルの「ロー＆オーダー」が終了しても，その数あるスピンオフの番組などは続いているからである。ちなみに2019年の時点で，「ロー＆オーダー」のスピンオフは 6 種類である。

▷ 4　英語では次の通り。In the criminal justice system, the people are represented by two separate yet equally important groups: the police, who investigate crime; and the district attorneys, who

リーに集中できるような効果が生じ，たとえキャストの何人かが，変わっても，全体の魅力が損なわれない。その代わり，「ロー＆オーダー」では，常にタイムリー，かつセンセーショナルな話題――とくにアメリカでリアルタイムで賛否両論を呼ぶような話題，たとえば「安楽死」「妊娠中絶」「反予防接種運動」「性犯罪者情報公開法」など――が取りあげられる[5]。実際，脚本担当プロデューサーの一人であるデヴィッド・ブラックは，こういった問題に関するそれぞれの言い分を公平に提示し，人々がその問題について論じ合う機会を作り上げることをこのTVシリーズの一つの目標としていたと語っている[6]。

3 人気の秘訣

一番にあげられるのは，構成の巧みさであろう。前述したように，おなじみのナレーションから始まり，前半が警察による捜査と容疑者の逮捕，後半が検察による起訴～裁判～判決で終わるという規則正しさから生じる予測可能性と，それとは対照的な――ニューヨークという大都会で起こる――センセーショナル事件と意表をつく結末というミスマッチが視聴者を飽きさせない魅力の一つなのかもしれない。また論議を呼ぶような話題を複眼的に捉えることを可能にするリベラルな態勢が，視聴者の好感度を高めているとも言われる。

ただし，このリベラルな態勢という点に関しては，異論がないわけではない。このドラマには，常に明確な「白」対「黒」の――当然ながら，白（善）とされるのは常に警察＋検察（ローとオーダー）であり，罪をおかしたと想定されている「容疑者」とその弁護士は，黒（悪）や黒に限りなく近い灰色という――対立構図が存在しているとの指摘もある[7]。またその傾向は，1994年からのシーズン５で主席検事役が――ベンジャミン・ストーンからジャック・マッコイへ――交代した時から強まり（つまりリベラル色が薄くなり），そのことは，犯罪を厳しく処罰する姿勢をアメリカが取り始めた時と呼応しているとのことである[8]。それは，時代の「空気」を敏感に反映させるという「ロー＆オーダー」の製作者たちの巧妙な戦略なのだろうか。いずれにせよ，製作者たちの最大の目標は，法をどんなことがあっても誠実に守ろうとして日夜奮闘している人々がいること，また彼らがいる限り，多少の紆余曲折はあっても，最終的には法のおかげで，正義が達成されるということを視聴者に信じさせ，安心感を与えることのように思われる。そしてそのことが，この法廷／弁護士ドラマが20年間にわたって愛され続けてきた一番の理由なのかもしれない。

（渡部桃子）

prosecute the offenders. These are their stories.

▷５　2016年の10月12日（ドナルド・トランプとヒラリー・クリントンが激突した米国大統領選挙戦，まっただ中）に放映を予定されていた「ロー＆オーダー：性犯罪特捜班」の「Unstoppable」は，赤いネクタイを好む大統領候補が，過去に性的暴行を行ったという容疑で告発されるというエピソードだったが，当然ながら（トランプを想起させるからか）放映日は延期された。

▷６　Quinn, Laura (2002), “The Politics of Law and Order,” *The Journal of American Culture*, 25.1-2, p. 132

▷７　Podlas, Kimberlianne (2011), “The Verdict on Television,” *Insights on Law & Society*, 12.1, p. 17.

▷８　Quinn (2002), p. 132.

おすすめ文献

Asimow, Michael and Mader, Shannon (2013), *Law and Popular Culture: a Course Book*, New York, Peter Lang.

Courrier, Kevin and Green, Susan (1998), *Law & Order: The Unofficial Companion*, Los Angeles: Renaissance Books.

Mezey, Naomi and Niles, Mark C. (2005), “Screening the Law: Ideology and Law in American Popular Culture,” *Columbia Journal of Law & Arts*, 28.2, pp. 91-185.

7 インターネット，メディアと読者の変容

1 ハイパーテクスト

1960年代，いまだ個人用の情報機器など存在しない世界で，テッド・ネルソン（Theodore H. Nelson，1937-）は「ハイパーテクスト」という概念を考案した。「非連続的な文書，分岐する物語を読者が対話式のスクリーン上で選択しながら読み進める」[1]テクストは，かつてバルト[2]（Roland Barthes，1915-80）やフーコー[3]（Michel Foucault，1926-84）などの思想家たちも夢想した，ネットワークとリンクで構成される新たな書物の形だった。もっとも，それが実現するためにはApple Macintosh の登場（1984年）と，1990年代のインターネット時代を待たねばならなかった。

1990年代にはマックやウィンドウズ PC 上で動作する CD ブックが登場した。文中のリンクをクリックして注や関連テクストを閲覧したり，画像やアイコンをクリックすることで物語を進めたりすることができるという，ハイパーテクストが具現化されたものだった。この新たなメディアが新たな芸術形式を生み出す可能性を論じたのが，ランドウ（George P. Landow，1940-）の『ハイパーテクスト』[4]である。ランドウはポスト構造主義思想を援用しながら，最新のテクノロジー／メディアが新しい芸術形式を生み出す可能性について考察した。ヘイルズ（N. Katherine Hayles，1943-）の『電子文学——文学の新しい地平』[5]も同様に，テクノロジーによる文学の変容を論じている。

だが1990年代のややユートピア的な未来予測とは異なり，ハイパーテクストは新たな芸術形式を生み出すよりも，読書という行為に変容をもたらす方向に向かう。その変化の大きな波は2007年にやってくる。

2 電子ブックリーダーの誕生

Amazon.com は2007年に Amazon Kindle を発表した。発売当初こそ評判はいま一つだったものの，解像度を上げた Kindle 2，続いて Wi-Fi 接続が可能になった Kindle 3 が発表されると，ネット検索やオンライン辞書などの便利な機能がユーザーを惹きつけ，またたく間に電子ブックリーダーの旗手となった。また2010年に登場した Apple iPad も電子書籍の普及に貢献しただけでなく，ハイパーテクストの機能を十全に発揮できるプラットフォームを提供することになった。2009年のクリスマスには早くも，Amazon での電子書籍販売が

▷1　Landow, George P. (1992), *Hypertext: The Convergence of Contemporary Critical Theory and Technology*, The Johns Hopkins University Press, p. 4.

▷2　フランスの哲学者，批評家。『零度のエクリチュール』（1953年），『テクストの快楽』（1973年）などで，構造主義／ポスト構造主義を文芸批評に導入した。

▷3　フランスの哲学者。『狂気の歴史』（1963年），『監獄の誕生』（1975年），『性の歴史』（1976-84年）などで，知と権力の歴史的関係を考察した。

▷4　*Hypertext: The Convergence of Contemporary Critical Theory and Technology*, 1992，第3版 2006，若島正・河田学・板倉厳一郎訳『ハイパーテクスト——活字とコンピュータが出会うとき』ジャストシステム。

▷5　*Electronic Literature: New Horizons for the Literary*, 2008，未訳。

ハードカバーの売り上げを上回ることになる。

これらの電子ブックリーダー／タブレットの最大の特徴は読書と検索機能を結び付けたことだ。電子ファイル化された書物を画面上で読みながら，そこに出てきた語彙や情報を即座に検索できる。ネットワーク接続がいつでもどこでも可能な状況でこそ，電子ブックリーダーの機能が最大限に発揮される。

電子書籍と紙の書籍のそれぞれに長所短所があることは，ユーリンやバロンも指摘するとおりだ。たとえば紙媒体は物語世界に没入する読書（Intensive Reading）に，電子書籍はいくつものテクストを並行して読むスタイル（Extensive Reading）に向いている。

3 電子時代の読書スタイル

"tl;dr"◁6 というネットスラングが示すように，スクリーンの大きさという物理的制約が読み手に影響を与えるようにもなっている。ひとことで言うと，より短く読みやすいコンテンツが求められるようになっている，とバロンも指摘している。また読書すべき本を選ぶために参考となる情報を提供する場所として，書評サイトや書評ブログが広く人気を得る。アメリカで2007年に立ち上がったGoodreadsは個人が記した感想や注釈その他の情報を共有できるウェブサイトで，2013年末段階で2000万人が利用している（2013年春にAmazonが買収）。日本の「はてなブックマーク」も同様の機能を提供しているが，「シミルボン」のような，より本格的な書評サイトも登場している。

このGoodreads以外にも，Facebookで作家や作品単位のコミュニティが数多く作られるなど，情報共有と発信が容易なSNS上で読書コミュニティが広がりを見せている。読書は個人的な体験という時代は過去のものなのだ。

▷6 "too long; didn't read"／「長すぎたから最後まで読まなかった」の略。

4 読む／書くの境界を越えて

その読書体験を共有する一つの（やや特殊な）方法がFan Fiction（二次創作）だ。1960年代にスター・トレックファンの間で生まれたスラッシュ・フィクション◁7に始まる二次創作はいまや，作品や登場人物に対するファンの愛情を示す一つの方法として定着しつつある。ファンフィクションの投稿サイトであるFanfiction.netには，「ハリー・ポッター」シリーズや『指輪物語』のキャラクターを用いた二次創作，はては『グレート・ギャツビー』や『ジェイン・エア』の書き換えやスピンオフが世界中から寄せられているので，いちど覗いてみてほしい（もちろんマンガやアニメといった日本でも定番のものもある）。

YouTubeには既存の映像作品を独自に編集し直したり別音声をかぶせた作品，あるいは「歌ってみた」「踊ってみた」映像が溢れている。だれもが情報の発信者になれる時代，読書も他者と共有する体験となってきているのだ。

（長澤唯史）

▷7 テレビ番組「スター・トレック」シリーズの登場人物を用いた二次創作物。日本のやおい／BLで言う〈攻／受〉の関係性を示すため，〈カーク／スポック〉のように名前をスラッシュで区切ったことに由来する。

おすすめ文献

ユーリン，デヴィッド・L.／井上里訳（2012）『それでも，読書をやめない理由』柏書房。

Baron, Naomi S. (2015), *Words Onscreen: The Fate of Reading in a Digital World*, Oxford University Press.

15　ポップカルチャー

8 戯画と漫画

▷1　アメリカの漫画文化に対しては「コミック」という語を用いるのが一般的であるが，本項では「漫画」で統一する。一コマ漫画を「カートゥーン」，ストーリーのあるコマ割り漫画を「コミック／コミック・ストリップ」，文学性の高い趣を持つ「グラフィック・ノベル／シークエンシャル・アート」などその概念は多岐に渡り細分化している。江戸時代から「漫画」という語は存在していたものの，当時は「戯画的な絵／絵による随筆」を指す概念であり，明治期に「コミック」の訳語として「漫画」が定着した。日本の漫画（影響を受けたものも含む）を表す「MANGA」の概念もある。

▷2　イエロー・キッドが活躍する『ホーガンズ・アレイ』を競合紙が奪い合って掲載させたことに由来し，新聞の発行部数を伸ばすために煽情的な報道に傾きがちな傾向を指して「イエロー・ジャーナリズム」の語が生まれた。

▷3　著作権は出版社に属し，異なる作者により時代を越えて継承されることが多い中，『クレイジー・カット』はハーストの判断で読者人気の低迷後も作者が亡くなるまで連載が継続され，他の作家による継承

1　コミック・ストリップ――大衆的な娯楽文化の誕生

フロリダ州オーランドにあるユニバーサル・スタジオ・テーマパークにはトゥーン・ラグーンと呼ばれるゾーンがある。ウィンザー・マッケイ（Winsor McCay, 1871-1934）の『夢の国のリトル・ニモ』（1905-11年），ジョージ・ヘリマン（George Herriman, 1880-1944）『クレイジー・カット』（1913-44年），『シンブル・シアター』（1919-94年）のポパイなどのコミック・ストリップ作品が選ばれている。

コミック・ストリップとは[▷1]，一連のコマやイラストレーションによってストーリーを伝える連載漫画を指す概念であり，新聞媒体を軸に20世紀への世紀転換期に発展を遂げた。出っ歯で黄色い服を着た主人公「イエロー・キッド」で有名な，リチャード・アウトコールト（Richard Outcault, 1863-1928），『ホーガンズ・アレイ』（1894-98年）が最初期の作品に位置づけられる[▷2]。

2　新聞連載漫画の流行――大衆読者の登場とメディアの拡張

マスメディアとしての新聞の拡張，印刷技術の発達に呼応して漫画の表現技法も発展を遂げている。『夢の国のリトル・ニモ』は，多彩な色使いが人気を集め，夢の世界を描く超現実的な描写技法により後世の表現者に大きな影響を及ぼした。「新聞王」ハースト（William Hearst, 1863-1951）がこの時期，新聞の売り上げを飛躍的に拡張させたが，『ホーガンズ・アレイ』『リトル・ニモ』を含めた人気漫画を他紙から引き抜いたこともその要因となった。『クレイジー・カット』は性別が判然としない猫とネズミを主人公にした物語で，方言や移民の言語を交えた言葉遊びなど実験性，文学性の高いものであった[▷3]。

ほか，現在も人気を誇るミュージカルの原作『小さな孤児アニー』（1924-2010年），スヌーピーのキャラクターで知られるチャールズ・M. シュルツ（Charles M. Shultz, 1922-2000）による『ピーナッツ』（1950-2000年）などが人気作品の代表例となる。『ブロンディ』（1930年-）は，戦後直後の日本にアメリカの中産階級の家庭生活，民主主義の精神を導入する役割を担った。

3　諷刺漫画の伝統と継承――時事と戯画

アメリカにおける漫画の起源は，『ペンシルヴァニア・ガゼット』（1728-1800年）の1754年5月9日に掲載されたフレンチ・インディアン戦争を背景とする

「参加か，さもなくば死か」と題された政治諷刺漫画に遡るとされる。さらに，1855年に創刊された『レスリー画報』（1922年廃刊）は南北戦争の戦況を絵入りで報道する記事で話題となり，「画報」の先駆となった。

カラー諷刺画で人気を集めた『パック』（1876-1918年），地方政治の腐敗や労働・移民問題を主に取り上げた『ワスプ』（1876-1926年）などが続き，大都市に住む教養ある白人読者層を拡大した。世紀転換期の諷刺画からはナショナリズムの動き，マイノリティに対する歪められたイメージを通して迫害の実態を探ることができる。◁4 政治諷刺漫画も現在まで伝統が継承されている。

4 漫画文化の隆盛と「コミックス・コード」の制定

コミック・ストリップの採録から，やがて書下ろしによるストーリー漫画を中綴じ製本した冊子「コミック・ブック」が人気となる。『スーパーマン』（1938年- ），『バットマン』（1939年- ）などスーパー・ヒーローものの「アメリカンコミックス」が登場し黄金時代を迎える。

1940年代後半以降，恐怖漫画，犯罪実録漫画など様々なジャンルが細分化して発展する一方，子どもの読者に対する悪影響が問題視される。精神科医フレデリック・ワーサム（Fredric Wertham, 1895-1981）による『無垢への誘惑』（1954年）の出版を契機に「有害漫画」撲滅運動が起こり，同1954年に自主規制規定「コミックス・コード」が制定される。◁5

5 漫画文化の多様性へ——オルタナティブ文化とグラフィック・ノベルの発展

1960年代後半の対抗文化の時代を背景に，規制を逸脱する漫画表現に重きを置いたオルタナティブ／アンダーグラウンド・コミックスが活発な動きを示す。さらに，大人の読者を想定した文学性の高い漫画として「グラフィック・ノベル」と称する傾向が現れる。東欧系ユダヤ人移民の出自を背景にニューヨークのユダヤ系コミュニティを写実した，ウィル・アイズナー（Will Eisner, 1917-2005），『神との契約』（1978年）がその先駆とされる。

ポーランド系ユダヤ人の両親を持ち，幼少期に米国に移住したアート・スピーゲルマン（Art Spiegelman, 1948- ）は雑誌『RAW』を1980年に創刊し，芸術性の高い漫画作品に発表の場を提供した。父の収容所体験を擬人化したネズミに託して描いた『マウス——アウシュビッツを生きのびた父親の物語』（1986, 1991年）により漫画の芸術的価値を高める貢献をもたらした。アリソン・ベクダル『ファン・ホーム——ある家族の悲喜劇』（2006年）は，娘が亡き父を回想しながらセクシュアル・マイノリティとしての自己を探る「グラフィック・メモワール」として漫画表現の可能性を切り拓いた。

日本の漫画受容を含むグローバル化に加え映画化，ウェブ媒体への移行などマルチメディア化が進み，さらに多様性を増している領域である。（中垣恒太郎）

はなされなかった。詩人のe.e.カミングスらが高く評価し，ジャック・ケルアックも愛読していたことで知られる。

▷4　1882年の排華移民法が成立する背景には，西海岸で中国系労働者数が急増していたことに対し権益が奪われることへの懸念が高まった背景がある。辮髪，細い目など中国系を戯画的に描く漫画が世紀転換期に多く現れた。

▷5　倫理規定は時代の変化にあわせて改訂を重ね，2011年までコミックス・コードを付した出版社は存続し続けた。現在では読者の対象年齢を規定した出版社独自のレイティング・システムに移行している。

おすすめ文献

柴田元幸監訳（2013）『原寸版初期アメリカ新聞コミック傑作選 1903-1944（全4巻＋別冊）』創元社。

ハジュー，デヴィッド／小野耕世・中山ゆかり訳（2012）『有害コミック撲滅！——アメリカを変えた50年代「悪書」狩り』岩波書店。

胡垣坤・曾露凌・譚雅倫編／村田雄二郎・貴堂嘉之訳（1997）『カミング・マン——19世紀アメリカの政治諷刺漫画のなかの中国人』平凡社。

小田切博（2007）『戦争はいかに「マンガ」を変えるか——アメリカンコミックスの変貌』NTT出版。

15　ポップカルチャー

ペーパーバックとアメリカ

1　アメリカン・ペーパーバック

銃を構えたトレンチコートの探偵，しなを作る半裸の美女，その美女をいたぶる緑色の肌をしたアジア系の怪人，そして宇宙船から降り立つ火星人——「アメリカン・ペーパーバック」と言えば，今述べたようなモチーフがどぎつい色調で描かれたチープな紙表紙本のことを思い浮かべる人も少なくないだろう。1940年代から50年代にかけてのアメリカを席捲したあの一群の猥雑なペーパーバックは，では一体，どのような背景の下に誕生したのだろうか。

2　紙表紙本の黎明期

アメリカにおけるペーパーバックの起源はそれなりに古く，1841年にまで遡る。この年，『ニューワールド』紙という大衆新聞の発行元が，外国小説（の海賊版）を丸ごと一つ掲載した新聞を号外として刊行したのだが，この「小説新聞」がアメリカ出版史上最初のペーパーバックとされているのだ。

そしてこの小説新聞の登場以後，アメリカに紙表紙本の伝統が途切れることはなかった。たとえば1860年に刊行が始まった「ダイムノヴェル[◁1]」と呼ばれる文庫本大の小説叢書は，当時のアメリカの人々，なかんずく南北戦争に従事した両軍の兵隊たちに愛されたし，1870年代には「チープ・ライブラリー」と呼ばれる雑誌大の小説叢書が流行した。また第一次世界大戦直後には「リトル・ブルーブック」という64頁均一の小さな教養文学叢書が人々の知的好奇心を満たすなど，様々な体裁の紙表紙本が現われては消えていったのである。

3　ポケットブックスの誕生とペーパーバック革命

そんな中，20世紀も半ばに差し掛かった1939年に，その後のアメリカン・ペーパーバックの在り方を決定づけるような画期的な新書判叢書が登場する。「ポケットブックス」（Pocket Books）という名のその叢書は，版権の切れた大昔の小説ではなく，存命中の作家による魅力的な現代小説の再刊本を多く揃えた点で，従来の紙表紙本とは一線を画すものであった。また光沢のある厚紙に描かれたカラフルな表紙絵も魅力的で，それでいて価格は一律25セントと格安。さらに画期的だったのはその販売方法で，この叢書は新聞や雑誌と同じ流通経路を使い，アメリカのどんな小さな町にもある「ニューススタンド」と呼ばれ

▷1　ニューヨークのビードル社が1860年から刊行を始めたこの小説叢書は，古いイギリス小説の海賊版を出していた従来の小説新聞とは異なり，アメリカ作家によるアメリカを舞台にした小説を数多く出していた点でも評価される。とくに「インディアンもの」や「逃亡奴隷もの」といったアメリカ的なテーマを扱った小説の人気が高く，中でもメッタ・ヴィクター（Metta Victoria Fuller Victor, 1831-85）の書いた『マウム・ギニー』（1861年）というダイムノヴェルは，ストウ夫人の『アンクルトムの小屋』（1852年）と共に，奴隷制廃止を早めるのに一役買ったとすら言われている。なおダイムノヴェルについては，山口ヨシ子（2013）『ダイムノヴェルのアメリカ』（彩流社）に詳しい。

▷2　ポケットブックスに続きアメリカのペーパーバック市場に参入したペーパーバック叢書は数多いが，文芸書を中心とする「ペンギンブックス」「ニュー・アメリカン・ライブラリー」「バンタム」の御三家，探偵小説やスリラーや西部ものに強い「エイヴォン」「デル」「エース」，またSFを扱う「バランタイン」や，お色気小説で知られる「フォーセット・ゴー

る路上の売店で販売されたのだ。魅力的な商品を安い値段で身近な売店から売り出すというポケットブックス社の戦略は見事図に当り，この叢書が爆発的に売れたのは言うまでもない。そしてポケットブックスの成功を見た他の出版社が次々と「ニューススタンド市場」に参入したため[◁2]，アメリカ中のニューススタンドの店先に，冒頭で述べたような派手で蠱惑（こわく）的な表紙絵をまとった25セント本が溢れることになったのである。第二次世界大戦の影響で読書以外の娯楽が手に入りにくくなってきたこの時代，これらの安価な紙表紙本がアメリカの一般庶民の無聊を慰めたのだ[◁3]。

4 表紙絵問題とアメリカン・ペーパーバックの終焉

だが人気の絶頂にあった1950年代初頭，ペーパーバック市場は幾つかの深刻な問題を抱えることになる。

まず，あまりにも多くの出版社が競うようにペーパーバックを出版したため，市場が飽和し，どの出版社にとっても売れ行きが急落してしまったことが一つ。だがさらに深刻だったのは「表紙絵」の問題である。もともと派手な表紙絵が売り物だったペーパーバックではあるが，競合の激化に伴い，少しでも顧客の目を惹きつけるべく，その表紙に半裸の女性の姿が描かれることも多くなり，必然的に見た目がエロティックなものになってしまったのだ。そしてこうしたペーパーバックの不道徳な在り方を問題視したアメリカ下院議会が，1952年に専門の調査委員会を起ち上げたことを機に，全米各地でペーパーバックに対する不買運動が生じる事態にまで発展してしまうのである。

さらに，時代の流れもペーパーバック産業にとっては逆風となった。1950年代も半ばを過ぎる頃には，大スクリーン映画の流行やテレビの普及，あるいはモータリゼーションの発達など，大衆的な娯楽も多様化し，それに伴って一般のアメリカ人が読書に費やす時間も急速に減っていったのだ。そしてこのような諸条件が重なった結果，1950年代が終るのと軌を一にするように，アメリカン・ペーパーバックの黄金時代は終焉を迎えることとなる[◁4]。

1939年のポケットブックスの誕生以来，20年もの間，アメリカの大衆に愛されたアメリカン・ペーパーバックは，今では一部のマニア向け希少本を除き，古書店の均一台に無雑作に置かれ，埃にまみれた敗残の姿を晒している。しかし20世紀半ばの時代，新聞や雑誌を買う気軽さで現代小説の再刊本が買えるという状況を作り出し，それまで庶民には無縁のものと思われていた「本のある生活」の楽しさをアメリカの一般大衆に教えたという意味で，アメリカン・ペーパーバックが果たした役割は決して小さいものではない。アメリカ文化のアイコンの一つとして，あるいはアメリカ文学研究・文化研究の素材として，アメリカン・ペーパーバックは，その存在に気づく者に対して今なお衰えぬ魅力を放っているのである。

（尾崎俊介）

ルドメダル」など，それぞれの叢書に得意ジャンルがあった。

▷3　市販されたものではないが，第二次世界大戦中に出版されたアメリカン・ペーパーバックの一つに兵隊文庫（Armed Services Editions）がある。アメリカ陸軍と戦時図書委員会（The Council on Books in Wartime）が共同で企画し，民間出版社の協力も得ながら出版された1300タイトルを越えるこの叢書は，海外の戦地に派遣されたアメリカ兵に無償で配られ，彼らにとって貴重な娯楽となった。この国家的戦時読書プロジェクトについては，マニング，モリー・グプティル／松尾恭子訳（2016）『戦地の図書館――海を越えた一億四千万冊』（東京創元社）に詳しい。

▷4　大方のペーパーバック出版社は1960年代以降，低迷期に入るのだが，その唯一の例外がカナダから参入してきたハーレクイン社である。ロマンス小説だけを扱うハーレクイン叢書は，1963年からアメリカ市場に参入すると，その人気は徐々に高まり，1970年代から80年代にかけて，アメリカにおけるロマンス小説ブームの火付け役となった。

おすすめ文献

スフリューデルス，ピート／渡辺洋一訳（1992）『ペーパーバック大全』晶文社。

尾崎俊介（2002）『紙表紙の誘惑――アメリカン・ペーパーバック・ラビリンス』研究社。

小鷹信光（2009）『私のペイパーバック』早川書房。

15　ポップカルチャー

10 アメリカの自己啓発文学

1 始まりはフランクリン

「自己啓発文学」はアメリカで生まれた文学ジャンルであり，その起源を尋ねれば，『貧しいリチャードの暦』（1732年）や『自伝』[1]を通じて立身出世のためのノウハウを披露したベンジャミン・フランクリン（Benjamin Franklin, 1706-90）にまで遡る。自助努力さえ惜しまなければ，出自を問わず誰でも社会的な成功を収めることができるというフランクリン流の成功哲学は，「アメリカン・ドリーム・オブ・サクセス」という言葉の原点となり，以後陸続と出版される自己啓発本の基調音となった。たとえば「地上最大のショー」などの興行主としても知られるP. T. バーナム（P. T. Barnum, 1810-91）の『富を築く技術』（1880年），自己啓発雑誌『サクセス』の創刊者でもあるオリソン・マーデン（Orison Swett Marden, 1848-1924）の『前進あるのみ』（1894年），20世紀半ばの大ベストセラーたるデール・カーネギー（Dale Carnegie, 1888-1955）の『人を動かす』（1936年），鉄鋼王アンドリュー・カーネギーの依頼を受けて成功のための普遍的方法を調査・編纂したナポレオン・ヒル（Napoleon Hill, 1883-1970）の『思考は現実化する』（1937年），さらに近年ではスティーヴン・コヴィー（Stephen R. Covey, 1932-2012）の『７つの習慣』（1989年）などが自助努力型自己啓発本の例と言えるが，このようなフランクリン流の成功哲学は福澤諭吉を介して日本にも伝えられ[2]，士農工商の身分制度を廃した明治時代の日本人の出世欲を刺戟することにもなった。

2 「ニューソート」の影響

一方，19世紀も半ばに入ると，上に述べた「自助努力型」のものとは別の新たな自己啓発思想がアメリカに広まるようになる。そしてその契機となったのが，「ニューソート」（New Thought）と呼ばれる新しい神学思想であった。

一般的なキリスト教の教理とは異なり，ニューソートは「父なる神」という言葉で表わされるような人格神の概念を否定する。そしてそれに代わる神として「宇宙を満たす無限の創造力を秘めた可塑的なエーテル」なるものを措定し，人間を含めたこの世の被造物はすべてこのエーテルが凝固したものと捉えるのである[3]。この考え方を敷衍すれば，人間は神（＝宇宙）の一部であり，必然的に「善」なるものになるわけで，こうしたニューソートのポジティヴな人間観

▷1　『フランクリン自伝』（1771-90年）が明治期の日本でもよく読まれ，フランクリンの偉業が広く認知されていたことは，昭憲皇太后が1875年に『自伝』に記された「13の徳目」のうち，12の徳目を和歌に飜案されたこと，またこの和歌を元にして「金剛石の歌」が生まれ，当時の日本人に親しまれたことなどからも窺い知ることができる。

▷2　福澤諭吉の『学問のすゝめ』（1872-76年）は，中村正直が翻訳したサミュエル・スマイルズ（Samuel Smiles, 1812-1904）の『西国立志編』（1859年；邦訳1870年）と共に，わが国における自己啓発本の嚆矢となるものであるが，この二著を手始めに百年以上にわたって自己啓発本が盛んに出版され続けている日本は，アメリカに次ぐ自己啓発本の一大市場である。

▷3　ニューソートは，17世紀のスウェーデンに生まれた科学者／思想家であるエマニュエル・スウェーデンボルグ（Emanuel Swedenborg, 1688-1772）の思想に端を発する。スウェーデンボルグとニューソートの関係についてはマーチン・A. ラーソン／高橋和夫・井出啓一・木村清次・越智洋・島田恵訳（1990）『ニューソート　そ

は，それとは対照的に人間を「全的に堕落した存在」と捉えるキリスト教カルヴァン主義の考え方が定着していたアメリカにおいて，その過酷な教理の軛から人々を解放する新たな福音として歓迎された。たとえば19世紀のアメリカ思想界を牽引したラルフ・ウォルドー・エマソン（Ralph Waldo Emerson, 1803-82）の「超絶主義」と呼ばれる思想も，人間の本来的な価値を重視する点で，明らかにニューソートに属するものである。◁4

ところが19世紀も最後の四半世紀に入る頃になると，ニューソートの宇宙観・人間観の世俗化が進み，「人間は可塑的なエーテル状の宇宙と直接つながっているのだから，宇宙に向って自分の望みを伝えるだけで，その望みはすべて叶えられる」という奇妙な言説が流布し始める。そしてこの極めて楽天的な原理に基づいた新種の自己啓発本が，鉄鋼王カーネギーや石油王ロックフェラーなど，一代で財を成す者が輩出していた「金鍍金（メッキ）時代」の熱狂を背景として次々と出版されるようになるのだ。たとえばウィリアム・アトキンソン（William W. Atkinson, 1862-1932）の『引き寄せの法則』（1906年），ウォレス・ワトルズ（Wallace D. Wattles, 1860-1911）の『富を「引き寄せる」科学的方法』（1910年），チャールズ・ハアネル（Charles F. Haanel, 1866-1958）の『ザ・マスター・キー』（1916年）などがその例だが，「ニューソート系」とも言うべきこの種の自己啓発本の人気はその後も衰えることなく，ノーマン・ピール（Norman Vincent Peale, 1898-1993）の『積極的考え方の力』（1952年）や，ロンダ・バーン（Rhonda Byrne, 1951-）の『ザ・シークレット』（2006年）など，その伝統は今なお脈々と受け継がれている。そして今日では「自助努力型」と「ニューソート系」，その双方を合わせると実に4万5000タイトルの自己啓発本が市場に溢れ，その市場規模は年間120億ドルだというのだから，もはや自己啓発本はアメリカという国を語る上で欠かすことのできないものになったと言ってよい。

3 増殖する自己啓発本への批判と展望

無論，日々大量に出版される自己啓発本に対する批判がないわけではない。◁5 また「自己啓発セミナー」的な催しが全米各地で盛んに行われている様は，自己啓発本の常套句（「12ステップで成功する！」）をもじって「12ステップ文化」（Twelve-Step culture）と呼ばれ，その軽薄さが揶揄の対象になることも多い。しかしそうした批判の声が掻き消されるほど，膨大な数の自己啓発本が出版され続けていることは，「無一文からスタートして成功を摑み取る」という成功神話が今もアメリカに息づいている証左でもある。その意味で，アメリカン・ドリームが存在し続ける限り，アメリカから自己啓発本が無くなることはないだろうし，逆に自己啓発本がアメリカ人の野心を煽り続ける限り，アメリカン・ドリームもまた存続し続けるに違いない。（尾崎俊介）

の系譜と現代的意義』（日本教文社）に詳しい。

▷4　20世紀以降に出版された自己啓発本の中で，ラルフ・ウォルドー・エマソンの箴言を引用していない本はないと断言できるほど，エマソンは後世の自己啓発ライターたちから盛んに引用されており，その意味でエマソンはアメリカにおける最初期の，また最も重要な自己啓発ライターであると言ってよい。実際，かの有名な「自己信頼」（"Self-Reliance"）なるエッセイも自己啓発本として読まれることが多く，その翻訳（『自己信頼』（海と月社，2009年））はビジネスマン向けの自己啓発書として，版を重ねている。

▷5　大量の自己啓発本が出回る現代のアメリカ社会の在り様を批判した本としては，Salerno, Steve (2005), *SHAM: How the Self-Help Movement Made America Helpless*, Crown やバーバラ・エーレンライク／中島由華訳（2010）『ポジティブ病の国，アメリカ』（河出書房新社）などが挙げられる。

おすすめ文献

カーネギー，D.／山口博訳（1999）『人を動かす』創元社。
ヒル，ナポレオン／田中孝顕訳（1999）『思考は現実化する』きこ書房。
バーン，ロンダ／山川紘矢・山川亜希子・佐野美代子訳（2007）『ザ・シークレット』角川書店。

15　ポップカルチャー

11 ポップカルチャーとしての乗り物

1 乗り物は時代のメッセージ

かつて文明批評家マーシャル・マクルーハン（Marshall McLuhan, 1911-80）は，「メディアはメッセージである」と述べた。ある文明の特徴は，そのとき主に使用されるメディアの特徴や機能によって説明できるという主張だ。ここでのメディアとは，広い意味で人間の発明した道具や機械を指し，新聞などの情報メディアのことだけでなく，輸送メディア，つまり乗り物も含む。[▷1] しかし，それらが運ぶメッセージは常に同じだろうか。ポップカルチャーにおける乗り物，とくに鉄道，自動車，飛行機は，実に多様なアメリカらしさを表現している。

2 鉄　道

19世紀アメリカ文学は，元宗主国であるイギリスの文化的伝統からの独立を求めた。そこで登場したのが，鉄道のイメージである。レオ・マークス（Leo Marx, 1919-）によると，当時のアメリカの文学者たちは，イギリスにはない規模の広大な土地や森林のイメージと，機械文明の象徴としての鉄道のイメージを接続することで，新興国家アメリカの力強さを表現した。[▷2] しかし20世紀ポップカルチャーにおいては，そうした国家主義的なメッセージは弱まっていく。

1897年，サザン鉄道を走る郵便特急オールド97が，制限速度の超過のため，ヴァージニア州にあるスティルハウス・トレッスル橋で大きな脱線事故を起こした。機械化されたアメリカ社会の不安を顕在化したこの事件は，当時の全国ニュースになっただけでなく，1924年には『オールド97の脱線事故』（Wreck of Old 97）というバラッド[▷3]の主題となった。その後，この歌はピート・シーガー[▷4]（Pete Seeger, 1919-2014）を含む多くのフォークシンガーによって歌い継がれた。さらに，季節労働者や黒人らの苦しい現実を表現するための材料として，鉄道は様々なフォークソングのなかで歌われていった。19世紀においてアメリカの力強さを表現していた鉄道が，20世紀には機械化，近代化され始めたアメリカ社会における抑圧の象徴になったのだ。[▷5]

3 自動車

自動車産業は，1920年代，第一次世界大戦で疲弊した欧州を尻目に超大国としての立場を確立していった頃のアメリカを支えた。フォード・モーター社は

▷1　マクルーハン，M.／栗原裕・河本仲聖訳（1987）『メディア論――人間拡張の諸相』みすず書房。同書が主に触れる輸送メディアは，第十九章「車輪，自転車，飛行機」，第二十二章「自動車」。第一章「メディアはメッセージである」は鉄道に言及。

▷2　マークス，L.／榊原胖夫・明石紀雄訳（1972）『楽園と機械文明――テクノロジーと田園の理想』研究社叢書。著者はマサチューセッツ工科大学等で教鞭をとった文学者。

▷3　物語を歌う形式。ゴシップに関するブロードサイド・バラッド，より上品なパーラー・バラッド，黒人によるブルース・バラッドなど多様。

▷4　1950年代のフォーク・リバイバル運動の中心人物。1960年代の公民権運動にも積極的に参加。

▷5　アメリカ大陸横断鉄道をめぐる抑圧史の多くは，その建築に従事した中国系移民の搾取や迫害の物語が説明する。詳細は次の小説を参照。キングストン，M. H.／藤本和子訳（2016）『チャイナ・メン』新潮社。現在もアメリカ英語圏に残るフレーズ，「チャイナマンズ・チャンス」（China-

ベルトコンベアを使用した流れ作業方式，分担作業方式で廉価な大衆車フォード・モデルTを大量生産し，自動車の普及に寄与した。このフォード型生産モデルが示す合理性を，アントニオ・グラムシ（Antonio Gramsci，1891-1937）はフォーディズム（Fordism）と呼び，自動車業界だけでなく，アメリカ社会全体の特徴とした。彼にとってフォーディズムの合理性は，伝統や階級に縛られた欧州社会と明確に区別すべきものであった。[6]

グラムシがフォード車を通じてアメリカの合理性を強調する一方で，この国のロード・ノベル，ロード・ムービーはこの車を描くことで自由や解放といった理想を表現した。自動車なしでは，ビート世代[7]やヒッピー世代[8]に影響を与えたジャック・ケルアック（Jack Kerouac，1922-69）の自伝的小説『路上』（1957年）や，フェミニスト映画として有名なリドリー・スコット（Ridley Scott，1937-）監督による『テルマ&ルイーズ』（1991年）はあり得なかった。それぞれ，ケルアックは37年製フォード・セダン，スコットは66年製フォード・サンダーバードといったフォード車種を作品内で描いている。

そして分担作業で世に知られたフォード車は，アメリカにおける分断社会を示すメッセージにもなった。クリント・イーストウッド（Clint Eastwood，1930-）が主演，監督，製作した2008年の映画『グラン・トリノ』は，日本車がアメリカ自動車業界を席巻する前，1972年から76年まで製造されたフォード車グラン・トリノをタイトルに据え，アジア系移民の町となったデトロイトにおける人種主義や民族間対立を題材にしている。

4 飛行機

1903年，ウィルバーとオーヴィルのライト兄弟（Wilbur Wright，1867-1912，Orville Wright，1871-1948）が人類史上初の有人動力飛行[9]を成功させてから，飛行機は，曲乗り飛行や模型飛行機ブームといった大衆文化の創出にも寄与した。1927年に，スウェーデン移民の息子チャールズ・リンドバーグ（Charles Augustus Lindbergh，1902-74）がニューヨークからパリへ横断し大西洋単独無着陸飛行を成し遂げると，この国の飛行機熱は頂点に達した。庶民的な移民二世による新世界から旧世界への飛行が，アメリカの技術力の高さや自己依存の美徳を世界に誇示したのだ。

一方，今世紀の飛行機には，根無し草的なイメージが付与されている。2009年の映画『マイレージ，マイライフ』は，アメリカ全国を飛行機で旅する解雇宣告代理業者の不毛な独身生活と，リーマンショック[10]後の不安定な労働状況を描く。同時に，この映画ではインターネット普及に伴い飛行機自体の重要性が低下したことも示されている。飛行機が，不要とみなされた労働者のイメージと連動するのだ。他の輸送メディアと同じく，社会状況により飛行機のもたらすメッセージは変わる。ポップカルチャーは，その変化を敏感にとらえている。（山根亮一）

man's chance）は同小説が示すような「不運」の意。

▷6　グラムシ，A.／東京グラムシ会『獄中ノート』研究会訳・監修（2006）『ノート22　アメリカニズムとフォーディズム』同時代社。

▷7　1950年代の保守的な社会に反抗したアメリカ作家や詩人たち。1957年にソヴィエト連邦が飛ばした世界初の人工衛星スプートニクと重ねられ，ビートニク（Beatnik）とも呼ばれる。

▷8　1960年代に愛と平和を主張した若者たち。ドラッグや東洋思想への関心などはビート世代と共通。

▷9　エンジンを用いて人を乗せて飛行すること。ライト兄弟がこれを成功させる前は，熱気球や水素ガス使用の気球，または気球をプロペラで推進させる飛行船の時代。

▷10　証券会社リーマン・ブラザーズの2008年の倒産から波及した世界的不況。倒産の主な原因は，この会社が取り扱った低所得者向けの住宅ローンが地価の下落により破たんしたこと。

おすすめ文献

ウルフ，B.H.／飯田隆昭訳（2012）『ザ・ヒッピー――フラワーチルドレンの反抗と挫折』国書刊行会。

生井英考（2006）『興亡の世界史19　空の帝国アメリカの20世紀』講談社。

ウェルズ恵子（2004）『フォークソングのアメリカ』南雲堂。

15　ポップカルチャー

12 有名人文化と社交界

1 セレブリティ文化とソーシャライト

「われわれは，有名人（セレブリティ，Celebrity）の社会に生きている。彼らは社会的・経済的・政治的においてますます重要な役割を果たしているのだ」と社会学者のロバート・ヴァン・クリーケンが述べているように[1]，雑誌，テレビ，インターネットには有名人の情報が溢れており，SNS の流行によってその情報がリアルタイムで伝えられる。歌手，俳優，スポーツ選手らなど，なんらかの功績が称えられる有名人がいる一方で，現代のアメリカではソーシャライト（socialite）と呼ばれる裕福な上流階級の一員が注目を集めることが多い。アメリカにおける有名人文化，またソーシャライトのように，家系によって有名であるセレブリティにはどのような歴史的・文化的背景があると考えられるのだろうか。

▷1　Krieken, Robert van (2019), *Celebrity Society: The Struggle for Attention*, 2nd ed., Routledge.

2 人間的疑似イベントとしてのセレブリティ

オックスフォード英語辞典をひもとくと，セレブリティはラテン語の「混雑した，忙しい，よく知られた状態」を意味する *celebritas* を語源としている。それが「有名である人」を指すようになったのは1830年代であると記されているが，19世紀は折しも電信技術や写真技術が発達した時代であることと呼応する。一方でダニエル・ブーアスティンは，著書『幻影の時代』（1962年）の中で，有名人とは，新聞，雑誌，書籍，テレビなどを通じて名前や顔が流布され，そのイメージが作り上げられる「人間的疑似イベント」であると述べている。したがって有名人とは英雄や偉人とは異なり，「有名なゆえに人によく知られた人」となる[2]。セレブリティとはまた，その人物が何をしたかよりも，個人そのものに注目される。この「個人」への関心は，「名声の民主化」でもあり，かつ個人に注目している点で近代的な現象といえるのだ[3]。

▷2　ブーアスティン，ダニエル・J.／星野郁美・後藤和彦訳（1964）『幻影の時代──マスコミが製造する事実』東京創元社。

▷3　Leon, Charles L. Ponce de (2002), *Self-Exposure: Human-Interest Journalism and The Emergence of Celebrity in America, 1890-1940*, U of North Carolina P.

3 社交界とセレブリティ

先述したクリーケンはセレブリティを近代的な現象と位置づけたうえで，18世紀に遡る公共圏の出現と並んで，ノルベルト・エリアスの論じる14世紀から17世紀に栄えた宮廷社会にその源を探っている[4]。公共圏は市民が自由に参加し議論や意見交換ができる場であり，新聞や雑誌などの出版物がその発展を助け

▷4　エリアス，ノルベルト／波田節夫・中埜芳之・吉田正勝訳（1981）『宮廷社会』法政大学出版局。

た。一方宮廷社会では自身の存在そのものを宮廷という場にさらし，見られ，他者と関係を持ち，その存在感を高める必要がある場だった。自分を顕示しつつ，本心を隠す社会的態度は，アメリカにおいては19世紀後半に顕在化していった社交界文化，そして現在のソーシャライトのような「有名であることで有名」というセレブリティ文化に繋がっているといえるだろう。

イーディス・ウォートン（Edith Wharton，1862-1937）の小説『無垢の時代』（1920年）は，19世紀後半のニューヨーク社交界を舞台に，新聞などの報道によるスキャンダルを避けようとする登場人物たちの苦しさが語られており，社交界の情報が人々にさらされていたことが示されている。実際，19世紀前半には新聞に社交界の動向を伝える記事が掲載されるようになり，1880年代にはニューヨークの多くの新聞に社交界欄が設けられていた。この当時ニューヨーク社交界を牛耳っていたウォード・マカリスター（Ward McAllister，1827-95）は，社交界に認められる人々を「400人」（The Four Hundred）というリストにまとめ，新聞紙上で公開している。社交界のリスト化は，ルイス・ケラー（Louis Keller，1857-1922）が1880年代に刊行が開始された『社交界年鑑』（*Social Register*）に重なるものである。20世紀に入ると，それまでお互いの邸宅を訪問しあっていた社交界の人々が，レストランやナイトクラブ，カフェなどに集うようになり，より衆目を浴びるカフェ・ソサエティ（Café Society）が出現する。それにともないゴシップ・コラムニストも現れ，社交界におけるセレブリティ，すなわちソーシャライトを生み出していったのである。

4 世紀の裁判

セレブリティは，このようにメディアとの関係によって成立する存在であるが，生涯メディアに追いかけられるソーシャライトたちも少なくない。たとえば，ウールワース社の創始者の孫娘として生まれたバーバラ・ハットン（Barbara Hutton，1912-79）は，幼少時に両親の離婚と母親の自殺を経験しており，つねにメディアが追いかける対象だった。「可哀想なお金持ちの女の子」（Poor Little Rich Girl）と呼ばれ，莫大な遺産を受け継ぎながらも結婚と離婚を繰り返し，そのたびにマスコミに報じられた。また，2019年6月に亡くなったグロリア・ヴァンダービルト（Gloria Vanderbilt，1924-2019）は，19世紀末のアメリカで海運，鉄道などで莫大な財を築いたコーネリアス・ヴァンダービルト（Cornelius Vanderbilt，1794-1877）の子孫だが，幼くして父親を亡くし，その遺産を浪費する母親を見かねた伯母ガートルード・ホイットニー（ホイットニー美術館の創設者）が裁判を起こし，グロリアの親権を取ることとなった。この裁判は「世紀の裁判」（Trial of the Century）として連日新聞などで報道された。メディアと大衆のまなざしが，セレブリティ（有名人）を作りだしていくのである。

（大串尚代）

コラム1

ハリウッドと日本

高校生の少年がタイムスリップする『バック・トゥ・ザ・フューチャー』三部作（1985-1990年）は，テレビのニュース映像からはじまり，日本の自動車会社トヨタによるアメリカへの工場進出を伝えている。2015年を近未来として描く「パート２」は，日本のバブル景気が頂点に達する1989年の時代背景を反映して，主人公マーティは上司のフジツウ氏に「コンニチワ」と媚びながら呼びかける。アメリカが日本の経済支配下に置かれるかもしれないという悪夢的未来像が示されている。

『ガン・ホー』（1986年）は，不況のために自動車工場が閉鎖されたアメリカの田舎町を舞台に，日米貿易摩擦を喜劇として描く。町の再生を目指し，日本の自動車工場を誘致するために主人公が東京までやってくる。「エコノミック・アニマル」と揶揄された「滅私奉公」の日本型カイシャ社会の風土が異文化の軋轢を招く。

歴史を遡るならば，「悲劇のハヤカワ，喜劇のチャップリン，西部劇の（ウィリアム・）ハート」と並び称されるほど，早川雪洲（1886-1973）は映画黎明期に成功を収めた。サイレント映画の傑作，セシル・B. デミル（Cecil B. DeMille，1881-1959）監督『チート』（1915年）で，早川は当時の人気女優ファニー・ウォード（Fannie Ward，1872-1952）と共演。借金の証文として白人女性に焼きごてを当てる日本人美術商を早川が演じ，物語の最後には白人に復讐され破滅する。公開当時，大人気を博した一方で，在米邦人からは「国辱」と非難された。他にも，白人作家ウォラス・アーウィン（Wallace Irwin 1875-1959）によって作り出された虚構の日本人像を映画化した『ハシムラ・トーゴー』（1917年）を早川が演じている。自身が設立した映画会社では４年間で『龍の絵師』（1919年）など22作品を制作した。

また，交流のあったチャップリンは，高野寅市（1885-1971）という日系人が秘書として1916年から1934年まで統括していた。異国情緒（ジャポニスム）と黄禍論による反発が複雑に入り混じる中で時代に翻弄された日系人にまつわる注目が近年高まっている。

満州・中国・香港・日本で「李香蘭」の名前で活躍した女優・山口淑子（1920-2014）は戦後アメリカに渡り，「シャーリー・ヤマグチ」の名前で出演作を残した。キング・ヴィダー（King Vidor，1894-1982）監督『東は東』（1952年，原題は「日本の戦争花嫁」）では，戦後，結婚のために渡米した日本人女性を演じる。サミュエル・フラー（Samuel Fuller，1912-97）監督『東京暗黒街・竹の家』（1955年）は，富士山麓で起こった列車強盗事件をめぐるフィルム・ノワール作品であり，山口は物語の鍵を握る「謎の女」マリコを，警部役を早川雪洲が演じる。ヤクザ・ゲイシャ・フジヤマといった異国趣味について批判がなされる一方で，昭和30年代の東京の光景を記録したサスペンス活劇として高い人気を誇る。

ステレオタイプの有名な例としては，『ティファニーで朝食を』（1961年）に登場する日系アメリカ人ユニオシが挙げられる。黒縁の眼鏡，出っ歯，英語の発音の混同などが誇張して描かれ滑稽な役回りを担っている。

バブル景気以後の日米関係の変化を象徴する作品として，ソフィア・コッポラ（Sofia Coppola，1974-）監督『ロスト・イン・トランスレーション』（2003年）は，言語・文化間のギャップに焦点を当てる。サムライやゲイシャのイメージは21世紀においても残存している。祇園の花街を舞台に貧しい娘が人気芸者を目指す『SAYURI』（2005年）は，中国人女優チャン・ツィイー（1979-）が主役を演じ，多くの会話が英語で展開された。映画産業はグローバル化が急速に進んでいる領域であり，ハリウッド映画のあり方および日本表象にも新しい潮流をもたらしている。（中垣恒太郎）

コラム2

日本人俳優たち

ハリウッドの門戸は現在，日本人俳優に閉ざされてはいないが，大きく開かれてもいない。2012年，中国が日本を抜き，アメリカに次ぐ世界第2位の映画市場の座を獲得すると，ハリウッドの関心は，この大国にいっそう強く向けられるようになった。また日本の映画関係者たち自身，国内市場だけでも十分な興行収入が見込めるために，韓国や台湾や香港の場合と比べると，海外進出への積極性が弱いとも言われる。だが，こうした状況にもかかわらず，渡辺謙（1959-），真田広之（1960-），浅野忠信（1973-），マシ・オカ（1974-），菊池凛子（1981-），TAO（タオ・オカモト）（1985-）らが，アメリカの映画や舞台やテレビで存在感を見せている。このリストを過去に広げるなら，山口淑子（シャーリー・ヤマグチ，1920-2014），三船敏郎（1920-1997），ナンシー梅木（ミヨシ・ウメキ，1929-2007），高倉健（1931-2014），千葉真一（サニー・チバ，1939-2021），日系アメリカ人では高美以子（1925-2023），パット・モリタ（1932-2005），マコ岩松（1933-2006）らの名前が挙げられる。

20世紀にはアジア系俳優の活躍のハードルは現在よりもはるかに高かった。ハリウッドにおいて，白人俳優が黒人を演じるブラックフェイスが廃れたのち，具体的には1960年代以降になっても，白人俳優がアジア人を演じるイエローフェイスがつづいたことは，銘記に値する。もっとも，ハリウッド誕生直後の1910年代後半に，同時代の白人スターと堂々と肩を並べるだけの，また上述の日本人／日系人俳優たちが束になってもかなわないだけの，例外的な成功をおさめた日本人俳優がいる。早川雪洲（1886-1973）である。とくに白人女性からの人気は絶大だった。異人種であるがゆえの強引さが背徳的な喜びを生む。これがスクリーン上の早川の効果である。代表作『チート』（1915年）で早川は，白人女性の腕に焼鏝をあてる日本人の悪役を演じ，その残忍さにもかかわらず，いやむしろその残忍さと表裏一体のエロティシズムによって，白人女性を熱狂させた。同時に，日系移民を激怒させた。早川の演技は，当時のアメリカ社会の排日感情を悪化させる側面もあった[◁1]。他方，早川をいわば反面教師として，ハリウッドで非白人の役柄を幅広くこなしながら，日本人だけは一度も演じなかった日本人俳優が上山草人（1884-1954）である。

現在でもアジア系俳優にオファーの来る役柄の種類は限られているが（そもそも脚本の段階でアジア系の役柄が白人に書き換えられることもある），そうしたなか飛躍的に数を伸ばしているのが女性戦士である。日本人／日系人では，『シン・シティ』（2005年）のデヴォン青木（1982-），『パシフィック・リム』（2013年）の菊地凛子，『ウルヴァリン：SAMURAI』（2013年）の福島リラ（1980-），『HEROES REBORN／ヒーローズ・リボーン』（2015-16年）の祐真キキ（1989-）が挙げられる。アジア系女性の「美」と殺傷力の組み合わせは，見世物性を重視する昨今のアメリカ映像文化の常套手段となりつつある。この最大の契機となったのは，梶芽衣子（1947-）主演の『修羅雪姫』（1973年）等，過去のアジア映画へのオマージュに満ちたタランティーノ（Quentin Tarantino, 1963-）監督の『キル・ビル Vol. 1』（2003年）の成功である。80年代にDCコミックスに初登場した日本人女剣士カタナが近年再脚光を浴び，実写では福島リラや福原かれん（1992-）がこの役を演じているのも興味深いところである。

（川本　徹）

▶1　早川については，Miyao, Daisuke (2007), *Sessue Hayakawa: Silent Cinema and Transnational Stardom*, Duke University Press に詳しい。

赤狩りとマッカーシズム

1 封じ込めの文化

1947年，ソヴィエト連邦が東欧諸国で社会主義勢力を拡大するなか，アメリカは共産主義圏に対する封じ込め政策を表明したトルーマン・ドクトリンを発表する。アメリカの覇権が世界平和を形成するという考えが支配的となった50年代は，経済的には戦後の好景気から消費の欲求が高まった豊かな社会[1]であった。大量生産システムや家庭電化製品，LP レコードの市販化（1948年），営業用カラーテレビ放送（1951年），映画，ジャズやエルヴィス・プレスリー（Elvis Presley，1935-77）のロックンロールが，アメリカ的な生活様式を伝える文化として海外に発信されたのもこの時期である。

しかし，世界を二極構造化する外交政策と連動するかのように，自由で正常な国家という理想から逸脱するような思想的，政治的，性的に逸脱した異質なものを，生活や芸術から排除して封じ込める動きが国内で起こった[2]。ノーマン・ロックウェル（Norman Rockwell，1894-1978）の絵に描かれた穏やかな市民生活や，中産階級の核家族を描いたラジオドラマ『パパは何でも知っている』（1949-54年）が人気を博する保守化の影で，40年代に精神外科手術のロボトミー（前頭葉白質切断術）が大流行し，1950年に精神安定剤が市販化されたことは，正常なアメリカの市民であれという社会の抑圧を物語っている。

2 赤狩りとハリウッド・テン

「赤」とは共産党員およびその支持者を表す隠語である。1910年代より国内有数の娯楽産業として成長していたハリウッドは，30年代にハリウッド反ナチ同盟による政治運動を展開していたことから，真っ先に赤狩りの標的となった。その舞台となったのが，38年に国内の破壊活動を調査する目的で発足した下院非米活動委員会である。47年，共産主義者であると疑われ聴聞会に召喚された映画人19人のうち，赤狩りに反対して証言を拒否した10人が議会侮辱罪で実刑判決を受け，長い間ハリウッドから追放されることになった[3]。

ハリウッド・テンと呼ばれるこれらの映画人のなかには53年のアカデミー賞最優秀原案賞に輝いた『ローマの休日』（1953年）の脚本家ダルトン・トランボ（Dalton Trumbo，1905-76）が含まれていたが，これはトランボがイギリスの脚本家イアン・マクラレン・ハンターの名義を借りて執筆していたためである。

▷1　ガルブレイス，J.K.／鈴木哲太郎訳（2006）『ゆたかな社会　決定版』岩波書店。

▷2　Nadel, Allan (1995), *Containment Culture: American Narratives, Postmodernism, and the Atomic Age*, Duke UP.

▷3　北村洋（2018）「ハリウッドとブラックリスト」『アメリカ文化事典』丸善出版。

トランボの死後，1993年にこの最優秀原案賞は40年の歳月を経て彼本人に授与され，2011年には全米脚本家組合によって同作の脚本家クレジットが正式に修正された。2015年に公開された『トランボ――ハリウッドに最も嫌われた男』は彼の半生を辿った伝記映画である。

3 マッカーシズム旋風と魔女狩りの再来

1950年から54年にかけて下院議員ジョセフ・マッカーシーが非米活動委員会と結託して行ったマッカーシズムと呼ばれる赤狩りによって，多くの文化人が告発され社会的信用を失った。この現象を1692年に20人以上の死者を出したマサチューセッツ州セーラムの魔女裁判になぞらえて魔女狩りの再来ととらえる見方もある。

女優マリリン・モンロー（Marilyn Monroe, 1926-62）との結婚でも知られる劇作家アーサー・ミラー（Arthur Miller, 1915-2005）は，映画監督エリア・カザン（Elia Kazan, 1909-2003）が自己保身のために共産主義思想が疑われる同僚たちの名前を非米活動委員会に提出したことを機に，セーラムの魔女裁判を主題とした『るつぼ』（1953年）を発表。マッカーシズムを間接的に批判した。のちに委員会に召喚されることになったミラー自身は，誰の名前も挙げることなく沈黙を貫いた。なお，晩年のカザンが1999年にアカデミー賞名誉賞を受賞したときには，赤狩り時代の行動を理由に反感を示す映画人も少なくなかった。◁4

▷4　北村（2018）。

ソ連のスパイ容疑をかけられたローゼンバーグ夫妻の処刑（1950年）は，マッカーシズムの時代の恐怖と抑圧を象徴する出来事としてシルヴィア・プラス（Sylvia Plath, 1932-63）の小説『ベル・ジャー』（1963年）の冒頭に書き込まれている。ローゼンバーグの妻エセル（Ethel）と似た名前をもつ主人公エスター（Esther）を苦しめている「ガラス製の釣鐘型の容器に閉じ込められている」感覚と，心を病んだ彼女が電気ショック治療を受ける物語の結末は，文化的な封じ込めの例である。

また，ローゼンバーグ事件の検察官を経てマッカーシーの主任顧問となり，80年代にはドナルド・トランプの顧問弁護士も務めたロイ・コーンを登場人物とした戯曲として，ピューリツア賞やトニー賞を受賞し高く評価されているトニー・クシュナー（Tony Kushner, 1956-）の『エンジェルズ・イン・アメリカ』（1991, 92年）がある。同性愛者に厳しい圧力をかけながら同性愛者であることを隠し続けたコーンの実生活は86年にエイズの合併症で命を落とすことで幕切れとなるが，エイズが流行した80年代のニューヨークを舞台としたこの作品では，病床のコーンのもとに自分が電気椅子送りにしたエセル・ローゼンバーグの亡霊が現れる。ここに，現代の視点からのマッカーシズム批判を認めることができる。

（渡邉真理子）

おすすめ文献

山本おさむ（2017）『赤狩り THE RED RAT IN HOLLYWOOD (1)』小学館。
クック，ブルース／手嶋由美子訳（2016）『トランボ――ハリウッドに最も嫌われた男』世界文化社。
村上東編（2014）『冷戦とアメリカ――覇権国家の文化装置』臨川書店。

16　冷戦と核とカウンターカルチャー

2 ビート・ジェネレーションから ヒッピーへ

1 反抗と放浪の文化

アイゼンハワー大統領[1]が対ソ政策を強化したことで保守化が進んだ1950年代，その反動として映画『理由なき反抗』（1955年）や高校を退学となった少年が放浪するサリンジャー（Jerome David Salinger，1919-2010）の『ライ麦畑でつかまえて』（1951年）が人気を博し，反抗する若者という文化の型が芽生えた。しかし，ライ麦畑で遊ぶ子どもたちの安全を守りたいと願うホールデンが精神病院に入院中であるという物語の設定は，管理社会の存在と，その反逆精神が安定に支えられた反抗のジェスチャーにすぎないことを示している[2]。

2 ビート・ジェネレーションの出現

50年代後半，ドラッグや禅を通して人間性の回復を求めるビート・ジェネレーションという文学グループが現れる。「至福に満ちた」（beatific）という語を名前の由来とする彼らの代表作は，アメリカ大陸を横断する放浪の旅を描いたケルアック（Jack Kerouac，1922-69）の『路上』（1957年），ギンズバーグ（Allen Ginsberg，1926-97）の詩集『吠える』（1956年），バロウズ（William Burroughs，1914-97）の『裸のランチ』（1959年）などである。音楽と融合したポエトリーリーディングは大衆文化のジャンルとして存在するが，その源流は彼らが各地で朗読会を開き，活字の文化であった詩を声の文化に回帰させた点にある。

日本では60年代後半から詩人の諏訪優（1929-92）によって積極的に紹介され，69年に荒木一郎（1944-）がギンズバーグの諏訪訳をそのまま歌詞にした「僕は君と一緒にロックランドにいるのだ」は，サイケデリック音楽の隠れた名曲である。佐野元春（1956-）を筆頭にビート・ジェネレーションの影響を公言するミュージシャンも多い[3]。

3 禅と東洋思想の流行

欧米の理性を中心とした思考に対する懐疑から東洋に救いを求めたビート派のなかには，京都での修行経験をもち自身の禅堂まで建てたスナイダー（Gary Snyder，1930-）もいた。アメリカにおける禅の理解は，英語で著作を発表しアメリカで講演をしていた仏教学者の鈴木大拙（1870-1966）と，欧米に東洋思想を紹介し60年代にはカウンターカルチャー（対抗文化）の精神的指導者となっ

▷1　Dwight David Eisenhower（1890-69）。

▷2　麻生享志（2011）『ポストモダンとアメリカ文化——文化の翻訳に向けて』彩流社。

▷3　Morgan, Bill (1996), *The Response to Allen Ginsberg, 1926-1994: A Bibliography of Secondary Sources*, Greenwood Press.

たイギリスの哲学者アラン・ワッツ（1915-73）の影響が大きい。ギンズバーグとケルアックは57年に鈴木のもとを訪れている。[4] アップル社を設立したスティーブ・ジョブズ（1955-2011）やジョン・レノン（1940-80）も夢中になったほど，60年代から70年代の英語圏で禅は一つのブームとなった。

▷4 Pearlman, Ellen (2012), *Nothing and Everything: The Influence of Buddhism on the American Avant-Garde 1942-1962*, Evolver Editions.

4 ドラッグカルチャーの拡大

CIA が50年代初頭に洗脳実験として開始した LSD 体験テストは病院や大学での研究に拡大され，60年に病院で幻覚剤実験に参加したキージー（Ken Kesey, 1935-2001）がそれを反体制運動と結びつけた。[5] 小説『カッコウの巣の上で』（1962年）を発表後，彼はヒッピー集団メリー・プランクスターズを率いてバスで西部を放浪し LSD 体験会を展開した。その運転手が『路上』の登場人物ディーンのモデルとなったニール・キャサディである。

▷5 宮本陽一郎（2016）『アトミック・メロドラマ――冷戦アメリカのドラマトゥルギー』彩流社。

60年代後半には，心理学者ティモシー・リアリー（1920-96）が主張した平和のための薬物使用という考えが反戦活動と連動してビートルズや多くの人々に支持され，音楽やアートで幻覚を表現したサイケデリック文化が隆盛を極めた。トム・ウルフ（1930-2018）の『クール・クール LSD 交感テスト』（1968年）は当時の出来事を克明に記録したものである。また，アメリカを舞台とした宮内悠介の小説『カブールの園』（2017年）には，現代版ギンズバーグと呼べそうな仮想現実を用いた精神治療が描かれる表題作と，80年代の麻薬撲滅運動を背景にヒッピー世代の子どもたちを描いた「半地下」が収められている。

5 ヒッピーとカウンターカルチャーの隆盛

60年代後半，ヴェトナム反戦運動やキング牧師の暗殺など国内問題が激化するなかで，ラブ・アンド・ピースを唱えて新しい生き方を模索するヒッピーと呼ばれる集団が現れた。メイラー（Norman Mailer, 1923-2007）が黒人の生き方から学ぶことを説いたエッセイ「白い黒人」（1957年）で定義したアメリカ的実存主義者を意味するヒップスターがその語源である。長髪にジーンズ，花のモチーフを身につけたフラワーチルドレン，ドラッグとサイケデリックロック，フリーセックス，東洋への関心，コミューンと呼ばれる共同体生活などを特徴とするヒッピーは，戦後のベビーブームで生まれた白人中産階級の若者を中心に，60年代対抗文化（カウンターカルチャー）の一大ムーブメントとなった。

ビート・ジェネレーションがその先達であるが，ヒッピーには抗議という政治的側面が強い。ビーインと呼ばれる人間性回復を求める彼らの集会が各地で開かれたが，67年にサンフランシスコで開かれたサマー・オブ・ラブと，2016年にノーベル文学賞を受賞したボブ・ディラン（Bob Dylan, 1941-）やジミ・ヘンドリックスが出演した69年夏のウッドストック・フェスティバルは，カウンターカルチャーを象徴する歴史的な出来事である。　（渡邉真理子）

おすすめ文献

ウルフ，バートン・H.／飯田隆昭訳（2012）『ザ・ヒッピー――フラワー・チルドレンの反抗と挫折』国書刊行会。

ヒース，ジョゼフ&ポター，アンドルー／栗原百代訳（2014）『反逆の神話――カウンターカルチャーはいかにして消費文化になったか』NTT 出版。

ギンズバーグ，アレン／諏訪優訳編（1991）『ギンズバーグ詩集　増補改訂版』思潮社。

16　冷戦と核とカウンターカルチャー

ヴェトナム戦争の記憶とトラウマ

揺らぐアメリカの正義

1945年９月に独立を宣言したヴェトナム民主共和国（北ヴェトナム）が植民地支配の復活を求めたフランスと戦ったインドシナ戦争（1946-54年）の終結後，ジュネーブ休戦協定により和平は実現したと思われた。しかし，中華人民共和国の成立（1949年）がアジア圏を共産化すると考えたアメリカは，ヴェトナム共和国（南ヴェトナム）を樹立し，北ヴェトナムとの敵対関係を継続させた。この南北の分断が冷戦下において朝鮮戦争（1950-53年）と並ぶ代表的な代理戦争[1]であるヴェトナム戦争（1955-75年）へと発展する。

アメリカの本格的介入は，戦闘部隊を派遣して北爆を実行した1965年２月以降である。マスメディアによって人々が戦場の現実を知ることから「テレビ戦争」「リビングルーム戦争」と呼ばれたこの戦争において，報道の果たした役割は大きなものであった[2]。共産主義の拡大を阻止するという戦争の大義は当初は国民に支持されたが，戦場の様子が報道されると世論は一転した。帰還兵作家オブライエン（Tim O'Brien，1946-）の代表作『本当の戦争の話をしよう』（1990年）に書かれた「不確かな理由のために確かな血が流された」という一節には，「アメリカの正義」の揺らぎと，５万8000人以上の兵士の命が失われたという犠牲の大きさが凝縮されている。

▷１　戦争において当事国以外の大国が当事国を軍事的に支援し，当事国が支援者たる大国の代理として戦っているような状態のことをいう。南北ヴェトナムで戦われた戦争は，アメリカと中ソの代理戦争であるといわれている。

▷２　桜井元雄（2006）「ヴェトナム戦争とアメリカ・ジャーナリズム――テレビと新聞は戦争をどう報道したのか」『資料で読むアメリカ文化史５ アメリカ的価値観の変容――一九六〇年代―二〇世紀末』東京大学出版会，387-402頁。

2 アメリカ史上最大の反戦運動

大学生を中心として起こった戦争批判はティーチインと呼ばれる学内討論会の流行をもたらし，それがその他の抗議運動と結びついてアメリカ国内を席巻するカウンターカルチャーを形成した。1967年にオフ・ブロードウェイで初演された『ヘアー』では，徴兵されたヒッピーの若者がヴェトナムに行くか逃亡するかの選択に迫られる，泥沼化するヴェトナム戦争とヒッピー現象という同時代の社会を背景としたこの反戦ミュージカルは世界各国で上演されるヒット作となり，1969年には東京で日本語版の公演も行われた。当時，ヴェトナム反戦運動は日本でも高まりを見せており，1967年には「ベトナムに平和を！市民連合」（ベ平連）がワシントン・ポスト紙に岡本太郎の筆による「殺すな」の文字とともに反戦メッセージ広告を掲載していた。

アメリカ軍が500名以上の住民を虐殺したソンミ村虐殺事件（1968年）を象徴

として1969年の「ヴェトナム反戦デー」でピークを迎えた民衆参加の反戦運動では，除隊した兵士も「戦争に反対するヴェトナム帰還兵の会」(VVAW)を結成した。映画『フォレスト・ガンプ』(1994年)で軍服姿の主人公が反戦集会の参加者と間違えられる場面に，このような時代背景を見ることができる。

3 敗北と文化的記憶の形成

サイゴン陥落(1975年)で終結するまで長期化したヴェトナム戦争においてアメリカは初めて事実上の敗戦を経験したといってよい。しかし，それを「誤った戦争」と表現する見方はあっても，「負けた」という言葉を慎重に避けるような文化的傾向がアメリカには存在するという[◁3]。この意味で，ヴェトナム戦争は国家の威信を失墜させた傷として，忘却すべき記憶であった。しかし70年代後半になると，帰還兵に注目したスコセッシの『タクシードライバー』(1976年)やアシュビーの『帰郷』(1978年)，戦争の狂気を伝えるフランシス・コッポラの『地獄の黙示録』(1979年)などの映画が公開され，傷をえぐり出すことになる。

出版に関しては，戦争中は雑誌掲載が主流であったが，70年代後半には，ハー(Michael Herr, 1940-2016)の特派員体験記『ディスパッチズ』(1977年)，オブライエンの小説『カチアートを追跡して』(1978年)が発表され，いずれも高い評価を受ける。著者の体験が作品に結実するまでに一定の時間を要した点に，ヴェトナムを言葉で表現することの難しさが読み取れる。

▷3 生井英考(2015)『ジャングル・クルーズにうってつけの日――ヴェトナム戦争の文化とイメージ』岩波書店，2015年。

4 ヴェトナム帰還兵――トラウマと「癒し」

社会生活に復帰できない帰還兵の存在は，アメリカにとって大きな問題であった。戦地での残虐行為が報道されてアメリカ兵に対する風当たりが強まったことから，彼らの多くは沈黙を強いられ社会的に疎外された。また，トラウマ(心的外傷)に苦しみ殺人や自殺をするという悲劇的な事件も頻発した。彼らにとって本当の戦いは戦後の故郷で始まったのである。1980年，全米精神医学会はヴェトナム戦争従軍兵士に特有の精神的後遺症としてPTSD(心的外傷後ストレス障害)を正式に認定。これ以降，帰還兵の証言に注目が集まり，エアハートの『ある反戦ヴェトナム帰還兵の回想』(1989年)などの回想記が数多く出版されるようになった。

彼らの社会復帰に向けた活動が結実した例として，82年に完成したワシントンのヴェトナム戦争戦没者慰霊碑が挙げられる。これはアメリカで国民的戦争のために建立された初の慰霊碑で，戦争記念碑とは異なる過去と向き合うための「癒し」の場である[◁4]。南部の町に暮らす家族が抱えるヴェトナムの傷に光を当てたメイソン(Bobbie Ann Mason, 1940-)の『イン・カントリー』(1985年)は，この慰霊碑をいち早く記憶と再生のモチーフとして取り入れた小説である。

(渡邉真理子)

▷4 スターケン，マリタ／岩崎稔・杉山茂・千田有紀・高橋明史・平山陽洋訳(2004)『アメリカという記憶――ベトナム戦争，エイズ，記念碑的表象』未来社。

おすすめ文献

生井英考(2000)『負けた戦争の記憶――歴史の中のヴェトナム戦争』三省堂。

オブライエン，ティム／村上春樹訳(1998)『本当の戦争の話をしよう』文藝春秋。

タース，ニック／布施由紀子訳(2015)『動くものはすべて殺せ――アメリカ兵はヴェトナムで何をしたか』みすず書房。

コラム 1

広島からゴジラへ

2014年にアメリカで制作された『GODZILLA ゴジラ』（ギャレス・エドワーズ監督）は，アメリカと日本の「対話」の歴史にとって画期的な作品となった。原子力爆弾の投下という両国においてあまりにも意味合いが異なるテーマについて，きわめて踏み込んだ表現がなされたのである。

ゴジラと雌雄２体のムートーという３匹の巨大怪獣が米国本土に上陸しようとする時，米国海軍提督ウィリアム・ステンツは原子爆弾による「駆除」を検討し始める。だがその時，同国の特別研究機関で謎の巨大生物「ゴジラ」を研究する生物学者・芹沢猪四郎博士は，自分の父親が1945年８月６日の広島への原爆投下で死亡したことを打ち明ける。８時15分で止まった父親の形見の時計をステンツ提督に突きつけることで，原爆投下を思いとどまらせようとしたのだ。日本人が米国人に対して原爆投下の酷さと無意味さを訴える場面が描かれた表現は，マスメディアに乗ったものとしてはこれが初めてであろう。娯楽映画といえども，様々なタブーはある。しかし，日本で原爆への恐怖から生まれた怪獣がアメリカでも受け止められて，一つの禁忌が乗り越えられることになった。

英国人監督のエドワーズは，脚本にはさらに芹沢博士が父親の無残な死を詳細に語る場面も書き込み，実際に撮影もしたが，それは最終的にはカットしている。[◁1] 無言のまま時計をつきつける方が印象的だと言えるかもしれないし，過度に政治的になることを避けたのかもしれない。しかし，エドワーズは，ゴジラという怪獣モチーフの意味を入念に研究した上で，この映画の脚本を書いた。[◁2] 渡辺謙演じる生物学者芹沢猪四郎の名は，1954年に日本で作られた第一作『ゴジラ』の監督・本多猪四郎と，劇中で最後にゴジラを「オキシジェン・デストロイアー」で殺す科学者・芹沢大介の名を組み合わせたものであることをはじめ，過去のゴジラ映画に対する様々なオマージュがちりばめられている。ただ，より本質的に重要なのは，この映画に登場する様々な地名だ。物語は1999年日本の大地震とそれに引き続いて起こった原子力発電所の事故で始まる。地震を引き起こした怪獣ムートーはフィリピンの「巣」からハワイに向かい，それを追うようにして出現したゴジラとの戦いによって，オアフ島ホノルルが破壊される。ムートーはアメリカ本土に向かい，ゴジラもそれを追い，怪獣たちは最終的にサンフランシスコで「決戦」を迎えることになる。

その過程で，「戦災」「自然災害」「原水爆」という，ゴジラのイメージに込められた日本人の様々な集合的記憶が描かれていく。大戦における真珠湾への空襲，フィリピンでの死闘，また近年の日本の津波被害，福島の原発事故も，否応なく想起される。ゴジラたちが日米の講和の地サンフランシスコに向かう中で，「原子爆弾の投下は止めてください。市民の命が犠牲になる！」という日本人の声が，アメリカ人たちの作った映画の中で発せられたのである。　（粂川麻里生）

図１　「東宝スタジオ展」にて（世田谷美術館）
（出所：筆者撮影。）

▷１　渡辺謙「《GODZILLA》出演に込めた日本人としての願い」（映画.com）http://eiga.com/movie/77940/interview/4/（2017年５月17日最終アクセス）

▷２　ギャレス・エドワーズ監督「GODZILLA」に注入した熱き思い http://eiga.com/movie/77940/interview/3/（2017年５月17日最終アクセス）

コラム2

冷戦，9.11，トランプ政権時代
——『高い城の男』という託宣

2015年11月，ニューヨークの地下鉄にナチス・ドイツの国章や大日本帝国の旭日旗をデザインしたラッピング車両が出現した。その実体は，ドラマ『高い城の男』（2015年-）の広告キャンペーンであったが，21世紀の現実空間に突如として侵入してきたこの過去の暗い記憶は，人々を大きく困惑させ，激しい批判を巻き起こし，広告は撤去されて終わった。アマゾンによる配信開始当時から大きな話題を呼び高い人気を誇るこの番組は，フィリップ・K. ディック（Philip K. Dick, 1928-82）原作の同名小説[◁1]をドラマ化したものである。

1962年に発表されたこの小説は，第二次世界大戦で日独伊の枢軸国が連合国に勝利した世界という設定のもと，ドイツと日本に占領されたアメリカを舞台として展開される歴史改変小説である。その上，作中には「高い城の男」と呼ばれる作家が書いた『イナゴ身重く横たわる』という発禁書が登場するが，それは「第二次大戦で連合国が勝利していたら」というもう一つの歴史改変 SF 小説であり，われわれ読者は現実と仮想が逆転した物語を読み進めていくことになる。

そこにスパイ小説の要素が加わり物語は進展していく。冷戦とはアメリカ対ソ連の間に直接的な武力衝突が存在しない状況であり，それゆえ謀略やスパイ活動がそれまでになく大きな存在感をもった時代であった。そのような中，諜報員やスパイが活躍する作品が多く生み出されたのである[◁2]。

中心人物である上級官僚の田上や一般市民のジュリアナは名前や身分を偽るスパイ的存在と接触し，強い緊張の中で狂いのない判断を迫られるのだが，その時彼らが必要とする情報は密偵からだけではなく『易経』の託宣によってもたらされる。因果律という西洋の伝統とは対照的なこの東洋の易占いは，偶然の中に解釈を見出すものであり，ディック自身も本作品の物語の展開を『易経』の託宣で決めたというのは有名な逸話であるが[◁3]，物語の最後に作中の現実と仮想の関係は逆転する。現実とテクストで構築された仮想との関係が，偶然という不確かな要素によって反転するこの作品は，言説としての戦争を現実として捉えた冷戦という時代における〈現実/仮想〉という二項対立の不確かさを反映したものだといえるだろう。

一方，多くの脚色が加えられたドラマ版では『易経』の要素はかなり縮小され，市民に対する監視や言論弾圧のほうが詳細に描かれている。この点については，9.11後のアメリカ小説批評において，国家権力に対する批判的な眼差しをもって諜報機関の活動を描く犯罪小説やスパイ小説の評価が高まっているとする見解があり[◁4]，それに与するアダプテーションだと考えることができるだろう。また，ドナルド・トランプ（Donald Trump, 1946-）が大統領選を制した翌月に配信開始となった第2シーズン以降，このドラマはさらに大きな反響を呼ぶことになった。徹底的なファシズム，人種差別，マイノリティの排除を描くこの仮想物語は，今後到来する現実についての託宣となるのだろうか。

（下條恵子）

▷1　フィリップ・K. ディック／浅倉久志訳（1984）『高い城の男』早川書房。
▷2　奥泉光（2012）「解説　奇妙な『戦争』の時代」浅田次郎ほか編『コレクション 戦争と文学 3 冷戦の時代』集英社，655-666頁。
▷3　Mountfort, P. (2016), "*The I Ching* and Philip K. Dick's *The Man in the High Castle*," *Science-Fiction Studies*, 43, pp. 287-308.
▷4　上岡伸雄（2016）『テロと文学——9・11 後のアメリカと世界』集英社。

17　現代セクシュアリティ

ベティ・フリーダン
――全米女性機構（NOW）創設者の２つの顔

1　『フェミニン・ミスティーク』とは

1963年，当時のアメリカの「女性問題」に正面から向き合った『フェミニン・ミスティーク（女らしさの神話）[1]』が出版された。この本は，一躍ベストセラー（初版だけで100万部以上）となり，第二波フェミニズム[2]の出発点になったとも言われる。内容は，「郊外」に住み[3]，比較的裕福に暮らしている中産階級の白人専業主婦たちへのアンケートや聞き取り調査結果と，その詳細な分析であったが，この調査で明らかになったのは，一見何不自由なく暮らしているように見える彼女たちが，常に精神的に満たされない空虚な気持ちを抱き，いつも疲れているが，その原因はわからないと訴える「不定愁訴」の状態にあるということだった。それに対して著者のフリーダン（Betty Friedan，1921-2006）は，この「名づけられない問題」（the problem that has no name）とは，自分たちの「現実」と，自分たちが女性雑誌やその他の媒体に半ば洗脳されながら[4]必死で同化しようとしてきた「理想の女性像」とが，重大な齟齬をきたしていることだと結論づけた。さらにこの「理想の女性像」――社会に出て活躍することなど考えず，常に家庭で妻として夫に，母として子どもに尽くし，支える女性――によって具現化されている「女らしさ（フェミニン）」が，実は「神話（ミスティーク）」にすぎないことを，彼女たちが無意識のうちに感じているからこそ葛藤が起きるのだと言明したのである。そして最後にフリーダンは「女らしさの神話」に惑わされないためには，受けてきた教育を生かした仕事につくことによって，自ら「女らしさ」を再定義するべきだと宣言した。その後，この本に触発された多くの女性たちが，当時すでに女性の地位向上をめざして草の根レベルで活動していた女性たちと協力しあいながら，大規模な女性解放運動を展開することになったのは，ごく自然のなりゆきであった。1966年にはフリーダンが中心となって全米女性機構（NOW[5]）が創設され，フリーダンはその会長に就任すると同時に，アメリカの女性運動の「顔」となったのである。

2　専業主婦として

『フェミニン・ミスティーク』でのフリーダンは，自分も同じように，郊外に住み，子育てに勤しむ専業主婦だと言っていた。アメリカの名門女子大学の一つ，スミス大学を卒業してから，大学院で心理学の修士号を取り，しばらく

▷1　邦訳（三浦富美子訳）のタイトルは，『新しい女性の創造』（大和書房，1965年）。

▷2　1960年代に興隆したアメリカの女性解放運動が，第二波フェミニズムと呼ばれるのは，19世紀に奴隷解放運動と共に展開された女性参政権を求める運動が第一波（first wave）と称せられるからである。第二波フェミニズムが目指したのは，社会，文化，政治，法律，経済，家庭など，あらゆる領域での男女平等である。

▷3　「郊外」というのは，単に都市の周辺の住宅地区を指すだけではない。郊外に家を持つということは，第二次世界大戦後のアメリカの中産階級の人々にとっては「成功」のあかしとなった。

▷4　フリーダンは「名づけられない問題」を生じさせた責任の多くは女性雑誌にあるとしたが，最近の研究によれば，当時の女性雑誌の提示していた「理想の女性像」は決して一枚岩的なものではなく，かなり複雑なものだったとのことだ。

▷5　National Organization for Women の頭文字を取って NOW と呼ばれる。

ジャーナリストとして働いた後，郊外で3人の子どもを育てるという生活を送っていたが，やはり「名づけられない問題」に悩まされていた。だが，当時の女性雑誌などが，「教育を受けると女性は妻や母という役割にはむかなくなる」と喧伝していたことに徐々に反発をおぼえるようになり，なんとか反論しようと1957年のスミス大学の同窓会のためにアンケートを行ってみた。そこから，すべてが始まったとのことである。◁6

3 急進左派のジャーナリストとして

だが1998年◁7，フリーダンの母校のスミス大学の教授，ダニエル・ホロウィッツ（Daniel Horowitz, 1938-）が『ベティ・フリーダンと「女らしさの神話」の形成』を出版し，彼女の経歴の「驚くべき事実」が明らかとなる。大学院在学中からフリーダンは急進左派の思想に影響を受け，1944-50年までは労働組合新聞の記者として，労働者の待遇改善，人種差別や女性差別，とくに二重に差別を受けている黒人女性のために，精力的な取材活動を展開し，常に労働者階級，恵まれない人々のために数多くの記事を書いてきたとのことだ。つまり，ただの専業主婦ではなく，筋金入りの左派ジャーナリストだったのである。さらにホロウィッツは，この時の経験こそ，『フェミニン・ミスティーク』の土台になったと断言した。それに対して，当時77歳のフリーダンは，ホロウィッツに会おうともせず，「赤狩り（共産主義者として弾圧）」◁8されたと彼を非難した。さらに急進左派としての過去とは，とっくに決別しており，本を書いた時の自分は，「名づけられない問題」に苦しんでいた単なる専業主婦だったと力説したのである。

ホロウィッツが参考資料として用いたのは，フリーダン自身がハーヴァード大学のシュレジンガー図書館に寄贈した様々な文書・資料であったことからもわかるように，彼女には自分の過去を隠すつもりはなかったようだ。過去とは決別したと思って（思い込みたがって）いたのだろう。だが自分の過去を強く意識していたことは否めない。実際，フェミニストとしての彼女の「限界」に対する数々の批判——中産階級の異性愛の白人女性たちのことしか考慮しないこと，様々な害をなした「フェミニン・ミスティーク」は男性中心主義や資本主義が作り上げたものだと認めなかったこと，社会変革より自己変革を主に呼びかけたことなど——は，彼女が急進左派的な思想と意識的に一線を画そうとしたからこそ生じたとも思える。また当時の急進左派の中に厳然と存在していた女性差別のことを考えれば，女性の地位向上をめざしているフリーダンが若い頃の自分と決別するために，あえて穏健派リベラルというスタンスを取ったとしても不思議はない。それでも，彼女のもう一つの「顔」を知った上で，この本を読みかえすと，その社会批判や女性の社会的地位の分析の鋭さに，彼女がいかに真摯なジャーナリストであったかが感じられるのではないだろうか。（渡部桃子）

▷6 フリーダンは2000年に自伝，*Life So Far: A Memoir* を出版。また伝記としては，ホロウィッツの著作（*Betty Friedan and the Making of the Feminine Mystique: The American Left, The Cold War, and Modern Feminism*）の他にも1999年には Judith Hennessee の *Betty Friedan: Her Life* が出版されている。

▷7 ホロウィッツは，本を出版する2年前に出版された *American Quarterly* 誌の "Betty Friedan and the Feminine Mystique: Labor Union Radicalism and Feminism in Cold War America"（48.1, pp. 1-42, 1996）で，フリーダンの過去を「暴露」している。

▷8 Shapiro, Laura (1998), "The Feminist's Mistake?," *Newsweek*, 132, 19, p. 72.

おすすめ文献

フリーダン，ベティ／三浦富美子訳（1965年）『新しい女性の創造』大和書房。

Horowitz, Daniel (1998), *Betty Friedan and the Making of the Feminine Mystique: The American Left, The Cold War, and Modern Feminism*, University of Massachusetts Press.

Williams, Jean Calterone (2001), "Building a Movement: Betty Friedan and *The Feminine Mystique*," *Radical History Review*, 80, pp. 149-53.

17　現代セクシュアリティ

2 性革命と，もう一つの（ヒ）ストーリー

1 性革命という（ヒ）ストーリー？

第二次世界大戦後のアメリカを特徴づける社会・文化現象とされる性革命は，次のような「ストーリー」として語られる。1940-50年代のアメリカは，未曽有の経済的な繁栄を享受する一方，冷戦時代[1]を背景にアメリカ人としての「正しい」性行動が厳密に規定され，性が抑圧された時代であった。そうした時代の保守的な趨勢に対して，60年代に反逆の声をあげたのが「ベビーブーマー[2]」とも呼ばれる当時の若い世代だったが，彼らの声に他の世代にも徐々に呼応するようになり，ついにアメリカでも性の自由化が実現したという「ストーリー」である。だが最近では，性革命は60年代になってから急に一つの力によって一気にもたらされたのではなく，長い時間をかけて進捗していったという「ストーリー」が徐々に優勢となっている。この「ストーリー」によれば，この長期にわたって培われてきた性の自由化の動きを，さらに推し進めることになったのは，抑圧的だったはずの50年代に生起した事象や言説とのことだ[3]。

2 もう一つの（ヒ）ストーリー（その１）――長い長い性革命

アメリカで性の自由化へむけての動きが始まったのは，第二次世界大戦後ではなく，1920年代，あるいは南北戦争後だとも言われる。戦争は皮肉なことに性の自由化に貢献する。たとえば，戦争では人と物資の大規模な移動／移送が常態化し，当然ながら（特に勝利者側は）流通網がランクアップされるので，戦後の「商品化された性[4]」の流通が容易になる。つまり商品化された性へのアクセスが容易となる。さらに戦時中は，（男の）兵士たちは男性的であること，即ち性に対して貪欲であることが奨励されるので，売春及び婚外の性関係に対する許容度は高くなり，さらに戦闘地域での異人種間の性関係，男女分離が前提の軍隊における同性同士の親密な関係なども黙認される。またこれらの異例な性関係を，戦後に一掃する動きなどほとんどない。それに加えて1920年代くらいから，文化人類学者や性科学者，精神科医，カウンセラーたちが，性的抑圧は人間（とくに青少年）の精神に重大な害を及ぼす[5]という説を積極的に流布し始めた。この説は50年代までには人口に膾炙するようになり，性の自由化を促す一つの理論的根拠となった。もう一つの理論的根拠は，近代的民主主義国家であれば，言論の自由，表現の自由が保たれるはずで，性に関する表現も，

▷1　冷戦時代（Cold War）とは，第二次世界大戦後，アメリカに代表される資本主義・自由主義陣営と，ソビエト連邦（1922-91年）に代表される社会主義陣営との対立構造のこと。アメリカとソビエト連邦が直接交戦（hot war）になることはなかったが，この二つの世界はあらゆる面でことごとく対立し，朝鮮戦争（1950-53年）やベトナム戦争（1964-75年）などの代理戦争を引き起こした。

▷2　第二次大戦後，1946-64年頃に生まれた世代。

▷3　Meyerowitz, Joanne (2014), "The Liberal 1950s? Reinterpreting Postwar U. S. Sexual Culture", Hagemann, Karen and Sonya Michel, eds., *Gender and the Long Postwar: The United States and the Two Germanys, 1945-1989,* Johns Hopkins UP and Woodrow Wilson Center Press, pp. 295-317 などを参照。

▷4　「商品化された性」とは，売春やストリップショー，ポルノ（性的興奮をもたらす目的の書物，絵画，彫刻，写真，映画等）を含む性的サービスを言う。

▷5　ヴィルヘルム・ライヒ（Wilhelm Reich，1897-1957）や，ヘルベルト・マルクーゼ（Herbert Marcuse，1898-1979）などの主張。

それに含まれるという言説である。つまり性表現の規制がないことが，「自由の国」である証[6]だとのことだが，この言説もまた20年代から喧伝されはじめ，50年代までには多くの人々に受け入れられるようになった。

3 もう一つの（ヒ）ストーリー（その２）——1950年代の性自由主義（セクシュアルリベラリズム）

第二次世界大戦後のアメリカ人の性に対する意識を180度転換させたのは，出版と同時にベストセラーとなった『キンゼイ報告書[7]』（1948，53年）だと言われる。同書ではアメリカ人の性生活の実態が，全く「規範的」ではないということが，主に面接形式によって収集された膨大なデータによって立証されており，当然ながら，保守派や宗教団体からは激しい非難を浴びた。だが，この「報告書」が性の自由化の動きを躍進させたことは間違いない。ベストセラーになったこと自体も，性にまつわる事柄に対し当時の人々の関心が高まっていたことを示しているのだろう。実際，1950年代からは，性描写やヌードなどで性的興奮を促すことを目的とした廉価本（ペーパーバック）や雑誌，また性にまつわる事柄をセンセーショナルに報じるタブロイド紙などが空前の売れ行きをみせ，さらに，いわゆる伝統的な文学と見なされる作品でも，露骨な性描写を含んだものが増えていく。このような性をあつかった刊行物の普及は，大都会だけの現象ではなく，メールオーダーなどによって，地方にも及んだ。即ち商品化された性の広汎化・大衆化だが，このような動きが急速に進んだのも，これらの「商品」が莫大な収益を生むことを商品化する側が学習したためであろう。

こうした性の商品化・大衆化と，人権主義の立場からの性の自由化への要求は，一見相容れないように思えるが，前者が後者の後押しをしたことは否めない。たとえば異人種間や同性間の性愛が商品化・大衆化される際には，禁断の愛などとして，ことさら刺激的に扱われていたことは，当事者たちにとっては勿論——またそのような表現こそが人種や性的指向による差別のあらわれと見なす者たちにとっても——不本意だったかもしれない。だが異人種間・同性間の性愛をどんなかたちにせよ，可視化し，一般にその存在を意識させたことでは評価に値する。そして，こういった性の広汎化・大衆化という現象のなかでも，最も注目すべきなのは，当時の若い世代の多くが，音楽や雑誌，漫画，ラジオ，TV など，様々な媒体を通じて，彼らの日常に入り込んできた性表現をすぐさま喜んで受け入れたことであった[8]。無論，こうした若者の動向を抑制しようとする動きはあったが，成功しなかった。この世代の性自由主義を受け継いだ次世代の「ベビーブーマー」たちが，ベトナム反戦運動やカウンターカルチャー運動などにも身を投じ，アメリカ社会の在り方を根底から揺るがす力の一部となり，性表現の自由化をさらに推進していくことになったのである。その後，何度かのバックラッシュはあったが，2015年の６月には同性婚[9]がアメリカの連邦最高裁判所で合憲とされた。性革命は今も進行中である。　（渡部桃子）

▷6　アメリカの権利章典によって保証されている言論の自由を守ることを目的として1920年に創設された米国自由人権協会（American Civil Liberties Union）も，創設当時から「性表現の自由」を市民的自由の一つだと認めていた。

▷7　性科学者・昆虫学者であるアルフレッド・キンゼイ（Alfred Kinsey, 1894-1965）によるアメリカ人の性行動についての報告書。1948年に男性編（*Sexual Behavior in the Human Male*），53年に女性編（*Sexual Behavior in the Human Female*）が出版された。

▷8　1950年代の若者の性の自由化については Meyerowitz（2014），pp. 207-208を参照。

▷9　同性婚とは，文字通り，男性同士／女性同士の婚姻だが，アメリカでは2015年６月26日，連邦最高裁判所がすべての州での同性結婚を認める判決を下し，全米で合法となった。

おすすめ文献

Hagemann, Karen and Michel, Sonya, eds. (2014), *Gender and the Long Postwar: The United States and the Two Germanys, 1945-1989*, Johns Hopkins UP.

Littauer, Amanda (2015), *Bad Girls: Young Women, Sex, and Rebellion before the Sixties*, U of North Carolina Press.

17　現代セクシュアリティ

3 トランスジェンダー

1 セックス，ジェンダー，トランスジェンダー

2017年1月に大統領に就任したドナルド・トランプは，さっそく2月末にオバマ前政権が公立学校に出した通達を破棄した。その通達とは，2016年5月にオバマ政権が公立学校に対し，トランスジェンダーの生徒たちが，自分たちが自認する性――「社会・文化的性別」（以下，ジェンダーと略す）――に基づくトイレや更衣室の使用を認めるように命じたもので，彼（女）らの意思に反した使用をさせた場合は，連邦政府の資金を引き揚げるとも警告していた。その通達をトランプ政権は撤回し，出生時の性――「生物学的性別」（以下，セックスと略す）――に基づいてトイレや更衣室を使用するように求めたのである。

このニュースをアメリカのメディアは，かなり大きく，だが冷静に取り上げ，どちらかと言えばトランプ政権の判断を批判する声を多く紹介しており，トランスジェンダーをかなり特異な人々／集団として，主に「身体と心の性が一致しない人」などと表される「性同一性障害者（ジェンダーアイデンティティディスオーダー）」として扱う日本のメディアとの温度差が感じられる。そもそもアメリカでは，もはやセックスとジェンダーが一致しないことを「障害（ディスオーダー）」とみなすことはほとんどない。とくに1990年代からは，トランスジェンダーという言葉は，セックスとジェンダーのそれぞれを二分法で固定し，一種類の組み合わせしか認めようとしないシステムに挑戦する人々を包括的にあらわす言葉（アンブレラ・ターム）として用いられている[1]。つまり，アメリカのトランスジェンダー（以下，TG と略す）たちは，自分たちの「症状」をすぐれた特性とみなし，その特性を中心として，相互支援を目的とした一つのゆるやかな共同体を形成するという方向へ向かっていったのである。

2 ウルリヒス，ヒルシュフェルト，ベンジャミン

だが，TG は，最初から一つのグループとして連帯していたわけでも，認識されていたわけでもない。その理由の一つは，セックスとジェンダーが一致しないことを表現する TG のやり方が，実に多種多様であり，一つのグループとは見なせなかったからだろう。それに加え「異性愛規範」[2]のために，TG の「問題」は，ジェンダーに関することであるのに，セクシュアリティ[3]の「問題」とみなされる傾向にあった。たとえば，19世紀の「ゲイ解放運動の開祖」と呼ばれるウルリヒス（Karl Heinrich Ulrichs，1825–95）は，男の同性愛者を「男の身

▷1　たとえば，セックスとジェンダーの不一致への対処法として，一時的・永続的な異性装のみを選択する人々や，異性装だけではなく，全体的・部分的外科手術，ホルモン治療なども選択する人々なども，トランスジェンダーに含まれる。

▷2　異性愛規範（heteronormativity）とは，異性愛を整合性のある特権的なものとし，それを基準にその他のものが規定されていく「目に見えない」制度である。たとえば，この制度のもとでは，性的対象として異性の身体を指向することが「自然」であるから，男（女）の身体を持つものは女（男）の身体を指向することになる。そしてそのような男（女）にそなわっているのが「自然」で正当な男性性（女性性）ということになる。

▷3　セクシュアリティとは，性的指向，性的欲望のありかたや性行為にまつわるあらゆる事象をさす。

▷4　ラテン語で anima muliebris virile corpore inclusa。この言葉を初めてウルリヒスが出版物に記したのは，1864年である。

▷5　1952年の12月に『ニューヨーク・デイリーニューズ』紙が，ジョージ・ヨルゲンセン（George Jorgensen）という人物がデンマークで「性転換手術」を受け，クリスティーナ・ヨルゲンセン

体に閉じ込められた女の魂[4]」を持つ者と称し，現在であればTGを形容するような言葉で説明していた。20世紀になって，やっとTGの「問題」をジェンダーに関するものと見なす性科学者が出てきたが，その一人，TGの「治療」・研究に長年携わってきたヒルシュフェルト（Magnus Hirschfeld，1868-1935）は，彼（女）らの多くが，同性愛者ではないと明言していた。ヒルシュフェルトは，またTGの最も「重症」なものがセックス自体を変えたいという欲求を持つと考えたが，その考え方を継承し，それらの「重症者」をトランスセクシュアルと名付けたのが，アメリカの医師，ハリー・ベンジャミン（Harry Benjamin，1885-1986）であった。ただし，このトランスセクシュアルという用語とその意味が一般に知られるようになる前から，外国で「性転換手術」を受けたアメリカ人に関してのセンセーショナルな報道がなされていたため[5]，50年代の半ばくらいからは，手術をしてまでセックスを変えようとする人たちがいることがアメリカでも認識されていたのである。

3 ゲイ，レズビアン，「帝国の逆襲」

1960年代になると，「性革命[6]」によって，アメリカでも性にまつわる事柄が比較的タブーでなくなり，ゲイたちも団結して解放運動を展開し始める[7]。しかしTGの方は，一つのグループとして連帯することはなく，むしろ自らをゲイと同定し，ゲイたちと連携しようとする者の方が多かった。ところが，ゲイたちの中には，ゲイを自認するTGを，ゲイの解放運動の障害になるとして，疎外しようとする動きさえあった。とくに70年代から「究極のフェミニズム」として登場した「レズビアン・フェミニズム[8]」のフェミニストたちは，TGのMTF（男から女へのトランスセクシュアル）を従来の女性のステレオタイプを維持しようとする家父長制に与する者，またFTM（女から男へのトランスセクシュアル）を同性愛者と呼ばれることを恐れているレズビアンにすぎないと厳しく糾弾した。このような状況に対して，MTFのサンディ・ストーン（Sandy Stone，1936-）は，ついに「帝国の逆襲[9]」（1987年）というタイトルのTGの「独立宣言」を発表した。この「宣言」の中でストーンは，語られる存在であることをやめ，語る存在になること，また「パッシング[10]」をやめるように，つまり，TGを「規範的男や女」になるための一時的な「通過地点」とせず，正式な「主体位置（サブジェクトポジション）」にするようにと促したのである。この「宣言」は，その後に続いたTG自身によるTGの理論化の始まりと言えよう。そしてこの頃から，TGたちの間に，自分たちを「セックスとジェンダーの固定化されたシステムに挑戦するあらゆる人々」と包括的かつポジティブに定義する動きが広がり，その後，紆余曲折をへて，TGは，時の政権が彼（女）たちの独特なニーズへの対応を試みるほどの存在となったのである。

（渡部桃子）

（Christine）となった，つまり男から女になったという「事件」をスクープした。

▷6　1960年代のアメリカで起きた多様な性行動の許容範囲の拡大。

▷7　ゲイの解放運動がおこるきっかけになったのは，1969年にニューヨークのゲイのためのバー，「ストーンウォール・イン」が警察に急襲されたことから起きた暴動であり，この解放運動は今も続いている。

▷8　レズビアン・フェミニズムとは，単にレズビアンのフェミニズムという意味ではなく，1970年代のアメリカのレズビアンとフェミニストにかなり大きな影響を与えた（しかし短命だった）ある一定の思想・運動をさす。フェミニスト分離派とも呼ばれ，男性との共闘，共存は望まず，女性による女性のためだけの解放運動をめざした。

▷9　この「宣言」は，1975年にジャニス・レイモンドが出版したトランスセクシュアル批判の書，『トランスセクシュアルの帝国——シーメールの創造』への「答」として書かれた。

▷10　パッシングとは，様々な事情から，ある人種に属する人間が，他の人種として振る舞うことを意味するが，TGの場合，自認する性と出生時の性に差異がないように振る舞うことを示す。

おすすめ文献

カリフィア，パトリック／石倉由・吉池祥子ほか訳（2005）『セックス・チェンジズ——トランスジェンダーの政治学』作品社。

バトラー，ジュディス／竹村和子訳（1999）『ジェンダートラブル』青土社。

コラム 1

アドリエンヌ・リッチと「レズビアン連続体」

第二次世界大戦後のアメリカでもっとも影響力があり，もっとも広い層の読者から愛された女性詩人は，やはりアドリエンヌ・リッチ（Adrienne Rich，1929-2012）であろう。リッチの詩人としてのキャリアは，21歳の時に当時のアメリカ詩の「権威者（オーソリティ）」，オーデン（W. H. Auden，1907-73）に推挙され，イエール大学の若手新人詩人賞を受けて出版された『世界の変化』（1951年）に始まる。それからのリッチは，2010年に出版された『今夜はどんな詩も　むなしい』まで，およそ3年に一度は詩集を出版し，また5-6年に一度は評論集を出版するという精力的な創作活動を60年ちかくにわたって続けた。

この詩人を形容するのに，最もふさわしいのは「変化」という言葉だろう。彼女は自分の生き方や考え方が変わるたびに，題材やテーマ，スタイル，口調などを次々と変化させていく。『世界の変化』でオーデンを感心させたのは，リッチの「自己とその感情から距離を取る」能力であったが，[▷1] 60年代になってからは，自らの女としての経験を題材とした「個人的」な詩を書くようになり，その後は，当時のベトナム反戦運動を始めとする体制批判運動に積極的にかかわるようになっていく。さらに70年代にはフェミニスト／レズビアンとして語る，あらゆる意味において「政治的」な詩人へと変貌をとげた。このような変容は，常に好意的に受け入れられたわけではない。とくにフェミニストとして，レズビアンとして，白人男性中心主義や異性愛中心主義を批判する詩人となったリッチは，男を逆差別している，また党派性を最優先して，詩を犠牲にしているなどと激しく非難された。さらに80年代になり，人種やジェンダー，セクシュアリティなどに関する既成概念を脱構築する理論が，文化・文学批評の分野にも浸透してくると，リッチは，一部のフェミニストたちからも，本質主義者（エッセンシャリスト）と批判された。

しかし，彼女の詩やエッセイを注意深く読めば，この批判が的外れなことがわかる。たとえば，1980年に発表されたエッセイ，「強制的異性愛とレズビアン存在」[▷2] でのリッチは，「レズビアン」と「レズビアニズム」が包含する既成概念を捉えなおすために，レズビアニズムという言葉の代わりに「レズビアン連続体」（lesbian continuum）という言葉を提案する。この言葉には（「レズビアニズム」には内包される可能性のなかった）「女同士のあらゆる絆」が含まれ，「単に一人の女が，もう一人の女と性体験を持つとか，意識的に性体験を持ちたいと望む」こと以上の事象も包含される。たとえば，内面生活を共有し，支えあうこと，また政治的なことに関しても支えあい援助しあうことなども含まれる。さらに「レズビアン連続体」のエロスには，肉体的な接触から生じる悦楽ばかりでなく，精神的な接触から生じる悦楽も含まれる。つまり「レズビアン連続体」はレズビアンというアイデンティティの「境界線」を限りなく曖昧にする用語／コンセプトなのである。

このエッセイは，レズビアンという定義に基づいて，レズビアンとしての「パフォーマンス」を規定するのではなく，もっと実態的な「パフォーマンス」からレズビアンを定義する可能性を示唆しているのではないか。とすれば，この考え方は本質主義とは正反対の――1990年代に興隆したアイデンティティと「パフォーマンス」を結びつけ，それを規範的な言説の攪乱へとつなげていく――クィア理論と通底しており，リッチの先進性を示すものであろう。　（渡部桃子）

▷1　Auden, W. H. (1961), "Foreword" *A Change of World*, New Haven, CT, Yale UP.

▷2　Rich, Adrienne (1980), "Compulsory Heterosexuality and Lesbian Existence," *Signs: Journal of Women in Culture and Society* 5.4, pp. 631-660.

コラム 2

ゲイ・イズ・グッドからLGBTへ
――ゲイ解放運動の軌跡

アメリカでのゲイ[1]解放運動は，「ストーンウォール暴動（ライオット）」から始まったとされる。この「暴動」は1969年6月28日の未明に，ニューヨークのグリニッチ・ヴィレッジのゲイのバー，「ストーンウォール・イン」への警察の「強制捜査（いやがらせ）」をきっかけに起こり，その後3日間続いた。このような「捜査」は，それほど珍しいわけではなく，それに対する抗議行動も，これが最初というわけではなかった。だが，この「暴動」ほど，当時のゲイたちの意識や生活に多大な影響を与えたものはなかった。この「暴動」に呼応し，数ヶ月後には様々なゲイの権利団体が全米各地で結成され解放運動の大きなうねりを形成していく。その際に頻繁に用いられたスローガンが「ゲイ・イズ・グッド[2]」であった。

1970年代になってからも，保守派からの巻き返し（バックラッシュ）があったものの，この「ストーンウォール」の余波で，ゲイという存在がかつてないほど可視化されるようになっていく。たとえば1977年にはサンフランシスコで，ハーヴェイ・ミルク（Harvey Milk, 1930-78）がゲイとして初の市政執行委員に当選した（だがミルクは翌年，同僚の執行委員に射殺されてしまう）。1979年には，ゲイのための初めての「ワシントン大行進」が行われ，10万人が参加した。

80年代はレーガン大統領就任と共に，アメリカの保守的傾向が強まった時代だったが，そんな中でゲイたちが直面しなければならなかったのは，エイズ（後天性免疫不全症候群）危機であった。1981年7月に全米疾病管理センターが，カリニ肺炎によるゲイの男性の死亡者数が急増していると報告した時が，アメリカのエイズ危機元年とされる。1982年には413の症例が報告され，死亡者は155名に達していた。だがレーガン政権は，1986年になっても，エイズをアメリカ全体の問題と認めようとはせず，エイズの治療法，予防対策などの研究にも予算を投入しなかった。そこで，ゲイたちは一致団結し，エイズへの適切な対策を取らせるためのかなり過激な運動を展開することになる。なかでも1987年にニューヨークで結成された「アクト・アップ」は，ニューヨークの金融街での座り込み（1987年3月），食品医療品局に対する抗議行動（1988年10月）などで，全米の注目を集め，1988年の終わり頃には，多くの大都市で，それぞれの「アクト・アップ」が結成されるほどであった。

ゲイ解放運動は，90年代になって，ますます多面化，多様化していったが，米軍における「同性愛公言禁止規定」撤廃のための運動，同性婚の合法化を求める運動などには，かなりの時を費やしながらも，成功をおさめることとなる。またこのころからゲイの運動やその母体の名称として「クィア」やLGBT[3]という言葉が頻繁に用いられ始める。これらの言葉が用いられるようになったのは，「男を愛する男」や「女を愛する女」の運動として始まったものが，あらゆる人間の解放をめざす運動へと進化したからであろう。

（渡部桃子）

▷1　アフリカ系アメリカ人が，かつてはcolored, Negroなどと呼ばれたように，性的少数者も，実に様々な名称で呼ばれてきた。ここではゲイを総称として用いる。

▷2　Gay is Good は，公民権運動のスローガン Black is Beautiful を真似て1968年にゲイの活動家であるフランク・カメニー（Frank Kameny, 1925-2011）が考案したものである。

▷3　レズビアン，ゲイ，バイセクシュアル，トランスジェンダーの頭文字をつなげたもの。規範的なセクシュアリティやジェンダーに順応しないあらゆる人々を意味する総称として用いられ，これにI（インターセックス）やQ（クィア）を加える場合もある。

第五部

Intertextual America

戦争と環境

イントロダクション

いまや世界の警察官を自任するアメリカ合衆国は，植民地時代から多くの戦争を切り抜けてきた。17世紀のフレンチ・インディアン戦争から18世紀の独立戦争，19世紀の南北戦争，世紀末の米西戦争，20世紀の二度にわたる世界大戦や湾岸戦争，21世紀のイラク戦争に至るまで。

ここで肝心なのは，アメリカの公式な歴史の中で，必ずしも強調されない戦争があるということだ。たとえばアメリカ帝国主義の幕開けとなった米西戦争の直後の米比戦争は1899年から事実上1915年まで引き続くのに，それを省みる向きは少ない。さらに米ソ冷戦下における代理戦争の趣の強いヴェトナム戦争は1954年から1973年まで引き続くのに，これをはっきりアメリカの敗戦と認める年表はほとんど存在しない。というのも，前者はフィリピン内部でムスリム系モロ族を六百名も虐殺してしまうという恥辱を残し，後者はそもそもアメリカ兵が何のために戦っているのかわからないうちに惨敗して屈辱を嘗めるに至っているからだ。いずれもアメリカ人にとってはあまり思い出したくない不都合な戦争なのである。21世紀初頭のブッシュ政権下，大量破壊兵器隠匿という言いがかりによって発生したイラク戦争にしても，やがてはそれ自体，隠匿されてしまうかもしれない。我が国は第二次世界大戦の敗戦後，アメリカ軍による占領期を経て民主主義国家に生まれ変わったが，実はアメリカ自身にも敗戦の歴史があることを，ここで忘れるわけにはいかない。

そして，戦争は必然的に自然環境を変革してしまう。旧世界では長い歴史があり免疫力も培われていた天然痘がコロンブスのアメリカ到達以降，新世界に持ち込まれ，それによってインディアンが部族ごと絶滅したことがあるが，それをしも白人入植者は神の摂理とみなした。そして現在，太平洋沿岸のネヴァダ州やワシントン州など核実験が繰り返される地域の居留地に棲むインディアンたちは，放射能汚染と隣り合わせに暮らしている。（巽　孝之）

メイド・イン・オキュパイド・ジャパン
──占領下の日本製品を集める

1　「オキュパイド・ジャパン」とは

占領下日本の貿易は連合国の総司令部 GHQ が管理し，1947年２月20日付で出された「輸出品の記号に関する覚書」（SCAPIN-1535）により再開された。民間貿易の商品すべてに“Made in Occupied Japan（占領下の日本製）”の刻印をつけることが義務づけられた。[1] 1949年にこの原則が緩和され“Japan”だけの表示も許されたが，基本的には1952年のサンフランシスコ講和条約発効まで続く。この「占領下の日本製」と印された品々を輸出先の北米で集めるコレクターたちがいる。[2]

2　戦後の生産活動と輸出品

軍需中心の生産構造が敗戦とともに民需向けに大きく変わる。食糧難や物資不足を緩和するために海外からの輸入品が増える一方，外貨獲得のために非軍事分野での輸出振興策が採用される。1947年に民間貿易が再開され許可された輸出品は，絹や綿の繊維製品，木工製品，ブリキやセルロイド製の玩具，光学精密機械（ミシン，時計，カメラ，望遠鏡，顕微鏡），陶磁器類，楽器など多岐にわたった（図１）。

戦勝国の米国でも物資の配給制が敷かれていたために，人々の暮らしに戦争は陰を落としていた。終戦後，兵士たちや男性の代わりに戦時中働いていた女

図１　河合楽器製作所のハーモニカ

（出所：筆者所蔵。）

▷１　「占領下」の刻印は，日本だけでなく，同様に敗戦国であり連合国４カ国に統治されたドイツでも「占領下ドイツ」と記載することが輸出品に義務づけられた。「占領下」という意味では，日本もドイツと同位置にあった。刻印は，戦時中に「敵国」であった日本やドイツ製品への否定的な見方を払拭することが目的であった。この「占領下のドイツ製」マーク入りも収集の対象となっている。

▷２　吉原ゆう子（2015）『「メイド・イン・オキュパイドジャパン」の史的考察──名古屋陶業界を中心として』中部大学大学院交際人学研究科昭和27年度修士論文，30頁。

性たちは家庭生活に戻り，玩具やインテリア装飾品などささやかな贅沢を楽しむ余裕が出てきた。占領下の日本から輸出された製品は，市民の暮らしに彩りを与えるものとして浸透していった。

3 オキュパイド・ジャパンの収集家たち

この「オキュパイド・ジャパン」の刻印のついた日本製品を集めるコレクターたちが，占領期当時最初に購入した消費者とは別の文脈で発生したのは，1970年代のことである。きっかけは，親や祖父母が持っていた占領期の日本製品だったり，たまたま手にして裏返したときに「オキュパイド・ジャパン」の印に気づいた品物だったりと，様々である。とくにブリキやセルロイドの玩具やノベルティと呼ばれる陶磁器類に人気があるが，収集歴の長いベテラン・コレクターは「オキュパイド・ジャパン」のマークさえあれば，道具や金具など実用品で普通なら老朽化して捨てられたものなどまでデッドストックを探しては集める。コレクター用のガイドブックも複数出版され収集熱が高まった◁3。限られた期間だけに作られた希少品で骨董的価値が高いと注目され，1979年には，北米コレクターの会“The O.J. Club”も結成され40年の歴史をもつ。会員数は1990年代には400名を越えていた。収集家たちの間では全国集会や会報を通じて情報交換と交流が盛んに行われている。

コレクターたちがオキュパイド・ジャパンの品々を収集の対象とする理由には，次の点が挙げられる。(1)希少品ではあるが庶民にとり手の届く価格帯であった。(2)陶磁器類は欧州製（ロイヤルドルトンやマイセンなど）に匹敵するほど質の高いものがあった。(3)多様多種で時間をかけて収集する楽しみがあった。(4)アンティーク店やフリーマーケットをめぐり家族ぐるみで楽しめる趣味・レクリエーションであった。(5)日米の戦争と平和という歴史的背景への興味を深めるものであった。

4 オキュパイド・ジャパンから学ぶ日米の姿

日本国内ではほとんど見かけることのない占領期の日本製品は，意外な運命をたどり北米で収集品として大切に保存されている。食糧難のために配給制が敷かれ，不自由な暮らしではあったが，戦災の心配をしなくてよい時代であった。国内で調達できる人的・物的資源を総動員して製造されたのである。

占領期の日本製品が戦後の米国社会に深く浸透し，人々の生活を豊かにしたこと，またコレクターズアイテムとなり北米の人々が日本や日米関係について考えるきっかけになったことを日本人として覚えておきたい。社会経済史では見落とされがちな「占領期の日本製品」は，当時の日米関係を理解するうえで両国で重要な役割を果たしている。送り出した日本の知らないところで「コレクター文化」を作り出しているのも興味深いことである。　（田中荘子）

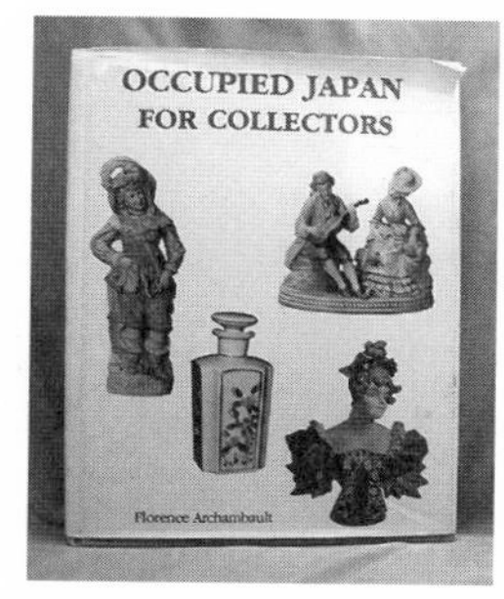

図2　オキュパイド・ジャパンのコレクター用ガイドブック

著者フローレンス・アーチャムボルト氏は、1985年より2012年まで28年間オキュパイド・ジャパンコレクターの会の会長を務めた。
（出所：Archambault (1992).）

▷3　Archambault, Florence (1992), *Occupied Japan For Collectors*, Schiffer Publishing, Ltd.

おすすめ文献

吉原ゆう子（2016）『メイド・イン・オキュパイドジャパン――残された陶磁器』アリーナ第19号　文化研究の汽水域　中部大学，293-345頁。

Archambault, Florence (1992), *Occupied Japan For Collectors*, Schiffer Publishing, Ltd.

Archambault, Florence (2000), *Occupied Japan For the Home*, Schiffer Publishing, Ltd.

Florence, Gene (2001), *Occupied Japan Collectibles*, Collectors Books.

Marsella, Anthony (1997), *Toys from Occupied Japan*, Schiffer Publishing, Ltd.

18　戦争が作った／壊した「アメリカ」像

ノベルティ産業からみた占領期日米関係

1 敗戦と占領期（オキュパイド・ジャパン）をどうみるか

第二次世界大戦が1945年８月15日に終わり，1952年にサンフランシスコ講和条約が発効するまで日本は連合国による占領統治下にあった。「敗戦」と「占領」という歴史的経緯，とりわけ「占領」という言葉からこの時期を否定的かつ自逆的に見る傾向が強かったために，この７年間の日本の輸出産業の動向と日米貿易の意義は過小評価されてきた。

しかし，実はこの占領期こそは，ノベルティ産業[1]が一般市民向けの商品製造を再開し，北米との貿易を復活させ，その後の1960年代から70年代にかけてのノベルティ業界の興隆への足がかりを固めた時期だったのである。

▷１　明治時代中期から作られた陶製玩具が下地となり，大正時代には米国向けの陶製人形の生産が瀬戸で始まる。愛知県瀬戸市を中心に名古屋，三重県四日市市，愛知県常滑市，岐阜県東濃地方など伊勢湾岸地域で生産されたフィギュア，人形，塩コショウ入れ，置き物や装飾品を総称して「ノベルティ」と呼ぶ。

2 ノベルティ産業と戦争

玩具，人形，食器は大正時代から海外に輸出され，とくにノベルティ生産は愛知県瀬戸市を中心に名古屋，三重県四日市市，愛知県常滑市，岐阜県東濃地方からなる伊勢湾岸で行われていた。名古屋における瀬戸や美濃からの素地に絵付けを施す加工業者や貿易商社の存在も中部窯業圏の要であった。しかし，1931年の日中戦争以来，軍需が優先され，原料石炭の不足，兵役徴用による人員不足で通常の輸出用生産は徐々に困難になった。金属代替品，食器，手榴弾や地雷など「統制陶器」の製造が中心となっていった。

太平洋戦争直前には，日本製の食器やノベルティなどは全米の日本からの輸入額の３割に達していたにもかかわらず，開戦で戦前の主要輸出先であった米国との貿易は停止した。統制経済下で1200あった企業数も10分の１に減少し危機的状況となった[2]。

▷２　愛知県陶磁資料館編（1997）『セト・ノベルティー世界へ夢を贈るやきもの』92頁。

3 占領期のオキュパイド・ジャパン製品

軍事に集中していた生産態勢は，平時の国民生活を支えるにはあまりにいびつであった。基幹産業の鉄鋼や水力発電はかろうじて設備を保持していたが，消費関連では設備が有休化・劣化したか，戦災で消滅したものもある。民間貿易が再開したが，輸出入は総司令部（GHQ）の輸出入許可が必要とされ，1947年には「メイド・イン・オキュパイド・ジャパン」の印をつけることが義務化された。

図1　ニューヨーク州みやげ物とオキュパイド・ジャパン裏印
（出所：筆者所蔵。）

図2　光和陶器（瀬戸市）のフィギュアリン
（出所：図1に同じ。）

ノベルティ産業は，まず疎開させていた在庫商品や戦前の型を使った商品を利用しつつ輸出を再開した。商品のラインアップは，多種多様で幅広かった。観光地のみやげ物店や「ダイムストア」のチェーン店で販売される安価で素朴な商品として，塩こしょう入れ，灰皿，磁器人形，花屋の店先に並んだプランターが挙げられる（図1）。他方，デパートや装飾品店では技巧を凝らした見応えのある品も販売されていた。欧州の陶磁器製品（ローヤルドルトンやマイセン）のレベルに達するほど良質のフィギュアリンもある。とくに瀬戸産のノベルティ（図2）や名古屋や美濃で作られたテーブルウェア（洋食器）は美しく高品質とされ戦後の北米市民の消費欲を満たす品々であった。陶磁器は占領時期の日本からの輸出品の分類では，繊維，木工製品，精密機械に次いで第四位に位置していた。

北米からはバイヤーが大挙して訪れ，商談が次々と成立した。製造業と貿易商社（輸出業）が連携してノベルティ輸出に貢献した。材料となるカオリンや窯焚きに必要な石炭の優先的な輸入にGHQの支援もあった。1948年には陶磁器の輸出額は約30億円に達し大きく回復し，1950年の名古屋港の積み出しの40%は陶磁器となった。[◁3]

▷3　吉原ゆう子（2015）『「メイド・イン・オキュパイドジャパン」の史的考察――名古屋陶業界を中心として』中部大学大学院交際人学研究科昭和27年度修士論文，30頁。

4 日米関係の再構築

ノベルティ製品に関していえば，戦争は日米の貿易関係を一時的に壊し停滞させたが，戦前に蓄積された生産技術を活用し生まれた製品は「オキュパイド・ジャパン」の印をつけ占領期に外貨獲得の糧となった。また，日本側の商社と北米の販売業者は戦前に培った関係も復活した。海外貿易のおかげで瀬戸のノベルティ業界も最盛期には300社を越えるまで成長した。

食糧難と闘いながらも長時間労働に携わった製造者（女性や子どもも含む）と輸出業関係者の努力が日本では認められた一方，消費を担う中産階級が増える戦後のアメリカ社会。このふたつの国を戦後つなげた日米貿易，とくに占領期という時期は戦後の日米間の基礎を築く時期として重要である。（田中荘子）

おすすめ文献

Miller, Edward S. (2007), *Bankrupting the Enemy: The U.S. Financial Siege of Japan before Pearl Harbor*, Naval Institute Press.

Dower, John (2000), *Embracing Defeat: Japan in the Wake of the World War II*, W.W. Norton & Company.

日本輸出陶磁器史編纂委員会編（1967）『日本輸出陶磁器史』名古屋陶磁器会館。

18　戦争が作った／壊した「アメリカ」像

3 ヴェトナム戦争

1 ケネディ大統領とヴェトナム戦争

冷戦のただなか，インドシナ半島，および近隣諸国の東南アジア全域の共産主義化を危惧したアメリカは，ヴェトナムへの直接介入を余儀なくされた。第35代アメリカ大統領ジョン・F. ケネディ（John F. Kennedy, 1917-63）は，あくまで軍事介入ではなく，支援活動によって第三世界にアメリカ民主主義を根付かせるという名目で，ヴェトナム共和国初代大統領ゴ・ディン・ジェム（Ngo Dinh Diem, 1901-63）を援助した[1]。一方，南ヴェトナム国内では反ジェム勢力が台頭し，1960年には南ヴェトナム解放民族戦線（ヴェトコン[2]）が結成され，ヴェトナム共和国国内は内戦状態となった。これにより，政府軍を支援するアメリカと，中国・ソ連の支援を受ける解放民族戦線と北ヴェトナムとの戦い，すなわちヴェトナム戦争が勃発したのである。

ビジネス業界から国防長官に抜擢されたマクナマラ（Robert S. McNamara, 1916-2009）の戦略に従いゲリラ戦対策が行われたが，予想以上の苦戦を強いられたアメリカ軍は，1963年までに南ヴェトナム全土で枯葉剤[3]を散布した[4]。こうしてケネディ政権は非軍事的解決をうたいながらも，実際には軍事介入に踏み切ったのである。同年，アメリカとの関係が悪化したジェムは，米軍によるクーデタ支援のもと暗殺された。それから3週間後，テキサス州ダラスではケネディ大統領が暗殺され，ジョンソン（Lyndon B. Johnson, 1908-73）が大統領に就任した。

2 ヴェトナムへの本格参入と泥沼化

1964年8月，米駆逐艦が北ヴェトナムの魚雷艇から二度にわたる攻撃を受けたトンキン湾事件が起こり，その翌年，北爆[5]が開始された。しかしこの事件は，実はジョンソン政権が北ヴェトナム側から突然攻撃されたかのような状況を捏造し，その「報復」として北ヴェトナムを攻撃した，まさにアメリカ政府と軍による事実隠蔽と情報操作によるものであった。つづく1968年の旧正月（ヴェトナムではテトという），南ヴェトナムで解放民族戦線は米軍の不意を突き，これを撃退した。いわゆるテト攻勢であり，ヴェトナム戦争の転換点となった。当時，戦場の光景がテレビを通して報道され，とりわけ全米のリビングルームに流れた解放戦線によるサイゴン米大使館突入の映像は，アメリカ国民に米軍

▷1　生井英考（1987, 2015新版）『ジャングル・クルーズにうってつけの日——ヴェトナム戦争の文化とイメージ』岩波書店，21頁。

▷2　南ヴェトナム解放民族戦線を北ヴェトナムの傀儡組織と考えた，アメリカとジェム政府による解放民族戦線の蔑称。

▷3　ヴェトナム戦争で米軍が大量に使用した除草剤のこと。オレンジ，ホワイト，パープル，ブルー四色の枯葉剤が密林に撒布された。ダイオキシンを含み，奇形児や癌などの深刻な被害を引き起こした。

▷4　生井（1987, 2015新版）30頁。

▷5　解放民族戦線への北ヴェトナムの支援を絶つことを口実に，1965年2月以降，米空軍が北ヴェトナムを連続的に爆撃した事件のこと。これを契機にアメリカは本格的に介入し，戦争はヴェトナム全土に拡大した。

の劣勢を痛感させ，戦争継続への疑問を抱かせた。ヴェトナム戦争介入拡大を受け，選抜徴兵制の対象となった第二次世界大戦後のベビーブーム世代の学生は，大規模な反戦運動に参加した。また同時期，アメリカ国内では様々な抗議運動が起こり，そのなかでも特に公民権運動[6]が激化した。

泥沼化するヴェトナム戦争に対する米兵の苛立ちが爆発したのが，1968年3月のソンミ村の虐殺[7]である。暴走した米兵がヴェトナムの民間人を無差別にレイプ，大量虐殺したこの事件は，のちにアメリカ国民にも知れ渡り，ヴェトナムに自由と民主主義をもたらすための戦争だと信じ込んでいた人々を震撼させた。領土占領といった明確な目標をもたない消耗戦であったヴェトナム戦争では，具体的な成果を図るためにボディーカウント（死体勘定）が重視されたが，これこそが結果的に無差別殺戮を拡大する要因のひとつとなった[8]。

長く続いた膠着状態ののち，第37代アメリカ大統領ニクソン（Richard Nixon, 1913-94）政権下において，パリ和平協定（1973年）により，ついに米軍がヴェトナムから撤退した。しかし，依然として南ヴェトナム政府と北ヴェトナム・南ヴェトナム解放民族戦線との戦闘はつづき，1975年，後者の攻勢によりサイゴンは陥落した。敗北した戦争に関与し，なおかつ残虐行為に手を染めたアメリカ人帰還兵は，アメリカ国民から厄介者とみなされ，ヴェトナム戦争自体もタブー視された[9]。

3 ヴェトナム戦争の神話化

「強いアメリカ」を掲げる第40代大統領レーガン（Ronald Reagan, 1911-2004）政権のもと，不名誉なヴェトナム戦争の記憶を美化する歴史修正主義が台頭した。1970年代後半から80年代にかけて制作されたハリウッド映画に顕著にみられたこの傾向は，米兵を犠牲者として描写し英雄化した。ヴェトコンにロシアン・ルーレットを強要される場面で知られる「ディア・ハンター」（1978年）は，その典型例である[10]。さらに，この映画が契機となり，1982年には，首都ワシントンの国立公園にヴェトナム戦没者記念碑（the Vietnam Veterans Memorial）が建設された。敗北のなかで犠牲となった生命を想起することを目的とするこの記念碑は，ヴェトナム戦争の書き換えが積極的に行われた1980年代において，癒しの過程における主要なアイコンとなった[11]。

（濟藤　葵）

▷6　ヴェトナム戦争時代，合衆国内で高まりをみせていた，黒人による人種差別撤廃と憲法で保障された諸権利の適用を求めて展開した運動のこと。

▷7　ミライの虐殺ともいう。この村民無差別大量虐殺事件が例外的だったわけではなく，米軍による残虐行為は日常茶飯事であった。

▷8　白井洋子（2006）『ベトナム戦争のアメリカ――もう一つのアメリカ史』刀水書房，93頁。

▷9　白井（2006）137頁。

▷10　白井（2006）190頁。

▷11　Sturken, Marita (1997), *Tangled Memories: The Vietnam War, the AIDS Epidemic, And the Politics of Remembering*, U of California, p. 45.

おすすめ文献

白井洋子（2006）『ベトナム戦争のアメリカ――もう一つのアメリカ史』刀水書房。

生井英考（1987，2015新版）『ジャングル・クルーズにうってつけの日――ヴェトナム戦争の文化とイメージ』岩波書店。

Sturken, Marita (1997), *Tangled Memories: The Vietnam War, the AIDS Epidemic, And the Politics of Remembering*, U of California.

キューバ危機

キューバ革命

1898年に勃発した米西戦争により，キューバの独立が決定した。しかし実質的には，キューバはアメリカ政府ならびに資本の支配下におかれ，グアンタナモ米軍基地[1]の永久租借承認に端的にみられるように，アメリカからの政治的，経済的干渉を受け続けた。この期間，キューバでは，親米派のバティスタ大統領（Fulgencio Batista，1901-73）による独裁政権が権力を握っていた。これに抗議したカストロ（Fidel Castro，1926-2016）は，アルゼンチン出身の革命家ゲバラ（Che Guevara，1928-67）とともにゲリラ闘争を繰り広げ，1959年１月にバティスタ独裁政権を打倒した。これがキューバ革命である。首相となったカストロは，小作人に土地を分配する農地改革を実施し，1960年には米系企業を含む大企業の国有化を実行するなど，社会主義化政策を推進した。

▷１　同基地には，2002年，ジョージ・W. ブッシュ政権時に設立された，アフガニスタン紛争やイラク戦争中に逮捕されたテロリストの被疑者の収容所がある。2004年，被収容者への拷問や虐待が明るみにでて，問題となった。

アメリカにとって，フロリダ半島から90マイルも離れていない小さな島に社会主義政権が誕生したことは大きな脅威であった。アイゼンハワー（Dwight Eisenhower，1890-1969）政権は危機感を募らせ，反カストロの反革命勢力の在米亡命キューバ人の軍事訓練を行い，キューバ侵攻の準備を進めた。ケネディ（John F Kennedy，1917-63）政権へと替わった1961年４月17日，ピッグズ湾事件が起こったが，これは反革命部隊がカストロ政権打倒を試みるも，キューバ軍の戦力に圧倒され失敗に終わったアメリカ側の作戦であった。この事件以降，キューバの革命政権はますますソ連と軍事的に接近していった。

2　キューバ危機

冷戦の象徴ともいえるベルリンの壁が建設されてから１年後の1962年，アメリカ政府は，ソ連がミサイルをキューバに配置し，ソ連製兵器の搬入を秘密裏に進めていることを確認した。そして同年10月，U-2偵察機が，キューバに建設中のソ連の中距離弾道ミサイル（IRBM）と準中距離弾道ミサイル（MRBM）の発射台を発見した。これを承け，ケネディ大統領はテレビ演説を行い，ソ連のミサイルがキューバに搬入されたとアメリカ国民に発表した。また彼は，ソ連のミサイル撤去を求め，ソビエト船舶のキューバの港への入港を阻止する海上封鎖を宣言し，キューバからのミサイル攻撃に対してはソ連に報復するという強硬姿勢を示した。米ソ間の緊迫した状態がつづき，アメリカ国民は全面核戦争の恐怖におののいた。交渉の結果，ソ連のフルシチョフ首相（Nikita Khrushchyov，1894-1971）はミサイル撤去を発表し，その見返りとしてアメリカによるキューバ不侵攻の約束をとりつけた。ケネディ大統領もこれに同意し，世界戦争の危機は瀬戸際で免れた。

3 核シェルター・ブームと民間防衛のススメ

米ソ冷戦をめぐる緊張が一気に高まった時代，合衆国政府は国民に，ソ連の核攻撃から身を守るため，地下室を家庭用の核シェルターとして改造することを推奨した。そのなかで，アメリカ国民が核シェルター建設について真剣に考えた時期が三回あった。それは，1949年末にソ連がカザフスタンで実施した初の核実験の直後，1950年代半ばにアメリカが水素爆弾の開発に成功した直後，そして1961年に行われたベルリン危機に関するケネディ大統領の演説から翌年1962年のキューバ危機にかけての時期の三回である。[2]

ベルリン危機の演説のなかで，ケネディ大統領は，万が一核攻撃されても，核シェルターに隠れれば人は生き残れるし，同時に国家も生き残れると発言した。ケネディが示した自己防衛が国家の存続につながるという見解は，民間防衛のパンフレットで頻繁に強調されたコンセプトだった。[3]しかし実際，国民にとって核シェルターは見せかけの安全を示すものでしかなかった。[4]

キューバ危機以前に，すでに1950年代に政府機関である連邦民間防衛局[5]は，核シェルターの設計を詳細に説明したマニュアルを出版していた。また，連邦民間防衛局は短編教育映画『ダック・アンド・カバー』[6]（1951年）を制作し，子供たちに向けて，亀のバートがすばやく甲羅のなかに身を隠すように，常に危険に対処できるよう準備しておこうと呼びかけた。実際1950年代初頭から1960年代にかけて，生徒たちは教室内で，核攻撃に対してバートのように屈んで身を守るという訓練に取り組んだ。

今日から振り返ってみれば冗談にもならない，連邦民間防衛局による民間防衛のススメは，アメリカの核政策が抱えていたジレンマそのものを体現していた。一方で国民に核戦争の恐怖を伝え，核戦争に備えた軍事的国家防衛の必要性を説き，もう一方で国民が核軍備そのものに反対するほどには脅えさせないように安心感も培う。民間防衛のプロパガンダは，脅威と安心という相反する情のバランスをとるよう働いたのである。[7]

（濟藤　葵）

▷2 Jacobs, Robert A. (2010), *The Dragon's Tail*, U of Massachusetts, p. 63.

▷3 Jacobs (2010), pp. 61-62.

▷4 Lichtman, Sarah A. (2006), "Do-It-Yourself Security: Safety, Gender, and the Home Fallout Shelter in Cold War America," *Journal of Design History* 19.1: 39-55.

▷5 FCDA (Federal Civil Defense Administration) と略称で表記されることもある。

▷6 この映画は，レーガン政権のスターウォーズ計画や核の冬によって核戦争に対する不安が再燃した1980年代に公開された映画『アトミック・カフェ』（1982年）において，モンタージュ形式で挿入され，再生産された。

▷7 宮本陽一郎（2016）『アトミック・メロドラマ——冷戦アメリカのドラマトゥルギー』彩流社，212-213頁。

おすすめ文献

May, Elaine Tyler (1988), *Homeward Bound: American Families in the Cold War Era*, Basic Books.
Jacobs, Robert A. (2010), *The Dragon's Tail*, U of Massachusetts.
宮本陽一郎（2016）『アトミック・メロドラマ——冷戦アメリカのドラマトゥルギー』彩流社。

コラム 1

ものから見える世界
——5W1Hの問いかけ

カリフォルニアのドールショーの会場でたまたま見かけた磁器製の人形（図1）。何かと思い，裏返して見えたのは“Made in Occupied Japan”の文字。日本製であることは間違いなさそうである。

図1　ドールショーで出会ったフィギュアリンとオキュパイド・ジャパンの裏印
（出所：筆者所蔵。）

英語の授業で習った疑問詞の 5W1Hが頭をよぎる。When（いつ），Where（どこで），Who（誰が），What（何を），Why（なぜ），How（どのように）の問いかけである。占領期に日本で作られ輸出された品々は，その後コレクター・アイテムとなり，収集家の会（The O. J. Club）までできていた。日本人の筆者も全く知らなかったものの正体が判明した時の驚きは忘れられない。

それから20年。When，What，Why の問いには大方答えが出たが Where，Who，How への確とした答えには至っていない。ライフワークになりそうである。米国大学院（コーネル大学政治学部）へ留学中に指導を受けた指導教授（カッツェンスタイン）の言葉を思い出す。「夕暮れのバナナ園に立ったとき，たわわに実るバナナの背後にある世界に思いを馳せてほしい。」なぜ，どのようにして食卓に届いたのか。日本に輸出された「エビ」や「バナナ」についての良書では，生産に携わる労働者，養殖や栽培現場のオーナー，多国籍企業，日本の国と産出国の関係を描いている。◁1

グローバル化した私たちの生活に日々登場するもの，消費するものについて想像力を働かせてみよう。そこには，私たちが生きる世界の人々，国の政治文化経済，国際関係が見えてくるはずである。“The Upside down World of an OJ Collector（引っくり返して見えるコレクターの世界）”は，オキュパイド・ジャパンの収集会会報のタイトルである。コレクターたちが集める占領下日本製の品々の刻印を見ながら，日本が戦後連合国の統治下にあった時代の生産地の市民暮らしと，輸出先である世界の消費者を想像し，思いを馳せている。

（田中荘子）

▷1　鶴見良行（1982）『バナナと日本人』岩波新書。村井吉敬（2007）『エビと日本人』岩波新書。

コラム 2

POW/MIA の物語

パリ和平協定（1973年）による米軍のヴェトナム撤退から20年経った1993年，『ニューヨーク・タイムズ』紙の一面に，1972年９月の時点で，北ヴェトナムにある11か所の刑務所に1205名の米兵が捕虜として収監されていたという内容の記事が掲載された。1973年３月末には米軍がインドシナ半島から撤退し，それにつづきハノイでは591名の捕虜が釈放され，北ヴェトナムからすべての米兵がいなくなったことが発表された。しかしこの記事を考慮するならば，その時点でもまだ約600名のアメリカ人捕虜がいた計算になる。この報道は，捕虜となっている米兵が依然として生存している可能性を示すものであった。[1]

アメリカでは，戦時捕虜のことをPrisoners of War（POW），戦闘中行方不明兵士のことを Missing in Action（MIA）と呼び，POW/MIA をひとまとめにし，この問題に取り組んできた。1982年に建設されたヴェトナム戦没者記念碑には，約1300人の MIA の名前が刻まれており，それらの名前の横には小さな十字架がつけられている。この十字架の印は，その人物に関する事態が確認されたときにダイヤの形に彫り直され，もしも生還が確認された場合は丸型に削り直されることになっている。しかし，現地のボランティアによれば，今のところ一つも丸型に削り直された事例はない。[2] このように，確かな証拠があるわけではないにもかかわらず，アメリカには，ヴェトナムを含む東南アジアにおける POW/MIA の生存の神話が存在するのである。

なぜこうした神話が，根強く信じられているのか。その発端は，第37代アメリカ大統領ニクソン（Richard Nixon，1913-94）政権にさかのぼる。1969年，ニクソンは北ヴェトナムに対して軍事的圧力を強める一方で，米軍を徐々に撤退させ，サイゴンにおける親米政権維持を目指す政策をとったが不首尾に終わった。行き詰まった戦況を打開しようとしたニクソンは，POW/MIA の問題を利用した。ヴェトナムで拘束されている戦時捕虜を取り戻すために合衆国は戦うのだと，まるで POW/MIA が人質や交渉を有利に導く切り札であるかのように，まるで北ヴェトナムが米兵を誘拐したかのように，アメリカ国民の気持ちを煽り操作した。[3] このニクソンの戦略により，戦時捕虜がいまだに生きているという幻想を植え付けられたアメリカ国民は，敵の手中から彼らを救出したいという思いに駆られていった。[4]

1970年代にはいり，戦時捕虜や戦闘中行方不明兵士をもつ家族団体は，POW/MIA の旗の制作に踏み切った。白と黒の二色使いのこの旗は，不気味な監視塔を背景に，うつむくアメリカ兵捕虜の横顔の輪郭をなぞり，その下に “YOU ARE NOT FORGOTTEN” の白文字が浮かび上がる。この POW/MIA の旗は，ヴェトナム戦没者記念碑をはじめ様々な公共施設で掲げられているだけではなく，POW/MIA の日として設定されている９月の第３金曜日にも，星条旗とともにはためく。POW/MIA の物語は，アメリカ国民のなかで，ヴェトナム戦争が未決着であることを示唆している。

（濟藤　葵）

▷１　生井英考（2000）『負けた戦争の記憶――歴史のなかのヴェトナム戦争』三省堂，100-101頁。

▷２　Sturken, Marita (1997), *Tangled Memories: The Vietnam War, the AIDS Epidemic, And the Politics of Remembering,* U of California, p. 46.

▷３　Franklin, H. Bruce (2000), *Vietnam and Other American Fantasies*, p. 185.

▷４　Turner, Fred (2001), *Echoes of Combat: Trauma, Memory, and the Vietnam War,* U of Minnesota, p. 101.

19　環境をめぐるアメリカの想像力

〈汚染の言説〉と環境運動

1 『沈黙の春』とその後

「不気味な，沈黙だった。鳥たちは，どこへ行ってしまったのだろう」。「白い粒状の粉」がもたらした恐ろしい破壊の世界に言及したこの文章は，レイチェル・カーソン（Rachel (Louise) Carson，1907-64）『沈黙の春』[1]（1962年）の有名な第１章「明日のための寓話」からの言葉である。『沈黙の春』は1962年に発表されると，アメリカ国内外でたちまち大きな反響を呼んだ。産業化が急速に進むなか，殺虫剤や除草剤の大量使用による汚染がいかに生態系に影響を与え，生命を脅かしているのかを告発した本書は，DDT[2]使用の禁止，アースデイ[3]誕生，環境法令の制定[4]，環境保護庁（EPA）設立などのきっかけとなり，現代アメリカ環境運動の発端ともいえる一冊である。

『沈黙の春』以降アメリカでは，汚染の脅威や不安を表現する文学，映像作品，ポピュラーカルチャー，メディアが次々と生み出された。〈汚染の言説〉[5]とも呼ばれるこれらの表現体系は，ジェンダーや人種，住居や食の問題にもかかわりながら，環境運動と社会運動を結びつける重要な役割を担っている。

2 「がん」をめぐる語り

カーソンの汚染文学の系譜に連なる作家の一人に，サンドラ・スタイングラーバー（Sandra Steingraber，1959-）がいる。カーソンが乳がんに罹りながらもその事実を公開することなく『沈黙の春』を執筆したのに対し，スタイングラーバーは『がんと環境』（1997年）[6]のなかで自身の膀胱がんの経験に言及しながら，がんと環境汚染物質の関係を探った。本書には次のような逸話が導入されている。「下流に住む人々は川で溺れる人が増えているのをみて，救助の技術を高めることに苦心した。だが，救助と手当てに夢中になっていたため，上流で人が突き落とされていることに気がつかなかった」。この逸話は，がん治療の研究に多くの時間と費用が使われる一方で，がんの原因を突き詰めることには無関心だったアメリカ社会に対する批判でもある。スタイングラーバーは，がんの発生が集中する地域がアメリカの工業地域と重なることに注目する。がんは「上流＝環境汚染の原因となる場所」が「下流＝環境汚染物質に曝された場所」に住む人々に被害をもたらす環境負荷の格差の問題でもあるのだ。

一方，オードリー・ロード（Audre Lorde，1934-92）は，『がん日誌』（1980年）[7]

▷１　カーソン，レイチェル／青樹簗一訳（1964）『沈黙の春』新潮文庫。

▷２　安価で大量生産できることから殺虫剤として広く用いられていた合成化学物質。

▷３　地球や環境問題への意識を高めるための日（毎年４月22日）。

▷４　アースデイに続いて，アメリカでは大気汚染防止法（1970年），水質汚染防止法（1972年），絶滅危惧種保護法（1972年）などの法律が制定された。

▷５　人間によって作られた化学物質や有毒物質による汚染に対する不安や恐れを表現したもの。1998年，ローレンス・ビュエルが『クリティカル・インクワイアリー』誌のなかで「汚染の言説」と題した論文を発表し，広まった概念。

▷６　スタイングラーバー，サンドラ／松崎早苗訳（2000）『がんと環境――患者として，科学者として，女性として』藤原書店。

▷７　Lorde, Audre (1980), *The Cancer Journals*, Aunt Lute Books.

▷８　「女性支配の構造」と「自然支配の構造」が関連しているという認識からエコロジーとフェミニズムの接点に注目する思想。

▷９　Bullard, Robert D. (1994), *Unequal Protection: Environmental Justice and Communities of Color*, A

のなかで，乳がんにまつわる沈黙，乳房切除を経験したレズビアン同志のつながり，人工乳房をめぐる女性への抑圧について触れながら，「黒人レズビアン・フェミニストの経験」として乳がんを記録した。がんをジェンダーやセクシュアリティの問題に結びつけた本書は，カーソンやスタイングラーバーにつながるエコフェミニズム[◁8]の作品となっている。

3 環境正義運動と演劇アクティヴィズム

環境汚染の負荷が人種的にも不平等に分配されている事実が広く注目されるきっかけとなったのは，1982年，ノースカロライナ州ウォーレン郡で起こった有害廃棄物埋め立てに対する大規模な反対運動である。有毒なPCB（ポリ塩化ビフェニル）を含んだ土壌の埋め立て地の候補として，おもに貧困層の黒人が居住する地域が選ばれると，地元の住人や活動家が集まって抗議を行い，アフリカ系アメリカ人を中心とした全国的な運動へと広がっていった[◁9]。この運動は1990年代に興隆する環境正義運動[◁10]へと発展していく。

だが，環境汚染に対する人種的マイノリティ[◁11]の抵抗運動は，1980年代にはじまったことではない。たとえば1960年代70年代のチカーノ運動[◁12]では，セサール・チャベス（Cesar Chavez，1927-93）を中心とする農業労働者組合が，労働環境改善と危険な農薬の使用禁止を訴え，ストやボイコットを展開した。このときルイス・ヴァルデス（Luis Valdez，1940-）らによるシアター・グループ「農民劇団」は，即興劇などによって運動をサポートした。

演劇を通して汚染の被害を告発する手法は，シェリー・モラガ（Cherríe Moraga，1952-）の『英雄と聖者』（1994年）[◁13]にも引き継がれている。農薬汚染によって手足を失った子供たちを映したドキュメンタリー『葡萄の怒り』（1986年）からインスピレーションを得た本戯曲は，汚染の影響を受けた身体を可視化することが農業労働者の抵抗運動につながることを示している。

4 モノカルチャー vs 多様性

汚染の問題は私たちが体内に取り入れる食物とも深い関わりを持つ。食肉の環境ホルモン汚染に斬り込んだ小説『イヤー・オブ・ミート』（1998年）[◁14]で知られるルース・L.オゼキ（Ruth L. Ozeki，1956）は，2003年，遺伝子組み換え作物の汚染に着目した小説『オール・オーバー・クリエーション』[◁15]を発表した。遺伝子組み換え作付けに関する法的規制を強める推進力となったドキュメンタリー映画『食の未来』（2004年）や『フード・インク』（2008年）のように，オゼキの小説もまた，遺伝子組み換え作物によってモノカルチャー化[◁16]をすすめる農業のあり方に疑問を呈し，多様性を重視するアクティヴィズムを提案する。エコ革命の未来を想像・創造しようとするオゼキの試みは，汚染の言説に内包されるエコロジカルな想像力の可能性を示している[◁17]。

（松永京子）

Sierra Club Book.

▷10 環境（的）公正運動とも呼ばれる。人種的マイノリティや社会的弱者は，より多くの環境負荷を分配されているという考えに基づき，これを是正しようとする運動。

▷11 黒人，ヒスパニック，アジア系など少数派の人種グループのこと。

▷12 メキシコ系アメリカ人による公民権運動。チカーノという呼称は，1960年代以降，メキシコ系活動家や芸術家などによって積極的に用いられるようになった。

▷13 Moraga, Cherríe (1994), *Heroes and Saints & Other Plays*, West End P.

▷14 オゼキ，ルース・L.／佐竹史子訳（1999）『イヤー・オブ・ミート』アーティストハウス。

▷15 Ozeki, Ruth L. (2003), *All Over Creation*, Viking.

▷16 単一の作物を栽培する農業形態や単一的な文化に依存する傾向のこと。

▷17 松永京子（2007）「汚染の言説から多様性の言説へ――ルース・L・オゼキの小説」『エコトピアと環境正義の文学』晃洋書房，123-137頁。

おすすめ文献

上岡克己・上遠恵子・原強編著（2007）『レイチェル・カーソン』ミネルヴァ書房。

本田雅和／デアンジェリス，風砂子（2000）『環境レイシズム――アメリカ「がん回廊」を行く』解放出版社。

伊藤詔子監修（2011）『オルタナティヴ・ヴォイスを聴く――エスニシティとジェンダーで読む現代英語環境文学103選』音羽書房鶴見書店。

19　環境をめぐるアメリカの想像力

核汚染を語る

1　核汚染の不安

冷戦期に執筆された『沈黙の春』（1962年）は，冷戦期の文学やポピュラーカルチャーの特徴の一つでもある「核の不安」を色濃く反映した作品としても知られる。[1] 化学薬品による汚染の恐ろしさを強調するために，カーソンは繰り返し核兵器や核戦争に言及した。だが，カーソンの核に対する不安は，冷戦期の文学にしばしばみられるような核戦争や核攻撃が起こるかもしれないという不安というよりはむしろ，放射性物質がエコシステムや人間の身体にもたらす影響に対する懸念，すなわち「核汚染の不安」ともいえるものだった。

カーソンを筆頭にエコロジカルな視点から核汚染の不安を描いた作家たちは，1990年代以降，続々と登場している。その多くが，核実験，核関連施設，核廃棄物，ウラン鉱山などに影響を受けた土地をホームとし，第二次世界大戦時や冷戦期に汚染された（あるいは今も汚染されている）故郷の歴史を掘り起こすことで，核汚染に抵抗している。

2　「風下」に住む人々

冷戦後の核汚染文学を牽引する作品の一つが，1980年代の母の乳がん，そして湖の水位の変化による渡り鳥保護区の危機が同時進行する，ユタ州ソルトレイクシティの故郷を描いたテリー・テンペスト・ウィリアムス（Terry Tempest Williams, 1955-）の『鳥と砂漠と湖と』（1991年）[2] である。エピローグ「片胸の女たちの一族」では，母，祖母，叔母，作者を含めた家族の乳がんがネヴァダ核実験場からの放射性降下物によるものかもしれないという事実が紐解かれている。

安全な食物や飲み物を選び，出産も早い年齢で終えるモルモン教徒[3] の家庭に育ったウィリアムスが，核汚染と乳がんの因果関係を疑うのには根拠がある。1957年９月，ウィリアムス一家が車で移動しているとき，「プラムボム作戦」[4] と呼ばれる核実験の爆風を受けていたのだ。この事実は，ユタ州がネヴァダ核実験場の風下で核汚染に晒されてきた歴史へとつながっていく。

1979年にユタ州の住人が政府を訴えた訴訟は，核実験とがんの因果関係の証明が難しい，また政府は統治者であるため訴えることができないという理由から敗訴している。しかしウィリアムスは，「異端者」になるリスクを負いながらも，政府や権威者に対して「従順」であることが望まれるモルモン教の伝統

▷1　Cordle, Daniel (2008), *States of Suspense: The Nuclear Age, Postmodernism and United States Fiction and Prose*, Manchester University Press.

▷2　ウィリアムス，テリー・テンペスト／石井倫代訳（1995）『鳥と砂漠と湖と』宝島社。

▷3　ユタ州の約60パーセントの人口はモルモン教徒といわれている。モルモン教では基本的に，アルコール，タバコ，コーヒーなどの摂取が禁止事項となっている。

▷4　1957年５月28日から10月７日の間にネヴァダ核実験場でおこなわれた一連の大気圏内核実験。

に対して異義を申し立てる決断を下す。ウィリアムスの抗議は，九人の「風下の住人」とともに，核汚染地域に不法侵入するというラディカルなものだ。「紙とペン」のみを武器とするこの抗議を，ウィリアムスは「市民の不服従[◁5]」と呼ぶ。このように核汚染への不安をアクティヴィズムへと転化し，書くことを武器とする生き方は，アメリカ西部作家のレベッカ・ソルニット（Rebecca Solnit，1961-）によっても引き継がれている。

3 語られはじめるハンフォード

ドイツ系ルター派入植者を祖先とするテリ・ハイン（Teri Hein，1953-）の『アトミック・ファームガール[◁6]』は，1943年にはじまるワシントン州ハンフォードの歴史を，約百マイル離れた故郷パルースの歴史と織り交ぜたメモワールである。長崎の原爆に使用されたプルトニウムを精製したハンフォード核施設では，1987年に全面的に生産が停止されるまで，約55トンのプルトニウムが生産された。また，ソ連が初の原爆実験に成功した1949年，スリーマイル島原発事故の500倍ともいわれるヨウ素131が大気中に放出されている[◁7]。

農業を営む父や近隣の人々が1950，60年代に次々とがんに罹った事実を，ハインはハンフォードの原子炉から排出された放射性物質による汚染に結びつける。だが，ウィリアムスのケースと同様，核汚染と病気の因果関係を証明することは容易ではなかった。1991年，ハインの母を含めた4000人の住民が原子炉を操業する企業に対して訴訟を起こしている。しかし，2000年版エピローグでは，本訴訟が十年以上経っても解決されていないことが示唆されている。

4 語られなかったミッドナイト鉱山

ハインの作品で特筆すべきは，ハンフォード建設により土地を追われた入植者の歴史が，1850年代，ジョージ・ライト大佐や米軍に土地を剥奪された先住民族ヤカマやスポケーンの歴史と重ねられている点である[◁8]。地元の青年クラブのリーダーの馬に，ヤカマのチーフとされるクワルチャンの名が付けられていることに言及するだけでなく，ハインは自らをクワルチャンの妻に見立てながら，核汚染の被害を先住民迫害の歴史に接続する。このような視点は，主流の環境運動と先住民の協働の可能性を示す一方で，入植者と先住民の衝突や，先住民抑圧の歴史の一頁としての核汚染を見えにくくしてしまった。

これまであまり注目されることはなかったが，ハンフォードから百マイルほど離れたスポケーンの居留地には，ミッドナイト・ウラン鉱山が存在する。鉱山が1981年に閉鎖された後も，核廃棄物によって先住民コミュニティを脅かし続ける核汚染に対する不安は，シャーマン・アレクシー（Sherman Alexie，1966-）やグロリア・バード（Gloria Bird，1951-）の詩にみいだすことができる[◁9]。

（松永京子）

▷5 市民的不服従とも呼ばれる。環境保護運動の先駆者として知られる作家ヘンリー・デイヴィッド・ソロー（Henry David Thoreau，1817-62）が提唱。良心に従って意図的に法律に従わないなど，政府や権力者に対する非暴力的な抵抗手段。

▷6 Hein，Teri（2000/2003），*Atomic Farm Girl: Growing up Right in the Wrong Place*，Mariner Books.

▷7 田城明（2003）『現地ルポ 核超大国を歩く――アメリカ，ロシア，旧ソ連』岩波書店，42-54頁。

▷8 伊藤詔子（2015）「核の場所の文学――ハンフォード，ネヴァダ・テストサイト，トリニティへの旅」『核と災害の表象――日米の応答と証言』英宝社，74-109頁。

▷9 松永京子（2019）『北米先住民作家と〈核文学〉――アポカリプスからサバイバンスへ』英宝社，156-199頁。

おすすめ文献

小谷一明・巴山岳人・結城正美・豊里真弓・喜納育江編（2014）『文学から環境を考える――エコクリティシズムガイドブック』勉誠出版。

スロヴィック，スコット／中島美智子訳（2014）『スコット・スロヴィックは語る――ユッカマウンテンのように考える』英宝社。

熊本早苗・信岡朝子編（2015）『核と災害の表象』英宝社。

19　環境をめぐるアメリカの想像力

3 ネイティヴ・ニュークリア・ナラティヴ

1 先住民文学と核

環境正義運動が興隆する1990年代，ウラン鉱山，核実験場，核関連施設，核廃棄物などが，先住民の土地に集中的に置かれてきた歴史が注目されるようになった。冷戦後に次々と誕生した核汚染文学においても，汚染された土地にもともと居住していた先住民に共感をよせて書かれた作品は少なくない。このように，先住民と核の関係は90年代になってようやく可視化されるのだが，先住民作家たちはすでに70年代という早い時期から，核や原爆を主要なテーマとして文学作品のなかで描いてきた。

先住民文学にみられる核表象は多岐にわたる。1940年代以降，先住民族の政治，経済，文化に大きな影響を与え，深刻な環境問題をもたらしてきた核産業に対抗する小説や詩，先住民族の文化的・歴史的文脈から核の性質を語り直そうとする詩や散文，ポストモダン的手法を用いて現状の核をめぐる政治を転覆しようと試みる小説など，幅広い核のナラティヴが形成されている。

2 核の植民地主義

先住民族ラグーナ・プエブロのレスリー・マーモン・シルコウ（Leslie Marmon Silko，1948）は，原爆や核の問題を早い時期から文学テーマとして取り入れた作家である。1977年に出版された『儀式』[◁1]には，第二次世界大戦退役軍人のテイヨを主人公に，ラグーナ・プエブロの土地と文化が，核産業と原爆の登場によってどのように変容したのかが，土地と物語を基軸としながら描かれている。本作品において重要な場面の一つは，テイヨが，ホワイトサンズ・ミサイル実験場[◁2]やロスアラモス[◁3]からさほど遠くないジャックパイル鉱山[◁4]跡地で，ナバホやプエブロに伝わる妖術の物語に接続しながら，核の破壊の構図を理解する箇所である。この場面は，アメリカ南西部の核産業が先住民の土地に集結している事実を露呈しながら，先住民の土地の搾取を基盤に発展してきたアメリカ社会の破壊の頂点に原爆があることを示している。[◁5]

アメリカ南西部の「核の植民地主義[◁6]」に対抗する作品には他にも，先住民族アコマ・プエブロのサイモン・J. オーティーズ（Simon J. Ortiz，1941-）の詩集『ファイト・バック――人々のために，土地のために』（1980年[◁7]）がある。1960年代にアコマ・プエブロ居留地付近に開かれたウラン鉱山と精錬場で働いた経

▷1　シルコウ，レスリー・M.／荒このみ訳（1998）『儀式』講談社文芸文庫。

▷2　世界初の核実験が行われたニューメキシコ州にある実験場。

▷3　原爆開発を目的とするマンハッタン計画の一環として設立された国立研究所。

▷4　ラグーナ・プエブロの居留地に開かれ，かつては世界最大であった露天掘りウラン鉱山。

▷5　Matsunaga, Kyoko (2014), "Leslie Marmon Silko and Nuclear Dissent in the American Southwest," *The Japanese Journal of American Studies*, vol. 25, pp. 67-87.

▷6　核保有主義を植民地主義の実践としてとらえる言葉。

▷7　Ortiz, Simon J. (1980), *Fight Back: For the Sake of the People, For the Sake of the Land*, INAD Literary Journal.

▷8　松永京子（2019）『北米先住民作家と〈核文学〉――アポカリプスからサバイバンスへ』英宝社，

験をもつオーティーズは，ウラン鉱山や精錬場の危険な労働環境や，人種を越えた労働者の連帯を描きながら，植民地主義と近代資本主義社会が生み生した「核の植民地主義」への抵抗を試みている。◁8

3 語り直される原子

先住民族チェロキーの血を引くマリルー・アウィアクタ（Marilou Awiakta, 1936-）は，南西部出身のシルコウやオーティーズとは違った形で核と出会っている。アウィアクタの父親は，マンハッタン計画の一環として秘密裏に建設されたテネシー州のオークリッジで，ウランやプルトニウムを「分離」する施設で働いていた。アウィアクタの詩集『永遠なるアパラチア山脈――山と原子が出会うところ』◁9（1978年）は，近代科学によって支配され，分離されてきた原子を，生命を養う「自然本来」の姿としてとらえ直そうとする試みである。

アウィアクタの原子観は，アルベルト・アインシュタイン（Albert Einstein, 1879-1955）やニールス・ボーア（Niels (Henrik David) Bohr, 1885-1962）といった理論物理学者たちによる「詩的な科学」◁10を思わせる。だが一方で，チェロキーの強制移住や再生の歴史，あるいは生命の象徴としてトウモロコシの重要性を伝える口承伝統をその基礎におくことで，アウィアクタは原子を，先住民族の歴史的文化的文脈から語り直している。◁11

4 トリックスターと原爆

先住民族アニシナベのジェラルド・ヴィゼナー（Gerald Vizenor, 1934-）による『ヒロシマ・ブギ』（2003年）◁12は，これまでの核や原爆のナラティヴに新たな旋風を巻き起こした小説である。主人公のローニン・アイノコ・ブラウンは，アニシナベと日本人のあいだに生まれた混血戦争孤児で，広島平和記念資料館や平和公園といった場所で〈平和〉を象徴する器物を破壊しながら，「見せかけの平和」を糾弾する。ローニンにとって「見せかけの平和」とは，表面上は平和を謳う権力者が享受してきた，核兵器によって支えられた政治である。

本作品は，大田洋子の『屍の街』（1948/50年）や大江健三郎の『ヒロシマ・ノート』（1965年）など，日本の〈原爆文学〉の影響を強く受けている。たとえば，過激な行動を繰り返すローニンが常に被爆者や社会的弱者の側に身をおく姿は，ときに扇情的な言葉によって非難を受けながらも，被爆した孤児や社会から見過ごされてきた人々に寄り添って生きてきた大田洋子と重なる。◁13

だが，ヴィゼナーの核のナラティヴは，既存の〈原爆文学〉や〈核文学〉の範疇にはおさまらない。アニシナベに伝わるトリックスターやネイティヴ・サバイバンス◁14の概念をベースとするヴィゼナーの文学は，独自の観点から原爆をとらえ直そうとする新しい〈ネイティヴ・ニュークリア・ナラティヴ〉の領域を切りひらいているといえるだろう。

（松永京子）

38-126頁。

▷9 [Awiakta] Thompson, Marilou Bonham (1978), *Abiding Appalachia: Where Mountain and Atom Meet*, St. Luke's P.

▷10 アインシュタインは芸術と科学の根源には「神秘」があるとし，一方，ニールス・ボーアは「原子となると，言葉は詩のなかでのようにしか使えない」と述べている。

▷11 松永（2019）200-236頁。

▷12 Vizenor, Gerald (2003), *Hiroshima Bugi: Atomu 57*, U of Nebraska P.

▷13 松永（2019）237-277頁。

▷14 先住民族の物語や文化を継承し続けながら，植民地主義的支配やステレオタイプ化に抵抗すること。ヴィゼナーは，ジャック・デリダが用いたことでも知られる「サバイバンス」という言葉を，先住民の自治権回復と結びついた「犠牲者とされることを拒否するビジョン」として用いている。

おすすめ文献

石山徳子（2004）『米国先住民族と核廃棄物――環境正義をめぐる闘争』明石書店。

鎌田遵（2006）『「辺境」の抵抗――核廃棄物とアメリカ先住民の社会運動』御茶の水書房。

松永京子（2019）『北米先住民作家と〈核文学〉――アポカリプスからサバイバンスへ』英宝社。

コラム 1

「インディアンの涙」は「偽物」？

1971年，前年に世界初のアースデイが宣言され，アメリカの環境意識が高まるなか，一世を風靡したコマーシャルがある。「涙するインディアン」として知られる「アメリカを美しく」（Keep America Beautiful；KAB）の公共広告だ。カヌーに乗った「インディアン」が川を下るなか，TV 画面には，水面に浮かぶ新聞紙，煙を吐き出す工場地帯，ゴミで荒らされた浜辺が順に映し出される。そして，「インディアン」がカヌーを降りると，渋滞したハイウェイの車から彼の足元にポリ袋が投げ捨てられる。カメラのフォーカスは「インディアン」の顔に移動し，頬を伝う一筋の涙をとらえる。ナレーションはこうだ。「かつてこの国にあった自然の美しさに，深く，変わらぬ尊敬の念を抱くものがいる。そして，抱かないものもいる。人間は汚染をはじめた。人間は汚染を止めることができる」。

２度目のアースデイに初めて発信されたこのコマーシャルが，多くのアメリカ人に影響を与えてきたことは間違いない。映画や人気アニメでもパロディ化され，いまや70年代アメリカの文化的アイコンともいえるこの広告は，アメリカ人のエコロジーへの関心を向上させる上でも一役買った。私の周りにも，幼い時にリアルタイムでこの広告を見て，「ゴミのポイ捨ては絶対にしない」と心に誓った友人たちがいる。

「先住民俳優」アイアン・アイズ・コーディ（Iron Eyes Cody，1904-99）は，「涙するインディアン」の役によって一躍時の人となった。だが，1996年，『ニューオーリンズ・タイムズ＝ピカユーン』紙は，コーディが「インディアン」でなく，イタリア系アメリカ人二世である可能性を報道した[◁1]。グリセリンで作られた「涙」のみならず，「インディアン」までもが「偽物」かもしれないというのだ。

コーディの出自の真相はともかく，「涙するインディアン」には問題が多い。羽飾りといかにも「伝統的」な衣装の「インディアン」が，過去の美しい自然の消滅を憂い，都市化するアメリカを前に言葉なく涙する姿は，「環境主義者」や「過去の遺物」としての「インディアン」というステレオタイプを助長する。実際のところ，このような「インディアン」のイメージは，広告が放映された1970年代当時，自治権や土地返還を求めてアルカトラズ島を占拠したアメリカン・インディアン・ムーブメント（American Indian Movement；AIM）など，現実の先住民の存在を見えにくくしてしまった。

「涙するインディアン」の広告は，企業によって利用されてきたことも指摘されている。この広告の製作には，飲料メーカーやパッケージ関連の企業が深く関わっており，企業に対する環境運動家の批判から人々の関心をそらすために，広義の「環境汚染」ではなく個人の「ゴミのポイ捨て」，「企業の責任」ではなく「個人の責任」を強調したというのだ[◁2]。これが本当であるならば，「涙するインディアン」はまさに，「偽物」のイメージで「真実」を隠蔽することに成功した広告戦略だったといえる。　　　　（松永京子）

▷1　Waldman, Amy (1999), "Iron Eyes Cody, 94, an Actor and Tearful Anti-Littering Icon," *The New York Times*, Jan. 5.

▷2　Strand, Ginger (2008), "The Crying Indian: How an Environmental Icon Helped Sell Cans—and Sell Our Environmentalism," *Orion Magazine*. November-December; Dunaway, Finis (2015), *Seeing Green: The Use and Abuse of American Environmental Images*, U of Chicago, pp. 79–95.

コラム2

ブラックヒルズの「ウラン・ブーム」

サウスダコタ州ラピッドシティから南西に向かって車を30分程走らせると，歴代の大統領４人の顔が彫られたラシュモア山に到着する。さらに２時間かけて北東に進み，ワイオミング州に入ると，松林に囲まれてそびえ立つ巨岩デビルズタワーがみえてくる。ブラックヒルズと呼ばれるこの地域は，先住民族ラコタ・スーが「パハ・サパ（黒い山）」と名付け，聖地としてきた場所だ。1868年，アメリカ政府とラコタが結んだララミー砦条約によって，「草が茂り，川が流れる限り」先住民のものであり続けると約束された土地でもある。

しかしこの「約束」は，これまでの条約同様，すぐに破られてしまうことになる。1874年，偵察隊を率いたジョージ・アームストロング・カスター（George Armstrong Custer，1829-76）が，ブラックヒルズで金鉱を「発見」したと大々的に報告すると，アメリカ軍や植民者による侵略がはじまった。カスターと彼の部隊は，1876年の「リトルビッグホーンの戦い」で敗れるものの，アメリカ政府は食料配給を打ち切るとラコタを脅し，ブラックヒルズを買い上げた。[◁1]

ブラックヒルズの「ゴールド・ラッシュ」から約一世紀後，この地に新たな「ラッシュ」が訪れる。ウラン鉱が1950年代に発見され，鉱山の開発がはじまると，1960年代から70年代前半にかけて，多くの大企業が殺到する「ウラン・ブーム」が起こったのだ。

さて，1970年代，ブラックヒルズから百マイルほど離れたパインリッジ居留地で，２つの事件が起こっている。1890年のラコタの虐殺で知られるウンデッド・ニーで，1973年，アメリカン・インディアン・ムーヴメント（AIM）のメンバーとラコタが「占拠抗議」を行った。当時居留地では，連邦政府と手を組んだリチャード・ウィルソン（Richard Wilson，1934-90）とその手下（通称「グーンズ」）が強権をふるっており，ウィルソンに反対するラコタ伝統派と AIM メンバーが，「グーンズ」，BIA 警察，州警察，FBI と対立していた。[◁2]

その２年後，パインリッジ居留地で２人の FBI と１人の先住民が銃弾に倒れる。「オグララ事件」と呼ばれるこの事件では，AIM メンバーでウンデッド・ニー占拠に参加したレナード・ペルティエ（Leonard Peltier，1944-）が罪を問われ，２回の終身刑を言い渡された。ペルティエの判決の公平性には疑義があり，アムネスティ・インターナショナル等は釈放を要求している。

1992年，マイケル・アプテッド（Michael Apted，1941-）はドキュメンタリー『インシデント・アット・オグララ』と映画『サンダーハート』のなかで，オグララ事件の真相に迫った。とくに後者の作品は，居留地内の殺人事件の背景にウラン鉱山が置かれている点が興味深い。ピーター・マシセン（Peter Matthiessen，1927-2014）がルポタージュ『クレイジー・ホースの魂に』（1983年）で示唆しているように，1970年代の AIM やラコタ伝統派に対する抑圧は，ブラックヒルズのウラン鉱山の利権とも無関係ではなかったのだ。[◁3]

21世紀のいま，この傾向は変わっただろうか。2017年，スタンディングロック・スー居留地の水源を汚染する可能性がある石油パイプライン「ダコタ・アクセス・パイプライン」の開発に，トランプ大統領がゴーサインを出した。このような環境的不公正が終わらない限り，スタンディングロックやパインリッジにおける先住民の闘いと抵抗は続くだろう。　（松永京子）

▷１　Nies, Judith (1996), *Native American History*, Ballantine Books, pp. 282-284.

▷２　Nies (1996), pp. 734-735.

▷３　Matthiessen, Peter (1983), *In the Spirit of Crazy Horse*, The Harvill, pp. 104-106.

第六部

Trans-Pacific America

環太平洋的ヴィジョン

イントロダクション

基地問題といえば沖縄を指すようになって久しいが，ふりかえってみれば「明白な運命」のスローガンが叫ばれる1853年，ペリーの黒船が日本に来航した最大の目的は，この極東の島国を捕鯨の基地にすることであった。

ただし，正確を期すなら，その５年前の1848年，チヌーク・インディアンとスコットランド系アメリカ人を両親にもつラナルド・マクドナルドが「日本への夢」に駆られて北海道の松前の地を踏み，急遽，長崎奉行所へ送られて，日本初の英語教師になっている。教え子のひとり森山栄之助（1820-72）は，のちに徳川幕府がペリー提督と交渉する際に通訳を務めている。他方，土佐出身の中浜（ジョン）万次郎（1828-98）は1841年，14歳の時に漁船に乗り込むも遭難し，アメリカの捕鯨船に助けられ北米東海岸で教育を受けることになり，51年に帰国したのちには，黒船対応のため江戸幕府から招聘され，軍艦教授所にて活躍することになる。当時の日本は入国も出国も禁じる「二重にかんぬきのかかった国」（『白鯨』109章）であったが，にもかかわらず入国を夢見たアメリカ人もいれば，漂流民となりアメリカ的知識を身につけて帰国したことで近代日本構築に寄与した日本人もいたのだ。

開国後の日本はアメリカの科学技術から多くを学び，たちまち近代国家となり，日清戦争と日露戦争で連勝を続けたことで，欧米列強からも一目おかれる。その背景には，明治の啓蒙思想家・福澤諭吉が，1860年と1867年にアメリカ合衆国を訪れ，万次郎と共にウェブスターの英語辞典を購入したことが大きい。同書は彼らが西洋文明や外交文書に関する本を翻訳するのに大いに資した。

このように友好関係にあった日米両国が敵同士となり，第二次世界大戦の終結には二発の原爆を要したことは残念である。けれどもその悲劇をふまえて新たなアメリカ文学が，ひいてはアジア系アメリカ文学が書かれるに至ったことは明記しておかねばならない。　（巽　孝之）

20　海とアメリカ捕鯨

ペリーが浦賀にやってきた

ペリーの日本遠征

1853年７月８日，東インド艦隊司令長官マシュー・C. ペリー（Matthew C. Perry，1794-1858）率いる４隻の「黒船」が浦賀沖にあらわれた。ペリーはミラード・フィルモア第13代大統領の親書を持参していた。そこでアメリカ政府は江戸幕府に，通商関係の締結とそれに伴う港の開港，船舶への石炭・水・食料の補給，そして漂流民の保護を求めた。黒船の力に圧された江戸幕府は，翌1854年３月１日に神奈川条約に調印。200年に渡る鎖国に終止符が打たれたのだった。

日本開国をはたしたペリーは帰国後，幕府との交渉に用いた文書の写しや航海日記の編集をフランシス・L. ホークス牧師（Francis L. Hawks，1798-1866）に依頼して，1856年に『ペリー艦隊日本遠征記』を出版した。そこで彼は開国後の日本の展望を次のように語っている。「他国の人々による物質的進歩がうみだした成果を学びとろうとする日本人の好奇心」と「それらを容易に自分らの用途に順応させる」能力があれば，いずれ日本が「もっとも成功した工業国」にもひけをとらない国に成長する日が来るだろう（ペリー『ペリー艦隊日本遠征記』）。

2　日本開国とアメリカ捕鯨

日本開国にはアメリカの基幹産業であった捕鯨業が関係していた。ベンジャミン・ウォーターハウス・ホーキンズ[◁1]（Benjamin Waterhouse Hawkins，1807-94）による『動物の図像挿絵集』（1845年ごろ）には19世紀におけるクジラの活用図が載せられている（図１）。マッコウクジラの皮からとれる油は家庭用のロウソク，街灯や灯台の光源，機械用潤滑油に加工され，クジラの髭からはコルセットや傘の骨が作られた。ま

図１　クジラの活用図
（出所：Heathcote Williams (1988), *Whale Nation* より。）

▷1　イギリスの彫刻家，博物学芸術家。チャールズ・ダーウィン（1809-82）の『ビーグル号航海記』（1839年）に魚類や爬虫類を描いた49編の図版を寄せている。

た，マッコウクジラの歯は絵や模様が刻み込まれたスクリムショーという工芸品の材料に使われ，希少価値の高い竜涎香からは薬品や香水が作られた。それらは，アメリカにとどまらずヨーロッパにも高級品として輸出された[◁2]。こう考えると，1860年代から石油精製業が発達するまで，アメリカ人の生活はクジラによって支えられていたと言えるだろう。

アメリカ捕鯨業にとって日本は地理的に重要な位置にあった。17世紀後半からはじまった捕鯨業は，1820年代に太平洋漁業が発見されると黄金時代をむかえる。ペリーが日本に来航した1850年代初頭，661隻の捕鯨船におよそ2万人の船員が乗り込み，それらが太平洋を埋め尽くしていた[◁3]。日本近海はクジラの高い漁獲量が見込まれる漁場であり，多くのアメリカ船がクジラを求めて航行していた。そこでアメリカ政府としては，自国船が太平洋で難破したときのために，船員の安全確保と財産の保護を日本に求める必要があったのである。

▷2 森田勝昭（1994）『鯨と捕鯨の文化史』名古屋大学出版会，112-115頁；川澄哲夫（2004）『黒船異聞』有隣堂，22-23頁。

▷3 川澄（2004）35頁。

3 開国における文化交換

あくまで鎖国の姿勢を堅持しようとする日本とペリーとの交渉は難航した。そこで交渉を円滑にするため，ペリーは自国から持参した文物を贈り物として用いた。アメリカ大統領から将軍への贈答品という名目で，ペリーが選びぬいた品々――動物図鑑，4分の1の大きさの蒸気機関車の模型，モールス電信機，ライフル銃，銀盤写真機など――が贈られ，当時の科学技術の粋を集めて作られた品物は幕府の役人を驚かせた。それにたいして，日本は急須や陶磁器，そして寺の鐘などを贈った。また，協定締結にさいしてはそれを祝して，日本側が相撲観戦[◁4]を企画すると，アメリカ側は白人が顔を黒く塗って黒人に扮して踊るミンストレル・ショーを披露して応じた[◁5]。

アメリカから寄贈された文明の利器は，その圧倒的な軍事力と科学力を日本側に印象付けることになり，開国を促す一因となった。一方で，遠征にあたって日本の文化や風習を事前に調べていたペリーは，贈答品の交換を国家的威信をしめすための格好の手段と考えた。「贈答品はすべて優位にある国に贈られる」という「東洋につきものの慣習」をふまえつつ，彼は品物を一方的にではなく，同価値のものをたがいに贈り合うことにこだわった。1853年7月16日付のペリーの日記には，奉行からの鶏肉と卵という「ささやかな贈り物」に対してさえ，彼が「貸しをつくってはならない」と考え，幕府役人とその妻たちに返礼の品を贈ったと記されている。第一回目の日本遠征をふりかえるさいに，彼は，贈り物の習慣を逆手にとることで，アメリカの「力と優越性」を正しく日本に印象づけながらも，両国間の親密で対等な関係性を強調することができたことを誇らしげに語っている（ペリー『ペリー艦隊日本遠征記』）。

（田ノ口正悟）

▷4 相撲観戦をしたペリーは『遠征記』のなかで，力士の土俵入りから立合いまでを詳述している。相撲を「興味深くも野蛮な見世物で，古代の剣闘士を思い出させる」とする記述からは，アメリカと「鎖国している異教徒」，すなわち日本との文明の差を強調しようとする姿勢が見て取れる（ペリー『ペリー艦隊日本遠征記』）。

▷5 川澄（2004，113-115頁）；ベンフィー，クリストファー／大橋悦子訳（2007）『グレイト・ウェイヴ』小学館，58-60頁。

おすすめ文献

川澄哲夫（2004）『黒船異聞』有隣堂。

ホークス，フランシス・L.／オフィス宮崎編訳（2009）『ペリー艦隊日本遠征記』万来舎。

ベンフィー，クリストファー／大橋悦子訳（2007）『グレイト・ウェイヴ』小学館。

20　海とアメリカ捕鯨

環太平洋と黄禍論

「明白な運命」

図１　アメリカの擬人化である女神が西部開拓を導いている

（出所：Gast, John (1872), *American Progress.*）

ペリーの日本遠征には捕鯨業に加えて，アメリカ国内の政治的機運が関係していた。1845年，アメリカ人エッセイストのジョン・オサリヴァン（John L. O'Sullivan, 1813-95）は『デモクラティック・レヴュー』誌において「合併」と題される記事を発表した。彼は，世論をにぎわせていたメキシコ戦争（1845-48年）によるテキサスとオレゴンの併合を，神よりアメリカ人に与えられし「明白な運命」（Manifest Destiny）として正当化した。このスローガンは一斉を風靡して，1848年のゴールド・ラッシュ[1]とも呼応しつつ，アメリカ西漸運動を擁護する理論的支柱となった。

ジョン・ガスト（John Gast）による絵画「アメリカの進歩」（1872年）は，この機運を端的に描出している（図１）。スクールブックを持った女神が，1869年に開通した大陸横断鉄道の電線を引きながら荒野を進んでいく。女神の後には幌馬車が進み，農具をもった人々が土地を開墾している。ガストの絵は，未開の西部を開拓する西漸運動を神から与えられし「明白な運命」として神聖視する一方で，その暗黒面をも明らかにする。女神が突き進む先では，土地を奪われたアメリカ先住民が追い詰められ，バッファローも逃げ出している。

ふりかえるなら，このような西漸運動の二面性は19世紀の時代的特徴でもあった。たとえば，アンドリュー・ジャクソン第７代大統領（Andrew Jackson, 在任1829-37）の治世は，選挙権を全白人男性に拡大するなど「ジャクソン民主主義」と讃えられた。それまでの大統領とはちがい，開拓民の家の出でありながら大統領にまでのぼりつめた彼は，自身の勤勉さと努力で立身出世をはたしたセルフメイド・マンの理想を体現した英雄であった。しかし一方，西部開拓事業を精力的に推進した彼は，悪名高いインディアン強制移住法[2]を制定するなど，アメリカ先住民への土地収奪や迫害を断行したのだった。

2　アメリカン・フロンティアとしての太平洋

メキシコ戦争によってカリフォルニアを獲得して西海岸へと到達したアメリ

▷１　この年，カリフォルニアのサッターズミルにて金鉱発見が報じられると，８万人を超える人々がこの地域に押し寄せた。開拓民が農業と鉱業を急速に発達させた結果，1850年にカリフォルニアは州への昇格を果たした。

▷２　1830年に制定されたアメリカ先住民の強制移住に関する法令。諸州ないし領地に居住する先住民との土地交換，および東部先住民のミシシッピ川以西への移住を定めた。

▷３　下河辺美知子（2016）「モンロー・ドクトリンの半球分割――地球（グローブ）についてのメンタルマップ」『モンロー・ドクトリンの半球分割』彩流社，13-17頁。

カは，中国や日本との交易をめざして，西漸運動の舞台を太平洋へと移していった。太平洋は，捕鯨やアジアとの交易を通じてアメリカに利益をもたらす経済的空間であると同時に，1776年にイギリスから独立してまもない新生国家アメリカが，自らの国家的権威を確立してその影響力を行使する場として機能していた。

ジェームズ・モンロー第5代大統領（James Monroe，在任1817-25）が1823年に行った一般教書演説は，その後，アメリカの外交政策の基本的指針となる姿勢をうちだした。彼は，南北アメリカ大陸を「こちらの半球」と呼び，今後ヨーロッパ諸国によるいかなる植民地支配も拒むと主張した[3]。大西洋を隔てた両大陸を西半球と東半球に分断する「モンロー・ドクトリン」によって，アメリカはヨーロッパ的植民地主義を批判する一方で，メキシコや太平洋周辺地域への彼らの進出を平等な交易に基づくとして例外視していくようになる。現に，ペリーの日本遠征は，既存の政府への干渉ではなく，両者が恩恵を得ることができる貿易であることを強調する。あくまでもアメリカの太平洋進出は，ヨーロッパ諸国がかつて，大西洋における奴隷貿易や植民地支配によって行ってきたような，その地域に住む人々の生活を破壊することではない。むしろそれは，キリスト教と民主主義の流布と先端的科学技術の輸出を目的とした自由貿易だったのである[4]。

3 黄禍論

貿易によって西洋文明を流布しようとする発想は，アジア・太平洋地域に住む野蛮人を文明化しようとする姿勢と表裏一体をなしていた。日本開国にあたって，当時のアメリカのマスメディアは日本の野蛮さと，その犠牲になったアメリカ人捕鯨船員の存在を強調した。たとえば，ロレンス号[5]やラゴダ号[6]などの事件は，鎖国期日本に漂着した外国人船員が拘留され粗雑な扱いを受けたうえに死者までだしたとして，アメリカの新聞や雑誌に取り上げられた。つまり，捕鯨船は日本のような「野蛮」な国をはじめに訪れる一方で，そのような国との外交交渉，ひいては開国の必要性をアメリカ本土の人々に印象付けるための蝶番として機能していたのである[7]。

じっさいペリーは，大統領国書とともに提出した自身の書簡において，これらの事件に言及しながら日本側の対応を批判している。「アメリカ国民が彼らの意思で，あるいは海難によって［日本の］領域」に上陸するようなことがあれば，彼らは「最悪の仇敵であるかのように扱われる」として，そのような蛮行をひかえるよう訴えた（ペリー『ペリー艦隊日本遠征記』）。アメリカ人の安寧を脅かすアジア人の凶暴性を強調するこのような黄禍論は，彼らの太平洋地域への進出にその啓蒙化・文明化という「正当な」理由を付与したのである。

（田ノ口正悟）

▷4 Murphy, Gretchen (2005), *Hemispheric Imaginings: The Monroe Doctrine and Narratives of U.S. Empire*, Duke University Press.

▷5 1848年5月27日にアメリカ捕鯨船ロレンス号が，千島列島沖で沈没。ボートに乗った7人の生存者が6月3日に蝦夷に漂着した。上陸後，彼らは2カ月半も檻に捕らえられたのちに長崎に送られ，オランダ船に乗せられて日本を離れた。

▷6 1848年6月に松前沖で，アメリカ捕鯨船ラゴダ号から15人の船員が脱走して上陸後捕縛された。生き残った12人は利尻島に上陸したあとで長崎に送られ，1849年にアメリカ軍艦により救出された。

▷7 Saiki, Ikuno (2007), "'Strike through the Unreasoning Masks': *Moby-Dick* and Japan," Jill Barnu, Wyn Kelley, and Christopher Sten, eds. *"Whole Oceans Away": Melville and the Pacific*, Kent State University Press, p. 189.

おすすめ文献

下河辺美知子編（2016）『モンロー・ドクトリンの半球分割』彩流社。

Murphy, Gretchen (2005), *Hemispheric Imaginings: The Monroe Doctrine and Narratives of U.S. Empire*, Duke University Press.

Slotkin, Richard (1973), *Regeneration through Violence: The Mythology of the American Frontier, 1600-1860*, Wesleyan University Press.

20　海とアメリカ捕鯨

3 ハーマン・メルヴィルと捕鯨文学

1 太平洋の想像力

19世紀以降，アメリカにとって太平洋は，国家的経済的成長のために不可欠な空間となっていった。しかし，人とモノが行き来する太平洋では，そのような国家の枠組みにおさまらない存在がいた。たとえば，日米和親条約の締結に尽力した中浜（ジョン）万次郎（1828-98）は，もとはといえば，土佐国中ノ浜村の漁師で，無人島で遭難していたところを捕鯨船ジョン・ハウランド号に救出されてアメリカに渡り，英語とアメリカをふくめた世界事情を学んだ。また，1848年に焼尻島に上陸して捕らえられたラナルド・マクドナルド（Ranald MacDonald, 1824-94）は長崎に送られるも，そこで初の英語教師となって，ペリーとの交渉において通訳をつとめた森山栄之助（1820-71）などを育てあげた。[1]

▷1　岩尾龍太郎（2010）『幕末のロビンソン——開国前後の太平洋漂流』弦書房。

太平洋における予期せぬ出会いと経験は，人々の想像力を刺激してやまない。特に，アメリカ文学と太平洋の関係を語るうえで欠かせないのはハーマン・メルヴィル（Herman Melville, 1819-91）である。彼はニューヨークの貿易商の三男として生まれるも，少年時代に父が商売に失敗して亡くなる。家計を支えるため様々な仕事を転々として，1841年1月に捕鯨船アクシュネット号の乗組員となって太平洋への遠洋航海に出る。しかし，そこでの過酷な生活に耐え切れず，1842年7月にマルケサス諸島ヌク・ヒバで仲間と脱走をはかり，原住民の村に逃げこむ。ホノルルなどを経由して，1844年に家族のもとにもどる。[2]

▷2　Levine, Robert S. (1998), *The Cambridge Companion to Herman Melville*, Cambridge University Press.

捕鯨船員として太平洋を航海した経験をもとにして，メルヴィルは，白いマッコウクジラに片足を切りとられた狂気のエイハブ船長の悲劇的復讐譚を傑作『白鯨』（1851年）として書き上げる。本作で主人公イシュメールは「捕鯨船はわがイェール大学であり，ハーヴァード大学である」（メルヴィル『白鯨』24章）と語る。父の商売の失敗によって大学で学ぶことができなかったメルヴィルにとって，多種多様な人間から構成される捕鯨船での経験は，アメリカという国家の現状と課題を肌でじっさいに感じて学ぶ格好の機会となったのである。

2 批判と反復の太平洋

メルヴィルはヌク・ヒバ島での原住民との交流を下敷きにして，デビュー作『タイピー』（1846年）を出版する。南太平洋の自然の美しさと原住民の素朴な純粋さを美化して描く一方で，本作は，太平洋に進出する西洋世界が文明化の名のもとに隠蔽していた欺瞞と暴力性を明らかにする。ホノルルを訪れたさい，メルヴィルはアメリカ人宣教師ゲリット・P. ジャッドの妻が原地人に自分の車をひかせている光景を目の当たりにする。そこで彼は，西洋文明が太平洋の島々にもたらした現実を次のように報告する。「風光明媚かつ，家具がきちんとそなえられた珊瑚岩造りの大邸宅」に住みながら，「聖人ぶった」宣教師たちとその家族は，「あわれな原住民たち」を「精神的指導者たちの乗り物」として扱い，彼らを「物言わぬ獣」として搾取していた（メルヴィル『タイピー』26章）。

『白鯨』においてメルヴィルは，屠殺業としてうとまれていた捕鯨業の再評価を行う。第24章「弁護」はいかにアメリカ人の，ひいてはヨーロッパの人々の生活が捕鯨によって支えられてきたかを示す。鯨捕りが世界の開拓者としてもたらす恩恵を熱弁する語り手は，直前にせまった日本開国について次のように語る。「もし，くだんの二重にかんぬきのかかった国・日本が門戸を開くようなことになれば，捕鯨船こそがその栄誉を称えられるべきだろう。それはすでに日本の近くまで来ているのだ」（メルヴィル『白鯨』24章）。メルヴィルの描く太平洋はまさに，アメリカ西部からホノルル，はては中国や日本の極東アジアを射程に含めたフロンティア・スピリットが体現されているのである。◁3

一方で，アメリカを含めた西洋世界への根源的な批判を行うメルヴィル作品が同時代の差別意識から無縁だったというわけではない。たとえば，エイハブ船長が従える謎の銛打ちフェダラーに関する描写は，当時の東洋世界への人種的偏見を再生産する。イシュメールは彼を，「地球が原初の時代にたたえていたぼんやりとした原始性の多くを現代までも残存している」「不変のアジア社会」（メルヴィル『白鯨』50章）から来たとする。ここには，「アジア人を軽視する悪魔的な人種差別主義者」としての当時の白人の姿が重ねられている。◁4

3 アメリカ民主主義の再創造

メルヴィル作品は，アメリカを含む西洋世界を批判しながらも，その問題点を反復する。しかし，彼の作品は批判や反復のみに終わらず，新たな理想を提示する。それは，イシュメールとクィークェグの友情関係にあらわれている。南太平洋出身のクィークェグは食人種であり，はじめはイシュメールに恐怖を与える。ところが，その謙虚さや純真さといった人間的美徳を目の当たりにして，イシュメールは「ジョージ・ワシントンを食人種として進化させると」クィークェグになると褒めたたえる（メルヴィル『白鯨』10章）。そして彼は人種の垣根をこえた理想を悟る。つまり，「最も卑しい船乗りや背信者，あるいは漂流民にさえ，暗くとも高貴な資質を見出す」ことで「偉大なる民主主義の神」を実感するのである（メルヴィル『白鯨』26章）。人種的多様性にみちた海での経験を通じて，メルヴィルは民主主義というアメリカ社会の根幹をなす理想を再構築しようとしたのである。

（田ノ口正悟）

▷3 巽孝之（2005）『『白鯨』アメリカン・スタディーズ』みすず書房。

▷4 Schultz, Elizabeth (2007), "'The Subordinated Phantoms': Melville's Conflicted Response to Asia in *Moby-Dick,*" Jill Barnu, Wyn Kelley, and Christopher Sten, eds., *"Whole Oceans Away": Melville and the Pacific*, Kent State University Press, p. 206.

おすすめ文献

巽孝之（2005）『『白鯨』アメリカン・スタディーズ』みすず書房。
Giles, Paul (2011), *The Global Remapping of American Literature*, Princeton University Press.
Huang, Yunte (2008), *Transpacific Imaginations: History, Literature, Counterpoetics*, Harvard University Press.

コラム 1

一枚の絵，アレゴリーとしてのパナマ運河

パナマ運河は，当時最先端の技術により1913年に完成を見た。この運河は，中央アメリカのパナマ地峡を横断する全長64kmの閘門式運河である。閘門式とは水門を設けて水量を調節し，船舶等を通過させるために水を貯める方式のことである。この運河の歴史は，アメリカ帝国主義の覇権を物語る。

スエズ運河を開通させたフランス人のレセップス（Ferdinand de Lesseps, 1805-94）は，1881年に運河の構想を抱く。彼はパナマ運河会社を発足させたが，財政危機に直面。その後，新パナマ会社が設立され，その仕事は同社に細々と引き継がれることとなるものの，フランスによる運河建設は下火となり，そこにアメリカが本格的に乗り出してくることとなる。

マッキンリー大統領時代になり，ようやく建設が遅れていたニカラグア運河からパナマ運河に重点が移る。やがて，運河事業は，セオドア・ローズヴェルト大統領に引き継がれる。ローズヴェルトは，運河建設等の権利を買い取るスプーナー法案を通過させ，パナマを統治していたコロンビア議会に対し，屈辱的なほどに不利な条件を掲げたヘイ－エラン条約を突き付ける。しかし，コロンビア側はこの条約を拒絶。そこでアメリカは，運河の建設を進めるため，パナマを1903年にコロンビアから独立させるに至る。運河は，10年の歳月を費やして1913年に完成。翌1914年には，通行業務を開始する。

こうした流れは，アメリカ帝国主義政策の一環であるカリブ海政策およびモンロー主義と深い関係を持つ。カリブ海政策とは，アメリカが自国のカリブ海地域における政治的優位を確立するため，20世紀初頭にとった政策だ。ローズヴェルト大統領は，西半球におけるヨーロッパの勢力拡大をせき止めるモンロー主義に基づき，パナマのコロンビア独立をめぐる動きの中で，カリブ海政策を本格的に実施したのである。

因みに，アメリカ人版画家ジョセフ・ペネル（Joseph Pennell, 1857-1926）は，『センチュリー・マガジン』誌と『イラストレイテド・ロンドン・ニュース』紙にパナマ運河を題材にした複数の版画を発表している。それら一連の作品を集め，ペネル自身が文章を添えた『ジョセフ・ペネルによる運河の絵画』（*Joseph Pennell's Pictures of the Panama Canal*, 1912）の序文には，もしも何かパナマ中部の都市コロンに記念碑が置かれるのであれば，それはこの運河を作った偉大なフランス人・アメリカ人たちに対してでなければならないと述べられている（p. 8）。ペネルは，運河建設を破壊的に進める蒸気ショベルを，画家自身が物語るように，「もし眼鏡をかけてさえいたのなら，まさにテディ（セオドア・ローズヴェルト大統領のこと）のように見える」「野獣」として描き出している（図１）。

図１　パナマ運河を工事中の蒸気ショベル
（出所：『ジョセフ・ペネルによるパナマ運河の絵画』。）

このように，パナマ運河建設の歴史は，アメリカ帝国主義の意識を，象徴的に表しているのである。

（大木雛子）

コラム2

他者の顔貌
――ペリーとテイラー

ホークス[1]編纂『日本遠征記』（1856年）の「前書き」にて，提督ペリー[2]は「この日本遠征記は……私が提供した資料によって書かれた真実の記録である」と述べる。とはいえ『遠征記』は，ペリーとともに日本に来た多くの士官らによる記述がもとになっている。なかでも航海士として本遠征に参加した旅行作家ベイヤード・テイラー（Bayard Taylor，1825-78）の *A Visit to India, China, and Japan in the Year 1853*（1855年）は，『遠征記』のネタ本といってもよい。テイラーは自身の『旅行記』のなかで，日本開国にいたる重要な契機として「大琉球島奥地踏査」「琉球王宮訪問」「小笠原諸島踏査」「江戸への出航」などを記した。それらをホークスは『遠征記』を編纂するにあたり大いに取り入れたが，ある記述はばっさりと切り捨てた。その一例は，テイラーがメルヴィルの冒険小説『タイピー』（1846年）に言及しつつ，自身が父島奥地の険しい崖を果敢にも乗り越え踏査を成し遂げる姿を描いたくだりである。ホークスは偉大なる詩人になりたいと願っていたテイラーの文学的欲求や，メルヴィルの植民地主義批判をも削除し，アメリカ民主主義の顔としてのペリーの姿を打ち立てた。

しかし，というかゆえに，実物のペリーを見た日本人は少なかった。ペリーは旗艦サスケハナ号の長官室に閉じこもり，江戸幕府の限られた要人としか面会しないことで己の権威と存在感を高めた。確かにこの方策によりペリーは江戸幕府にとって脅威となったが，江戸民衆の想像力を掻き立てた驚異でもあった。そこで，日本の西洋化を企んだペリーの顔貌は，日本人によって東洋化され流布していった。[3]

ペリーが日本に開国をせまる前年，ニューヨーク州ロチェスターにて元奴隷のフレデリック・ダグラスは「7月4日は奴隷にとっていかなる意味があるのか」という演説を行い，アメリカ合衆国の独立がはらむ矛盾を詳らかにした。類まれなるプレゼンテーション能力をもったダグラスと同じく，19世紀に展開した「ライシーアム」（文芸や科学の普及を目的とした大衆的集い）において有名になったのがテイラーであった。おりしもアメリカが南北戦争を経て帝国主義的拡大に乗り出そうとするときに，テイラーは中東風の衣装を纏い，日本をはじめとする東洋の国々の文化を語り／騙り人気を博した。その姿には，他者を所有することを可能にしたアメリカ民主主義の顔貌が，信頼と懐疑とによって上塗りされるのを見てとることができる。

図1 『北亜墨利加合衆国水師提督ペルリ之肖像』
（出所：神奈川県立歴史博物館所蔵。）

（深瀬有希子）

▷1 本書の20-1（192-193頁）を参照。
▷2 本書の20-1（192-193頁）を参照。
▷3 神奈川県立歴史博物館『特別展ペリーの顔・貌・カオ―「黒船」の使者の虚像と実像』（2012年）や，マサチューセッツ工科大学のウェブサイト“Visualizing Cultures”（https://visualizingcultures.mit.edu/home/index.html 2019年11月19日アクセス）を参照。

21　科学最先端からみるアメリカ

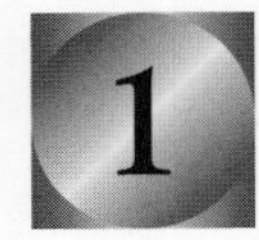

1 再生医療

1 ワイオミングの悲劇

そのきっかけは，1983年に，アメリカ50州の中でもっとも人口の少ない州，ワイオミングで起こった出来事だった。ワイオミング州キャスパーに住む5歳と7歳の兄弟，そして6歳の友人は，自分たちのからだにべったりとくっついたペンキを，車庫にころがっていたガソリンで洗い流そうとしたときである。夕方になり暗くなった部屋を明るくしようと，彼らの一人がマッチを擦った瞬間，あたりは火に包まれた。彼らは体表面の97パーセントを超える大やけどを負い，いったんデンバーのこども病院に運び込まれるも，友人は命を落としてしまった。息を繋いでいる兄弟の皮膚も，もはや自然に回復できる損傷のレベルを超え，このままの治療ではほぼ確実に命を落とす。そして，担当医となった医師は，歴史に残る決断をする。彼らに，世界で初めての治療を受けさせるため，電話の受話器を取ったのだ。

2 体外で細胞を増やすこと

当時，マサチューセッツ工科大学のハワード・グリーン（Howard Green，1925-2015）らは，ヒトの表皮細胞を体外で培養し，シートのような膜状の集団を形作ることに成功していた。動物を用いた実験では，表皮を欠損させた部位にこのシートをはりつければ，貼り付けた細胞が定着し表皮を再形成することがわかっていた。デンバーからボストンのシュライナー熱傷病院に移送された彼らの皮膚から2平方センチメートルの皮膚が採取され，3週間後には，数千平方センチまで培養された表皮シートが出来上がる。そのシートは形成外科医・ニコラス・オコーナーらによって移植され，見事に彼らの体に定着した。数カ月後，生存をほぼ絶望視された幼い兄弟はワイオミングへと帰ることができたのである。この成功は臨床医学の世界的な雑誌である『ニューイングランドジャーナルオブメディシン』誌に掲載され，世界で初めての「再生医療」の成功例となった。

3 再生医療とES細胞

体外で細胞を分化・増殖させ，その細胞を体に戻すことで，病気や怪我などで失われた身体の機能を回復させようとするのが，再生医療の概念である。グリーンらの成功以降，30年の歴史のなかで，様々な出来事があった。たとえば，

1998年，ウィスコンシン大学マディソン校のジェイムズ・トムソン（James Thomson, 1958-）らによるヒトES細胞の樹立である。ES細胞は生殖治療で作られた体外受精胚のうち，子宮に戻されなかった胚をバラバラにして作られる。胚は子宮の中で胎児として育ち，ヒトとして生まれる可能性をもつ。つまり，受精後すぐの胚の細胞は人体を形成するあらゆる細胞へと分化する能力をもっており，この能力を体外で，半永久的に維持できるようにしたものがES細胞である。だが，その能力はヒトの生命の出発点ともいえる胚に由来するゆえに大きな論争の的となる。とくに，キリスト教の価値観では，詩篇[1]やイザヤ書[2]，ルカによる福音書[3]などの解釈から，人の命は受精した瞬間に宿るとされ，研究自体が許容できないと考える保守的な人も少なくなかった。一方で，キリスト教の価値観でも，病に苦しむ人を救けなければならない，という観点から，研究を行うべきと解釈することもできる。そしてこの対立は政治にも及び，慎重な共和党政権と積極的な民主党の間で，研究は大きく旋回することとなった。

4 再生医療まがい行為の横行

こうした「人の生命とは何か」といった根源的な問題だけではなく，もっと現実的な問題点もある。現在，再生医療というアプローチが臨床応用と言えるレベルに達しているものは，前述のグリーンらの例のほか，培養軟骨[4]など，いくつかの領域に限られている。ES細胞が持つ宿命を避けるべく，2007年に京都大学の山中伸弥（1962-）らが樹立を成功させたヒトiPS細胞[5]由来の組織も，現時点では実験的な移植が行われたのみにとどまる。だが，社会からの大きな期待を利用し，科学的には根拠も，安全性も明確ではない「自称再生医療[6]」や，認めていない国の多い中絶胎児由来細胞の移植による治療を，医療倫理の立ち遅れた国でビジネス化し富裕層の患者を呼ぶ「幹細胞ツーリズム[7]」と呼ばれる行為が問題視されつつある。すでに再生医療という言葉には光と闇がある。

5 再生医療の今後に

グリーンらが開発した皮膚シート移植によるやけどの治療は著効を示すものであり，大きく期待された。だが，思ったほどには商業的成功は得られていない。実は，シート移植を行いうる国では，この技術が必要となるほどの大きなやけどの件数は，さほどない。その技術が必要なのは，調理器具や照明に化石燃料を使わなければならない，国全体が貧しい地域であるからだ。貧しさゆえの事故から命を救う技術でありながら，金持ち向けの高額な医療であるというのは，先進医療が持つ皮肉でもあると言える。倫理的でない，ブレーキをかけるべきだ，というのは美々しいスローガンである。しかしそれは現実から逃避し思考を停止しているだけのことである。実施に，人類にその価値を共有するために何をなすべきかを考えるのが，人文知が持つ力の一つでもあるはずだ。（八代嘉美）

▷1　それはあなたが私の内臓を造り，母の胎のうちで私を組み立てられたからです（139-13）。

▷2　あなたを造り，あなたを胎内に形造り，あなたを助ける主はこういわれた「わがしもべヤコブよ，わたしが選んだエシュルンよ，恐れるな」(44-2)。

▷3　あなたがたは、布にくるまって飼い葉桶の中に寝ている乳のみ子を見つけるであろう。これがあなたがたへのしるしである（2-12)。

▷4　患者本人，あるいは他人の軟骨の一部を摘出し体外で培養した軟骨。

▷5　すでに分化した細胞に，外部より遺伝子を導入し，あたかもES細胞と同様にふるまうように「初期化」された細胞のこと。本書の21-コラム①（206頁）を参照。

▷6　治療効果があきらかでないことを隠し，あたかも万能で全く安全であるかのようにふるまう細胞移植などを指す。

▷7　自国では技術的に，または法律的に困難な医療技術を受診するために海外へと渡航すること。

おすすめ文献

八代嘉美（2011）『増補 iPS細胞——世紀の発見が医療を変える』平凡社新書。

スラック，ジョナサン／八代嘉美訳（2016）『幹細胞——ES細胞，iPS細胞・再生医療』岩波科学ライブラリー。

21　科学最先端からみるアメリカ

2 遺伝子と家族の多様化

1 遺伝とは何か

遺伝とは，親から子へと，なにがしかの特徴が受け継がれていくことを意味する。その多くは，肌や髪の色のような身体的なものとして現れるため，科学の発展がその仕組みを解明するはるか昔から，人種や家族といった集団の同一性の証しとしても機能してきた。すなわち，人類にとっては長いこと，互いに似ているということが何ものにもかえ難い身分証明であり続けてきたのである。

一方で，いったい何が「遺伝」という現象を引き起こしているのかについては，20世紀に入ってもなかなか明らかにされなかった。歴史がようやく動いたのは1953年のことで，アメリカの分子生物学者であるジェイムズ・ワトソン（James Dewey Watson，1928-）と，イギリスの生物学者であるフランシス・クリック（Francis Harry Compton Crick，1916-2004）によって，デオキシリボ核酸（DNA）分子の二重らせん構造[1]が発見された。これをきっかけとして，ついに遺伝の仕組みについての科学的な説明がなされる時代となったのである。

2 ヒトゲノムプロジェクトと「家族」

生物の遺伝情報を保存する遺伝子は，複雑な原子のまとまりとして，DNA分子の一部をなしている。そして，DNA 分子が完全なセットとなったものは，ゲノムと呼ばれる。ヒトゲノムは，2600個を超える遺伝子を持つ核ゲノムと，37個の遺伝子を持つミトコンドリアゲノムに分けられる[2]。1990年，このヒトゲノムの塩基配列を解明しようとする国際的なプロジェクトが立ち上がり，アメリカ，イギリス，フランス，日本，ドイツ，中国といった国々が参加した[3]。1993年にアメリカ大統領となったクリントン（Bill Clinton，1946-）もまた，このプロジェクトの熱心な推進者となった。

さらに，ゲノムの解読は，家族という概念にも少なからぬ影響を及ぼすこととなった。ヒトゲノムプロジェクトは，人類全体がたった0.05パーセントのゲノムの違いしか持たない，一つの大きな家族であるといった，巨視的なビジョンも提供したのである[4]。

3 フェミニズムと遺伝子

ヒトゲノムプロジェクトがスタートした1990年は，20世紀に飛躍的な発展を

▷1　二重らせん構造とは，DNA 鎖が水素により結合し，二本鎖を形作ったもの。二本の DNA 鎖は逆平行に互いに巻きつき，ワトソン-クリックの法則に従って相補的な塩基対が形成される。

▷2　ストラッチャン，トム＆リード，アンドリュー／村松正實・木南凌監修／村松正實・木南凌・笹月健彦・辻省次訳（2011）『ヒトの分子遺伝学　第4版』メディカル・サイエンス・インターナショナル。

▷3　ヒトゲノムプロジェクトの実施期間は，当初，1990年から2005年までの15年間とされていた。プロジェクトは，国際ヒトゲノム塩基配列決定コンソーシアムによって行われた。

▷4　ヤナイ，イタイ＆レルヒャー，マルティン／野中香方子訳（2016）『遺伝子の社会』NTT 出版。

▷5　セックスは生物学的な性差であり，ジェンダーは社会的かつ文化的に構築される性差のこと。セク

遂げたフェミニズム運動とその理論にとっても重要な年であった。ジュディス・バトラー（Judith Butler，1956-）の『ジェンダー・トラブル』（1990年）と，イヴ・コゾフスキー・セジウィック（Eve Kosofsky Sedgwick，1950-2009）の『クローゼットの認識論』（1990年）という，それまでのフェミニズム理論を更新する記念碑的な研究書が，アメリカで相次いで刊行されたのである。

彼女たちはいずれも，ジェンダーとセックスとセクシュアリティの複雑な関係[5]について論じることで，国家から家族にいたる男性中心主義的な集団のあり方を批判し，同時に，そうした社会において生み出される個人のアイデンティティというものに対しても，その本質を鋭く分析してみせた。このとき，彼女たちが注目したのは，染色体やゲノムをめぐる生物学的な議論と，権力や言語をめぐってなされる社会学的な議論の齟齬であった[6][7]。

4 ゲノム研究の新しい展開

ヒトゲノムプロジェクトは，実質的には2003年に終了し，ヒトゲノム配列の決定という成果をあげた。しかし，遺伝子をめぐる研究はこれ以降，さらなる細分化を余儀なくされ，2007年頃からは，個体の間にみられるゲノム配列の差異といったものがクローズアップされることとなった。

また，ヒトという一つの生物種の設計図を手に入れた生物学者たちは，それが他の生物種の設計図とどのような関係にあるのかという，もう一つの大きなテーマにも乗り出すこととなった。一つの地球に暮らす生物としての共通点を大枠で確認した生物学者たちは，それではなぜヒトは他の生物種と異なるかという問題に，改めて向き合わざるを得なくなったのである。

5 重要な他者性

こうした時代にあって，アメリカの思想家ダナ・ハラウェイ（Donna J. Haraway，1944-）による，フェミニズム理論と進化論的生物学の知見を踏まえた仕事が注目を集めている。『伴侶種宣言』（2003年）と題されたポケットサイズの書物において，ハラウェイは，遺伝子の結びつきに固執する現代人の意識を解き放とうとする。彼女はたとえば，アジリティー[8]のような犬と人間がともに参加するスポーツを引き合いに，異種間の協働の果てに立ち現れる，新しい家族像を提示してみせるのだ[9]。

異なる集団に生きるものたちが，そのどちらかが全体であるとか一部であるとかいった議論に紛糾することなく，互いに対話をして理解を深めること。ハラウェイの掲げる「重要な他者性」という概念は，ポストゲノム[10]の時代における，家族や集団の多様性を考える上で欠かすことのできない知見をわれわれに与えてくれるのである。

（波戸岡景太）

シュアリティとは，一義的には性的な指向のことであり，アイデンティティの一部と考えられる。

▷6　バトラー，ジュディス／竹村和子訳（1999）『ジェンダー・トラブル――フェミニズムとアイデンティティの攪乱』青土社。

▷7　セジウィック，イヴ・コゾフスキー／外岡尚美訳（1999）『クローゼットの認識論――セクシュアリティの20世紀』青土社。

▷8　アジリティーとは，犬が人間の指示を受けながら，ハードルやトンネルのような障害物をクリアしていく競技。馬の障害競技や警察犬訓練からヒントを得て考案された。

▷9　ハラウェイ，ダナ／永野文香訳（2013）『伴侶種宣言――犬と人の「重要な他者性」』以文社。

▷10　ポストゲノムとは，ヒトゲノムプロジェクトによる解析結果を用いて展開される，新しい研究のこと。生命の神秘を探るのみならず，新薬の開発や，植物の品種開発などにも用いられる。

おすすめ文献

キーン，サム／大田直子訳（2013）『にわかには信じられない遺伝子の不思議な物語』朝日新聞社。
マイアソン，ジョージ／須藤彩子訳（2004）『ダナ・ハラウェイと遺伝子組み換え食品』岩波書店。
ヤナイ，イタイ＆レルヒャー，マルティン／野中香方子訳（2016）『遺伝子の社会』NTT 出版。

21　科学最先端からみるアメリカ

3 宇宙開発

1 宇宙開発と弾道ミサイル

1903年，ライト兄弟（Wilbur Wright，1867-1912；Orville Wright，1871-1948）が史上初の動力飛行に成功して以来，いつか人類が地球の外に飛び立つことは，必ずしも夢物語ではなくなった。しかしながら，その夢の実現の前に，宇宙に向けて点火されるはずのロケットは，いずれも地球上の敵国を目指す兵器としての実用化を図られることとなる。

アメリカにおける宇宙開発は，ライト兄弟より一回りほど年下のロバート・ゴダード（Robert Hutchings Goddard，1882-1945）によって始まったとされるが，彼のロケット研究の成果は，第二次世界大戦下，まずは戦闘機発進の際の補助ロケット開発計画に寄与することとなった。そして同じ頃，ナチス政権下のドイツでは，ヴェルナー・フォン・ブラウン（Wernher Magnus Maximilian Freiherr von Braun，1912-77）を中心としたロケット技師たちが本格的な大陸間弾道ミサイルの開発に取り組んでおり，彼らの生み出したV2ロケット◁1は，大戦末期の半年間だけでも3000発以上がイギリスやベルギーに降り注いだ◁2。

2 フォン・ブラウンの渡米とスプートニク・ショック

ヒトラー（Adolf Hitler，1889-1945）の死後まもなく，連合軍に確保されたフォン・ブラウンらV2ロケットの開発者たちは，1945年秋にアメリカに渡り，V2の復元に従事した◁3。当時，アメリカでは，彼らが参加した陸軍の他に，ジェット推進研究所（JPL）が国内独自のロケット開発に従事していた。これらの2つの研究チームは，いずれも1958年10月に発足した米国航空宇宙局（NASA）に移管されることとなるが，その活躍が一躍注目を集めたのは，同年の初めに成功を収めたアメリカ初の人工衛星エクスプローラーの打ち上げであった。これは，1957年10月にソ連が打ち上げた人工衛星スプートニク◁4に対抗する，当時のアメリカの威信をかけたプロジェクトであったのだ◁5。

3 有人飛行から月面着陸へ

人工衛星の打ち上げが成功し，宇宙への有人飛行はいよいよ現実味のあるものとなる。1959年，「ザ・ライト・スタッフ」と呼ばれる7人の若者が選出され，宇宙飛行士としての訓練を受けることとなった。1961年には，宇宙開発に

▷1　V2ロケットとは「報復兵器2号」のこと。1942年10月に初めて試射が成功し，大戦末期までに大量生産された。正式名称は，A4ロケット。戦争利用が主たる目的であったが，開発者の動機は，当初より宇宙開発にあった。

▷2　野木恵一（2000）『報復兵器V2――世界初の弾道ミサイル開発物語』光人社NF文庫。

▷3　的川泰宣（2000）『月をめざした二人の科学者――アポロとスプートニクの軌跡』中公新書。

▷4　スプートニクとは，1957年10月にソ連が打ち上げた，世界初の人工衛星のこと。その打ち上げ成功のニュースは，アイゼンハワー政権下のアメリカを大いに動揺させ，スプートニク・ショックと呼ばれた。

▷5　佐藤靖（2014）『NASA宇宙開発の60年』中公新書。

▷6　冷戦構造とは，アメリカとソ連の関係を中心とした，イデオロギーによる

理解ある J.F. ケネディ（John F. Kennedy, 1917-63）が大統領となり，アポロ計画が始まった。月に人間を送り，帰還させるといったこのプロジェクトは，途中でケネディ大統領の暗殺という悲劇を挟みながらも，1969年7月には，アームストロング船長（Neil Armstrong, 1930-2012）とオルドリン飛行士（Buzz Aldrin, 1930-）による人類初の月面着陸というかたちで成功裏に終わり，宇宙開発におけるアメリカの優位を世界に知らしめた。

4 スペースシャトルとスター・ウォーズ計画

アポロ計画後のアメリカにおいて，人々の宇宙への夢は，スペースシャトルという新しい宇宙船に託されていたが，1986年1月，チャレンジャー号が打ち上げ直後に空中分解するという悲劇があってからは，その安全性が課題となり続けた。2011年，アトランティス号が最後のフライトを行い，スペースシャトル計画は終了した。

一方で，核の抑止を基本とする冷戦構造[◁6]には限界が近づいていた。攻撃よりも防御の重要性が明らかになっていく中，レーガン大統領（Ronald Wilson Reagan, 1911-2004）は1983年の演説において，戦略防衛構想（SDI）というものに言及した。これは，ソ連の弾道ミサイルがアメリカ領土に到達する前に破壊するというアイデアだった。宇宙空間に浮かぶ衛星と，地上に配備された迎撃システムという取り合わせから，メディアではスター・ウォーズ計画[◁7]と呼ばれた壮大な構想は，結局のところ実現はしなかったが，V2 からアポロ計画へというこれまでの宇宙開発が，新たな局面を迎えたことを世界の人々に印象付けることとなった[◁8]。

5 宇宙ステーションから科学の旅へ

20世紀に始まった宇宙開発は，それ以前のフロンティア開拓と同様に，アメリカにとって様々な思惑が絡み合う一大事業であり続けてきた。だが，とりわけ科学的探究心に根ざしたプロジェクトとしては，1977年に木星から土星，天王星，海王星への観測に向かったボイジャー1号・2号[◁9]や，2004年に火星への軟着陸を成功させた無人探査車1号機スピリットのような，無人探査の試みを挙げることができるだろう[◁10]。

さらには，SDI と同時期にレーガン大統領によって承認された，宇宙ステーション計画もまた重要である。アメリカはそれまでも，宇宙ステーション・スカイラブを打ち上げ，アポロ号とのドッキングを成功させていたのだが，1984年のロンドン・サミットで明らかにされた計画では，国際的な協力体制のもとで進められる宇宙開発というビジョンが鮮明に打ち出されていた。この計画は，2011年にようやく，国際宇宙ステーション（ISS）の完成というかたちで日の目を見た。

（波戸岡景太）

世界の対立構造であり，1945年から1989年まで続いた。アメリカの宇宙開発の歴史を考えるとき，冷戦下の軍備拡張および制限との関係は重要である。

▷7 『スター・ウォーズ』は，現在も続く人気シリーズだが，ジョージ・ルーカス監督による最初の実写映画が公開されたのは1977年のこと。レーガン大統領がSDIに言及した1983年は，最初の三部作が完結した年にあたる。

▷8 明石和康（2006）『アメリカの宇宙戦略』岩波新書。

▷9 ボイジャー1号・2号は，NASA によって開発された木星型惑星探査機。それぞれの軌道の違いから，2号の方が先に打ち上げられた。成果としては，惑星の鮮明画像や近接画像の撮影や，木星の衛星イオでの火山活動の発見があげられる。

▷10 渡辺勝巳／JAXA 協力（2012）『完全図解・宇宙手帳　世界の宇宙開発活動「全記録」』講談社ブルーバックス。

おすすめ文献

フラー，バックミンスター／芹沢高志訳（2000）『宇宙船地球号——操縦マニュアル』ちくま学芸文庫。
フランクリン，H. ブルース／上岡伸雄訳（2011）『最終兵器の夢——「平和のための戦争」とアメリカ SF の想像力』岩波書店。
明石和康（2006）『アメリカの宇宙戦略』岩波新書。

コラム 1

トランス・サイエンスの壁を超える

トランス・サイエンスという言葉がある。アメリカの核物理学者，アルヴィン・ワインバーグ（Alvin. M. Weinberg 1915-2006）は，1972年に発表した論文の示した言葉で，「科学に問うことはできるが，科学によってのみでは答えることのできない問題」のこととされる。

ワインバーグは「トランス・サイエンス」の例として，原子力発電所の安全防護の多重防護システムを例としてあげている。そのすべてが故障する確率はきわめて低いということは，科学者の見解は一致する。だが，「きわめて低い確率」を，科学的な見地から「事故は起こりえない」と言っていいのか，低い確率でも事故が起きれば甚大な被害が生じるから，「事故は起こりうる」と想定し，対応策を考えるべきなのか。リスクを評価する段階では，科学者の間でも合意は成立せず，科学の論理では答えが出せないものであり，科学の領域を超えた「トランス」なものだ，という。

ひるがえって，「再生医療」の領域ではどうか。わが国では，「再生医療」という言葉よりも，むしろ「iPS 細胞」という言葉のほうがよく知られているかもしれない。2012年に樹立者である京都大学の山中伸弥がノーベル生理学・医学賞を受賞したのは記憶にあたらしい。

ES 細胞はヒトの体を構成する230種とも言われる細胞へと分化することができるために，移植する細胞のリソースとして期待されたが，ヒト受精卵を「壊さなければならない」ことが倫理的に問題であるとされていた。そこで，山中らは胚を用いることなく。ES 細胞のような性質をもつ細胞を創ることを考え，見事成功させたのだ。

iPS 細胞前夜には，韓国の研究者によって著名な科学雑誌に発表された成果が捏造であることが明らかとなり，しかも研究室メンバーに研究に用いるための未受精卵を強制的に提供させていたことが明るみに出ていた。胚を破壊することのほかにも，このような不適切な行為が立ち現れていたために，大きな期待に，「倫理」という言葉が大きな影を落とし始めていた。

そのため，iPS 細胞について新聞などで報じられるときには，必ず「倫理的な問題がない」という言葉が付せられるようになった。実際，新聞記事の共起語分析で，iPS 細胞以降の幹細胞関係記事には，それまでの記事と異なり「倫理」という言葉の使用頻度が減少し，遠景化した，という研究結果もある。

そんなことから，ローマ・カトリックのローマ教皇や，当時の共和党・ブッシュ米大統領などは，iPS 細胞の出現に賛辞を送っていた。だが細胞の樹立から10年がたち，ブッシュ氏やローマ教皇の想定を超える事態が立ち現れている。それは，iPS 細胞を振り出しに，生殖細胞をつくる研究や，遺伝子改変によって特定の臓器をつくれなくした動物の胚に iPS 細胞を組み込んで，動物体内で臓器を作り出す，という「キメラ動物」の研究だ。iPS 細胞が持つ能力を考えれば，将来的にこうした研究が行われることは自明だった。実際，研究者の間では，そのような研究に対する大きな期待が持たれていた。だが，それを社会から目隠ししてしまったのは，ある種の倫理における想像力の限界だったのかもしれない。

生命についての「倫理」は，もはや専門家だけで論じられるものではなくなっている。もちろんそれは，これまでの哲学的議論と切り離していいものではない。しかし，現在生きている人に，そして将来の人々にとって何が有益であるか。そこはまさに，科学的な事実と想像力を折りこみながら社会全体が考えるトランス・サイエンスの現場である。そこで必要とされるものこそ，科学知も取り込み，ボーダーなき世界を描き得る「文学」の存在なのである。

（八代嘉美）

コラム2

科学を名づけて，手なずける——新井卓「49 pumpkins」の三つの企み

テキサスの空から，オレンジ色のカボチャが次々に落ちてくる。あるものは不恰好にバウンドし，あるものは盛大に砕け散り，そしてあるものは，おびただしい量の汁を飛ばしてしまうから，地上に固定されたカメラのレンズは濡れて，それを観る私たちの視界もまた突然に曇ってしまう——。

写真家・新井卓によるショートフィルム「49 pumpkins」（2014年）は，タイトルのとおり，空から49個のカボチャたちを落すという，ただそれだけの作品だ。けれど，たったそれだけの試みのために新井は，アメリカ南部の片田舎に現存する爆撃機B25をチャーターし，そこから実際にカボチャを「投下」してみせた。なぜか。

新井はまず，その制作の意図を，現地のアメリカ人に向かって説明する必要に迫られた。彼は語った。「太平洋戦争中，原爆の模擬爆弾・通称パンプキンというのがあって，本土に四十九個落とされ人が死んだ。自分の祖父は海軍大尉で，ラバウルでB25に苦しめられ，義理の父は小学生のころ機銃掃射をうけた。それでも自分には戦争がよくわからないから，人を殺さない方法で爆撃を体験できないかと考えている。」（http://www.takashiarai.com/search100suns2-9/ 20 Nov.2019.）。

かつての最新兵器にして科学の最先端を体現していた原爆は，およそ70年の時を隔て，凡庸なカボチャそのものとしてアメリカ本土を「爆撃」する。そのまったくのナンセンスさは，現地の人をも爆笑させ，撮影は和やかな雰囲気で進められたという。

そして完成した「49 pumpkins」であったが，そこにはまた，編集上の卓越なる工夫があった。それは，落下するカボチャのそれぞれに名前が付いていて，各々の「着弾」のシーンでは，その名前が砕け散るカボチャの上に白抜きで浮かび上がるというものであった。

「SCARFACE」に始まり「KANYE WEST」で終わる49の名前の連なりは，新井自身の説明するように，実際の原子爆弾が「Fat Man」という間の抜けた名で呼ばれていたことからの連想だ。つまり，このささやかで壮大なイタズラのもう一つの企図とは，科学の脅威を「名づけ」によって去勢するという，私たち人間の悪しき慣習それ自体を笑い飛ばすことにあったのである。

科学を名づけて，手なずけること。それはなにも，爆弾に限ったことではない。現代科学の必需品たるコンピュータを例にとれば，アップル社の開発するOSには，「ヨセミテ」や「シエラ」といった，科学とは対極にあるアメリカ西部の自然をイメージした名称が採用されているし，ウェブブラウザに付けられた「サファリ（狩猟旅行）」という名にも，やはり同様の錯誤が潜んでいる。

少し時をさかのぼれば，マイクロソフト社のブラウザである「エクスプローラー（探検家）」などは，後発のサファリと同じ意味合いを持ちつつも，1995年当時には，1958年に打ち上げられたアメリカ初の人工衛星をノスタルジックに想起させるネーミングであったはずだ。そうした実例を思い返すにつけ，名づけという行為にはきっと，「最先端」と呼ばれるものの「先端」を鈍らせる力が宿っているのだと認めざるを得なくなってくる。

かくして，この「49 pumpkins」のドキュメンタリーとしての狙いが，また一つ明らかになる。すなわち，「名づけ」という行為の科学に及ぼす力を再確認しつつも，その力の矛先を最先端科学からほど遠いカボチャという日常に向けてみること。そうすることによって，名づけの魔力が一瞬でも無効化される瞬間を，新井はきっと，できるかぎりユーモラスなかたちで作品化しようとしたのである。（波戸岡景太）

22　日米比較文化考——広島・長崎の語り方

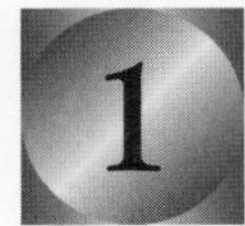

ノンフィクション・ノヴェルが歴史を作る
——ジョン・ハーシー『ヒロシマ』

▷1　Hersey, John (1946), *Hiroshima*, Stellar Classics.

▷2　ハーシー，ジョン／石川欣一・谷本清・町田川融訳（1989）『ヒロシマ』法政大学出版局。

▷3　ウォーカー，J. サミュエル／林義勝監訳（2008）『原爆投下とトルーマン』彩流社，145頁。

1 敗者の想像力

戦後のアメリカ文学史を切り開いたジョン・ハーシー（John Hersey，1914-93）の『ヒロシマ』（原著 1946年[1]，増補版 1985年[2]）は，1945年８月，アメリカ合衆国が原爆投下に踏み切った，その翌年46年に書かれたドキュメンタリーだ。戦時中，日本人が「鬼畜米英」を叫ぶ一方，アメリカ人にとっては，真珠湾奇襲という卑劣な手段に訴えた日本人こそ「黄色いサル」にほかならず，げんにトルーマン大統領が「獣に対処しなければならない時は，相手を獣として扱わねばならない」と発言せざるを得ない時代であった[3]。

そんな言説環境の下，ハーシーが戦後間もない時点でヒロシマの生き残りにインタビューを試み，可能な限り人種的偏見を排した客観的視点による緻密な記録を残すことができたのは，彼が宣教師の父の仕事の関係で中国天津に生まれ，同地にて幼少期を送ったためであろう。帰国後にはイエール大学，ケンブリッジ大学を卒業し，戦時中には『タイム』誌の従軍記者としてガダルカナル島での日米激突を記録，戦後には解放後のポーランドなどを取材し，ユダヤ人受難の歴史を壮大なる年代記『壁』（1950年）としてまとめている。彼の歩みには，歴史的敗者の側に寄り添う人道主義的な姿勢が絶えず貫かれている。

2 人類全般の悲劇

『ヒロシマ』の主役は，東洋製缶工場の人事課員・佐々木とし子，病院を営む藤井正和博士，仕立屋を営む中村初代，イエズス会のドイツ人司祭ウィルヘルム・クラインゾルゲ，赤十字病院の外科医・佐々木輝文，広島メソジスト教会牧師の谷本清の６名。彼らが1945年８月６日の朝８時15分にそれぞれ一体何をしていたかが，オープニングで語られる。

まずは人選に注目してほしい。原爆の被災者には日本の一般人ばかりではなく，キリスト教聖職者も含まれていたことを，著者は巧みに前景化する。原爆投下をソドムとゴモラに例えようとする向きもあるものの，ハーシーの人選はそうした聖戦論的な類型化をあらかじめ戒め，これが人類全般にとっての悲劇であることを訴える。現にその朝，６名はみな，ごくごく平凡な日常を始めようとするところだった。佐々木嬢は事務室の席に座り，藤井博士は悠然と新聞を開いたところ，中村夫人は台所から隣家の取り壊しを眺め，クラインゾルゲ神父は修道院で雑誌を紐解き，佐々木医師は病院の廊下を歩いており，谷本牧師はリヤカーから荷物を下ろすのに余念がない。そこへ音もなく巨大な閃光が輝き，一つの都市が一瞬にして壊滅したのだ。

3 ノンフィクション・ノヴェルの威力

本書の成り立ちは，初版の原型記事が掲載された『ニューヨーカー』誌1946年8月31日号が大評判となり，一日で30万部を売り尽くし，以後も他誌への転載が相次いだことによる。これに目をつけたアルフレッド・A. クノップフ社が単行本化し，21世紀現在までに総計300万部以上を売り上げた。ただし，1946年の初版の時には4章構成だったのが，のちの1985年に著者自身が広島を再訪し主人公となった人々の以後の人生を確認するに至って，新しく第5章が増補された。原爆投下という厳然たる事実に基づきながらも，6名の登場人物の戦後40年を克明に追跡して相互に撚り合わせていく物語学はまさにフィクションとノンフィクションを融合した新ジャンルであり，その意味で，文学史的にはハーシーこそ1960年代以降にノーマン・メイラーらが編み出すニュー・ジャーナリズムの先駆者ではなかったかとみなす向きもある。

1986年の増補新版が明かすのは，たとえば佐々木とし子が，被曝者である上に足を痛めたがために婚約が破談になるという憂き目に遭いつつも，クラインゾルゲ神父の導きにより生きる希望を見出し，ついには洗礼を受け修道女として終生誓願するに至ること。神父自身が戦後，日本を愛するがあまりに「高倉誠」という名で帰化すること。そして佐々木医師が戦後，開業医として成功し高額納税者となり，巨大なリハビリ施設や温泉浴場を建設して，変わり者と見られながらも広島市の復興に大いに尽力したことだ。

けれども，最も感動を呼ぶのは，まさに40年という歳月を経たからこそ，原爆症がいかに長く生体に影響を及ぼすものかが実証されるところではあるまいか。初版の第4章においても，著者はこう断言している。「放射線はまもなく人体細胞を破壊し，細胞核を変質させ，細胞壁を破壊したのである」(97頁)。けれども，アメリカ政府はそうした原爆の残留放射線が及ぼす生理学的影響を隠蔽し，日本政府もまた被爆者の窮状を見て見ぬふりをしてきたのが実情なのだ。◁4 だが著者も増補新版の第5章で綴るように「とりわけ，一九五〇年までに，被爆者中の白血病の発症が通常よりもはるかに高いことが明らかになったことは重大だった」(136頁)。かくして1957年に各政党の訴えにより，ついに国会は原爆被爆者のための医療法を可決し，それは以後も前向きに改正されていく。ハーシーの『ヒロシマ』はノンフィクション形式の物語（ノヴェル）として，確実に歴史を動かしたのである。

（巽　孝之）

▷4　高橋博子（2008）「原爆投下1分後——消された残留放射線の影響」『アメリカ研究』42(1)，1-19頁。

おすすめ文献

ハーシー，ジョン／石川欣一・谷本清・町田川融訳（1989）『ヒロシマ』法政大学出版局。

ウォーカー，J. サミュエル／林義勝監訳（2008）『原爆投下とトルーマン』彩流社。

22　日米比較文化考——広島・長崎の語り方

2　原爆文学・漫画はグローバル化する

1　原爆文学——被爆者文学から

原爆文学という用語はいつの頃から使われるようになったか定かではない。が少なくとも1973年出版の長岡弘芳著『原爆文学史』の頃には，すでに日本現代文学のなかで確かな居場所を得たジャンル名となっていたことは確認できる。原爆文学を長岡は「原爆がもたらした諸悪とそれに対する人間の尊厳とを追求する文学」であるとし，そのもっとも望ましい未来は「それがなくなること，歴史上の一時期の呼称としてのみ残り，後続して創出されないことに尽きる」とも述べた[1]。しかし21世紀の今も原水爆実験は続き，核保有国の数もじりじりと増え続けている。原爆こそ実際に投下されることは1945年以来なかったものの，原子力の平和利用として展開した原子力発電所の大事故も，（日本を含め）起こるべくして起こっている。被害・加害の区分があやしくなり，多様な被爆者の存在があきらかになることで，日本は唯一の被爆国というスローガンも，政治的に正しくない発言になりつつある。核や放射能の脅威は増し，原爆文学も畢竟，数多のディストピア作品とつながり，「望ましい未来」は見えない。

▷1　長岡弘芳（1973）『原爆文学史』風媒社，155頁。

それでも原爆はたしかに広島と長崎に落ちた。そしてその未曾有の被害を語る文学が日本において／から発信されてきた。原爆文学史をひもとけば，その嚆矢は被曝体験をもつ作家たちであり，原民喜，栗原貞子，大田洋子，峠三吉，永井隆らの作品が目をひく[2]。これらの被爆者による初期原爆文学作品の出版数は数が絶対的に少ない。被爆作家たちの病軀はいうまでもなく，GHQ（連合軍最高司令官総司令部）による検閲他の情報・出版の統制の影響でもあった。それほど厳しい状況のなかでも生き延び，検閲を逃れて，原爆被害者の声をじかに伝える文芸作品が一部なりと出版されえたということ自体，驚嘆に価するというべきか。

▷2　原民喜（小説家，詩人，1905-51），栗原貞子（詩人，反原発活動家，1913-2005），大田洋子（小説家，1906-63），峠三吉（詩人，1917-53），永井隆（医学博士，随筆家，1908-51）らについては，長岡弘芳（1973）前掲書，および，（1982）『原爆文献を読む』三一書房を参照。

2　英語への翻訳

原爆文学史における初期作品のなかでもっとも早く英訳されたのは，長崎において被害にあいながらも，原子力の平和利用を信じた放射線科専門の医師でカトリック教徒の永井隆（1908-51）の作品であった。『私たちは長崎にいた——原爆生存者の叫び』は，英語版の方が日本語版より１年早く，1951年にニューヨークとロンドンの出版社から同時出版された。コロンビア大学日本語教育に従事したシラト・イチロー（・アイザック，1911-97）他の英訳による。

原民喜の短編小説「夏の花」は原爆被害を綴った作家自身のノートをもとに執筆され，守備よく検閲をすり抜け，『三田文学』1947年6月号に掲載された作品（原題は「原子爆弾」）である。その前半部の英訳（ジョージ・サイトー訳）は1953年『パシフィック・スペクテイター』誌上で10頁にわたって紹介された。被災者たちの文学や詩や歌は戦後30年，40年，50年という時間の経過のなかで，英語のみならず，多言語に翻訳されていくことになる。[▷3]

多言語に翻訳され，原爆文学作品の代表作として高い評価を得ている作品の一つに井伏鱒二の『黒い雨』（初出1966年，『新潮』にて連載）がある。英訳は67年『ジャパン・クオータリー』誌掲載。イギリス人日本文学翻訳家として名高いジョン・ベスターの手による。知人のある被災者の日記（2001年に『重松日記』として出版された）を，許可を得て資料にし，書かれた小説である。70年代には高校教科書の教材に採用され「正典」化した。広島出身ながら，作家自身が被曝体験を持たず，被爆者の日記資料をもとに創作された作品であり，そのため『黒い雨』はかつて「盗作」のそしりを受けたこともあった。今となっては笑い話だろうが，その故なき非難に潜んでいた，原爆という経験・事実・歴史を誰がどう語りうるのか？という問いは，世界文学化する原爆文学の翻訳状況のなかでも，重要な問題であり続けている。

3 原爆漫画『はだしのゲン』

『黒い雨』が教材になったのと同じ頃，原爆漫画『はだしのゲン』[▷4]は登場した。作者の中沢啓治は，子供の頃に広島で被曝しており，家族の半数を失いながらも，遺された家族や友人らとともにたくましく戦後を生き延びた実体験に基づき，少年漫画『はだしのゲン』を描いた。1973年『週刊少年ジャンプ』誌初出。この漫画には，娯楽的な要素と，それとは往々に相容れない教育・政治的な要素が，ともに散りばめられている。[▷5]かわいくていたずらっ子の少年たちが起こす喜劇や失敗談，逆境にめげない強い「麦」の心の持ち主である主人公のゲンと友達になる戦争孤児や原爆乙女たち。登場人物たちの追憶を通して，幾度となく，再現される原爆被害者たちのショッキングな姿。さらにそこに原爆を落としたアメリカへの批判，原爆被爆者を治療しないアメリカ軍病院のあり方，日本の軍国教育批判，昭和天皇の戦争責任を問う天皇制批判，友人の朴さんを通して描かれる朝鮮人被爆者への差別等々が，加味された。

英訳は1976年，日本の大学生のボランティア集団プロジェクト・ゲンの手で着手された。[▷6]右から視覚的におっていく日本語の漫画と，左上から文字を主体に読んでいくアメリカ式カートゥーンの読み方の違いを，絵を反転するなど工夫を重ねた末，現在は10巻本すべての英語訳とロシア語訳が完成し，それを基にさらなる多言語翻訳が進んでいる。喜劇と悲劇，光と闇，娯楽と教育といった極性をまとい，はだしのゲンは今世界を歩いている。　（宇沢美子）

▷3 "Atomic Bomb Literature: A Bibliography" https://home.hiroshima-u.ac.jp/bngkkn/database/Englishdata/BibliographyonA-bombLit.html

▷4 中村啓治（1993）コミック版『はだしのゲン』汐文社，全10巻。

▷5 川村湊（2011）『原発と原爆――「核」の戦後精神史』河出書房新社。

▷6 Keiji, Nakazawa (2004), *Barefoot Gen*, Translated by Project Gen, Las Gasp of San Francisco, 10 vols.

おすすめ文献

伊藤詔子・一谷智子・松永京子編著（2019）『トランスパシフィック・エコクリティシズム――物語る海，響き合う言葉』彩流社。

アート，スピーゲルマン／小野耕世訳（1994；1991）『マウスI，II――アウシュビッツを生きのびた父親の物語』晶文社。

Keiji, Nakazawa (1989), *Barefoot Gen: A Cartoon Story of Hiroshima*, with An Introduction by Art Spiegelman (Penguin Originals), Penguin.

3　空から死神が降臨する
――オバマ大統領広島演説

1　ケネディを見習って

2009年，ケニア出身のアフリカ人男性とカンザス州出身の白人女性の元に生まれたバラク・フセイン・オバマ２世（Barack Hussein Obama Ⅱ，1961-）は，アメリカ初の黒人大統領としてノーベル平和賞の栄光を手にした。彼は，アメリカ原住民やアフリカ黒人，白人の血とともにキリスト教とイスラーム，ときに仏教すら併存する巨大で多文化的，昨今なら惑星思考的とも呼べる拡大家族史のうちで育ち，おそらくはそれゆえに，異なる価値観に対しても驚くほど寛容な政治家である。

そんなアメリカ第44代大統領オバマ（在任 2009-17）は，数々の史上初の仕事に邁進した。尊敬する第35代大統領ケネディの足跡を辿るかのように，2015年のキューバとの国交回復を実現したのは，手始めにすぎない[1]。1962年秋のキューバ・ミサイル危機に際して，ケネディはソ連の第一書記フルシチョフと綱渡りにも近い交渉を成立させ，全面核戦争の悲劇を回避したが，その根本を成す核軍縮をオバマは継承した。にもかかわらず，唯一の被爆国日本のグラウンドゼロ・広島を現職大統領が訪れるという計画には，ホワイトハウス側の大いなる懸念があった。米ソ冷戦時代以降，大方のアメリカ人は長く原爆投下は平和の達成手段，核の抑止力はまさに世界平和の維持手段と捉えてきただけに，大統領が広島への謝罪を強要されるのではないかと怖れたのである。

▷1　吉野直也（2016）『「核なき世界」の終着点』日本経済新聞出版社，162-163頁。

現に戦後50年にあたる1995年には，ワシントン DC はスミソニアン博物館で開催予定だった原爆展が，日本が第二次世界大戦中にアジアで行なった蛮行の数々も並列して展示するという日本叩き（ジャパン・バッシング）の理念に支えられたものだったため，アメリカ軍人団体や議会，マスコミの強力な反対に遭い，企画そのものが中止を余儀なくされていた。

2　現役大統領の広島初訪問

だからこそオバマは慎重な上にも慎重を期したのだ。まずは2009年のプラハ演説で「核なき世界」を訴え，次に2013年のベルリンはブランデンブルグ門での演説では戦略核弾頭削減を提唱し，最終段階では，ジョン・ケリー国務長官や岸田文雄外務大臣，そしてほかならぬケネディ大統領の長女キャロライン・ケネディ駐日大使の尽力を得て，ついに2016年５月27日，広島平和記念公園における演説を実現したのである[2]。

▷2　三山秀昭（2016）『オバマへの手紙――ヒロシマ訪問秘録』文藝春秋，6-8頁。

広島演説はこう始まる――「71年前の雲一つなく晴れ渡った朝，空から死神が降臨し世界は一変しました」(Seventy-one years ago, on a bright, cloudless morning, death fell from the sky and the world was changed)[3]。オバマがフォークナーをはじめとして多くの文学作品に親しむ読書家であることを熟知する者には，いかにもラヴクラフト的にしてピンチョン的な文学的ツカミだろう[4]。もちろん，この冒頭に対しては，原爆投下をいかにも自然現象のように語るとは何事か，という批判が相次ぐ。だが肝心なのは，そもそも広島側がオバマに謝罪を求めず，単に訪問を求めたことだ。

従って，全1500語足らず，全21段落から成るこの演説では，第２段落冒頭「なぜ私たちは広島を訪問するのでしょうか？」(Why do we come to this place, to Hiroshima?) という問いかけにオバマ自ら思弁的に答えていく。

その前半（第２段落から第９段落まで）では，ヒロシマのキノコ雲が表象するものが必ずしも戦争ではなく，むしろ卓越した文明によって自然を作り変えるその力が未曾有の災厄をも引き起こしてしまうという「人類の根本的な矛盾」(humanity's core contradiction) であること，そして偉大な宗教でさえも信仰の名の下に暴力や殺人を正当化してしまうことを指摘し，科学的革命 (The scientific revolution) は倫理的革命 (a moral revolution) を伴わねばならないことを説く。そしてこう断言する。「だからこそ私たちは，広島を訪れるのです」。

3 「独立宣言」を再確認する

後半（第10段落から第20段落まで）では，世界から暴力を一掃することの困難とともに，にもかかわらず核軍縮へ向けた努力の可能性が説かれ，最大のクライマックスはアメリカ自体の「独立宣言」(1776年) を彩る「全ての人間は平等に作られており，造物主によって生命，自由，幸福，幸福の探求から成る絶対不可侵の権利を与えられている」というテーゼを再確認する瞬間にもたらされる。オバマによれば，ここにはわれわれが人類というひとつの家族の一員なのだ (we are part of a single human family) と考える視点が潜む。そして再び断言する。「だからこそ私たちは，広島を訪れるのです」。

結論の２段落において，いまや広島の子供たちが平和な時代を謳歌していること，それこそ世界中の子供たちが享受すべきかけがえのない環境であることを「われわれが選びうる未来」と考えるオバマは，原爆投下の惨劇を「核戦争の曙」ではなく「倫理的覚醒の起源」と再定義して，この演説を閉じる。

核軍縮への努力の果てに，ヒロシマとナガサキを人類普遍の問題として読み替え，現代文明の繁栄には倫理的想像力が不可欠であることを主張するこの広島演説には，文明史における戦争は支配と隷属の原理で稼働してきたが，いまや国家は破壊力ではなく構築力を優先すべきだという洞察が秘められている。

（巽　孝之）

▷３　以下，吉野（2016）260-264頁に掲載の原文を参照。

▷４　ラヴクラフト (Howard Phillips Lovecraft, 1890-37) はアメリカ大衆文学を代表する怪奇小説作家。トマス・ピンチョン (Thomas Pynchon, 1937-) はアメリカ主流文学を代表し科学と文学の「２つの文化」を横断するノーベル文学賞候補作家。このオバマの一文は，まさにオカルト的にハイテク文明の本質を語る点で両作家の想像力に迫っている。

おすすめ文献

オバマ，バラク／白倉三紀子・木内裕也訳（2004）『マイ・ドリーム――バラク・オバマ自伝』ダイヤモンド社。

吉野直也（2016）『「核なき世界」の終着点』日本経済新聞出版社。

三山秀昭（2016）『オバマへの手紙――ヒロシマ訪問秘録』文藝春秋。

コラム 1

原爆乙女

原子力爆弾が広島と長崎にそれぞれ投下され，アジア太平洋戦争は終わった。人類史上初の原子力爆弾の投下をめぐって，日米政府の考え方は今日なお違ってみえる。ニューメキシコ州，アルバカーキに建つ国立原始博物館が展示するのは，20世紀半ばの科学技術の最先端を結晶するものとしての原子爆弾であり，それを投下すると決めた政治的勇気と，投下による早々の戦争集結といったキーワードで編まれる戦勝の物語である。逆に，広島の原爆ドーム近くに建つ広島平和記念資料館に収集展示されているのは，原爆被害の凄まじさであり，被爆者の惨状を伝える資料であって，原子力爆弾の制作過程の展示はごく一部にすぎず，そこには全くといっていいほど科学力礼賛を思わせるものはない。原爆をどこから見るかによって，見えるものは180度違うのである。

原爆乙女とは，1955年にアメリカで整形治療を受けるべくアメリカ空軍の飛行機でニューヨークを訪れた，25名の広島の原子力爆弾被害者女性たちの名称である。もともとは東京で治療を受けようとした際に日本のメディアが彼女たちを原爆乙女と呼び，それが英訳され，アメリカでは広島ガールズ，広島乙女（ヒロシマ・メイデンズ）と呼ばれるようになった。

原爆の被害者の若い娘たちのための美と生の再生プロジェクトは，広島で本人も原爆の被災を受けた谷本清牧師（1909-86）が中心となり始めた運動であった。谷本牧師は，ジョン・ハーシーの『ヒロシマ』に登場する人物としても有名であろう。このプロジェクトは谷本牧師の原爆被災者救済と平和の呼びかけに応じて，原爆孤児たち救済のための里親探しの運動をすでに展開していた，ジャーナリストのノーマン・カズンズ（Norman Cousins 1915-90）が応えることで，実現した。原爆被害者の乙女たちが美容整形最先端のアメリカで，数十回に及ぶ治療を１年以上にわたって継続的に受けることができたのも，公的機関ではなく，あくまでも日米両国の個人の篤志家による戦争被害者救済の動向が結びついた一つの帰結であった。言い換えるなら，原爆乙女らは，アメリカが公式に認めることのできなかった原爆投下の罪悪感を軽減させる方途となったのである。

アメリカ国務省は，一度は，25名の原爆乙女たちの渡米をキャンセルしようと動いたことがわかっている。それは原爆乙女たちの傷ついた身体や相貌が，原子力実験に対する反感を広めてしまうことを危惧してのことであったといわれる。乙女たちの傷ついた顔がこれ以上ないほど強烈に原爆投下への批判をアメリカ国民の間に募らせてしまうことを恐れたのである。

しかし国務省からの干渉をくぐりぬけ，原爆乙女たちはニューヨークへやってきた。ボランティアの一般家庭に寄宿しながら，数回から数十回にわたる，それ自体かなり過酷な整形手術を受け続けた。なかには合併症のため亡くなった女性も一人いたが，多くは見違えるほどの相貌と自信を回復し，彼女たちの口からはアメリカの医療に対する信頼と賛辞と感謝の言葉が溢れた。それは報道され，英雄的救済者というアメリカ像を紡いだ。

原爆乙女たち24名は1956年に日本へ無事帰国した。それからほぼ30年の後，日米双方で聞き取り調査を基にした原爆乙女の「その後」を問うルポルタージュ本が出版された。84年の中条一雄『原爆乙女』（朝日出版社），そして85年のロドニー・バーカー『広島乙女』（ヴァイキング）の二冊である。戦後40年たっても未だ乙女たちが原爆のトラウマ（精神的外傷）から癒えていない，と中条が指摘し，乙女たちの反感を買ったことをバーカーの著作が伝えている。

（宇沢美子）

コラム2

『ミリキタニの猫』（2006年）

ジミー・ツトム・ミリキタニ（Jimmy Tsutomu Mirikitani 1920-2012）は，日系二世の路上画家である。カリフォルニア州サクラメント生まれ，広島育ち，兵隊ではなく画家になりたい，とアメリカへ帰国したのが1938年。第二次大戦時はカリフォルニア州トゥーリーレイク他の日系人強制収容所に拘留され，アメリカ政府の態度に義憤したミリキタニは，アメリカ国籍を捨てることで抗議した。戦後は料理人などの仕事をしていたというが，最後に彼が住み込み料理人としてつとめた雇い主がなくなった後，住むところを失い60歳代で，マンハッタンのソーホー地区で路上生活者となった。路上生活のかたわら絵を描き，ドングリ眼の猫は彼の絵のトレードマークとなった。2001年９月11日のアメリカ同時多発テロ事件以降は，日系収容所などの戦時中の記憶に基づくテーマの絵柄も散見されるように変化した。

その9.11のニューヨークで黒煙吹きすさぶ最中，咳に咽びながら絵を描いていたこのホームレス老人80歳に，うちに来ないかと声をかけたのがそれまで８年ほどこの老路上画家を取材してきていた女性ドキュメンタリー映画編集者リンダ・ハッテンドーフ（Linda Hattendorf）だった。そこから二人の奇妙な同居が始まったが，それはミリキタニの過去を振り返る二人三脚の旅の始まりでもあった。祖父と孫娘ほど年の離れた二人はともに，ミリキタニの絵に内包されていた歴史をひもとく。そのプロセスとやりとりがやがては『ミリキタニの猫』[◁1]というタイトルのドキュメンタリー映画となり，2006年にリリースされた。あのみるからにホームレスのおじいさんの記憶やその絵に実に多くの歴史があることを，我々一般聴衆もまたこの映画を通して知ることになる。

広島への原爆投下により母方の親戚をすべてなくしたこと。アメリカではほぼ４年の歳月を「敵」として強制収容所に拘束されて過ごし，劣悪な環境のなか多くの同胞や友が亡くなっていくのを見ているしかなかった日々。そんな折にある少年にねだられて猫の絵を描くようになったこと。ニューヨークの路上生活。戦争ではなく，芸術が必要だと訴える反骨精神の持ち主が迎えた9.11とその後。人種差別と高齢者・ホームレス問題等々，一人の古老の路上画家の人生はアメリカが抱えてきた様々な社会問題と実に深く関わっている。

とはいえ，この映画は，ここに社会問題が山積みしています調の問題発言で終わっていないところがいい。ドキュメンタリー映画というジャンルに属しながらも，客観的なカメラの目が冷たく被写体を追いかけるという手法ではなく，ドキュメンタリーを撮っている監督本人が，この映画のなかに登場し，友となった古老の画家を支え，一緒に探し，考え，時に喧嘩し，という二人の日常が綴られていく。そうした日々のなかで，非日常が，過去が，歴史が探られているところがいいのだ。戦争・人種差別のトラウマをのりこえて二人が会話する奇跡のような時間がそこにはある。この映画がいくつもの映画祭で聴衆賞をとった所以だろう。

『ミリキタニの猫』を撮る過程で，ミリキタニはアメリカ国籍を回復し，戦後生き別れになっていた姉とも再会し，さらにはニューヨークの老人ホームに入ることができた。そうして心身ともに健やかな環境が保証されたことも大きいだろうが，ミリキタニは飼い猫と一緒に暮らし彼らしい絵を描き続け，92歳の生涯を全うしたという。猫は九世というが，『ミリキタニの猫』も画家個人の死をこえて残り続けていく作品だろう。

（宇沢美子）

▷１　ハッテンドーフ，リンダ（2008）『ミリキタニの猫』アップリンク DVD 選書，河出書房新社。

歴史・文化年表

年号	歴　史	文　化
985-86?	ヴァイキング北米東海岸に上陸	
1492	コロンブス，バハマ諸島到着	
1507	史上初めて世界地図上に「アメリカ」の地名が記される	
1607	ヴァージニアにジェイムズタウン建設	
1608		ジョン・スミス，インディアン酋長ポーハタンの娘ポカホンタスに救われたとされる
1612		ジョン・スミス『ヴァージニア地図』出版
1614		ジョン・ロルフ，ポカホンタスと結婚
1619	ジェイムズタウンに最初の黒人奴隷20名到着	
1620	ピルグリム・ファーザーズ，メイフラワー号でケープ・コッドに到着。プリマス植民地建設	
1622	ポーハタン連合，ヴァージニア植民地を襲撃	
1624	マンハッタン島にオランダ人入植	
1630	マサチューセッツ湾植民地建設	ジョン・ウィンスロップ「丘の上の町」を説く
1636		アメリカ初の大学ハーヴァード大学設立
1640		アメリカで印刷された最初の本，『賛美歌集』をリチャード・マザーらが出版
1646	ヴァージニアとポーハタン連合，条約を結ぶ	
1650		ブラッドストリート『アメリカに最近現れた十番目の詩神』
1654	ユダヤ人，初めてマンハッタンに到着	
1662		ニュー・イングランドの教会，「半途契約」採用
1664	マンハッタン島が英領ニューヨークになる	
1675	フィリップ王戦争（-1676）	
1681	ウィリアム・ペンらクエーカー教徒，ペンシルヴェニア植民地建設	
1682		メアリ・ホワイト・ローランソンのインディアン捕囚体験記刊行
1692	セーレムで魔女裁判，20人を処刑	
1694		L. マザー『アメリカにおけるキリストの大いなる御業——ニューイングランド教会史』
1704		植民地初の本格的新聞『ボストン・ニューズ・レター』創刊
1707		ジョン・ウィリアムズ『救われし捕虜シオンに帰る』ベストセラー
1712	ニューヨーク市で黒人暴動。以降頻繁に起こる	
1714	スコットランド系アイルランド人の移住始まる	
1716		ウィリアムズバーグに植民地初の劇場設立
1720-40	黒人人口が自然増	
1721	ボストンにて最初の天然痘予防接種	フランクリン兄弟『ニュー・イングランド・クーラ

年号	歴　史	文　化
		ント』創刊
1734		大覚醒運動始まる
1754	フレンチ・アンド・インディアン戦争（-1763）	エドワーズ『意志の自由』
1763		北部と南部との境界線（メーソン＝ディクソン・ライン）測量
1764	砂糖法	
1765	印紙税法（-1776）。英製品不買運動広がる	
1767	タウンゼント諸法（-1770）	
1773	ボストン茶会事件	初の黒人バプティスト教会設立
1774	第一回大陸会議	
1775	独立戦争始まる（-1783）	ペイン『コモン・センス』出版
1776	第二回大陸会議，独立宣言（ジェファソン起草）	
1777	連合規約を採択	星条旗，国旗となる
1787	憲法会議	ハミルトンら『ザ・フェデラリスト』創刊（-1788）
1788	合衆国憲法批准	
1789	ワシントン，初代大統領に就任	
1790	初の国勢調査（人口約3930万人，うち黒人約76万人）	
1791	憲法修正第１-10（権利章典）批准	
1793	逃亡奴隷法制定	
1797	アダムズ第２代大統領に就任	
1800		議会図書館開設
1801	ジェファソン第３代大統領に就任	
1804	ルイスとクラークの西部探検（-1806）。奴隷逃亡を助ける地下鉄道の組織形成（-1860）	
1809	マディソン第４代大統領に就任	
1812	対英宣戦布告，1812年戦争（-1814）	
1816		アフリカン・メソジスト監督教会はじめ黒人教会，各地に設立
1817	モンロー第５代大統領に就任	
1819	フロリダをスペインより獲得	アーヴィング『スケッチ・ブック』
1819-23	金融恐慌	
1820	ミズーリの妥協。モンロー主義	
1825	J. Q. アダムズ第６代大統領就任 エリー運河完成	
1826	アメリカ禁酒促進協会設立	
1829	ジャクソン第７代大統領就任。ジャクソニアン・デモクラシー	
1830	インディアン強制移住法制定	アメリカ初の旅客鉄道，ボルティモア・オハイオ鉄道開通。ジョゼフ・スミス，モルモン教創設。女性月刊誌出版始まる。トマス・ライス，ミンストレル・ショー「ジム・クロウ」始める
1831		ギャリソン『ザ・リベレイター』創刊
1832		チャイルド『アメリカの倹約上手な主婦』
1833	アメリカ奴隷制反対協会設立	初の男女共学，オウバリン大学創立
1834	ローウェルの女性工場労働者によるストライキ。チェサピーク＝オハイオ運河建設現場労働争議に	

年 号	歴 史	文 化
	連邦軍出動	
1835	セミノール戦争（-1842）	
1836	テキサス共和国建国。インディアン局設置	
1837	ヴァン＝ビューレン第８代大統領就任。金融恐慌	エマソン『アメリカの学者』
1838		逃亡奴隷ダグラス，マサチューセッツで奴隷解放運動開始 モートン『アメリカの頭蓋骨』
1839-43	恐慌	
1841	ハリソン第９代大統領就任，病死。タイラー第10代大統領就任。オレゴン・フィーヴァー	ポー『モルグ街の殺人』。ブルック・ファーム（-1847） バーナムのアメリカ博物館開業
1843		捕鯨業全盛
1844		ボルティモア＝ワシントン間電報開通 モートン『エジプトの頭蓋骨』
1845	ポーク第11代大統領就任	オサリヴァン「明白な運命」という言葉で領土膨張を正当化
1846	メキシコ戦争	
1846-47		モルモン教徒，ソルトレイクに集団移住
1847		フォスター，「おおスザンナ」発表
1848	ラナルド・マクドナルド焼尻島に上陸。メキシコ戦争終結，カリフォルニア，ニューメキシコを獲得。カリフォルニアで金鉱発見	ニューヨーク州セネカフォールズで女性の権利大会
1849	テイラー第12代大統領就任。ゴールド・ラッシュ	ニューヨークの劇場で暴動
1850	フィルモア第13代大統領就任。1850年の妥協	アミーリア・ブルーマ，女性用の運動着を普及。初の女子医大，ペンシルヴェニア女子医大創立。アメリカン・ルネサンス（-1855）。ホーソーン『緋文字』
1851		メルヴィル『白鯨』
1852		ストウ『アンクル・トムの小屋』
1853	ピアス第14代大統領就任。ペリー提督の黒船により日本開国	
1855		ホイットマン『草の葉』
1856	「流血のキャンザス」（ジョン・ブラウン，奴隷制賛成住民を虐殺）	
1857	ブキャナン第15代大統領就任。ドレッド・スコット事件（最高裁が黒人の市民権を否定，ミズーリ互譲法に違憲判決，奴隷制に憲法上の支持）	
1859	ジョン・ブラウン，ハーパーズ・フェリーを襲撃（南北戦争のきっかけ）	
1860		ビードル，初のダイム・ノヴェル出版
1861	リンカン第16代大統領に就任。南部連合樹立。サムター要塞攻撃により南北戦争開始（-1865）	
1862	自営農地法（公有地の無償交付）。モリル土地交付法（大学に土地交付。州立大学設立促進）	
1863	奴隷解放宣言公布。全国銀行法。ゲティズバーグの戦い	

年号	歴　史	文　化
1865	リンカン暗殺。憲法修正第13（奴隷制廃止)。ジョンソン第17代大統領就任。クー・クラックス・クラン（KKK）結成	
1866		ポラード『失われた大義』
1867	アラスカ購入	アルジャー『ボロ着のディック』。初の黒人大学ハワード大学創立
1868	憲法修正第14（市民権）	オルコット『若草物語』
1869	グラント第18代大統領就任。初の大陸横断鉄道完成	初のプロ野球チーム，シンシナティ・レッド・ストッキングズ結成。ラトガーズとプリンストンの間で，初の大学間フットボール試合開催。ビーチャー，ストウ『アメリカ人女性の家』
1870	ロックフェラー，スタンダード石油会社設立 憲法修正第15（黒人の選挙権）	
1871		バーナム「地上最大のショー」(サーカス)
1872		イエローストーン，世界初の国立公園に指定される
1873		トウェイン，ウォーナー『金鍍金（メッキ）時代』。投機と腐敗の時代
1875	公民権法	
1876	第二次スー戦争	ベル，電話の発明。野球ナショナル・リーグ結成。トウェイン『トム・ソーヤーの冒険』
1877	ヘイズ第19代大統領就任。1877年の妥協（共和党ヘイズの当選による南部不干渉取引)。再建時代の終了。鉄道ストライキ拡大。サンフランシスコで反中国人暴動	エジソン，蓄音機発明
1879		エディ，クリスチャン・サイエンス創設。ボストン料理学校開校
1880-	東欧，南欧からの「新移民」の流入開始	メトロポリタン美術館，開館
1881	ガーフィールド第20代大統領就任，暗殺。アーサー第21代大統領就任	ビアド『アメリカの神経症』
1882	中国人労働者入国禁止法（-1943)。スタンダード石油，トラスト結成	
1883	サンタフェ，サザン・パシフィック，ノーザン・パシフィックの大陸横断鉄道完成。全国の標準時刻帯確立。ブルックリン橋の完成	バッファロー・ビル，「ワイルド・ウェスト」ショー興行。『レイディーズ・ホーム・ジャーナル』誌創刊
1884		トウェイン『ハックルベリー・フィンの冒険』
1885	クリーブランド第22代大統領就任	
1886	ジェロニモの逮捕でアパッチ戦争終わる。アメリカ労働総同盟結成	自由の女神，独立百周年記念にフランスから寄贈。初のセツルメント・ハウス開館
1888		イーストマン，初のコダック・カメラ完成。ベラミー『かえりみれば』
1889	ハリソン第23代大統領就任	カーネギー『富の福音』(富の追求は公共の善と説く）
1890	国勢調査局，フロンティア・ライン消滅を報告。ウーンデッド・ニーの虐殺。シャーマン反トラスト法	ディキンスン『詩集』
1892	ホームステッド・スティール・ストライキ。リンチ	ギルマン「黄色い壁紙」

年号	歴　史	文　化
	数，ピークに達する	
1893	クリーブランド第24代大統領就任。シカゴで万国博覧会	ターナー，「アメリカ史におけるフロンティアの意義」講演。エジソン，キネトスコープ活動写真発明
1894	プルマン・ストライキ	「新しい女」論争
1895		ガソリン自動車発明
1896	プレッシー対ファーガソン裁判。プレッシー敗訴により，黒人分離政策かたまる	
1897	マッキンレー第25代大統領就任	ダンカン，ヨーロッパでダンス・ツアー。ボストンに初の地下鉄。スタントン『女性の聖書』
1898	米西戦争，フィリピン，プエルト・リコなどを獲得。ハワイ併合	ウィリアム・ジェイムズ，プラグマティズムを広める
1899	米比戦争	ヴェブレン『有閑階級の理論』。ショパン『目覚め』。
1900		ドライサー『シスター・キャリー』。ボーム『オズの魔法使い』。ベラスコ『蝶々夫人』（1904年プッチーニがオペラ化）。コミック・オペラ『ミカド』や『ゲイシャ』などとともにジャポニズムが流行
1901	マッキンレー大統領暗殺。T. ローズヴェルト第26代大統領就任。モーガンら，U.S. スチール会社設立	アメリカン・リーグ結成。マックレイカーたち，政財界の腐敗を告発。ブッカー・ワシントン自伝『奴隷の身より立ち上りて』出版
1903	フォード自動車設立	ライト兄弟，初飛行。デュ・ボイス『黒人の魂』。初の劇映画『大列車強盗』
1905	世界産業労働者同盟（IWW）発足。日本人・朝鮮人排斥同盟	ウォートン『歓楽の家』
1906	サンフランシスコ大地震。ジョージア州アトランタで人種暴動	シンクレア『ジャングル』
1907	日米紳士協定締結。年間移民数，ピークに達する	デフォレスト，初のラジオ放送を行なう
1909	タフト第27代大統領就任。全米黒人地位向上委員会（NAACP）結成	フォード，モデルT大量生産。フロイト精神分析学広まる
1910		ピアリー，北極に到着。ローマックス『カウボーイ・ソングその他のフロンティア歌謡』（民謡の収集）
1912	タイタニック号沈没	ウェブスター『足長おじさん』
1913	ウィルソン第28代大統領就任。カリフォルニア州，日系移民農地所有制限法	ウールワース・ビル（60階）完成。国際近代美術展，アーモリー・ショー開催。キャザー『おお，開拓者たちよ！』
1914	第一次世界大戦始まる（-1918）	バローズ『猿人ターザン』。黒人作曲家ハンディ「セントルイス・ブルース」発表。パウンド『イマジスト詩人集』。『リトル・レヴュー』（前衛文芸）発刊
1915	英客船ルシタニア号，ドイツ潜水艦に撃沈される（大戦参加のきっかけ）。KKK 復活	グリフィス，映画『国民の創世』。小劇場運動，盛んになる（プロヴィンスタウン・プレイヤーズ，ワシントン・スクエア・プレイヤーズ）
1916	サンガー，産児制限相談所開設。この頃から南部より北部都市へ黒人が大移動	デューイ『デモクラシーと教育』。サンドバーグ『シカゴ詩集』
1917	ドイツに宣戦布告。IWW の反戦活動。プエルト・	ピューリツァー賞創設。ニューオーリンズ・ディク

年号	歴　史	文　化
	リコ，準州となる	シー・ジャズ・バンドによりジャズが全国に広まる。フィリップス『スーザン・レノックスの転落と出世』(都市のスラムと腐敗した政界を描き，発禁)
1919	憲法第18修正（禁酒法，-1933）	リード『世界を震撼させた十日間』(ロシア革命史)。アンダーソン『オハイオ州ワインズバーグ』。初のタブロイド新聞『ニューヨーク・デイリー・ニューズ』創刊
1920	憲法第19修正（女性の投票権）。共産主義者全国で約2700名逮捕。サッコとヴァンゼッティ，殺人容疑で逮捕される(1927年死刑)。フロリダ州ジャクソンヴィルでKKK 行進	初のラジオ放送局，ピッツバーグに開局。ハードボイルド雑誌『ブラック・マスク』創刊
1921	ハーディング第29代大統領就任。オクラホマ州，タルサ暴動（黒人300人，リンチにより殺害される)。移民制限枠制度	
1922		『リーダーズ・ダイジェスト』創刊。フィッツジェラルド『ジャズ・エイジの物語』。エリオット『荒地』。ニューヨークで「ハーレム・ルネサンス」始まる。コットン・クラブ，デューク・エリントン・バンド
1923	クーリッジ第30代大統領就任	『タイム』創刊。映画『幌馬車』
1924	移民割り当て法（排日移民法)。ニューヨーク株式ブーム	ガーシュイン『ラプソディ・イン・ブルー』
1925		『ニューヨーカー』創刊。スコープス裁判，公立校で進化論を教えたという理由で有罪。フィッツジェラルド『華麗なるギャッツビー』
1926	大西洋横断無線電話開設	ブック・オブ・ザ・マンス・クラブ創設。ヘミングウェイ『日はまた昇る』(ロスト・ジェネレーションの代表作)。世界初のSF 雑誌『アメージング・ストーリーズ』創刊
1927		リンドバーグ，大西洋横断飛行。ベーブ・ルース，ホームラン王に輝く。初のトーキー映画『ジャズ・シンガー』。ブロードウェイ最盛期
1928	株価高騰。ケロッグ＝ブリアン協定（不戦協定）	ディズニー映画始まる。バード，南極探検開始
1929	フーヴァー第31代大統領就任。大恐慌	シカゴで聖バレンタイン・デーの大虐殺（ギャング抗争の激化)。アカデミー賞創設。フォークナー『響きと怒り』。ルイ・アームストロング『ウェストエンド・ブルース』
1930	失業対策（公共対策に1億ドル支出)。ニューヨークの合衆国銀行閉鎖。ホーリー・スムート関税（税率40%）	シンクレア・ルイス，アメリカ初のノーベル文学賞受賞
1931	スコッツボロ事件。フーヴァー・モラトリアム提案（第一次大戦債務，賠償支払い一時猶予）	エンパイア・ステート・ビル完成。フォード自動車200万台突破
1932	復興金融公社設立。退役軍人によるボーナス・マーチ	ブラック・モスレム結成
1933	F.D. ローズヴェルト第32代大統領就任。失業者	アインシュタイン，アメリカに亡命。映画『キング

年号	歴　史	文　化
	1300万人。全国の銀行閉鎖。農業調整法，テネシー川域公社法，全国産業復興法	コング』。『ニューズ・ウィーク』創刊
1934	タウンゼンド，老齢回転年金計画。ウィーラー・ハワード法（インディアンの土地所有制改定）	
1935	緊急救済予算法。ワグナー法（全国労使関係法）。中立法（交戦国への武器輸出禁止）。太平洋横断定期航空便開設（大西洋は1939年）	公共事業促進局（WPA），文化的事業を展開
1936	汎アメリカ会議で不介入政策に賛成	フォークナー『アブサロム，アブサロム！』。ミッチェル『風と共に去りぬ』。オニール，ノーベル文学賞受賞
1937	統一自動車労働組合座り込みスト。南北戦争記念日の虐殺（警官，鉄鋼スト労働者に発砲）	ディズニー，初のカラーアニメ『白雪姫』。ブルース歌手ベシー・スミス没。デイル・カーネギー『人を動かす』
1938	下院に非米活動委員会設置。公正労働基準法	オーソン・ウェルズ，ラジオ劇「火星からの侵略」（聴取者一時パニック）。パール・バック，アメリカ人女性初のノーベル文学賞。『スーパーマン』刊行。
1939	第二次世界大戦勃発。武器輸出禁止策撤廃	映画『風と共に去りぬ』公開。黒人歌手マリアン・アンダーソン，リンカン記念堂でコンサート。ビリー・ホリディ『奇妙な果実』。スタインベック『怒りの葡萄』。CBS，テレビ放送開始。ペーパーバック大量生産開始
1940	スミス法（外人登録法，共産主義者の取り締まり）。義務兵役法	
1941	真珠湾攻撃。第二次世界大戦参戦	
1942	連合国宣言。マンハッタン計画開始（原爆製造）。公共事業促進局（WPA）廃止。日系アメリカ人11万人強制収容	ネヴァダ州での離婚，全国的に有効と判決
1943	スミス・コナリー法（スト禁止）。デトロイトその他の都市で人種暴動	ミュージカル『オクラホマ！』上演，ヒット
1944	ノルマンディー上陸作戦（Dデー）。ダンバートン・オークス会談（国連憲章起草）。国際通貨基金設立。フィリピン再確保（46年フィリピン共和国独立宣言）	ベロー『宙ぶらりんの男』
1945	トルーマン第33代大統領就任。ドイツ降伏。ヤルタ会談。広島・長崎に原爆投下。日本降伏。第二次世界大戦終結。国連発足。連合国通貨金融会議	
1946	チャーチル，ミズーリ州フルトンで「鉄のカーテン」演説。炭坑スト（7ヵ月）。鉄道スト。バルーク案（原子力国際管理機構設置案）	スポック博士『赤ちゃんと子育て』
1947	トルーマン・ドクトリン。マーシャル・プラン（ヨーロッパ経済援助計画）。ケナンの「封じ込め」政策発表（対共産主義）	スピレーン『私は陪審』
1948	ボゴタ憲章（米州機構成立）	公立学校での宗教教育に最高裁が違憲判決。メイラー『裸者と死者』。キンゼー『男性の性行動』。エリオット，ノーベル文学賞受賞

年 号	歴　　史	文　　化
1949	北大西洋条約機構設立	ボウルズ『シェルタリング・スカイ』。アーサー・ミラー『セールスマンの死』。フォークナー，ノーベル文学賞受賞。ハーヴァード大初の黒人教授採用
1950	マッカーシーによる赤狩り開始（-1954）。アルジャー・ヒス，ローゼンバーグ夫妻（53年処刑）スパイ容疑で逮捕。朝鮮戦争参戦	
1951	朝鮮戦争和平会談開始。対日講和条約，日米安保条約調印	サリンジャー『ライ麦畑でつかまえて』
1952	水爆実験成功。プエルト・リコ，自治領となる	エリソン『見えない人間』
1953	アイゼンハワー第34代大統領就任。朝鮮戦争終結。先住アメリカ人居留地閉鎖政策	
1954	ブラウン判決（最高裁で公立学校の人種隔離教育に違憲判決）。上院でマッカーシー非難決議	『プレイボーイ』創刊。ヘミングウェイ，ノーベル文学賞受賞
1955	アラバマ州モンゴメリーでバス・ボイコット運動始まる（キング牧師が指導したとされる）	ナボコフ『ロリータ』
1956	アラバマ大学に初の黒人学生入学。暴動頻発	ギンズバーグ『吠える』。ビート・ジェネレーションの文学運動。プレスリー，ジェイムズ・ディーン人気
1957	公民権法成立（黒人の投票権保護）。アーカンソー州リトルロックの高校で人種隔離廃止による暴動	ビリー・グレアム，大宣教運動。スプートニック・ショック
1958	航空宇宙局（NASA）設置	初の人工衛星エクスプローラー１号。初の営業用ジェット機（ボーイング707）大西洋飛行
1959	アラスカ州成立。ハワイ州連邦加入。カストロ，キューバで政権掌握	バロウズ『裸のランチ』
1960	ノースカロライナ州グリーンズボロで黒人の座り込み運動開始。ケネディとニクソンの大統領選（テレビ討論シリーズ）	避妊ピル，製造販売開始
1961	ケネディ第35代大統領就任。	ジョゼフ・ヘラー『キャッチ＝22』
1962	キューバ危機。ヴェトナム内戦への介入	マリリン・モンロー死亡。ジョン・グレン初の有人人工衛星，地球一周。ボブ・ディラン「風に吹かれて」。レイチェル・カーソン『沈黙の春』（殺虫剤乱用に警告）。スタインベック，ノーベル文学賞受賞
1963	人種差別反対のフリーダム・マーチ，ワシントンを行進（キング牧師演説「私には夢がある」）。アラバマ州バーミンガムで黒人バプティスト教会爆破。ケネディ大統領暗殺。ジョンソン第36代大統領就任。核実験禁止条約	「ヒッピー」文化。フリーダン『新しい女性の創造』。ホフスタッター『アメリカの反知性主義』。ヴォネガット『猫のゆりかご』。ディック『高い城の男』。
1964	公民権法成立。ヴェトナム，トンキン湾事件	キング牧師，ノーベル平和賞受賞。ザ・ビートルズ全米ツアー成功
1965	アメリカ軍の北爆開始でヴェトナム戦争激化。マルコムX暗殺。ロサンゼルスのワッツで黒人暴動。ワシントンでヴェトナム平和行進。投票権法（人種による差別撤廃）	ホフスタッター『アメリカ政治におけるパラノイド・スタイル』
1966		フリーダンら全米女性組織（NOW）設立。学生非

年号	歴　史	文　化
		暴力調整委員会のカーマイケル，「ブラック・パワー」を提唱。バース『やぎ少年ジャイルズ』
1967	全米で平和集会。ニューアーク，デトロイトなどで人種暴動	反戦ロックミュージカル『ヘアー』。アポロ宇宙船，火災で乗員3人死亡。バーセルミ『雪白姫』。ブローティガン『アメリカの鱒釣り』
1968	ヴェトナムでテト攻勢，ソンミ村の虐殺。キング牧師暗殺。ロバート・ケネディ上院議員暗殺。パリでヴェトナム和平交渉	
1969	ニクソン第37代大統領就任。大学紛争，深刻化。モラトリアム・デー，全米で反戦デモ，ワシントンでヴェトナム反戦大集会。ストーンウォール暴動	アポロ11号，月面着陸。ウッドストック音楽祭開催。シャロン・テートの殺害。ル＝グィン『闇の左手』
1970	マスキー法案可決（排ガス規制）。カンボジア侵攻。ケント州立大，ジャクソン大で侵攻に反対する学生，州兵に殺害される	「女性解放運動」（WLM）結成。ミレット『性の政治学』
1971	『ニューヨーク・タイムズ』，「ペンタゴン白書」（国防総省の秘密文書）を公開。アッティカ刑務所暴動	モデル，ツイギー人気。フェミニズム誌『MS』創刊
1972	男女平等憲法修正案（ERA），上院通過（1982年，廃案）。ニクソン，中国とソ連を訪問	映画『ゴッド・ファーザー』
1973	ウォーターゲート事件。ヴェトナム停戦協定。先住アメリカ人，ウーンデッド・ニーを占拠。第4次中東戦争による石油危機。変動為替相場制へ移行	最高裁，人工妊娠中絶に合憲判決。子ども向けテレビ番組『セサミ・ストリート』。トマス・ピンチョン『重力の虹』
1974	ニクソン辞任。フォード第38代大統領就任	ウォーホル，リキテンスタインなどポップアートの台頭
1975	ヴェトナム戦争終結。キッシンジャー国務長官，中東和平工作。エジプト＝イスラエル和平に同意。投票権法，ヒスパニック，アジア系，アメリカ先住民に拡大適用	映画『JAWS』。ミュージカル『コーラスライン』。ディレイニー『ダールグレン』
1976	ロッキード事件。ハイド修正条項により中絶扶助制限	全米で独立二百周年記念式典。バイキング1号火星着陸。ベロー，ノーベル文学賞受賞
1977	カーター第39代大統領就任	テレビドラマ『ルーツ』（ヘイリー原作）。映画『スター・ウォーズ』，『サタディ・ナイト・フィーバー』。プレスリー死亡
1978		バッキ逆差別事件裁判。ワシントンでERA（男女平等憲法修正案）支持の10万人行進。カルト集団「人民寺院」の集団自殺。シンガー，ノーベル文学賞受賞
1979	スリーマイル島で原子力発電所事故。モラル・マジョリティ創設	映画『地獄の黙示録』
1980	景気後退	ジョン・レノン射殺される
1981	レーガン第40代大統領就任。テヘランのアメリカ大使館人質釈放。アメリカで“エイズ”患者第1号。失業率8％。エルサルバドル介入。CIA，コントラ派訓練を開始	初のスペースシャトル，コロンビア号成功。MTV始まる。カーヴァー『愛について語るときに我々の語ること』
1982	レバノン派兵。コントラ派支援発覚。米ソ戦略兵器削減交渉（START）開始。1965年選挙権法更新	マイケル・ジャクソン『スリラー』。映画『E・T』

年 号	歴　　史	文　　化
1983	戦略的防衛構想（スターウォーズ計画）発表。グレナダ侵攻。アメリカ，ミサイルを西ヨーロッパに配備	マドンナ，ソロ・デビュー。テレビドラマ『ダイナスティ』
1984	レバノン撤兵	初の女性飛行士サリヴァン，宇宙へ。ウィリアム・ギブスン『ニューロマンサー』
1985	レーガンとゴルバチョフ，米ソ首脳会談。ニカラグアに経済制裁	映画『ランボー』，『カラー・パープル』。ダナ・ハラウェイ「サイボーグ宣言」
1986	リビア攻撃。イラン＝コントラ事件発覚	スペースシャトル，チャレンジャー号爆発
1988	日系人強制収容補償法成立。カナダと自由貿易協定	トニ・モリスン『ビラヴィド』。エリス『アメリカン・サイコ』
1989	ジョージ・H. W. ブッシュ第41代大統領就任。最高裁，人工妊娠中絶を一部制限。ベルリンの壁崩壊。米ソ首脳会談，冷戦終結を宣言。パナマ侵攻。ヘルシンキ協定（オゾン層破壊化学物質削減）	ポール・オースター『ムーン・パレス』
1990	大気汚染防止法。障害者差別禁止。ドイツ統一で冷戦終わる。イラク，クェート侵攻	カレン・テイ・ヤマシタ『熱帯雨林の彼方へ』。バトラー『ジェンダー・トラブル』
1991	湾岸戦争。多国籍軍，イラク攻撃。ソ連崩壊	最高裁判事に指名されたクラレンス・トマス，セクシュアル・ハラスメント問題
1992	ロサンゼルス暴動。北米自由貿易協定（カナダ，メキシコ，アメリカ)。START II	映画『マルコムX』
1993	クリントン第42代大統領就任。ブレディ法案（銃規制）可決	中絶制限緩和。軍における同性愛者差別廃止の大統領提案。トニ・モリスン，初のアメリカ黒人女性ノーベル文学賞受賞。エリクソン『Xのアーチ』
1994	ハイチに米軍上陸。ウルグアイ・ラウンド合意実施法案，上院が可決	O. J. シンプソン逮捕。翌年，無罪判決。マイクロソフト社の会長ビル・ゲイツ，長者番付1位
1995	ヴェトナムと国交正常化	キング『グリーン・マイル』
1996	カリフォルニア州，住民投票でアファーマティヴ・アクション廃止決定	オルブライト，初の女性国務長官
1997		カルト集団「ヘヴンズ・ゲート」集団自殺
1998	クリントンのセックス・スキャンダル。少年による銃乱射事件頻発。ケニアとタンザニアのアメリカ大使館爆破	
2000	大統領選挙開票問題のため投票方法の見直しが迫られる	中絶ピル解禁。マーク・ダニエレブスキー『紙葉の家』
2001	ジョージ・W. ブッシュ第43代大統領就任。同時多発テロ事件。アフガニスタン空爆	
2003	イラク戦争	
2009	オバマ第44代大統領就任。	オバマ，ノーベル平和賞受賞
2014		『ゴジラ』（映画）
2015	同性婚の合憲判決	
2016	オバマ広島訪問	ディラン，ノーベル文学賞受賞
2017	トランプ第45代大統領就任	
2020	トランプ大統領弾劾裁判	エリクソン『シャドウバーン』

人　名　索　引

わ行

事項索引

や・ら行

わ行

執筆者紹介（氏名／よみがな／現職／五十音順／＊は編著者）

執筆担当は本文末に明記

秋元孝文（あきもと・たかふみ）
甲南大学文学部教授

有光道生（ありみつ・みちお）
慶應義塾大学法学部教授

石原　剛（いしはら・つよし）
東京大学大学院総合文化研究科教授

＊宇沢美子（うざわ・よしこ）
奥付編著者紹介参照

海老原豊（えびはら・ゆたか）
SF 評論家

大木雛子（おおき・ひなこ）
早稲田大学大学院教育学研究科博士後期課程

大串尚代（おおぐし・ひさよ）
慶應義塾大学文学部教授

大和田俊之（おおわだ・としゆき）
慶應義塾大学法学部教授

奥田暁代（おくだ・あきよ）
慶應義塾大学法学部教授

尾崎俊介（おざき・しゅんすけ）
愛知教育大学教育学部教授

加藤有佳織（かとう・ゆかり）
慶應義塾大学文学部准教授

川本　徹（かわもと・とおる）
名古屋市立大学大学院人間文化研究科准教授

久保拓也（くぼ・たくや）
金沢大学人間社会研究域准教授

粂川麻里生（くめかわ・まりお）
慶應義塾大学文学部教授

小泉由美子（こいずみ・ゆみこ）
慶應義塾大学非常勤講師

小林エリカ（こばやし・えりか）
作家・マンガ家

駒村圭吾（こまむら・けいご）
慶應義塾大学法学部教授

濟藤　葵（さいとう・あおい）
慶應義塾大学文学部非常勤講師

佐久間みかよ（さくま・みかよ）
学習院女子大学教授

佐久間由梨（さくま・ゆり）
早稲田大学教育学部教授

佐藤光重（さとう・みつしげ）
慶應義塾大学文学部教授

下條恵子（しもじょう・けいこ）
上智大学文学部准教授

白川恵子（しらかわ・けいこ）
同志社大学文学部教授

＊巽　孝之（たつみ・たかゆき）
奥付編著者紹介参照

田中荘子（たなか・しょうこ）
北米 The Occupied Japan Club 代表

田ノ口正悟（たのくち・しょうご）
早稲田大学教育学部准教授

辻　秀雄（つじ・ひでお）
慶應義塾大学文学部准教授

常山菜穂子（つねやま・なほこ）
慶應義塾大学法学部教授

執筆者紹介（氏名／よみがな／現職／五十音順／*は編著者）

執筆担当は本文末に明記

冨塚亮平（とみづか・りょうへい）
神奈川大学外国語学部助教

中垣恒太郎（なかがき・こうたろう）
専修大学文学部教授

長澤唯史（ながさわ・ただし）
椙山女学園大学国際コミュニケーション学部教授

南波克行（なんば・かつゆき）
映画批評・アメリカ映画研究

波戸岡景太（はとおか・けいた）
明治大学理工学部教授

深瀬有希子（ふかせ・ゆきこ）
実践女子大学文学部教授

細野香里（ほその・かおり）
慶應義塾大学文学部助教

松井一馬（まつい・かずま）
中央学院大学商学部准教授

松永京子（まつなが・きょうこ）
広島大学大学院人間社会科学研究科准教授

三添篤郎（みそえ・あつろう）
流通経済大学経済学部教授

八代嘉美（やしろ・よしみ）
神奈川県立保健福祉大学教授・慶應義塾大学訪問教授

山根亮一（やまね・りょういち）
東京工業大学准教授

若林麻希子（わかばやし・まきこ）
青山学院大学文学部教授

渡邉真理子（わたなべ・まりこ）
専修大学文学部教授

渡部桃子（わたなべ・ももこ）
首都大学東京名誉教授

《編著者紹介》

巽　孝之（たつみ・たかゆき／1955年生まれ）

慶應義塾大学名誉教授

『ニュー・アメリカニズム——米文学思想史の物語学』（青土社，1995年／増補決定版，2019年）

『アメリカン・ソドム』（研究社，2001年）

『リンカーンの世紀——アメリカ大統領たちの文学思想史』（青土社，2002年／増補新版，2013年）

『モダニズムの惑星——英米文学思想史の修辞学』（岩波書店，2013年）

『盗まれた廃墟——ポール・ド・マンのアメリカ』（彩流社，2016年）

『パラノイドの帝国——アメリカ文学精神史講義』（大修館書店，2018年）

Full Metal Apache: Transactions Between Cyberpunk Japan and Avant-Pop America（Duke UP，2006）

Young Americans in Literature: The Post-Romantic Turn in the Age of Poe, Hawthorne and Melville.（Sairyusha，2018），以上全て単著

宇沢美子（うざわ・よしこ／1958年生まれ）

慶應義塾大学文学部教授

『女がうつる——ヒステリー仕掛けの文学論』（富島美子，勁草書房，1993年）

『ハシムラ東郷——イエローフェイスのアメリカ異人伝』（東京大学出版会，2008年）

“A Mixed Legacy: Chinoiserie and Japonisme in Onoto Watanna's A Japanese Nightingale,” *The Routledge Companion to Transnational American Studies*, Nina Morgan, Alfred Hornung and Takayuki Tatsumi Eds. (Routledge, 2019)

ジェニファー・A・ウィキー『広告する小説』（富島美子訳，国書刊行会，1996年）

ルドミラ・ジョーダノヴァ『セクシュアル・ヴィジョン——近代医科学におけるジェンダー図像学』（白水社，2001年），他多数

やわらかアカデミズム・〈わかる〉シリーズ

よくわかるアメリカ文化史

2020年4月10日　初版第1刷発行　〈検印省略〉
2024年1月30日　初版第3刷発行

定価はカバーに
表示しています

編著者　巽　　孝之
　　　　宇沢美子
発行者　杉田啓三
印刷者　坂本喜杏

発行所　株式会社　ミネルヴァ書房

〒607-8494　京都市山科区日ノ岡堤谷町1
電話代表（075）581-5191
振替口座　01020-0-8076

冨山房インターナショナル・新生製本

ISBN 978-4-623-08840-9

Printed in Japan